10
18

12, AVENUE D'ITALIE. PARIS XIIIe

Sur l'auteur

J. W. Ironmonger est né et a grandi en Afrique de l'Est. Docteur en zoologie, il fut autrefois spécialiste des sangsues d'eau douce. Il a également concouru dans une équipe visant le record du monde de vitesse de lecture de Shakespeare et traversé le Sahara dans un tacot acheté 100 £. Après *Le Génie des coïncidences*, lauréat du prix des lecteurs Littératures Européennes de Cognac en 2015, il signe son nouveau roman, *Sans oublier la baleine*, aux éditions Stock.

JOHN IRONMONGER

LE GÉNIE DES COÏNCIDENCES

Traduit de l'anglais
par Christine Barbaste

10
18

STOCK

Titre original :
The Coincidence Authority

Carte : © Anne Le Fur-AFDEC, 2014

First published by Weidenfeld & Nicolson, London.

ISBN : 978-2-264-06600-8

Pour Zoe et Jon

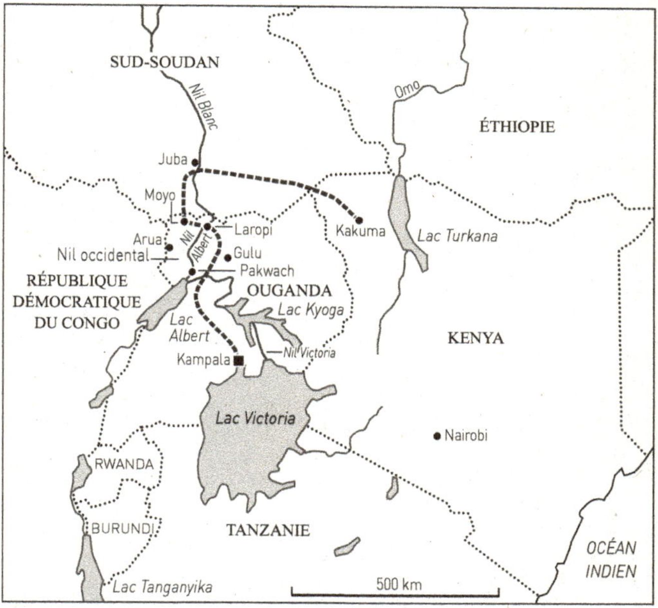
SUD-SOUDAN
Nil Blanc
Omo
ÉTHIOPIE
Juba
Moyo
Laropi
Kakuma
Lac Turkana
Arua
Nil
Albert
Gulu
Nil occidental
Pakwach
RÉPUBLIQUE
DÉMOCRATIQUE
DU CONGO
OUGANDA
Lac Kyoga
Lac
Albert
KENYA
Nil Victoria
Kampala
Lac Victoria
Nairobi
RWANDA
BURUNDI
TANZANIE
OCÉAN
INDIEN
Lac Tanganyika
500 km

PREMIÈRE PARTIE

AZALEA (RE)TROUVÉE

« Monsieur Bond, comme on dit à Chicago :
la première fois, c'est un hasard.
La seconde, une coïncidence.
La troisième fois, c'est une action ennemie. »

Ian Fleming, *Goldfinger*

1

Juin 1982

La fillette d'à peine trois ans à laquelle on donna le nom d'Azalea Ives fut trouvée un soir de solstice d'été, seule et perdue, sur un champ de foire du Devon. À cette heure déjà tardive, un enfant de son âge aurait dû être sagement bordé dans son lit. Le responsable des lieux garda la fillette dans sa caravane pendant une heure, et même un peu plus, le temps de diffuser des appels par haut-parleur. Le champ de foire accueillait une fête foraine itinérante, alors entre les cris stridents des adolescents, les ferraillements fracassants des montagnes russes, les rugissements du waltzer, les braillements des marchands ambulants et bonimenteurs et le martèlement des basses saturées, on comprend aisément que ces annonces publiques soient passées inaperçues. À 22 heures, le vacarme s'était tu, la plupart des bambocheurs s'étaient dispersés dans la nuit, et personne ne s'était présenté pour réclamer la petite fille. Une voiture de police arriva de Torquay et deux agents, deux grands gaillards qui ne savaient pas vraiment s'y prendre avec les très jeunes enfants, firent de leur mieux pour communiquer avec la fillette. Ils lui demandèrent son nom, l'un des policiers nota scrupuleusement sa réponse – « Azalea Ives » –, et c'est ainsi qu'on l'appela à compter de ce jour. Ils lui demandèrent où elle habitait, et elle leur répondit qu'elle habitait au numéro 4.

« Connais-tu le nom de la rue ? s'enquit l'un des policiers.

— Numéro 4, répondit la fillette.

— Non, non – pas le numéro de la maison. Le nom de la rue. Tu le connais ?

— Numéro 4.

— Tu connais le nom de la ville ? »

Azalea secoua la tête.

Le second policier tenta une autre approche. « Comment s'appelle ton papa ?

— Papa.

— Mais quel est son nom ?

— Papa, répéta Azalea en haussant les épaules.

— Comment ta maman l'appelle-t-elle ? »

Azalea réfléchit. « Elle l'appelle aussi papa. »

Au poste de police de Torquay, on cherchait tous les Ives qu'il se puisse trouver en épluchant l'annuaire du téléphone, les listes électorales, et même les casiers judiciaires. On passait des coups de fil. Personne, apparemment, n'avait entendu parler d'une petite fille portée disparue.

« Ta maison est-elle près d'ici… ou loin d'ici ? demanda le policier.

— Loin, indiqua Azalea.

— Comment es-tu venue à la fête foraine ? Tu as pris l'autobus ? Le train ? »

Azalea les dévisagea de ses yeux verts et limpides. « On est venues en voiture, maman et moi.

— Où vous rendiez-vous ?

— On allait voir papa.

— Ton papa habite donc près d'ici ? demanda le second policier en flairant une piste prometteuse. Il habite à Totnes ? À Torquay ? »

Azalea secoua la tête.

« Te souviens-tu à quelle heure tu es partie de la maison ? » demanda le premier policier.

Azalea fit signe que non.

« Avez-vous déjeuné, en chemin ?

— Oui, dit la petite fille en ouvrant de grands yeux. On a mangé des sandwichs au *jambon.* »

Si Azalea et sa mère s'étaient mises en route avant l'heure du déjeuner, s'étaient régalées de sandwichs et n'étaient *néanmoins* arrivées à la fête foraine que dans la soirée, alors le périmètre de recherche pouvait aisément inclure la majeure partie de l'Angleterre, et la totalité du pays de Galles.

Azalea fut rapatriée au commissariat de Torquay et confiée à la garde d'un officier de la protection de l'enfance, le sergent Jennifer Nails. On tira du lit un photographe de police pour réaliser un portrait de la fillette. Les services sociaux furent priés de chercher instamment dans leurs fichiers de « familles à risques » tout enfant susceptible de correspondre au signalement d'Azalea Ives. On imprima quantité d'exemplaires du portrait d'une Azalea ensommeillée et, sans regarder à la dépense, on les posta en express au ministère de l'Éducation, qui les ferait suivre aux directeurs des écoles primaires, dans l'espoir que quelqu'un serait en mesure d'identifier l'enfant.

Azalea possédait, en effet, un signe distinctif : une cicatrice verticale de deux centimètres et demi le long de l'œil gauche.

« Comment t'es-tu fait cette cicatrice ? » lui demanda le sergent Nails. Mais la petite fille se contenta de secouer la tête.

Un médecin examina la cicatrice et déclara qu'elle correspondait à une blessure ancienne – peut-être même occasionnée par les forceps à la naissance.

On ne put trouver aucune trace de maltraitance ou de négligence. Azalea était en bonne santé, convenablement vêtue et, visiblement, on prenait bien soin d'elle ; ses cheveux avaient été brossés, ses ongles coupés net. Autant d'éléments qui ne faisaient qu'épaissir le mystère autour de cet abandon apparent. Qui ferait pareille chose à une enfant comme Azalea ?

Lorsque, le lendemain matin à 9 heures, le sergent Nails et Azalea Ives se présentèrent de nouveau au commissariat de Torquay, les téléphones ne chômaient pas. Les policiers avaient élargi leur périmètre de recherche et prenaient contact avec leurs homologues en Cornouailles et dans le Somerset. On interrogea les bases informatiques de la police – qui, à l'époque, étaient ce qu'elles étaient. Du sud à l'ouest de l'Angleterre, mais aussi dans les Midlands et au pays de Galles, on alla interroger toutes les personnes répondant au patronyme de Ives.

À la mi-journée, les recherches piétinaient ; un inspecteur divisionnaire arriva d'Exeter pour reprendre l'enquête en main. Le sergent Nails lui indiqua qu'Azalea s'exprimait avec une pointe d'accent irlandais. En outre, la petite fille était rousse – détail qui, dans l'esprit du sergent Nails, corroborait une ascendance irlandaise. On convoqua donc une orthophoniste du Royal Devon & Exeter Hospital, qui écouta attentivement les cassettes réalisées par la police mais n'aboutit à aucune conclusion formelle sur cet accent irlandais ténu ; par ailleurs, cette femme n'était pas à strictement parler une experte en accents, et elle n'était sûre de rien. On fit donc écouter ces enregistrements, par téléphone, à un spécialiste des accents régionaux établi à Londres. Il déclara que l'élocution de la fillette présentait plusieurs caractéristiques phonologiques distinctes, ce qui pouvait suggérer qu'elle appartenait à une famille itinérante – ou que la mère et le père avaient des accents différents. L'expert suggéra aux policiers de creuser du côté de Liverpool et du nord du pays de Galles, mais sans plus s'engager sur l'une ou l'autre de ces pistes. « Cette petite a un accent plutôt neutre, expliqua-t-il à l'inspecteur divisionnaire. L'intonation est ascendante, un trait distinctif de la diction australienne où l'inflexion a tendance à monter plutôt qu'à descendre en fin de phrase. Certains Américains, également, s'expriment ainsi. Mais nous ne pouvons pas en conclure formellement que cette petite fille est australienne ou américaine. »

Au deuxième jour suivant le solstice d'été, l'énigme entourant Azalea Ives avait atteint les salles de rédaction. Le *Daily Mirror* et le *Daily Mail* diffusèrent, avec le consentement de la police, le portrait de l'enfant. Des renforts en personnel furent dépêchés au commissariat de Torquay pour traiter les appels découlant de ces publications. Aux fonctionnaires de police vinrent s'ajouter les services de protection de l'enfance, qui les aideraient à détecter les correspondants malintentionnés. Pour plus d'efficacité, le prénom de la fillette n'avait pas été communiqué à la presse. Elle y était simplement dénommée « la petite A ». Le raisonnement était le suivant : Azalea étant un prénom peu courant, le témoignage de toute personne qui contacterait la police de Torquay en l'indiquant spontanément pourrait être considéré comme digne de foi.

À la fin de ce deuxième jour, aucun correspondant n'avait mentionné le prénom Azalea, ni même le patronyme Ives. On chargea une pédopsychiatre de soutirer de plus amples informations à la fillette et cette femme passa le troisième jour à jouer avec

Azalea et à la cajoler pour l'inciter à parler. Elle constata qu'Azalea connaissait les lettres de l'alphabet, mais n'était pas très avancée dans l'apprentissage de la lecture ou du calcul. Elle savait qu'elle avait une maman, et un papa, mais pas de mamie, ni non plus de frère, de sœur, d'oncle ou tante. Elle déclara n'être jamais allée à l'école. Elle avait fréquenté le catéchisme, mais ne se souvenait plus à quel endroit. Elle ne se rappelait pas être allée, par exemple, à Londres, Blackpool ou Brighton. Mais elle avait, peut-être, visité un zoo. Et si tel était le cas, alors il se pouvait que dans ce zoo il y ait eu des éléphants. Cette information donna lieu à d'autres coups de fil. Si on était en mesure d'identifier le zoo en question, peut-être cela permettrait-il de circonscrire un périmètre de recherche plus étroit. La Société de zoologie de Londres confirma que seuls quelques zoos britanniques hébergeaient des éléphants, mais qu'ils étaient dispersés aux quatre coins du pays – notamment à Bristol, Londres, Chester, Whipsnade et Édimbourg ; liste à laquelle on pouvait encore ajouter, si on le souhaitait, le zoo de Dublin et les parcs animaliers comme Longleat. Ce n'étaient pas les éléments géographiques qui feraient progresser l'enquête. La pédopsychiatre montra à Azalea des photographies de ces différents zoos, mais cela n'aboutit à aucun résultat concluant.

Les laboratoires de la police scientifique examinèrent les vêtements d'Azalea qui tous, malheureusement, provenaient de grandes surfaces largement implantées dans le pays ; rien ne permettait d'identifier la succursale où ils avaient été achetés. La plupart étaient des acquisitions récentes : ils appartenaient, découvrit-on, aux collections de prêt-à-porter enfant de l'été 1982 – mais les enfants grandissent si vite que l'on pouvait raisonnablement s'attendre à ce qu'Azalea porte des vêtements neufs, sauf si, peut-être, ils avaient été légués par des aînés ou achetés d'occasion. Ce qui n'était pas le cas.

On suivit plusieurs autres idées pour qu'Azalea puisse aider à affiner les recherches. On lui montra les logos des différentes chaînes de télévision régionales, au cas où elle en reconnaîtrait un. Cette piste-là fit chou blanc. On lui présenta des photos de divers lieux traditionnellement propices aux sorties avec des enfants. La fillette identifia les plages, les fêtes foraines et les jardins publics, mais uniquement en termes génériques. Les photos de centres-villes ou de monuments emblématiques furent accueillies par des hochements de tête négatifs.

« Quand as-tu vu ton papa pour la dernière fois ? » demanda la pédopsychiatre.

Azalea la regarda, les yeux écarquillés.

« As-tu vu ton papa cette semaine ?

— Non.

— Mais tu es venue ici pour le voir ?

— Oui.

— Sais-tu où il habite ? »

Azalea réfléchit à la question. « Mon papa habite sur un bateau.

— Un bateau ? Un bateau ou une maison ? Est-ce que ton papa habite dans une maison ? »

Azalea s'accorda le temps de la réflexion. « Oui, une maison.

— Est-ce que ce pourrait être… une maison flottante ? » hasarda la pédopsychiatre.

Azalea secoua la tête mais n'avait pas l'air trop sûre d'elle.

« Donc, il habite bien dans une maison. C'est ça ? Mais peut-être ton papa a-t-il également un bateau ? Est-ce qu'il a un bateau ? »

Azalea sembla déroutée. « Oui, répondit-elle finalement.

— Sais-tu où il se trouve ? Sais-tu où ton papa laisse son bateau ? »

L'enfant mobilisa apparemment toutes ses forces pour réfléchir à cette dernière question. « Sheffield », dit-elle.

La psychiatre décrocha le téléphone.

Tout au long de l'enquête, et bien qu'elle fût le centre de ce maelström d'activités, Azalea demeura étonnamment calme. Dans son rapport, la pédopsychiatre décrivit une petite fille « extraordinairement bien équilibrée » et « apparemment indifférente à l'absence de ses parents ou d'un visage familier ». Elle était, semblait-il, de tempérament joyeux. Elle n'était pas très volubile, sauf quand elle répondait aux questions – avec une politesse qui aurait fait honneur à un enfant bien plus âgé. Depuis qu'on l'avait trouvée à la fête foraine, elle n'avait pas pleuré une seule fois, n'avait fait ni colère ni caprices, ne s'était pas plainte, n'avait rien réclamé ni personne. Elle s'était distraite avec les jouets qu'on lui avait donnés, la télévision et les conversations destinées à lui soutirer des informations. Elle semblait désireuse d'aider, et déçue, souvent, que ses réponses ne soient pas plus utiles. Par moments, cette bonne volonté renforçait le scepticisme des adultes à l'égard de ses réponses.

« Parle-moi de ta maison, lui demanda la pédopsychiatre. Est-ce qu'elle est grande ?

— Oui, c'est une *grande* maison, répondit Azalea en tenant ses mains très écartées l'une de l'autre.

— Ou bien est-ce une petite maison ? Une toute petite maison ?

— Oui, c'est une toute petite maison. » La petite fille n'était pas contrariante, mais pas utile non plus.

« Quand tu vas au lit, est-ce que tu montes un escalier ?

— Oui. Le lit est en haut de l'escalier.

— Et que vois-tu, depuis ta fenêtre ?

— Des maisons.

— Est-ce que tu vis dans une grande où dans une petite ville ?

— Une grande ville.

— Ou une petite ville ?

— Une petite ville.

— Quel âge as-tu, Azalea ? Peux-tu me dire quel âge tu as ?

— Trois, indiqua Azalea en dressant trois doigts.

— Trois, ou quatre ? Tu es bien grande pour une petite fille de trois ans.

— Quatre.

— Donc, tu as quatre ans ? C'est bien ça ?

— Oui. Quatre. »

La pédopsychiatre et le sergent Nails passèrent toute la journée avec Azalea. Elles jouèrent avec elle, puis l'emmenèrent se promener. À la fin du troisième jour, la justice plaça la petite fille sous tutelle et désigna une famille d'accueil temporaire. George et Eileen Robins, du village d'Indian Queens, en Cornouailles, vinrent la chercher ; une employée des services sociaux les aida à compléter les documents officiels, puis une voiture de police les suivit jusque chez eux pour s'assurer que tout était en ordre. Azalea rejoignit les trois autres enfants plus âgés placés chez le couple, ainsi que leur seul enfant biologique, dans une maisonnée bruyante mais qui semblait respirer la joie de vivre. On expliqua soigneusement la situation aux Robins, et on les pria de rapporter à la police toute information susceptible d'aider à l'identification de la petite.

Quelques cheveux et rognures d'ongles d'Azalea furent expédiés dans un laboratoire londonien afin de procéder à des analyses isotopiques et à un profilage géographique. Une des prémolaires de la fillette était branlante et put, sans trop d'encouragements, être jointe à cet envoi. Mais tout cela se passait en 1982, une époque où ces techniques scientifiques n'en étaient qu'à leurs balbutiements. Aujourd'hui, sur la foi de ces analyses, les experts pourraient probablement localiser le comté, voire le village de naissance d'un enfant. En 1982, il fallut se contenter de résultats peu concluants. Le laboratoire confirma qu'Azalea pouvait avoir passé les quelques derniers mois de sa vie en Europe du Nord, très probablement dans le nord de l'Angleterre ; mais sans pouvoir écarter catégoriquement le sud du pays. Elle pouvait avoir partagé son temps entre deux lieux – séjourné peut-être quelque temps chez son père à Sheffield, et le restant, avec sa mère, ailleurs. On n'avait pas trouvé de trace de cocaïne (ni d'aucune autre drogue) dans ses cheveux roux, ce qui laissait entendre que sa mère n'était sans doute ni une marginale ni une droguée. Le taux de fluor dans ses dents suggérait qu'elle vivait dans une région où les approvisionnements en eau n'étaient pas naturellement fluorés, ce qui avait l'avantage d'exclure l'ouest des Midlands, le nord-est de l'Angleterre et aussi certaines parties de l'Essex, mais laissait ouverte la possibilité que la petite fille et sa mère aient vécu presque n'importe où ailleurs – soit quasiment quatre-vingt-dix pour cent du Royaume-Uni.

Une semaine après la découverte d'Azalea, le soir du solstice d'été, à la fête foraine, la police du Devon travaillait sur la théorie d'un abandon délibéré. Selon cette hypothèse, assise sur certaines réponses d'Azalea et sur les déductions des experts et des autorités, la petite fille venait d'une famille du nord-ouest de l'Angleterre – peut-être du Lancashire ou du Merseyside. Le père pouvait avoir abandonné la mère et l'enfant. Ou bien, peut-être, travailler loin du domicile familial. Azalea ne l'avait très certainement pas vu depuis un long moment. Il était probable qu'il habite Sheffield – mais pas forcément dans la ville elle-même. À en croire les indications fournies par Azalea, sa maison se trouvait sur une colline, à proximité d'un bois, et pas très loin d'un ruisseau. Parfois, cet homme habitait sur un bateau. Il était difficile de déterminer si Azalea et sa mère vivaient avec lui. Il semblait plus probable que le couple fût séparé depuis plusieurs mois, et que la mère d'Azalea eût quitté le domicile conjugal pour louer une maison quelque part – au « numéro 4 ». La mère, toujours selon cette théorie, avait fini par craquer. Incapable de faire face, elle avait embarqué sa petite fille dans une vieille voiture de couleur bleu ciel en lui disant qu'elles partaient retrouver son père, et elle avait roulé aussi longtemps qu'elle avait pu, avant de décider qu'il commençait à faire trop nuit pour poursuivre la route. Elle avait aperçu les lumières d'une fête foraine et choisi cet endroit pour abandonner sa fille. Elle avait fait asseoir Azalea sur un banc, avec un sucre d'orge, puis elle était sortie de sa vie.

Telle était, du moins, la présupposition. En l'absence de bande de caméra de surveillance, la seule image de la fête sur laquelle on avait pu mettre la main, et où figurait Azalea, était une photographie réalisée par un adolescent depuis le sommet de la grande roue. Le cliché montrait un adulte à côté de la petite fille, mais il se trouvait dans l'ombre et la police n'était pas en mesure d'affirmer que ce mystérieux individu était la mère volatilisée d'Azalea ou un simple quidam innocent. On n'avait retrouvé nulle trace d'une voiture bleue abandonnée sur le parking de la fête, ni dans les rues avoisinantes.

À la fin de la deuxième semaine, le dispositif policier mis en place à Torquay avait déjà été réduit. On était en juillet et la saison estivale battait son plein. Pour la police, dans cette région de l'Angleterre, c'était la période la plus active de l'année. Un seul officier demeurait assigné à l'enquête, mais cette femme aurait dû partir en congé maternité depuis un certain temps déjà, et lorsqu'elle appela l'inspecteur en chef pour l'informer qu'elle venait de perdre les eaux, le dossier ne fut pas réassigné.

Quatre mois plus tard, Azalea Ives fut confiée à une seconde famille d'accueil, cette fois à Exeter. Deux mois de plus passèrent, et l'agrément fut donné pour son adoption. Les adoptants étaient un couple sans enfants du village de Saint-Piran, en Cornouailles : Luke et Rebecca Folley. Instituteurs de leur état. Azalea Ives devint donc Azalea Folley, et les événements du 21 juin 1982, mystérieuse apparition d'une petite fille dans une fête foraine itinérante, tombèrent peu à peu dans l'oubli.

Mais il y a des post-scriptum à l'histoire de l'enfant trouvée, qui ont eux aussi leur importance. Et sur le moment, personne ne sut vraiment mesurer leur degré de pertinence dans le déroulement de la vie d'Azalea Ives. Le premier de ces événements eut lieu en mai 1983, presque un an après la découverte d'Azalea à la fête foraine. Le corps d'une jeune femme, dans un état de décomposition très avancé, fut découvert sur une plage du nord du Devon, près de Bude. Le décès remontait à près de un an.

Le corps non identifié resta pendant dix-huit mois dans un entrepôt frigorifique, jusqu'à ce que des instructions soient données pour son inhumation. En 1986, un agent de police de Cornouailles, en procédant au classement de cette vieille affaire non élucidée, eut la présence d'esprit de souligner un certain nombre de similitudes entre ce dossier et celui de « la petite A ». En particulier, nota-t-il, la morte et la petite A étaient toutes les deux rousses. Il se pouvait, spécula-t-il, que le corps découvert à Bude fût celui de la mère d'Azalea. À Exeter, un inspecteur jeta un œil au rapport de l'agent et soupesa brièvement l'hypothèse, avant de l'écarter, jugeant ses conclusions trop hasardeuses. L'explication officielle à la présence d'Azalea à la fête foraine demeurait celle d'un abandon délibéré, et l'inspecteur ne vit aucune raison de la remettre en cause. Il n'y eut pas d'analyse de prélèvements d'ADN mais, fait décisif, les observations de l'agent de police cornouaillais furent scrupuleusement enregistrées dans le dossier.

Le dossier « Azalea Ives » fut clos le 6 juin 1986 et, en 1992, tous les documents liés à l'affaire furent placés sous scellés et expédiés pour archivage à Exeter – où ils se trouvent encore à ce jour, à l'intérieur d'une boîte en carton kraft parmi plusieurs milliers d'autres, dans un entrepôt près des anciens docks. Pendant tout ce temps, une seule personne les consulta, un détective privé du nom de Susan Calendar. Nous y viendrons – en temps voulu.

Ni Azalea ni les Folley ne furent jamais officiellement informés de la découverte de ce corps sur la plage ; pas par la police, du moins. Il y avait trop peu d'éléments pour justifier une telle intrusion dans leur vie. Cela aurait très bien pu mettre un point final à l'histoire officielle d'Azalea Ives, et ce fut le cas à bien des égards, sinon que la liste des post-scriptum continua à s'allonger. En 1990, huit ans après la découverte de la petite fille, un homme de cinquante ans, un certain Carl Morse, fut arrêté à Liskeard ; il était accusé d'avoir enlevé une élève infirmière dans une fête foraine et de l'avoir violée. La jeune femme avait survécu à son calvaire, s'était échappée d'une voiture verrouillée en donnant des coups de pied dans le pare-brise arrière, puis avait conduit la police à son agresseur. Lors de son procès, Morse avoua une agression antérieure. À l'en croire, une jeune femme rencontrée à Totnes en 1982, dans une fête foraine itinérante, l'avait invité à monter dans sa voiture. Morse ne se souvenait pas de la date exacte, mais des registres confirmèrent qu'une fête foraine s'était bien arrêtée à cet endroit pendant les deux dernières semaines de juin 1982. Morse nia avoir assassiné la femme. Il affirma, sans convaincre grand monde, qu'elle s'était elle-même délibérément jetée du haut des falaises à Millook, non loin de Bude.

Un second événement eut lieu au printemps 1993, en Cumbrie celui-là. Un décorateur tomba par hasard sur deux valises, tout en haut d'une vieille armoire en chêne. Cette découverte mit en branle une séquence d'événements qui permit de résoudre le mystère des origines d'Azalea. Mais nous n'en sommes pas encore là.

2

Juin 2012

Sur la porte du bureau, une plaque toute simple indique, en caractères peints, « Professeur T. Post » et, en plus petit dessous, « Maître de conférences en philosophie appliquée ». Voilà un intitulé un peu intimidant, et cette présentation minimaliste n'est pas spécialement accueillante pour les éventuels visiteurs.

Juste au-dessus de cette plaque dissuasive, quelqu'un a obligeamment placé un écriteau plus officieux, une simple feuille de papier à dessin épinglée à chaque angle – avec un soin tel que l'on devine que l'occupant des lieux l'a placée là lui-même. Il s'agit d'une caricature au fusain, comme en produisent ces artistes pour touristes à Leicester Square ou à Montmartre : le sujet est un homme aux traits anguleux et nobles, affublé d'un nez et d'un menton exagérément proéminents, d'un épis rebelle, et d'une rangée de dents de lapin disproportionnées. Personne ne pourrait considérer ce portrait comme flatteur et pourtant, à y regarder de plus près, on discerne de la bonté dans les yeux du modèle, son sourire est avenant et sa physionomie dénote un léger amusement. L'homme est représenté voûté au-dessus d'une table sur laquelle il a jeté six dés. Sur chacun, le chiffre six. Maintenant, ce pétillement dans l'œil se pare d'un certain sens. Le sujet est peut-être magicien. Sous son portrait, l'artiste a ajouté une légende : « Thomas Post, Maître ès coïncidences ».

Nous avons fait un bond de trois décennies depuis la fête foraine de Totnes et l'affaire de la fillette trouvée. Ce chapitre de l'histoire se déroule à Londres, en la glorieuse année olympique 2012. Nous sommes au dernier étage d'un bâtiment quelconque d'une université du nord de Londres, et nous suivons le professeur Thomas Post le long du corridor chichement éclairé qui mène à son bureau. Plusieurs des traits que le caricaturiste a choisi d'accentuer nous sautent immédiatement aux yeux. Thomas Post, curieux bonhomme tout en angles, grand, pataud, maladroit, affublé d'une veste mal coupée et de grosses lunettes rondes, donne l'impression d'avancer sous l'effet d'un roulis. Ses bras se balancent gauchement, comme s'ils étaient trop longs pour qu'il puisse les contrôler. Il entre dans son bureau, referme la porte, se plie dans son fauteuil. À cet instant, cet instant précis, il devient l'homme du dessin : il ne manque que les dés, et ce sourire insondable.

De par son mobilier et le désordre général qui y règne, le petit bureau ne déroge pas aux us et coutumes académiques. Le soleil pénètre par une lucarne. Il y a là une table de travail envahie de livres, de papiers et d'appareils informatiques reliés à un enchevêtrement de cordons d'alimentation indisciplinés. Il y a des rayonnages saturés de livres, un fauteuil, un tableau blanc sur lequel on devine l'empreinte ancienne de graphiques et de tableaux jamais complètement effacés. Il y a également un petit plan de travail exclusivement dévolu, semble-t-il, à la préparation du thé.

C'est là l'espace de travail de Thomas Post, docteur en philosophie. On y trouve très peu de touches personnelles, à l'exception de sa collection de mugs et de livres. Un poster représentant un train à vapeur, aux angles cornés et aux couleurs délavées, donne l'impression d'avoir appartenu à une précédente génération d'occupant. Une carte postale représentant le bord de mer est punaisée à côté du bureau. À part cela, aux murs, il n'y a que des graphiques, des livres et encore des livres. Seule la photographie encadrée posée sur le bureau semble de nature personnelle : une femme sur une colline, au pied de laquelle s'enroulent les eaux bleues d'un lac. Ce pourrait être un paysage d'Écosse ou du pays de Galles. La femme rit. Elle a été surprise par l'objectif et a dans l'urgence porté les mains à ses cheveux pour les discipliner – des cheveux de la couleur des érables en automne.

Thomas avance le buste en porte-à-faux au-dessus du bureau, tel un arbre abattu qui tombe au ralenti, jusqu'à coller son visage au plateau, les mains croisées derrière la tête. Il y a comme une note de désespoir dans cette posture.

Il demeure un petit moment ainsi.

« Rien n'arrive jamais sans raison », susurre une voix.

Thomas ne bouge pas. Peut-être n'a-t-il pas entendu la voix. Peut-être était-elle trop discrète pour qu'il l'entende.

« Rien n'arrive… », chuchote de nouveau la voix.

Thomas hisse le buste à la verticale. Il articule la suite, en silence : « … sans raison. » Il est distrait. Il se met à pianoter sur son bureau.

Maintenant que nous y regardons de plus près, il n'y a personne d'autre que lui dans la pièce. Cette voix est-elle un tour de son imagination ? Dans le couloir, des bruits de pas approchent. Thomas Post attend qu'ils s'éloignent.

« Rien n'arrive… »

En fait, il ne s'agit pas d'une voix – pas du tout. Seulement l'écho d'une voix. Le souvenir de l'écho d'une voix. Thomas ne l'entend même pas. Il le fabrique, le crée à partir de fantômes concoctés par son imagination.

Son regard papillonne jusqu'à un calendrier dressé sur son bureau. « Six jours, murmure-t-il. Six jours. »

Et puis, sans prévenir, la porte s'ouvre à la volée. Thomas a de la visite.

« Clementine ? » Thomas se redresse tel un ressort et s'extrait du fauteuil.

« Thomas, mon cher. Ne vous levez pas. » Sa visiteuse a au moins le double de son âge. Elle brandit une canne et paraît essoufflée. Elle se laisse choir lourdement dans le fauteuil, sans avoir esquissé la moindre poignée de main. « Tout bien réfléchi, j'accepte volontiers une tasse de thé, annonce-t-elle.

— Bien sûr », répond Thomas. Il semble sidéré.

La femme embrasse du regard le bureau exigu. « C'est donc ici que vous vous cachiez, dit-elle. Au quatrième étage, là où personne ne vous trouvera jamais. » Elle s'exprime avec une pointe d'accent. Il y a quelque chose de germanique dans ses intonations, ou d'Europe de l'Est, une sonorité un peu rauque, un soupçon de Lili Marlene.

« Vous m'avez trouvé, rétorque Thomas depuis son plan de travail, en versant l'eau d'une carafe dans la bouilloire.

— Au prix d'une ascension digne d'un sherpa », riposte sa visiteuse. Elle examine la pièce d'un côté, de l'autre, comme si elle en évaluait la surface en vue d'une vente. En réponse, Thomas Post entreprend de ramasser par brassées entières livres et papiers sur le bureau et sur le sol. Une tentative manifeste mais futile de mettre de l'ordre dans l'avalanche de désordre.

« Mon cher petit, laissez donc ça tranquille, proteste Clementine. Si vous entassez tout ça en vrac sur les étagères, vous ne retrouverez jamais rien. »

Thomas s'interrompt, l'air penaud. « Vous avez probablement raison.

— J'ai toujours raison.

— C'est juste que... Je ne reçois que rarement des visites.

— Au quatrième étage, cela ne m'étonne guère. »

Thomas s'affaire avec les tasses et, l'air emprunté, attend que l'eau chauffe.

« C'est le moment de me demander quel bon vent m'amène, lui souffle Clementine.

— Ah oui, répond Thomas, et il hoche la tête plusieurs fois de suite, comme un de ces chiens articulés. Alors, docteur Bielszowska, que me vaut le plaisir ? »

Quelle drôle de paire ils forment, ces deux-là. Thomas Post, trente ans et des poussières, gauche et dégingandé, et Clementine Bielszowska, qui a certainement dépassé l'âge honorable de la retraite et évoque plus une grand-mère qu'un professeur d'université : une petite femme trapue, affublée d'un châle qui ne peut qu'avoir été tricoté à la main.

L'eau bout ; Thomas prépare le thé et dépose la tasse de Clementine en équilibre sur le bras de son fauteuil.

« Alors ? » demande-t-il. De retour à sa table, il attend la réponse.

« Je nous croyais amis, vous et moi », dit Clementine Bielszowska. Le ton est accusateur.

Thomas hausse nerveusement les épaules. « Nous le sommes.

— En ce cas, dites-moi… à quand remonte votre dernière visite ? »

Thomas commence à rire puis s'interrompt en prenant note du regard inflexible de son interlocutrice. « J'ai été très occupé. » Mais il sait, en disant cela, que cette excuse ne suffira pas. Pas avec cette visiteuse-là.

« Occupé au point de ne pas pouvoir rendre visite à une amie pendant… quatre mois ? »

C'est une remarque qui n'appelle d'autre réponse que le silence.

« Est-ce à cause de cette fille ? reprend-elle.

— Quelle fille ?

— Celle que vous m'avez présentée. Ou bien êtes-vous en deuil ? Je vous demande ça simplement parce que, chaque fois que je vous vois, vous semblez anéanti par quelque coup dur. » Clementine ponctue cette observation d'un lourd coup de canne sur le plancher.

Thomas contemple son thé comme pour y chercher l'inspiration. « Suis-je à ce point transparent ? »

Elle le dévisage sans broncher.

Il expire, très lentement, et détourne le visage. « Clementine, parfois je pense que vous êtes la seule personne qui me comprend réellement.

— Voyez ça comme mon travail. »

Il se lève et se dirige vers la lucarne. C'est une journée ensoleillée ; les toits de Londres s'étirent à perte de vue et se perdent au loin dans la brume. Mais la météo n'est manifestement pas raccord avec l'état d'esprit de Thomas. « Oui, il s'agit effectivement de cette fille », dit-il. Puis très lentement il ajoute : « … et d'un deuil, en quelque sorte.

— La fille est morte ? »

Thomas lâche un soupir. « Non. Elle n'est pas morte. Du moins, je pense. Pas encore.

— *Pas encore* ? Elle est malade ? Condamnée ? »
Thomas se tord maintenant les mains. Il se retourne vers sa visiteuse. « Avez-vous le temps d'écouter une longue histoire ? »
Clementine soulève sa tasse et s'installe plus confortablement dans le fauteuil. « Bien sûr. » Elle pince les lèvres. « J'ai tout le temps qu'il vous faudra. »
Thomas regarde à nouveau par la lucarne. Tant de pensées. Et tant à dire. Un maelström de mots qui n'attendaient qu'un public. « C'est compliqué, commence-t-il.
— J'aime ce qui est compliqué. » Clementine est patiente, elle se prépare pour le récit.
« Vous savez que je travaille sur les coïncidences ?
— À chacune de nos rencontres, vous m'en régalez d'une douzaine. »
La remarque le fait sourire. « Les gens ne voient là qu'une occupation fantaisiste. Ils adorent venir me voir pour m'exposer une coïncidence qu'ils me mettent au défi d'expliquer. Mais ce n'est jamais particulièrement difficile. En général, en quelques calculs simples, le tour est joué. Certains événements sont improbables, bien entendu, mais cela n'en fait pas pour autant des miracles. Vous comprenez ?
— Parfaitement.
— Un jour, j'ai reçu la visite d'une jeune femme qui s'est assise dans ce fauteuil, celui-là même où vous êtes assise en ce moment. Elle s'appelait Azalea Lewis.
— Est-ce la rousse que vous m'avez présentée ? »
Thomas hoche la tête d'un air triste. Un bref silence s'installe. « Les coïncidences d'Azalea faisaient exploser le compteur, dit-il doucement. Rien ne pouvait s'expliquer. Pas par les mathématiques, du moins. En fait… » Thomas relève la tête et l'éclat agressif du

soleil le fait ciller. « … elles pourraient même être la preuve que notre univers n'est pas l'endroit que nous pensions qu'il était. »

Clementine Bielszowska sirote son thé à petites gorgées. « L'heure est grave, dirait-on.

— C'est bien possible.

— Azalea Lewis… Azalea Lewis. » Clementine s'entraîne à prononcer le nom. « Elle avait une petite cicatrice, si je me souviens bien – juste là. » Elle touche du doigt l'angle de son œil.

Une larme scintille discrètement dans l'œil de Thomas. « Je peux vous raconter comment elle se l'est faite », propose-t-il.

3

Octobre 1978

Si l'enquête sur l'enfant trouvé, la petite A, avait été discrètement enterrée avant 1986 par la police du Devon, celle qui visait à identifier « Miss C », découverte sur une plage du nord du Devon, n'avait jamais été classée. En matière criminelle, un meurtre jouit d'une longévité bien supérieure à celle d'un abandon d'enfant. Curieusement, cependant, alors que le policier cornouaillais n'avait pas hésité à établir un lien entre Miss C et la petite A, et à supposer que la première pouvait avoir été la mère de la seconde, personne, dans le Devon, n'avait pensé à établir de correspondance et à assigner à la morte le nom de « Ives ». Cette omission condamna sans nul doute bien des pistes d'investigation qui auraient pu permettre de l'identifier plus tôt. Au final, ce fut un aveugle, une décennie plus tard, qui aida à résoudre le mystère. Mais ne nous emballons pas.

La femme dont le corps décomposé avait été rejeté sur cette plage du Devon était une serveuse de bar âgée de vingt-quatre ans, du nom de Marion Yves. Qu'elle prononçait probablement « Ives ». On pourrait pardonner à la police d'avoir commis dans le cas d'Azalea une erreur aussi basique. Marion Yves était la mère d'Azalea. Le policier cornouaillais, auteur des conclusions avant classement sans suite du dossier, avait deviné juste – et ce sans avoir eu connaissance de la preuve concordante fournie ultérieurement par Carl Morse. Marion était morte lorsque sa tête avait heurté un rocher au pied des falaises de Millook, et si sa tête avait heurté ce rocher, c'est parce que Carl Morse l'avait kidnappée, violée puis précipitée du haut de la falaise. Marion Yves avait chuté dans le vide, peut-être en hurlant, pendant une seconde, deux secondes, le temps d'atteindre l'eau et les rochers, où elle était morte. Bien sûr, elle était peut-être déjà morte *avant* de tomber. Elle avait pu également se jeter d'elle-même du haut de la falaise, comme l'avait prétendu son agresseur. La mer avait balayé et lessivé la scène de crime deux fois par jour pendant trente ans. Fucus vésiculeux, bernacles et berniques avaient colonisé les roches tranchantes de ce relief hostile. Nulle information médico-légale n'étant disponible, nous ne pouvons avoir aucune certitude. Nous ne savons même pas précisément à quel endroit de la falaise Marion est tombée, ni quel rocher lui a été fatal. Tout ce qu'Azalea saurait jamais des événements survenus dans la vie de Marion les jours précédant sa disparition, elle l'apprendrait de la bouche d'un aveugle, bien des années plus tard.

Et il y a une information qu'Azalea finit par apprendre concernant sa petite enfance : l'origine de la cicatrice sur son visage.

Lors du baptême d'Azalea, trois ans avant que Marion ne trouve la mort sur les rochers, le vicaire fit accidentellement tomber le bébé dans les fonts baptismaux. Le responsable de cet accident était le révérend docteur Jeremiah Lender. Gardons-nous de le blâmer trop sévèrement pour sa maladresse. Elle intervint peu ou prou au terme d'une carrière qui avait conduit le révérend docteur à baptiser pas loin d'un millier de bébés, dont aucun ne lui avait échappé des mains. Autres circonstances atténuantes : le révérend docteur étant âgé de soixante ans et souffrant d'arthrose, il était juste un peu trop vieux, et un peu trop handicapé, pour manipuler des bébés dans un lieu aussi glacial et balayé de courants d'air que la vieille église de Port-Sainte-Menfre, où se tenait la cérémonie. *Azaliah Yves*, ainsi que nous l'indique le registre paroissial, serait d'ailleurs le dernier bébé baptisé par le révérend Lender.

Le problème, expliquerait plus tard celui-ci à Azalea, était que les baptêmes avaient le don de le rendre nerveux. Ces jours-là, des inconnus s'agglutinaient autour de lui, chose qui ne se serait tout simplement jamais produite au cours d'un autre service. Et comme si cela ne suffisait pas, le bébé baptisé ne manquait jamais de protester à grand renfort de hurlements lorsque sa mère le confiait aux mains du ministre. La petite fille qui s'appelait à l'époque Azaliah n'avait pas dérogé à la règle. Par le passé, le vicaire avait souvent empoigné les bébés un peu trop fermement, de crainte qu'on ne lui échappe. L'expérience aidant, il avait compris que cette manière pouvait contribuer aux hurlements et il s'était efforcé d'adoucir sa prise, toujours plus, et jusqu'à, de fil en aiguille, ne plus tenir le bébé ou presque. De surcroît, comme l'expliquerait plus tard le vicaire, la petite Azaliah portait une robe de baptême en tissu satiné. Très satiné. Le bébé avait tout bonnement glissé entre ses bras pendant que lui, le bon révérend docteur, refermait en vain les mains sur du vide. La petite Azaliah, avec un bruit sourd et dans une éclaboussure, heurta les fonts baptismaux du XIVe siècle, et les hurlements cessèrent.

Le missel en usage lors du baptême d'Azaliah Yves était la version de 1662 du *Book of Common Prayer* – le *Livre de la prière commune*, un recueil dont on peut tracer le lignage jusqu'à l'archevêque Thomas Cranmer qui le compila (et en écrivit probablement la majeure partie lui-même) en 1552. Azaliah Yves fut baptisée le 1er octobre 1978, deux ans avant que l'église anglicane n'abandonne enfin la prose finement ciselée de Cranmer au profit du nouveau *Alternative Service Book*, si bien que les mots que le révérend docteur Jeremiah Lender était en train d'entonner lorsque Azaliah lui glissa des mains étaient précisément les mêmes que ceux entendus par des générations et des générations de bébés anglais aux cours des trois siècles précédents. « Nous accueillons cet enfant dans l'assemblée du troupeau de Christ, avait-il sans doute lu, et nous le marquons du signe de la Croix pour signifier qu'à l'avenir il n'aura point honte de confesser la foi de Christ crucifié ; de combattre vaillamment, sous son étendard, contre le péché, le monde et le diable ; et de se montrer constamment soldat et serviteur fidèle de Christ, jusqu'à la fin de sa vie. Amen. »

Dans l'édition de 1815 du *Book of Common Prayer*, une prévoyante note de bas de page indique : « La Parole de Dieu nous assure que les enfants qui sont baptisés, s'ils meurent avant d'avoir véritablement péché, sont indubitablement sauvés. » Et dans le premier instant qui suivit la chute d'Azaliah, il sembla que cette amnistie pût tomber à point nommé pour réconforter Marion Yves. Dans le silence qui suivit le bruit sourd et l'éclaboussure, il s'en trouva plus d'un, dans l'assistance, pour supputer que le bébé était mort. Un hoquet collectif presque théâtral monta des bancs. Le vicaire s'empressa de recueillir le minuscule corps vêtu de la robe de baptême satinée et détrempée, et chacun put voir que la petite frimousse d'Azaliah était ensanglantée.

Puis le bébé poussa un gémissement plutôt vigoureux, et la fenêtre de l'absolution offerte aux innocents se referma.

Ce qui advint ensuite n'est pas particulièrement édifiant. Marion Yves tenta de reprendre possession de son bébé. Elle sentait à l'évidence que cet homme n'était plus digne de confiance et que sa précieuse descendance n'était pas en de bonnes mains. À ce moment-là, le révérend Lender venait de renouer avec la fermeté qui avait caractérisé ses premiers baptêmes et il semblait bien résolu à ne pas laisser cet incident mineur, ce bébé lâché par inadvertance, interrompre le déroulement naturel de la cérémonie. Il se cramponna férocement à Azaliah et tenta d'esquiver l'assaut de Marion Yves en reculant d'un pas. Il avait déjà bien progressé dans la strophe suivante – celle qui commençait par : « Et maintenant, mes bien-aimés frères, que cet enfant est régénéré par les eaux du Baptême, et qu'il est fait membre du corps du Christ... » – lorsque résonna la voix de Marion.

« Rendez-moi mon bébé », ordonna-t-elle, avec une voix puissante dont l'écho résonna dans la belle acoustique de l'église Plantagenêt.

Le vicaire jugea bon de paraître blessé et tenta de faire taire la mère à cran. « Nous en avons presque terminé, protesta-t-il. Ne devrions-nous pas aller jusqu'au bout ?

— Ça me ferait mal », riposta Marion Yves en plongeant de nouveau vers le bébé. Selon une des versions de l'histoire, Marion usa d'un langage un peu plus coloré, mais cela peut être mis sur le compte de l'exagération qui souvent va de pair avec les récits peaufinés par une longue transmission orale.

Quels que furent les mots proférés, le vicaire n'était pas prêt à se faire damer le pion aussi facilement. En quelque mille baptêmes à son actif, et en dépit des bruyantes protestations de certains bébés, jamais il n'avait échoué à mener à bien une cérémonie. « S'il vous plaît, nous sommes presque à la fin, implora-t-il. Le bébé n'est pas encore tout à fait baptisé. » Et comme il bataillait pour conserver la main sur Azaliah, la scène commençait à évoquer un tir à la corde pour le moins malséant.

En sus de l'anicroche au-dessus des fonts baptismaux, ce baptême dérogeait aux usages sur un autre point : le nombre exceptionnel de parrains et marraine de la petite Azaliah. Le schéma conventionnel, tel que prescrit depuis l'époque de Cranmer, comptait un parrain et une marraine. Mais pour cette cérémonie-là, à la requête de Marion, et au prix d'une concession qui ne lui ressemblait pas du tout, le prêtre avait accepté la présence de trois parrains et d'une marraine. Les trois parrains en question semblaient profondément décontenancés, à la fois par la chute du bébé et par les tentatives de Marion pour en reprendre possession. Puis l'un d'eux, John Hall, intervint.

Nous pouvons supposer que, dans les instants précédant l'altercation, John Hall avait juré en toute solennité de renoncer au diable et à toutes ses œuvres, à la vaine pompe et la vaine gloire du monde, et de renoncer également (chose très invraisemblable dans son cas précis) aux tentations charnelles. Toujours est-il qu'il s'engagea d'un pas lourd et résolu dans le conflit, et soulagea le vicaire du bébé. Un court instant, on put croire qu'il allait également lui décocher un uppercut.

« S'il vous plaît, protesta faiblement le vicaire. Elle n'est pas encore baptisée.

— Elle a besoin d'un docteur, pas d'un foutu baptême, fulmina Hall en rendant Azaliah à sa mère.

— Mais nous étions si près de conclure...

— Vous pouvez vous le mettre où je pense, votre baptême, trancha Marion en prenant le bébé des mains de Hall. Ça suffira comme ça.

— Mais mon enfant, insista le vicaire, aux yeux de l'Église, nous devons encore...

— Allez vous faire foutre, asséna Marion d'une voix éraillée. Vous, votre foutu baptême et ce foutu machin. » Ce disant, elle lança son *Book of Common Prayer* et toute la prose finement ciselée de l'archevêque Thomas Cranmer en direction du vicaire. Le missel heurta sa cible, rebondit et s'écrasa dans les fonts baptismaux en soulevant une gerbe d'eau glacée.

« Venez, cria Marion à l'assemblée. On se casse. »

Sur ce, la mère, les trois parrains et la petite Azaliah Yves, couverte de sang et seulement partiellement baptisée, ainsi qu'une dizaine, ou un peu plus, de fidèles quittèrent l'église d'un pas raide pour s'en aller retrouver le monde séculier.

4

Juin 2012

Il n'est pas sans danger de cultiver l'amitié d'une psychanalyste, songe Thomas Post. Quelle est la part de sincérité dans cette amitié ? se demande-t-il. Est-il jamais à l'abri de l'instinct d'analyse de Clementine ? Se pourrait-il que, quand il se détend simplement en sa compagnie, Clementine soit, quant à elle, toujours à l'œuvre, en train de le psychanalyser à la dérobée ?

Enfoncée dans son fauteuil telle une petite chouette affaiblie, avec ses lunettes demi-lune et ses coups de canne intempérants sur le plancher, le Dr Clementine Bielszowska n'est peut-être pas le personnage le plus intimidant au monde ; mais en tant que psychanalyste, elle jouit d'une réputation colossale. Et peu importe – ainsi qu'elle pourrait l'objecter à Thomas d'un ton léger, en balayant l'argument d'un geste – qu'elle ne consulte plus depuis près de trente ans ; peu importe qu'elle désavoue ouvertement la discipline – « Je ne *crois* même pas à la plupart des théories qu'elle professe », dit-elle volontiers. Peut-être cela est-il vrai ; mais Clementine Bielszowska n'en demeure pas moins une disciple de Freud et de Jung, et continue à diriger les recherches des étudiants sur les forces du Mal. On l'imagine aisément installée dans un confortable fauteuil à oreilles avec un calepin et un stylo, les lèvres pincées, pendant que sur le divan un patient excave engouements, complexes et phobies pour les retourner dans tous les sens. Il est tout aussi aisé, lorsqu'elle s'installe confortablement dans le bureau de Thomas au quatrième étage, d'imaginer son esprit agile en pleine décortication de la psyché fragile de son ami.

Thomas s'est détourné de la fenêtre, et il semble mélancolique. Sa visiteuse le dévisage avec des yeux calculateurs. « Expliquez-moi donc, dit-elle.

— Expliquer quoi ? » Thomas prend une posture légèrement défensive.

« Vous avez dit tout à l'heure que vous pensiez qu'Azalea pourrait être morte. » Elle martèle le plancher de l'extrémité caoutchoutée de sa canne.

« Non. Je n'ai pas dit ça... J'ai dit qu'elle n'est pas morte... *pas encore*.

— C'est ce *pas encore* que je ne comprends pas. Et vous avez dit que ses coïncidences étaient... quoi déjà ? La preuve de quelque chose ? »

Thomas ouvre maintenant de grands yeux. « L'indice, corrige-t-il. Pas nécessairement la preuve. Mais c'est tout pareillement fascinant.

— L'indice de quoi ? Du destin ?

— C'est un bon mot, "destin". Oui. J'aime bien le destin. » Il réfléchit en se triturant le lobe de l'oreille. « Ou "*kismet*", comme disent les Turcs, ce qui implique... je ne sais pas... (Son bras décrit un geste ample, pour chercher un dictionnaire des synonymes.)... une prédétermination.

— Une prédétermination ?

— Quelque chose dans cet esprit. » Il se fend d'un grand sourire qui dévoile toute son appréhension. Cet interrogatoire le met mal à l'aise. Ses membres sont secoués de petites convulsions, comme sous l'attaque d'un invisible peloton d'épingles. Il détourne la tête. « Et si je n'avais pas d'explication ?

— Mon cher petit, vous avez *toujours* une explication, objecte Clementine.

— Vraiment ?

— Vraiment. »

Il se détend un peu. « Les Japonais ont un bon mot : *hitsuzen*.

— "Hitsuzen" ? » Clementine répète le terme insolite en pinçant les lèvres.

« *Hitsuzen* qualifie un événement qui participe d'un plan ou d'un dessein prédéterminé. Un événement qui se produit parce qu'il était de tout temps *censé* se produire.

— Un peu comme inch'Allah ?

— Un peu. Les premiers chrétiens auraient dit, eux, *Deo volente*, "si Dieu le veut". Hitsuzen se rapporte davantage à un événement passé. Tel événement s'est produit parce qu'il *était* hitsuzen. Parce qu'il était censé se produire. Les Japonais ont également le mot *guzen*, qui lui se rapporte à un événement qui arrive par hasard. Ce qui est *guzen* ne découle pas d'un grand dessein général. C'est fortuit, si vous préférez. Dans la philosophie japonaise, tout ce qui arrive est soit *guzen*, soit *hitsuzen*. »

Clementine Bielszowska exhale un soupir. « Vous perdez le fil, dit-elle. Pouvons-nous nous en tenir à l'anglais ?

— Si vous insistez.

— J'insiste, confirme-t-elle avec un sourire affable.

— Vous devez me promettre quelque chose.

— En général, lorsque quelqu'un dit ça, c'est le moment de ne rien promettre du tout.

— Je ne veux pas que vous me psychanalysiez. Il ne s'agit pas de ce genre de problème.

— En ce cas, c'est une promesse très facile à faire.

— Je suis sérieux, Clementine.

— Et moi donc, cher petit. Et moi donc. » Elle le scrute avec une délectation toute professionnelle.

« Il n'est rien, dans cette histoire, en quoi vous puissiez m'aider, insiste-t-il. Il n'y a pas de névroses à dénouer. Ni rien qui puisse être réparé. Dans six jours, tout sera terminé, d'une manière ou d'une autre. Azalea sera morte. Ou pas. »

Une ombre vient interrompre le flot ensoleillé qui entre par la lucarne. Un pigeon s'est posé sur l'appui extérieur. Il dodeline de la tête, l'air d'attendre quelque chose, tout en regardant à l'intérieur.

« Il vient chercher des miettes », explique Thomas. Il sort un biscuit d'une boîte en métal, l'écrase dans sa paume et ouvre la fenêtre. Le pigeon s'éloigne légèrement. Thomas éparpille les miettes sur l'appui de la fenêtre et, un instant plus tard, l'oiseau revient.

Thomas se réinstalle dans son fauteuil. « Peut-être devrais-je vous raconter l'histoire du goéland », dit-il.

5

Janvier 1978 – janvier 1984

Azalea Lewis, la petite fille qui faillit être baptisée sous le nom d'Azaliah Yves, devait la vie à un goéland. Et cela parce que Marion Yves était en bonne voie pour devenir fille mère. Il faut se souvenir qu'en 1978, dans les villages tels que celui où Marion était née et avait grandi, mère célibataire ne pouvait représenter un choix de vie comme aujourd'hui. Dans une grande ville, peut-être Marion aurait-elle pu simplement grossir une colonne de statistiques, et pousser un landau dans les rues sans se faire particulièrement remarquer. Mais Marion ne vivait pas à Dublin ou à Londres. Ni même à Douglas. Elle vivait à Port-Sainte-Menfre, un pâté de maisonnettes en pierres chaulées dégringolant en rangs serrés sur le flanc escarpé d'une colline, jusqu'à un petit port de haut-fond, sur une côte de l'île de Man. Là, quand elle sortait dans la rue avec landau et bébé, les têtes se tournaient, les langues frétillaient et il n'aurait jamais pu en être autrement, car les petites affaires privées de Marion étaient celles de tous les habitants du village, et inversement. À Port-Sainte-Menfre, il n'y avait pas un visage qui ne fût familier. Si une fille se rendait quelque part avec un homme, tout le monde le savait, depuis le sommet de Haven Hill jusqu'au coin le plus reculé de la baie, avant même que le couple ne soit arrivé chez l'un ou chez l'autre. Lorsqu'en 1976 Gideon Robertson, le pêcheur, quitta son logement sur les docks pour s'installer là où Marion avait jusque-là vécu seule, cet emménagement alimenta les conversations pendant presque une semaine. Et lorsque la coupe fut pleine, la communauté dépêcha le révérend docteur Jeremiah Lender au 4, Briny Hill Walk pour s'assurer que les arrangements domestiques de Marion et Gideon étaient d'ordre strictement commercial ; qu'il s'agissait d'un de ces contrats, sans doute, entre logeuse et locataire, plutôt que d'un cas de cohabitation dans le péché. Le révérend ressortit de la maisonnette la mine sombre. Si l'excommunication avait été dans ses moyens, eh bien peut-être l'aurait-il prononcée.

Mais cela, ne l'oublions pas, se passait quelques années après la décennie de l'amour libre et, désormais, même à Port-Sainte-Menfre, une femme comme Marion Yves pouvait brandir un doigt d'honneur métaphorique à la face du monde et vivre sa vie sans craindre la chaise à plongeon, en ignorant superbement la réprobation générale. Et apparemment, elle ne s'en priva pas.

Gideon Robertson quitta la maisonnette de Briny Hill Walk en décembre 1977, peu après que les menstruations de Marion s'étaient interrompues. Il n'était donc pas exclu que Gideon fût le père d'Azalea. Mais cet honneur pouvait également échoir au jeune barman anglais Peter qui, un soir après le travail, par une nuit sans lune où Gideon se trouvait en mer, avait raccompagné Marion chez elle. Et rien n'excluait que le père fût John Hall, un militaire de carrière décati et rangé de la soldatesque, désormais propriétaire du Bell Inn, l'auberge dans laquelle travaillaient

Marion et Peter ; un homme au rire tonitruant, au comportement autoritaire et au goût immodéré pour ses propres fûts de bière.

Lorsque Marion Yves découvrit qu'elle était enceinte, elle prit immédiatement conscience du dilemme qu'elle allait devoir résoudre. Elle éplucha le calendrier pour essayer de déterminer les dates possibles de la conception – avec qui, quand, où –, mais aucune réponse limpide n'émergea. Marion n'ayant jamais noté ces choses-là, l'affaire pouvait aussi bien remonter à quatre semaines… ou cinq… quand Peter et elle… ou alors, quand John et elle… à moins que ce n'ait été quand Gideon et elle… ? Était-ce ce dimanche où la marée était montée tôt ? Ou cet autre, où elle était montée tard ? Impossible de trancher. Marion partit à pied à la boulangerie, son panier au bras, puis s'engagea dans la ruelle pavée qui menait à l'église paroissiale de Sainte-Menfre ; et là, seule au fond de la nef, elle inclina la tête et pria Dieu de la guider.

En dépit de ce que nous avons découvert d'elle au cours de l'épisode du baptême, Marion était une jeune femme pieuse, issue d'une communauté où l'on avait la piété chevillée à l'âme. Ceux de ses membres qui n'étaient pas affiliés à l'Église paroissiale anglicane de Sainte-Menfre pouvaient toujours se rabattre sur l'Église baptiste de l'espoir et de la foi, à Port-Erin, ou encore sur l'Église évangélique Elim, l'Église méthodiste de l'île de Man, l'*Ecclésia* Christadelphe de Dalby Patrick, voire l'Église catholique romaine Sainte-Colombe, à Port-Sainte-Mary. En matière de culte, on n'avait que l'embarras du choix ; l'important était d'être vu en train de faire acte de dévotion. La Communion anglicane était la destination de choix de Marion. Ayant fréquenté cette église matin et soir chaque dimanche pendant presque toute sa vie, il était tout naturel qu'elle y revienne chercher l'aide de Dieu pour résoudre son embarrassante situation. Elle Lui demanda, le plus sobrement qu'elle put, de lui donner un coup de main. Ses options semblaient raisonnablement claires. Devait-elle prendre le bus pour Douglas, acheter un billet de ferry et faire les quatre heures de traversée jusqu'à Liverpool, sur les eaux imprévisibles de la mer d'Irlande ? Une fois en Angleterre, elle pourrait consulter le Planning familial – une association dont le but premier, et éclairé, consistait à garantir aux jeunes femmes des services autorisés depuis 1967 par la loi sur l'interruption de grossesse. Pour pouvoir bénéficier d'un avortement en Angleterre, il lui faudrait justifier d'une adresse de résidence, mais cela ne devait pas présenter de grandes difficultés. Tout pourrait être réglé avant que quiconque à Port-Sainte-Menfre ait pu soupçonner qu'un bébé avait été conçu – et, qui plus est, avait été victime d'un avortement.

Ou bien alors devait-elle se confronter avec Gideon lors de son prochain retour à terre, et lui annoncer que le bébé était le sien ? Cela conduirait probablement à une résurrection de leur relation, ce à quoi Marion ne tenait pas particulièrement. Mais peut-être était-ce la solution la mieux adaptée pour l'enfant à naître ? Celle qui lui assurerait au moins un père, et un foyer aux revenus un peu plus confortables que ceux d'une serveuse.

Marion pouvait essayer la même approche avec Peter, le barman, mais il était trop jeune, et trop impécunieux, pour faire un candidat à la paternité solide sur le long terme. Originaire d'Angleterre, Peter projetait de retourner bientôt en Cumbrie, sa région natale. Il voulait s'engager dans la marine, il rêvait de voir le monde. Quelle vie serait-ce là, pour l'épouse restée en rade ? Ce serait même pire que d'être mariée à un pêcheur qui, lui au moins, rentre à la maison avec la marée. Néanmoins, Marion exposa cette option à Dieu. Quant à John Hall, il était assez fortuné et assez vieux pour endosser cette responsabilité, mais sa femme risquait d'avoir des objections ; en outre, John Hall avait tendance à devenir irascible lorsqu'il était ivre. Marion envisagea de faire carrément l'impasse sur cette option, mais comme elle se dit que Dieu était déjà probablement au courant, elle Lui présenta honnêtement tous les possibles. Devait-elle élever le bébé seule, sans père dans le paysage ? Cela aussi constituait une option sérieuse. Ou bien devait-elle exiger des trois candidats qu'ils se soumettent à une analyse de sang ? Cela permettrait d'identifier le véritable père biologique, et peut-être pouvait-elle le persuader de l'épouser et de l'aider à élever le bébé.

Face à tant de choix, Marion ne savait quelle décision prendre. Aussi exposa-t-elle les possibilités à Dieu depuis son banc de l'église de Sainte-Menfre, un jour de janvier 1978.

On ne sait pas grand-chose de cette sainte Menfre qui donna son nom à l'église paroissiale et au village dans lequel elle se trouve. On pense qu'elle fut une sainte cornouaillaise, non pas mannoise – ou même peut-être galloise, si ce n'est irlandaise. Tout dépend jusqu'où on choisit de remonter dans l'histoire. Menfre était l'une des filles d'un saint irlandais du Ve siècle, saint Brychan, qui eut vingt-quatre enfants (avec trois épouses différentes) et se maria dans le royaume gallois du Brecknockshire ou Breconshire. Insatisfait de la vie qu'il menait au pays de Galles, dans le comté qui porte désormais son nom, Brychan partit au sud, en Cornouailles, pour répandre la parole chrétienne. Comment, pourquoi et quand sa fille arriva sur l'île de Man – personne n'en sait rien. Le titre de gloire de Menfre, si on peut le désigner ainsi, vint de ce qu'elle jeta son peigne à la figure du diable. Celui-ci l'avait assaillie pendant qu'elle peignait sa longue chevelure rousse – une chevelure irlandaise, sans aucun doute – et il était animé, semble-t-il, d'intentions déshonorables. Jeter le peigne était une riposte qui aurait pu s'imposer à Marion. D'après ce que nous savons d'elle, c'était une réaction à sa mesure. Sans compter qu'elle aussi était rousse.

Donc Marion pria, mais Dieu et sainte Menfre étaient ce jour-là aux abonnés absents. En quittant l'église, Marion tomba sur le vicaire, qui arrivait par le jardin. Il lui jeta un coup d'œil de travers, comme s'il la soupçonnait d'être venue voler l'argenterie. La relation entre ces deux-là, le pasteur et la paroissienne, ne s'était pas encore arrangée depuis l'entrevue qui avait eu lieu dans la maisonnette, un an plus tôt environ, après l'emménagement de Gideon. En outre, le vicaire ne pouvait se résoudre à oublier les révélations franches, voire *intimes*, que Marion s'était sentie obligée de lui faire à cette occasion. Néanmoins, parce qu'il était un saint homme ayant embrassé une sainte profession, il afficha un sourire chaleureux et lui souhaita le bonjour.

« Ah, si seulement, mon père..., répondit-elle.

— Quelque chose vous préoccupe, mon enfant ? Souhaitez-vous que nous priions ensemble ?

— Si vous voulez.

— Peu importe ce que je veux, répondit le vicaire. Qu'est-ce que *vous* voulez ? »

Ils s'assirent côte à côte sur un petit banc, face à un bouquet de tombes. Du jardin de l'église, on dominait Menfre Hill et les toits d'ardoise des maisonnettes de pêcheurs et, au-delà, la baie et sa vaste étendue bleue mouchetée de rouleaux d'écume poussés par la marée ; au large, perdus dans la brume, on devinait les homardiers et, un peu plus loin, les smacks en train de pêcher le maquereau ; plus loin encore, hors de vue, naviguaient les chalutiers et les sardiniers. C'était là, tirant sur des cordes jusqu'à ce que le sel lui brûle la peau, déversant du poisson sur le pont, déballant de la glace de ses grosses mains, que l'on pouvait trouver Gideon Robertson, vêtu de ses bottes et de sa combinaison de caoutchouc jaune, avec sa barbe de loup de mer, s'épuisant contre vents et marées, telle quelque créature née sur les flots. Pour ce type d'hommes, il n'existait aucune autre vie. Les courts moments qu'ils passaient sur la terre ferme, à dormir et attendre la marée suivante, n'étaient tout au plus que des interludes. Ce géant silencieux pourrait-il jamais être un vrai père pour son enfant ?

Marion conta toute l'histoire au révérend Lender, sans lui épargner aucun détail. Elle lui désigna les rochers déchiquetés au-delà de Haven Point, là où l'horizon se noyait dans le brouillard, où se trouvait peut-être Gideon avec ses poissons, ses seaux, ses cordes et ses filets. « Et si jamais il est en mer le jour où naît mon bébé ? demanda Marion. Et si jamais il ne revient pas ?

— Je vois », dit le vicaire. Ils restèrent assis là, à contempler l'océan. « Pendant toutes les années que j'ai passées ici – et elles ont été nombreuses –, seuls quatre hommes ne sont jamais revenus, observa-t-il.

— L'un d'eux était mon grand-père, dit Marion doucement. Et un autre, mon père.

— C'est exact, convint le vicaire. C'est exact. » Ils se turent un moment. « Alors que faut-il faire ? reprit le vicaire. Nous faut-il arrêter de pêcher ?

— Si on veut fonder une famille, oui », répondit Marion, presque du tac au tac, comme si elle était rompue à cette réplique.

« Je vois. » Le vicaire lui prit la main avec douceur et la garda dans la sienne. « Gideon est un homme bon. Il prendra soin de vous, et de votre bébé.

— C'est donc ça, la réponse de Dieu ? J'annonce à Gideon qu'il est le père, on s'installe ensemble et on joue à la famille heureuse pour le restant de nos vies ? Jusqu'à ce que la mer l'emporte ?

— Cela semble la réponse la plus bienveillante. Vous dites vous-même que Gideon est probablement le père.

— Mais ce n'est pas sûr.

— Quand bien même... Le bébé a besoin d'un père. »

Marion se tourna pour faire face au révérend. « Je n'en ai jamais eu. Ma mère non plus. »

Au-dessus d'eux, les goélands argentés décrivaient des cercles en craillant dans le ciel froid de janvier. Marion dégagea sa main pour la plonger dans le panier.

« Pourquoi ne pas laisser Dieu décider ? reprit-elle d'un ton ferme.

— C'est une bonne chose, mon enfant, approuva le vicaire. Remettons cette décision entre les mains de Dieu. »

Marion sortit une miche de pain de son panier et entreprit, en y mettant une certaine énergie, d'en déchiqueter de petits morceaux. « Oui, dit-elle, je vais laisser Dieu régler le problème. Est-ce qu'Il contrôle les goélands ?

— Les goélands ? répéta le révérend Lender, interloqué, puis : Oui, bien sûr. Dieu contrôle tout. »

Marion lança un morceau de pain par terre, sur le chemin. « Voyons quel morceau de pain les goélands prendront en premier.

— Mon enfant, je crois vraiment que ce n'est pas une bonne idée », protesta le vicaire qui commençait à entrevoir les intentions de sa paroissienne.

Mais Marion n'était plus d'humeur à se laisser influencer. « S'ils prennent ce morceau-là en premier, déclara-t-elle, alors je me fais avorter. »

Le mot provoqua chez le révérend Lender un mouvement de recul. « Mon enfant… s'il vous plaît. Ne faites pas ça. »

Marion lança un autre morceau de pain. « S'ils prennent celui-ci, j'élèverai le bébé seule, comme ma mère l'a fait avec moi. » Elle lança un troisième morceau. « Celui-là, Dieu, c'est Gideon – si c'est lui le père et si Tu veux qu'il revienne habiter avec moi. » Un quatrième : « Celui-là, c'est Peter. Peter le barman, Peter l'Anglais, Peter le poète qui veut devenir marin. » Un cinquième : « Et le dernier, c'est John. John le propriétaire, John le mari d'une autre. » Marion claqua dans ses mains d'un air triomphal. « Allons, Dieu ! lança-t-elle au ciel. Donne-moi ta réponse.

— Marion, écoutez, tout cela n'a pas de sens. Ce n'est pas la bonne façon de résoudre vos problèmes. » Le prêtre était maintenant visiblement anxieux. « Vous n'êtes pas sérieuse.

— Oh que si ! Je suis tout à fait sérieuse. Si Dieu peut lire dans mon esprit, Il saura que je ne plaisante pas. Sinon, à quoi bon ? »

Au-dessus d'eux, les goélands continuaient à tourner tout en se rapprochant.

« Ce n'est pas ainsi qu'on procède pour exposer ses problèmes à Dieu », trancha Lender qui, déjà, se levait pour effrayer les oiseaux et les éloigner des morceaux de pain.

Marion le retint par le bras. « Attendez. »

Un grand goéland, dans un claquement d'ailes, venait de se poser sur l'une des pierres tombales. Un cri rauque, à l'adresse de Marion et du révérend, s'échappa de son impressionnant bec jaune, puis l'oiseau, avec circonspection, tira un bord vers la petite traînée de miettes.

« Ce n'est pas une épreuve équitable, protesta le prêtre.

— Laissons Dieu en décider », s'entêta Marion. Un deuxième goéland tomba du ciel. Puis un troisième.

« Arrêtez ! » La voix du vicaire dispersa les oiseaux, pour un bref instant.

Un quatrième goéland se posa. Puis un cinquième. Le prêtre se débattait pour se libérer de la prise de Marion. Et ensuite, bien entendu, il fut trop tard. Dans un éclair d'ailes grises, un oiseau arriva en rase-motte et faucha un des morceaux de pain. Enhardie, la volée tout entière déferla et, bientôt, tous les morceaux de pain furent emportés dans les airs.

Marion libéra le vicaire et se leva.

« Lequel était-ce ? » demanda le prêtre d'une voix abattue.

Marion ramassa son panier. « Ce n'était pas Gideon, indiqua-t-elle avec un sourire rusé. Et vous serez content d'apprendre que ce n'était pas John non plus, ajouta-t-elle avec, cette fois, un sourire contrit. John, le roi des mains baladeuses. Peut-être que les voies de Dieu sont impénétrables, finalement. Peut-être bien. » Et, sans un regard en arrière, elle s'engagea dans la rue qui descendait au village.

6

Octobre 1978

Le prénom « Azaliah » avait été, à l'origine, proposé par le révérend Jeremiah Lender, celui-là même qui devait ultérieurement lâcher le bébé dans les fonts baptismaux. À l'époque, Marion Yves penchait pour le prénom « Hazel ». Lorsqu'elle en fit la suggestion au vicaire, celui-ci lui décocha un regard désapprobateur.

« Avec tous les prénoms dont nous disposons dans la Bible, et tous ceux des saintes du paradis, vous voulez que votre bébé porte un nom de noix[1] ? la réprimanda-t-il.

— Mais j'aime ce prénom, protesta Marion.

— En ce cas, pourquoi ne pas l'appeler Azaliah ? C'est assez proche de Hazel, non ? Et cela signifie « Épargnée par Dieu ».

Si on se plonge dans les registres paroissiaux de Port-Sainte-Menfre, on trouvera au moins deux autres Azaliah, ainsi qu'une tripotée d'autres prénoms bibliques. Les habitants de Port-Sainte-Menfre se prénommaient Joseph, Ruth, Esther, Rebecca ou Matthew. Rarement Melvin, Roger, Veronica

1. « Hazel » signifie noisette en anglais. (Toutes les notes sont de la traductrice.)

ou Brenda. De toute évidence, le révérend avait eu pareille conversation avec plusieurs générations de mères. Si on recherche « Azaliah » dans un livre de prénoms on y lira en effet qu'il signifie « épargnée par Dieu » ou « proche de Dieu », mais, curieusement, on ne trouvera qu'une seule occurrence de ce prénom dans la Bible, et dans un contexte qui laisse planer une ambiguïté quant au genre. Saphan, nous apprend-on, était fils d'Azaliah. La première personne à avoir porté ce nom était donc probablement de sexe masculin.

Quoi qu'il en soit, dans sa nouvelle vie, Azaliah évolua en Azalea. La petite fille que Dieu avait épargnée devint un arbuste à fleurs.

En Angleterre, le service de l'état civil suit un processus particulier pour l'établissement des certificats d'adoption des enfants trouvés. On ne délivre pas un acte de naissance mais on enregistre une date de naissance, en précisant au besoin qu'il s'agit d'une date estimative. La petite fille trouvée se vit ainsi attribuer avec son nom une date de naissance approximative. À l'époque où Azalea partit vivre avec les Folley, elle avait quatre ans et trois mois ; mais cela, personne ne le savait et, faute de date d'anniversaire connue, les autorités durent lui en assigner une. Le médecin qui l'avait examinée avait estimé que la fillette avait autour de quatre ans et demi – presque cinq ans, donc, à la date de son adoption. Nous savons maintenant qu'Azalea, lorsqu'on la trouva, n'avait que trois ans et dix mois. Mais sa charpente dégingandée pouvait la faire paraître légèrement plus âgée, et l'assurance dont elle fit montre conforta probablement cette estimation. L'expertise médicale penchait pour une date de naissance aux alentours de décembre 1977, quand, en réalité, elle était née en août 1978. Mais il fut laissé à Rebecca et Luke Folley le soin de choisir une date officielle avec un bureau d'état civil de Cornouailles. Les Folley tenaient absolument à éviter un anniversaire en décembre, trop proche de Noël, et s'ils avaient été plus perspicaces ils auraient pu choisir un jour de janvier, voire plus tard. Mais non – au cas où, ils préférèrent remonter jusqu'en novembre et arrêtèrent leur choix sur le 1er du mois, le jour de Toussaint, vieillissant ainsi Azalea d'un peu plus de huit mois.

Huit mois, c'est un grand fossé à combler pour un enfant de quatre ans. Mais, en maternelle, il n'est pas rare de trouver réunis dans une même classe des enfants ayant un an d'écart. Lorsqu'elle fut admise à l'école, quelques jours après son arrivée chez les Folley, Azalea ne se démarqua en rien de ses petits camarades.

Il est entendu que le destin joue un rôle dans nos vies à tous. Une fois adulte, Azalea réfléchirait souvent à l'improbable séquence d'événements qui semblait avoir dirigé sa vie. Bien des années plus tard, elle se rendrait sur les falaises de Millrook, au pied desquelles Marion avait péri, et jetterait des fleurs sur les rochers en mémoire d'une femme dont elle ne conservait aucun souvenir. Si un goéland affamé s'était emparé d'un autre morceau de pain, si un tortueux cortège d'événements – au nombre desquels un lointain conflit dans l'hémisphère sud – n'avait pas poussé Marion à embarquer sa fille dans une voiture pour un trajet de six heures, si elle n'avait pas remarqué les lumières de la fête foraine, si Carl Morse n'avait pas rôdé là, si Marion avait été en mesure d'échapper à ses assauts, si Azalea avait pu indiquer une adresse aux policiers, si la police de Sheffield avait déployé plus d'imagination – alors peut-être que rien de ce qui était sur le point d'advenir ne se serait jamais produit. Mais toute vie est faite d'une succession de rebondissements et de méandres, et qui peut vraiment dire ce qu'elle aurait pu être sans eux ?

Ce ne serait que quelques années plus tard que la jeune Azalea apprendrait qu'un autre événement cruel s'était produit le jour même de son adoption, le 24 novembre 1982. Un événement d'une si grande barbarie que Luke et Rebecca Folley choisirent de le taire à la fillette pour la préserver – ce qui n'empêcha nullement celle-ci de comprendre peu à peu que cet épisode allait peser sur son avenir, et en des termes que personne n'était en mesure de prévoir. Un événement qui, peut-être, déroula froidement son cours alors même que les Folley étreignaient et étouffaient dans leur affection leur petite fille toute neuve, alors même que leur voiture ralentissait dans l'allée, devant leur maison de Saint-Piran, alors même qu'Azalea déchirait le papier coloré des cadeaux de bienvenue que ses nouveaux parents avaient emballés avec tant d'amour. Ce même jour, dans un pays très lointain, une situation était en train de se détériorer. Et pendant que Rebecca Folley montrait à Azalea la petite chambre dans laquelle elle dormirait, qu'elles regardaient ensemble par la fenêtre les bateaux qui tanguaient paresseusement dans le port, ou encore pendant que Rebecca, Luke et Azalea prenaient leur premier repas en famille, un petit cône de plomb entamait son trajet bref et violent dans le canon d'un fusil pour émerger en pleine lumière dans une ville écrasée de soleil, sur un continent à bien des kilomètres de Saint-Piran. Telle la cascade de chocs que décrivent les boules sur une table de billard, la trajectoire que le cône de plomb allait décrire dans l'air au sortir du tunnel de métal s'accompagnerait de conséquences implacables et inévitables. Son écho allait résonner pendant des années, jusque sur d'autres continents, jusqu'à finalement engloutir Luke, Rebecca et Azalea Folley – et même, un jour, Thomas Post.

Un an après l'adoption d'Azalea, l'onde de choc avait déjà atteint les Folley. À cette date, la maison de Saint-Piran était vide. Azalea et ses nouveaux parents se trouvaient en Afrique.

7

Juin 2012 – février 2011

« Nous nous sommes rencontrés à Euston Station, dit Thomas. Je ne pense pas vous l'avoir jamais dit. »

Il se trouve avec Clementine à la cantine, au sous-sol de l'université où ils ont déjeuné très souvent, par le passé. Clementine picore une salade composée de feuilles croquantes et saines et d'étranges haricots. Thomas a pris un goulasch, accompagné de pommes sautées.

« Euston Station ? C'est délicieusement romantique, observe Clementine. Ça me rappelle Trevor Howard et Celia Johnson. »

Thomas hausse un sourcil.

« *Brève rencontre*, précise Clementine. S'il vous plaît, ne me dites pas que vous n'avez pas vu ce film.

— J'en ai entendu parler, avoue Thomas, piteux.

— Ils se rencontrent dans une gare ; il l'aide à ôter une poussière de son œil. C'est le coup de foudre. » Clementine fredonne une mélodie et fait danser ses doigts le long d'un clavier imaginaire. « On joue du Rachmaninov en musique de fond. Le *Concerto pour piano n° 2*.

— Ah ! » Thomas hoche la tête. « Ce n'est pas exactement ainsi que ça s'est passé pour nous.

— Pas de Rachmaninov ? » Elle le taquine.

« Loin de là. » Thomas inspecte son goulasch et pique sa fourchette dans une pomme de terre.

Cette scène ne semble pas remonter à si loin. Combien de temps s'est-il écoulé ? Un an ? Un an et demi ?

« C'était en février, dit-il. En février 2011. »

Il avait fait froid ; plus froid que cela ne devrait être autorisé pendant l'hiver à Londres. Il y avait encore du verglas sur les trottoirs, et des amas de neige dans les caniveaux. Mais le vent d'est glacial avait perdu de sa vigueur et, en ville, à l'heure où chacun se rend au travail, les signes du dégel étaient flagrants : les manteaux étaient ouverts, les écharpes dénouées. On voyait moins de bonnets enfoncés sur les oreilles qu'une semaine plus tôt. Thomas, qui portait rarement un couvre-chef, remarquait ce genre de menus détails.

Ils ne s'étaient jamais rencontrés. Ils étaient collègues. Mais l'université de Londres est la plus grande d'Angleterre ; il est étonnamment facile d'y poursuivre une carrière entière sans jamais croiser la majorité de ses collègues. Azalea enseignait la littérature et la poésie anglaises à Birkbeck, à des classes d'étudiants adultes ; son emploi du temps ne suivait pas les horaires traditionnels puisque la plupart de ses cours avaient lieu en soirée. Thomas était un philosophe dont les journées traînaient en longueur dans une annexe de l'Institut de philosophie, à Russell Square. L'un et l'autre travaillaient donc dans le même périmètre ; sans aucun doute arpentaient-ils les mêmes trottoirs surpeuplés pour gagner les mêmes stations de métro ; probablement patientaient-ils dans les mêmes files d'attente pour acheter leurs sandwichs en été, qu'ils mangeaient sur la pelouse de Tavistock Square ; certainement avaient-ils un jour flâné au même moment dans la librairie de l'université et, forcément, ils avaient joué des coudes dans la cohue de pubs familiers, après le travail. Toutefois, à l'instar des mégalopoles, les très grandes universités couvrent tout un chacun d'un manteau d'invisibilité. Aussi, le matin où, à la gare d'Euston, Azalea Lewis et Thomas Post s'engagèrent sur l'escalator qui descend dans le métro, en pleine heure de pointe, rien ne justifiait qu'ils échangent plus d'un coup d'œil rapide et courtois. Ils étaient deux inconnus, dans une ville peuplée d'inconnus.

Cet anonymat était sur le point de disparaître.

Peut-être connaissez-vous l'escalator d'Euston Station ; si ce n'est pas le cas, vous aurez au moins en tête le modèle auquel il appartient – de ces escaliers mécaniques qui acheminent des marées humaines dans les entrailles de la ville à toute heure du jour, et plus particulièrement à celles où, comme lors des grandes transhumances animales, les travailleurs du monde envahissent les rues. La gare ferroviaire d'Euston, ainsi qu'un millier d'autres plates-formes de connexions urbaines depuis New York jusqu'à Shanghai, dégorge sur ses quais des wagons entiers de banlieusards, avant de les propulser dans cet enchevêtrement de boyaux qui constitue le réseau des transports souterrains. Et à la gare d'Euston, chaque matin ouvré, arrive un moment où, quand elle prend d'assaut l'escalator qui descend dans le métro, cette formidable masse humaine menace de contrarier la mécanique bien huilée des marches d'acier. Plus l'heure avance, plus l'urgence se fait aiguë, plus la foule devient dense et indisciplinée. Quelques travailleurs s'exfiltrent et gagnent l'escalier central, entre l'escalator qui descend et celui qui monte ; ils le dévalent d'un pas pressé, soucieux de ne pas se laisser dépasser par les voyageurs au regard vide qui, eux, glissent sans effort vers le bas du tapis roulant. La plupart de ces voyageurs en transit se contentent cependant de rejoindre la mêlée, et d'attendre que la bousculade les emporte à destination.

C'est une population bigarrée que celle des travailleurs londoniens ; celui-ci, en costume italien, s'empresse de gagner la Northern Line qui le conduira dans la City ; cet autre, en pantalon de treillis, s'en va faire le ménage dans un hôpital ; on croise des gens en uniforme d'infirmier, de serveur. Ils se cramponnent à leur sac, leurs journaux, l'étui de leur ordinateur portable ou leur téléphone, et ils avancent, telle une colonie d'insectes mue par un inflexible programme. Rares sont les contacts visuels. Et rares les paroles échangées. Tout au plus chacun prend-il acte de la présence de ses compagnons de voyage par un imperceptible signe de tête. Ce sont des hommes et des femmes en mission, et cette mission consiste à effectuer un trajet familier d'un point A à un point B. Thomas Post appartenait à cette espèce, tout comme, en ce jour de février, Azalea Lewis.

Il existe une convention, dans le métro de Londres : le côté droit d'un escalator est réservé aux passagers immobiles, tandis que la file de gauche doit rester dégagée et offrir une autoroute aux marcheurs. Les marcheurs sont des gens impatients. L'escalator est bien trop lent pour satisfaire à l'urgence de leur déplacement. Cette convention se voit perturbée lorsque des touristes, peu rompus à cet usage, stagnent sur la file de gauche. Les marcheurs aguerris cèdent alors à l'irritation, et les bouchons peuvent entraîner des bousculades. C'est ce qui arriva ce jour-là. Deux marches en contrebas de celle où se tenaient Thomas Post (à droite) et Azalea Lewis (à gauche), deux touristes s'étaient arrêtés côte à côte avec leurs grosses valises encombrantes. Une file irascible de voyageurs avait grossi derrière eux ; cela aurait pu n'être qu'une bousculade matinale parmi tant d'autres, mais, tandis que la foule glissait dans les profondeurs, l'homme qui se trouvait immédiatement derrière Azalea tenta de faire valoir ses droits en forçant le barrage. Azalea, pour ne pas perdre l'équilibre, leva une main, qui s'abattit assez lourdement sur la touriste devant elle, laquelle, surprise, voulut s'écarter, mais trébucha et s'affala par-dessus sa valise. Avec une célérité qui lui fait honneur, la main de Thomas Post vola à son secours, chercha à la rattraper, mais la vitesse de chute fut imparable. Thomas se trouva à son tour entraîné vers l'avant, de même qu'Azalea.

L'escalator arrivant en fin de course, cet agrégat – deux encombrantes valises, deux touristes effrayés et deux employés de l'université – se trouva déposé sans cérémonie dans le hall. Et personne n'eut le temps de s'extraire du tas avant que les deux voyageurs suivants ne s'écrasent à leur tour sur l'obstacle ; puis, une seconde plus tard, deux autres, et deux de plus ; puis s'y ajouta une femme avec un enfant dans une poussette, et un homme encombré d'un colis ; et puis encore deux de plus...

C'était saisissant de voir à quelle allure cet amoncèlement humain gagnait en hauteur. Pour ceux qui venaient le grossir, l'issue présentait un caractère sinistrement inéluctable. Privés de la possibilité de faire marche arrière, ou un pas de côté, ils étaient poussés en avant et jetés sur la pile. Les cris perçants émanant de cet empilement de voyageurs remontaient le long de l'escalator, mais en haut de celui-ci, personne ne distinguait le tumulte, aussi tout le monde continuait à s'engager dans la descente. Quelque part à mi-chemin se trouvait un bouton à actionner en cas d'urgence ; malheureusement, dans cette panique contagieuse, personne n'eut la présence d'esprit d'anticiper le geste, et ceux qui se réveillèrent après coup avaient juste raté l'occasion.

Se démener pour s'extirper de la mêlée ne faisait qu'augmenter les risques de blessures. Ceux qui jouaient sans ménagement des bras, des jambes ou des talons empiraient la situation des autres qui, immobilisés, étaient réduits à se faire piétiner, rouer de coups de coude ou de poing par une foule de plus en plus agitée. Dans sa chute, Thomas avait galamment tendu son bras gauche pour protéger l'inconnue qui partageait sa marche. Maintenant, ce bras était cassé. Azalea, quant à elle, s'était brisé une côte et peinait à respirer. Chaque geste étant devenu douloureux, l'un comme l'autre cessèrent de batailler pour s'extraire du tas.

Quelqu'un actionna enfin le bouton d'arrêt d'urgence et le flux de nouveaux corps se tarit. Démêler l'enchevêtrement de membres et mettre toutes les victimes en lieu sûr réclama cependant un certain temps. Il y avait plusieurs blessés graves – un homme dont le visage saignait abondamment ; une femme souffrant d'une probable fracture des cervicales ; une autre à la jambe cassée. Un talon aiguille s'était enfoncé dans le dos de l'un des touristes, qui souffrait le martyre. Une étudiante avait perdu son ordinateur portable, piétiné ; une autre, ses lunettes. La poussette était démantelée ; le bébé, Dieu merci, était lui sain et sauf. Plusieurs victimes étaient en état de choc.

Les premiers secouristes commencèrent à affluer ; on dégagea Thomas et Azalea et on les fit asseoir par terre, sur le carrelage glacé, contre un mur. Le bras cassé de Thomas reposait encore sur les épaules d'Azalea, comme s'ils formaient un couple. À cause du choc et de la douleur, ni l'un ni l'autre ne chercha à se dégager.

« Vous allez bien ? demanda Thomas, qui ne pouvait – ou ne voulait – pas bouger.

Azalea secoua la tête. « Je crois que j'ai quelques côtes cassées. Et vous ?

— Mon bras. »

Parler était difficile. Ils attendirent. Le personnel de la station s'efforçait de disperser la foule. Des ambulanciers arrivèrent avec des civières.

« Ça va, je peux marcher, annonça Thomas en se levant avec une grimace de douleur.

— Vous êtes ensemble ? » demanda un ambulancier. Thomas secoua la tête.

« Si vous pouvez marcher, pourriez-vous suivre mon collègue ? » D'un geste, l'ambulancier héla un des secouristes. « Il faut une civière ici, pour la dame ! »

On noua une écharpe autour du bras de Thomas et on l'aida à remonter l'escalier central, jusque dans le hall de la gare. Il se retourna et eut le temps d'apercevoir Azalea sanglée sur une civière, les yeux fermés.

Aux urgences du centre hospitalier universitaire, Thomas essaya de retrouver la jeune femme rousse avec laquelle il avait partagé sa marche, mais certaines des victimes évacuées par ambulance avaient été dirigées vers le Royal Free Hospital d'Hampstead.

Voilà comment nos vies peuvent prendre en un instant un tour inattendu. Personne ne s'applique un beau matin à se briser un os ou se mêler à un incident comme celui qui se déroula ce jour-là au pied de l'escalator d'Euston Station. Ces choses-là se produisent par surprise. Il s'avère que les carambolages sur les escalators ne sont pas particulièrement rares. Dans le métro de Londres, on en déplore plusieurs dizaines par an. Celui-ci avait été plus grave, et ce à cause des valises du couple de touristes sur lesquelles s'étaient empalés les voyageurs. L'incident ne justifia pas même un entrefilet dans l'*Evening Standard*. On déplorait quelques fractures, mais personne n'y avait laissé la vie.

Dans les jours qui suivirent l'accident, Thomas se surprit à penser à la femme à la côte cassée. Pendant qu'ils attendaient ensemble l'arrivée des secours, assis dans ce couloir de métro, Thomas avait laissé son bras reposer sur les épaules de cette femme. Lorsqu'il y repensait, il se sentait embarrassé. À peine avaient-ils échangé deux phrases. Même dans le chaos, ils s'étaient conformés au code du silence du Londonien. Mais, maintenant, il se surprenait à vouloir se représenter son visage. Un visage qui lui semblait quelque peu familier. La connaissait-il ? Il s'était *retenu* de la dévisager. Il ne lui avait pas demandé son nom, ni où elle allait, il n'avait pas proposé de lui laisser son numéro de téléphone. Il avait seulement respiré un parfum délicat, une discrète fragrance végétale qui imprégnait ses cheveux, et maintenant il désirait plus que tout ressusciter ce souvenir olfactif. Un très bref instant, la jeune femme avait appuyé la tête contre son épaule, comme une amante en quête de réconfort, et Thomas, instinctivement, s'était tourné vers elle, presque comme s'il s'apprêtait à embrasser délicatement ses cheveux. C'était le souvenir de cet instant fugace, de ce parfum indéfinissable qui hantait maintenant l'imagination de Thomas. Il songea à appeler les urgences du Royal Free Hospital pour demander des nouvelles de la femme à la côte cassée, et une fois il alla même jusqu'à composer le numéro. Après deux sonneries, il se ravisa et raccrocha. L'hôpital ne divulguerait aucune information sur un patient, à moins que Thomas pût prouver un lien de parenté avec la jeune femme. Et comment faire, quand il ne connaissait même pas son nom ?

L'accident avait eu lieu un vendredi. Le mercredi matin, Thomas était de retour à l'université, un bras plâtré, pour une banale journée de travail. Il donnait un cours sur la compréhension sociale des événements inhabituels. C'était là un de ses domaines d'expertise. Faute de savoir en calculer la probabilité, nous avons tendance à considérer comme remarquables, ou inspirés par le divin, des événements relativement courants, expliqua-t-il. « Quelle est la probabilité que, un jour où vous allez au théâtre, vous tombiez justement dans le public sur quelqu'un que vous connaissez ? demanda-t-il à sa classe de vingt-cinq étudiants. Ou bien encore : imaginons que vous vous arrêtiez à une station-service sur l'autoroute, ou que vous partiez en vacances à Ibiza et que, dans votre hôtel, vous tombiez sur un ancien camarade d'école… » Il laissa ses étudiants réfléchir. « Une fois, reprit-il, je suis parti pour Madrid et, dans l'avion, se trouvait un couple au mariage duquel j'avais assisté un an plus tôt. Était-ce une coïncidence ? »

Il prit un marqueur et se livra à quelques calculs sur un tableau blanc. « Combien avez-vous d'amis sur Facebook ? » demanda-t-il à une fille assise au premier rang.

La fille gloussa. « Quatre cents, à peu près.

— Bien, dit Thomas en notant *400* au tableau. Maintenant, si nous ajoutons à ces quatre cents personnes tous les membres de votre famille, tous vos voisins et tous les gens que vous avez perdus de vue – de quatre cents, on passe probablement à six cents, n'est-ce pas ? Ajoutez à cela tous les gens que vous avez côtoyés à l'école ou l'université – pas vos amis, juste des personnes que vous connaissez de vue… Disons qu'on arrive à un millier. » Thomas barra *400* et écrivit *1 000*. « Et quand on y pense, ce nombre – *1 000* – s'avère une estimation assez juste du nombre de personnes que chacun de nous serait susceptible de reconnaître, et probablement de saluer, si nous venions à les croiser dans un lieu inattendu tel qu'un aéroport ou une plage. » Il poursuivit ses calculs sur le tableau blanc. « À quelle fréquence nous retrouvons-nous entourés de deux ou trois cents inconnus – au cinéma, au supermarché, dans le métro, dans une grande artère commerçante ? Peut-être quatre ou cinq fois par jour.

« Considérons maintenant que vos mille connaissances représentent, disons, une personne sur cinquante mille au Royaume-Uni. Et que, chaque jour, vous croisez probablement quinze mille personnes. Par conséquent, vous devriez tomber au moins une fois par mois par hasard sur quelqu'un que vous connaissez. » Thomas posa prudemment ses fesses sur le bureau qui faisait face à l'amphithéâtre. Il portait le bras en écharpe, et l'inconfort persistait.

« Mais un tel calcul suppose que nous soyons tous répartis aléatoirement dans l'ensemble du pays, poursuivit-il. En réalité, dans notre calcul, nous pouvons ignorer de grands volumes de population. Nous n'avons pas besoin de prendre en compte les enfants, les vieillards, les gens qui ne sortent jamais de leur campagne, ceux confinés chez eux par obligation, ou enfermés en prison, ou plus simplement toute personne que nous ne sommes pas susceptible de croiser dans un train en provenance de Londres. Cela devrait porter à une tous les quinze jours vos chances de rencontrer par hasard l'une de vos mille connaissances. Donc, la prochaine fois que vous vous trouverez nez à nez avec un ami à Covent Garden, ne dites pas "Quelle coïncidence de te croiser ici !" parce que ce n'en est pas une.

« Autre exemple : quelle est la probabilité que deux d'entre nous ici soient nés le même jour ? »

De nombreux étudiants avaient déjà été confrontés à cette devinette. On procéda à un rapide sondage sur les dates d'anniversaire. Thomas savait que dans un groupe de vingt-trois personnes, il y a plus de cinquante pour cent de chances que deux d'entre elles soient nées le même jour. Le calcul est contre-intuitif ; la plupart des gens considéreront comme une formidable coïncidence que deux personnes invitées à une même fête soient nées le même jour. Le plus étonnant, en fait, serait que dans un groupe de vingt-cinq étudiants *personne* ne soit né le même jour. Tandis que chacun indiquait à haute voix sa date d'anniversaire, il flottait comme un certain suspense ; mais aucune de ces dates ne concordait. Thomas leva la main. « Quelqu'un n'a pas encore indiqué la sienne, fit-il remarquer, et il se désigna du doigt. Mon anniversaire tombe le 30 juin. » Quelqu'un étouffa un hoquet et applaudit. « Alors ? Qui est né le même jour que moi ? demanda Thomas. Pouvez-vous vous lever, s'il vous plaît ? »

Un étudiant se dressa dans les derniers rangs.

« Pouvez-vous rappeler votre nom à vos camarades ? »

Le garçon se fendit d'un grand sourire. « Je m'appelle Jonathan Post.

— Nous avons le même nom de famille ? Coïncidence ? Et je précise d'emblée que nous n'avons aucun lien de parenté, enchaîna Thomas en regardant plus attentivement l'étudiant. Qu'est-il arrivé à votre bras ? »

Jonathan Post brandit son bras. Il était plâtré.

« Même nom de famille, même date d'anniversaire et même plâtre, résuma Thomas à l'intention de la classe. Maintenant, à vos calculs : quelle est la probabilité qu'une telle coïncidence puisse se produire ? »

Au moment où il arrivait dans son bureau, le téléphone sonnait. Une femme se présenta et demanda à parler au professeur Post.

« Lui-même, annonça Thomas, encore rose de satisfaction après sa performance dans la salle de classe.

— Est-ce bien vous, le Génie des Coïncidences ? » demanda la voix.

Thomas éclata de rire. « On m'a affublé de bien des titres, mais jamais encore de celui-là, je crois. »

Il y eut un étrange silence.

« Mais peu importe, ajouta-t-il. Je suis probablement la personne que vous cherchez.

— Ah, parfait. Je suis une de vos collègues, expliqua la voix. De Birkbeck. J'ai lu votre article sur les coïncidences.

— Eh bien, vous n'allez pas le croire : non seulement je viens de donner un cours sur les coïncidences, mais en plus j'ai justement cet article sous les yeux, sur mon bureau, en ce moment même. Nous sommes donc déjà en présence d'une coïncidence. »

Son interlocutrice éclata de rire ; son rire évoquait le tintement d'une clochette. « Ce que j'aimerais, c'est venir parler de tout ça avec vous, reprit-elle.

— Bien sûr, répondit Thomas, pris d'un léger et très étrange vertige. Quand vous voulez.

— Votre bureau se trouve bien dans le bâtiment de Russell Square ?

— C'est cela.

— Alors je serai là dans vingt minutes. À tout à l'heure. »

Ce fut donc pendant que Thomas méditait sur la naïveté des foules qui s'obstinent à voir de l'extraordinaire dans des rencontres d'une grande banalité qu'on frappa discrètement à sa porte et que, dans l'entrebâillement, apparut le visage reconnaissable entre mille de la femme rencontrée sur l'escalator d'Euston Station – Azalea Lewis.

DEUXIÈME PARTIE

AZALEA REPERDUE

elle demeure dans mon cadre
elle a un visage
et elle a un prénom
mais me manquent la vue et les sens
pour suivre sa providence qui s'estompe
dans l'abîme des rêves je continue d'attendre
la main calculatrice du destin
mais la cendre du moule haineux du hasard
a tôt condamné ma célébration
et ma providence a amassé
son alliance et son poids

p.j.loak

8

Juin 2012

« Il me faut faire ici une petite digression », annonce Thomas.

Ils ont fini de déjeuner, mais comme Clementine Bielszowska a la phobie des ascenseurs, plutôt que de braver l'interminable volée de marches jusqu'à la mansarde de Thomas, ils s'attardent à la cantine. Passé l'heure de pointe, étudiants et enseignants se sont dispersés et, maintenant que les lieux sont plus calmes, il est plus aisé de converser.

« J'avais l'impression que l'histoire tout entière n'était qu'une longue digression, observe Clementine, mais la main qu'elle pose sur le genou de Thomas souligne que sa remarque est dénuée de malice.

— Ce n'est pas facile de tout mettre en ordre, se défend-il. Il y a plusieurs fils, qui tous partent d'un endroit différent. Le fil d'Azalea part de Port-Sainte-Menfre dans les années soixante-dix. Mais celui de Luke commence bien plus tôt.

— Luke ?

— Luke Folley. L'homme qui a adopté Azalea.

— Je vois. Avons-nous besoin de ce fil ? »

Thomas ferme les yeux, comme si occulter la lumière allait aider son esprit à se concentrer sur le récit. « Avez-vous jamais été en Ouganda ?

— En Ouganda ? Non, répond Clementine avec emphase. Mais je sais où se trouve ce pays. Y êtes-vous déjà allé ?

— Non. » Thomas secoue la tête, et ce mouvement suggère une sorte de déception. « Tout ce que j'en connais, c'est ce que m'en a dit Azalea. » Il a beau solliciter son imagination, comment visualiser un lieu où l'on n'a jamais été, que l'on n'a pas même vu en photo ? Thomas a écumé Internet, il a cherché des images d'une mission qui n'existe peut-être même plus et d'une petite ville qu'il ne pourrait rêver plus éloignée de son univers ; il a essayé de se représenter la terre rouge et sèche, les collines vert foncé et les méandres du vaste fleuve. Mais l'imagination n'est pas un substitut à l'expérience. Thomas le sait. Ces descriptions, il les tient d'Azalea. Elle, elle sait évoquer le Nil Albert, les marchés de Gulu, les voix du peuple acholi et les yeux implacables de l'Armée de résistance du Seigneur. Mais peut-il en faire autant ?

« Tout commence dans une petite ville du nom de Langadi », dit-il à Clementine.

9

1909-1984 – octobre 1969

Langadi est une bourgade située au nord de la vallée du Nil, dans cette région de l'Ouganda connue sous le nom de district de Moyo, lui-même rattaché à la province du Nil occidental. Un coin drôlement perdu – le Nil occidental. Cette province, aux confins nord et ouest de l'Ouganda, est littéralement coupée du reste du pays par le fleuve majestueux qui incise son coin supérieur gauche. Seules deux fragiles connexions relient ce district isolé au reste de l'Ouganda : un vieux ferry poussif qui, toutes les heures du lever au coucher du soleil, traverse le Nil à Laropi avec un chargement de camions acheminant des fruits et légumes depuis le Sud jusque dans les communautés reculées du Nil occidental et les marchés du Soudan ; et le grand pont de Pakwach, accessible par des routes périlleuses, à quelque trois cents kilomètres à l'ouest. La ville de Moyo n'est elle-même qu'une jonchée de bâtiments à la confluence d'une demi-douzaine de pistes recouvertes de gravillons ocre rouge fané. On y trouve un marché local de belle envergure ainsi qu'une poignée d'immeubles dignes de ce nom ; au-delà, à la façon d'une toile d'araignée, s'étend un réseau de chemins de terre et de sentiers mal entretenus qui relient la ville à ses voisines et à une infinie succession de villages, offrant chacun son bouquet de cases rondes acholi, ses fermes, ses animaux et ses enfants dépenaillés. Si on poursuit vers le nord, entre la vallée du Nil à l'est et le patchwork de fermes qui s'étale jusque vers les collines à l'ouest, on parviendra au poste-frontière avec le pays que nous devons aujourd'hui appeler le Sud-Soudan – même si, en 1984, à l'époque où Luke, Rebecca et Azalea Folley arrivèrent à Langadi, cet immense pays au nord s'appelait encore simplement le Soudan, et la région au nord du poste-frontière, le district soudanais du Centre-Équateur. La guerre civile qui ravageait le Soudan depuis le milieu des années cinquante avait connu une accalmie à l'orée des années quatre-vingt, mais l'armistice ne fut que temporaire. En 1983, le conflit reprit de plus belle et l'escalade se poursuivit durant deux décennies encore, du fait de la rébellion des populations du Sud, dont la majorité n'était ni arabe ni musulmane, contre l'autoritaire loi islamique du Nord. Les villes ougandaises proches de la frontière – Langadi, Moyo et Arua, mais également Gulu, la capitale régionale, à deux heures de route au sud-est – ne furent pas épargnées par la guerre qui faisait rage chez leur voisin du nord. Même pendant les périodes d'embellie, les milices de l'Armée populaire de libération du Soudan (SPLA[1]) menaient régulièrement des attaques transfrontalières pour dévaliser fermes et marchés, et rapporter des vivres à leurs frères d'armes. Cela donnait lieu à des échanges de tirs et, parfois, on déplorait des victimes.

1. Les acronymes par lesquels il est d'usage de désigner les différentes milices armées et factions rebelles correspondent à leur dénomination anglaise.

En Afrique, ce genre d'escarmouches ne date pas d'hier, bien sûr, et la ligne de démarcation de huit cents kilomètres entre l'Ouganda et le Soudan n'a jamais représenté davantage qu'un trait de plume arbitraire sur une carte d'empire, séparant des villages et des communautés qui partageaient une culture et une langue bien avant l'arrivée des colonisateurs et de leurs tracés. Il serait irréaliste de penser que cette frontière, à l'instar de la plupart de celles qui quadrillent le continent africain, puisse être policée – elle ne l'a jamais été. Et cette donnée concrète de la géopolitique continentale a depuis toujours engendré des vagues migratoires, les réfugiés fuyant des régimes abjects, en quête de lieux plus pacifiques où vivoter. Pendant que la SPLA menait sa déplaisante guérilla au Soudan et que ses miliciens organisaient des raids dans les villes ougandaises proches de la frontière, une invasion moins agressive, mais plus insidieuse, était donc à l'œuvre – des familles entières de villageois et de travailleurs sud-soudanais cherchaient refuge loin des malheurs de leur pays. Rares étaient ceux qui franchissaient légalement la frontière, mais, si l'on souhaitait emprunter cette voie officielle, une petite gratification au passage du poste-frontière de Jale était en général suffisant. À l'époque, cette région d'Afrique n'était que peu alphabétisée et, de toute façon, dans le coin, un viatique sonnant et trébuchant a toujours été plus fiable qu'un document officiel.

Cette brève page d'histoire eut pour conséquence un afflux massif, année après année, de dizaines de milliers de réfugiés dans une région aux capacités d'accueil limitées. Ce n'était pas non plus une période particulièrement glorieuse dans l'histoire de l'Ouganda. Certes le dictateur sanguinaire et syphilitique Idi Amin Dada (ou, si on préfère le désigner par ses titres fictifs, « Son Excellence le Président à vie Maréchal Alhaji Docteur Idi Amin Dada, décoré de la Victoria Cross et de la Military Cross, Compagnon de l'Ordre du Service Distingué et Conquérant de l'Empire britannique ») avait été renversé en 1979, mais le despote qui lui avait succédé, le docteur Apolo Milton Obote, n'était autre que son ancien Premier ministre, et sa gestion calamiteuse du pays devint presque aussi légendaire que celle de son prédécesseur. Le régime d'Obote se caractérisait par les violations des droits de l'homme, la corruption et la torture. Cette période vit s'affronter des tripotées de factions rebelles et de groupes affiliés au régime en place – l'Armée de rédemption du peuple (PRA) et autres Combattants de la liberté de l'Ouganda (UFF) – et resta dans les annales locales connue sous le nom de « Guerre de brousse ougandaise ». Les accrochages entre ces différentes cliques firent des dizaines de milliers de morts. L'Armée de résistance nationale (NRA) enrôlait des enfants-soldats pour combattre les forces de la UNLA d'Obote. La UNLA, si vous vous souvenez bien, était l'Armée nationale de libération de l'Ouganda, à ne pas confondre avec sa branche politique, le Front national de libération de l'Ouganda (UNLF). En rassemblant dans des entités géographiques distinctes un large assortiment de tribus et de groupes ethniques – qui, pour la plupart, n'avaient jamais fait particulièrement bon ménage –, les cartographes avaient arbitrairement créé, le long de la frontière nord de l'Ouganda, une situation à peine moins catastrophique que le chaos qu'ils avaient semé à l'échelle du pays tout entier. Ainsi, les Acholi et d'autres ethnies du Nord se méfiaient des peuplades du Sud, en majorité baganda – un peu comme les

Écossais se gardent des Anglais, et eux-mêmes des Français. Avant d'objecter que les effusions de sang entre tribus ougandaises n'ont rien de commun avec les inimitiés entre Anglais et Écossais, ou Anglais et Français, il faut rappeler que ces antagonismes furent eux aussi à l'origine de conflits sanglants, qui durèrent des années et couvrirent de cadavres bien des champs de bataille. En Ouganda, le pouvoir d'Obote se trouvait menacé à la fois par le Mouvement de résistance nationale (NRM) de Yoweri Museveni – l'homme qui parviendrait un jour à la présidence du pays – et par la NRA, que nous avons déjà rencontrée, mais également par un curieux groupe baptisé FUNA (l'Ancienne armée nationale de l'Ouganda, majoritairement constituée d'anciens soldats d'Amin Dada) et par le Front national de résistance de l'Ouganda (UNRF), dont les membres étaient originaires de la même région qu'Amin Dada. Le Mouvement de libération de l'Ouganda (UFM) et le Mouvement démocratique du peuple ougandais (FEDEMU), tous deux appuyés sur de solides bases baganda, renforcèrent l'opposition à Obote. Cette prolifération de groupes armés aux fiers acronymes est déroutante, même pour les spécialistes de cette période. Gageons que, pour le peuple ougandais, elle fut une source de tension et d'angoisse particulièrement usante, et qu'elle a certainement précipité la banqueroute d'un pays qui était déjà très pauvre. En 1983, puis de nouveau en 1984, le ministre de la Défense ougandais consacra plus d'un quart du budget national à combattre les milices – en pure perte. L'opposition ne désarma pas, et le décompte des cadavres continua à grimper.

Voilà quelle toile de fond déconcertante et plutôt inquiétante Luke, Rebecca Folley et leur fille Azalea, adoptée depuis peu, découvrirent en arrivant à Langadi en janvier 1984. Lorsque nous avons fait leur connaissance, les Folley étaient instituteurs, mais cette occupation n'était qu'un pis-aller. Leur vraie vocation, c'était le missionnariat. Luke et Rebecca Folley allaient désormais enseigner à la pompeusement nommée « Mission du Saint-Tabernacle de Saint-Paul pour les Nécessiteux du Nil occidental ». Si l'aventure était inédite et intimidante pour Rebecca Folley, elle avait valeur pour Luke de retour au bercail : elle mettait un point final à la brève et désastreuse période de rébellion qui l'en avait éloigné dix ans plus tôt. Le jeune Luke avait bravé les turbulences pour contrecarrer sa destinée, défier les desseins de la providence, et bâtir sa vie loin, très loin des montagnes du nord de l'Ouganda. En revenant s'installer à Langadi, il ne répondait pas à l'appel de Dieu ; il acceptait son destin. Luke Folley était un missionnaire de la *troisième génération*. Il reprenait le flambeau, si l'on veut, de la petite entreprise familiale. Son grand-père, le révérend Lester Baines Folley, originaire de Cornouailles et prêcheur de la mouvance « apocalyptique », avait fondé la « Mission du Saint-Tabernacle de Saint-Paul pour les Nécessiteux du Nil occidental » à Langadi en 1907, à l'âge de trente ans. En ces temps-là, l'homme blanc faisait ses premiers pas en Afrique, et c'est avec un courage considérable, sinon une certaine imprudence, que Lester Folley, en pionnier, creusa son sillon jusque dans le cœur noir de l'Afrique et les villages du Nil occidental, pour y prodiguer la parole de Dieu. Elisabeth Jane Folley, l'épouse qu'il avait laissée à Saint-Piran, l'y rejoignit environ un an plus tard, et on ne peut que l'imaginer tout aussi redoutable que son mari. Lester Bryant Folley, leur fils, naquit en 1909 dans l'hôpital flambant neuf de la mission de Langadi, et fut élevé pour succéder un jour à son père à la tête de la mission. Et chaque génération de Folley hériterait à sa suite de l'obligation de reprendre le flambeau de la vocation familiale.

Les toutes premières photographies des Folley qui demeurent datent des années soixante ; il est possible qu'auparavant personne n'ait songé à dilapider l'argent de Dieu pour acquérir un appareil photo. Il y a quelques portraits sur le vif de Lester, deuxième du nom (convenons de l'appeler Lester Folley II). On y découvre un vieillard, car, bien qu'il ne fût que quinquagénaire à l'époque, l'Afrique avait eu un impact féroce sur sa constitution. Il se tient légèrement voûté, arbore une barbe argentée en bataille, et il a beau s'efforcer de sourire, on le devine mal à l'aise. Sur tous les clichés, il prend appui sur une canne en ébène sculpté – rappel des maladies parasitaires qui l'affectèrent sévèrement enfant, et dont il résulta une limitation des mouvements de son bras et de sa jambe gauches.

Lester Folley II épousa une Française, médecin missionnaire, en 1942. Le premier-né du couple, un garçon également baptisé Lester, vit le jour en 1944. Appelons-le, par souci de clarté et de cohérence, Lester Folley III. Luke Folley, son frère, l'homme qui devait plus tard adopter Azalea, vint au monde en 1948, dans l'hôpital de la mission de Langadi, comme son aîné.

La petite mission vivotait, bon an, mal an, grâce à de maigres dons émanant pour la plupart des États-Unis. Chaque année, son administration postait, à destination d'églises et d'associations missionnaires européennes et américaines, vingt mille prospectus qui décrivaient en détail le bon travail accompli par la mission Saint-Paul et lançaient un appel de fonds ; alors les dons arrivaient au compte-gouttes. Dans la tiédeur du soir, sous le porche de la résidence et la majestueuse frondaison d'un vieux jacaranda, Lester et Monique prenaient ainsi la plume pour remercier chaque bienfaiteur, quelque modeste que fût son obole. Dans chaque enveloppe, ils glissaient une petite photographie en noir et blanc de l'un des enfants de l'orphelinat, au dos de laquelle on avait écrit d'une écriture maladroite : « Un grand merci de la part de Moise », « Merci du fond du cœur de la part de Maria ». Six semaines avant Noël, les bienfaiteurs de Moise ou de Maria – ou de l'enfant dont on leur avait adressé la photo – recevaient une petite carte coloriée à la main, envoi qui suscitait peu après des dons complémentaires.

Tel était donc le point d'ancrage de la famille Folley depuis trois générations : la résidence aux murs chaulés, l'église coiffée de tôles ondulées percées, le petit bâtiment de quatre pièces, baptisé hôpital, qui abritait le dispensaire et un dortoir, le préau qui servait de réfectoire, et enfin l'école, avec ses deux salles de classe où plusieurs générations d'enfants de Langadi avaient appris à lire et à compter, et suivi le catéchisme.

Sous l'effet de leur train-train paisible bercé par la douceur du climat, de cette vie qui coule sans hâte, enveloppée de poussière, rythmée par les cantiques et les appels de la cloche, les familles de missionnaires se laissent étreindre par une certaine indolence, elles cèdent à une torpeur confortable. Tandis que les vents mauvais de l'histoire dispersaient les populations d'Ouganda et du Soudan pour les jeter ici ou là comme de l'ivraie dans un bol de bon grain, tandis qu'en Europe des empires émergeaient puis éclataient, et qu'aux pétards des fêtes d'indépendance succédait la mitraille de nouveaux despotes et d'éphémères milices, la mission de Langadi, avec son bouquet de bâtiments, son école, sa fermette, ses offices du dimanche et son paisible sens du devoir, finit par se fondre dans le paysage. La pancarte blanche au frontispice de l'*Église de la Mission du Saint-Tabernacle de Saint-Paul pour les Nécessiteux du Nil occidental* se patina tant et si bien que les visiteurs arrivant là pour la première fois devaient s'y reprendre à deux fois pour la déchiffrer. Mais les nouveaux visiteurs étaient rares, et quel besoin la population locale avait-elle d'une pancarte ? À la fermette, on cultivait des bananes, des patates douces, du maïs, des arachides, du manioc, du sorgho et du sésame. Les salles de classe accueillaient les enfants des environs par troupeaux entiers. Les dortoirs offraient un toit aux orphelins. Le dispensaire secourait les malades.

Si les fonds nécessaires au bon fonctionnement de la mission pouvaient se révéler difficiles à recueillir, en revanche, les associations basées à Londres pourvoyaient généreusement à l'éducation des fils de missionnaires britanniques. Ainsi dans les années soixante, Lester III et le jeune Luke avaient rejoint l'Angleterre, où ils arboraient le costume gris en laine peignée et le canotier d'une école privée du Kent. Lester III, l'aîné, éternel premier de la classe, brillait en latin, en grec et en histoire, tout comme en rugby, escrime et tennis. Tout en soupçonnant qu'aucune de ces compétences ne lui serait particulièrement utile pour faire carrière dans un orphelinat au centre de l'Afrique, Lester garda pour objectif de retourner en Ouganda pour perpétuer la tradition familiale. Tandis que ses pairs bouclaient leurs bagages pour rallier Oxford ou Cambridge, Lester, quant à lui, intégra un séminaire à Canterbury pour étudier les traditions et les enseignements de l'Église anglicane. Sans nul doute y apprit-il les phrases élégamment tournées de l'archevêque Cranmer, celles-là mêmes que devait entonner, à peine une décennie plus tard, le révérend docteur Jeremiah Lender au baptême de la petite Azaliah Yves. Peut-être y apprit-il aussi quelle était la meilleure technique pour tenir un bébé au-dessus d'antiques fonts baptismaux. Indubitablement mit-il à contribution sa connaissance du grec et du latin pour pénétrer le sens des grands textes qui renseignaient sa foi. En cette année charnière de 1969, alors que la décennie de l'amour libre touchait à sa fin, Lester Folley, troisième du nom, fut ordonné prêtre. L'encre sur son certificat d'ordination n'avait pas encore séché qu'il était déjà de retour à Langadi.

Selon un dicton ougandais, « le fils aîné hérite de la ferme ; le cadet se fourvoie », et l'adage se vérifia dans le cas de Lester et Luke Folley. Lester, le fils aîné consciencieux, s'était entièrement consacré à préparer son retour dans le giron de la mission familiale ; mais la suite pouvait-elle être aussi simple pour Luke ? L'époque était au changement et Luke choisit de ne pas rentrer au bercail. Encore qu'il aurait pu dire qu'il n'avait rien choisi du tout. En un sens, il ne prit aucune décision ; au mieux, il la différa. Voilà donc quelle fut la brève rébellion du fils prodigue. De par sa nature intrinsèque, cette non-décision devint, de jour en jour, plus facile à assumer. Luke Folley, à un continent de distance des conseils parentaux ou de la réprobation familiale, n'excellait ni en latin, ni en grec, ni même en histoire. Il ne se sentait aucune vocation pour la prêtrise, et se moquait pas mal de la prose de Thomas Cranmer. Il laissa tomber les études et se laissa pousser les cheveux. Dans le langage charmant de l'époque, il se découvrit *hippie*. Tout à fait à l'aise avec cette nouvelle identité, il entreprit de savourer les miettes d'une décennie moribonde et embrassa une trajectoire semblable à celle de beaucoup de jeunes gens de sa génération. Avec un groupe d'amis et d'autres marginaux qui partageaient ses dispositions d'esprit, il emménagea dans un squat de Ladbroke Grove. Bouillonnant d'enthousiasme, les squatters changèrent les serrures, peignirent des motifs cachemire et des volutes psychédéliques sur les murs, affichèrent des posters de Hendrix, Dylan et Che Guevara et peinturlurèrent en rose et jaune des symboles *Peace and Love* sur les portes. Qu'ils ouvrirent grand, une fois les travaux de décoration achevés, à d'autres camarades squatters. Ils se retrouvèrent parfois à dix, douze, voire quinze, dans les quatre chambres de la maison. Les arrangements de couchage étaient libres et faciles. La propriété était un vol. Luke, comme nombre de ses contemporains, flirta avec le marxisme, le matérialisme dialectique, l'amour libre et le LSD. Il gagna quatre sous avec des petits boulots – remplir les étagères d'une pharmacie, décharger des légumes aux anciennes halles de Covent Garden, vendre un peu de marijuana. Il apprit à jouer de la guitare et composa des chansons aux accents dylanesques ; il s'affubla de sandales à lanières, de liquettes *tie and dye*, d'un manteau en peau retournée et ceignit sa tête d'une écharpe péruvienne. C'était l'uniforme de son époque. Il arrêta de couper ses cheveux, et de les laver. Le savon était une invention bourgeoise. Il faisait sa toilette à l'eau froide et embaumait le patchouli. Il lisait des exemplaires, récupérés çà et là, du magazine *Oz*, les bandes dessinées de Robert Crumb, les ouvrages de Ken Kesey et Allen Ginsberg et les brochures de Timothy Leary.

Il faisait brûler des bâtons d'encens, écoutait The Grateful Dead, Iron Butterfly et Jimi Hendrix. Il manifestait contre la guerre au Vietnam, militait pour le désarmement nucléaire et s'entraînait, tête basse et sourire de chien battu aux lèvres, à brandir ironiquement deux doigts en forme de V, en psalmodiant consciencieusement « *peace, man* ».

Telle fut donc la brève et prévisible rébellion de Luke Baines Folley. Plus tard, avec le grand discernement qu'accorde le recul, Luke décrirait ce temps-là comme ses « années perdues ». Son nouveau régime strictement végétarien le fit maigrir. Un masque de morosité lui colla au visage. Il cessa de répondre aux lettres que ses parents lui adressaient de Langadi, ou à celles que lui écrivait son frère Lester depuis son séminaire dans le Kent. Il laissa tomber son petit boulot aux halles de Covent Garden parce que embaucher aux petites heures du matin était au-dessus de ses forces. La pharmacie le flanqua à la porte au motif que son apparence était incompatible avec un commerce familial. Il résista à la tentation bourgeoise de s'inscrire au chômage pour toucher les allocations et s'en alla gratter sa guitare dans un couloir de métro, à Marble Arch, une forme de mendicité déguisée, l'acte désespéré d'un jeune homme acculé.

Luke Folley fêta ses vingt et un ans à l'automne 1969. Un soir où il regagnait ses pénates, il découvrit qu'une société de sécurité, qui roulait en camionnettes noir et doré, avait repris possession par la force du squat de Ladbroke Grove. Cela n'était pas une immense surprise. Droit de propriété et droits des squatters étaient depuis plusieurs mois au cœur d'une controverse, et il se racontait que la maison avait été vendue, moyennant une confortable ristourne, à un étranger qui avait très bon espoir de convaincre ces hôtes parasites de débarrasser le plancher. Ce moment semblait être arrivé. Du temps où Luke grattait sa guitare dans le métro, une escouade apparemment persuasive de grands Africains baraqués s'était présentée sur les lieux et avait persuadé ses autres occupants de les libérer. À son retour, Luke découvrit qu'on avait changé les serrures et que le peu d'affaires qu'il possédait avait été emballé à la va-vite dans des cartons, qui gisaient maintenant sur le trottoir tels des débris éparpillés par un ouragan. Une bruine tombait du ciel froid et gris. Les cartons étaient déjà détrempés.

Une poignée de camarades squatters, l'air profondément secoué, traînaient encore dans les parages. Une des filles gémissait. D'autres plaidaient leur cause auprès de deux vigiles africains visiblement insensibles à leurs charmes. Vidé de toute énergie, Luke se laissa glisser sur le trottoir et enfouit la tête entre ses mains pour contempler le paysage désolé de son existence. Ses grands rêves et ses grands idéaux s'étaient évaporés. Et voilà où il en était – exsangue et sans toit, quasiment sans le sou, assis sur un trottoir londonien, face à sa vie qui tenait dans deux cartons et un étui à guitare.

Une limousine vint se ranger le long du trottoir. En émergea un grand Africain en costume gris, accompagné d'une jeune Européenne pâlichonne en cuissardes vinyle à la Bardot et minijupe à motifs cachemire. Il s'agissait, à n'en pas douter, des nouveaux propriétaires de la maison d'où Luke et ses bons à rien de camarades avaient été brutalement chassés. L'Africain ignora les hippies pour invectiver copieusement les deux vigiles, dans une langue étrangère aussi familière à Luke que l'anglais. L'homme avait parlé en acholi, la langue du Nil occidental. Plus tard, chaque fois qu'il raconterait l'histoire à Azalea, Luke n'omettrait jamais dans sa traduction l'invective typiquement africaine : « Virez-moi ces foutus feignants de ma foutue propriété avant que je ne les enterre vivants. »

Entendre parler acholi fut un tel choc pour Luke qu'il se redressa pour regarder l'homme. « Okot ? » se surprit-il à dire. Le prénom « Okot » signifie « Né dans les pluies ».

L'Africain pivota et dévisagea le hippie famélique qui, tel un déchet, polluait son trottoir. « Luke ? »

Luke se dressa sur ses jambes flageolantes. « Vous voilà bien loin de la mission, monsieur Okot Lakwo, dit-il en acholi.

— Et vous donc, monsieur Luke Folley, et vous donc », répondit l'Africain avant d'éclater du rire le plus chaleureux que l'Anglais eût entendu depuis des mois.

Nous ne considérons pas la juste valeur d'un éclat de rire comme moyen de communication. Nous rions en réaction à une situation comique ; nous rions pour soulager une tension ; ou ne pas être en reste quand d'autres le font. Cependant, pour Luke, débraillé, transi de froid, sans toit et affamé, le rire d'Okot Lakwo n'était rien de tout cela. Ce rire était une passe d'armes cruelle ; un sermon réduit à un son. C'était un rire dans lequel résonnaient le triomphe et l'exultation. Il puisait sa force comique aux gisements les plus profonds de la *schadenfreude*, cette joie mauvaise qui se nourrit du malheur d'autrui. Pendant qu'Okot Lakwo riait à gorge déployée, le monde s'arrêta de tourner pour Luke Folley et ce rire, magnifié par l'écho, se répercuta sur les façades géorgiennes de Ladbroke Grove.

Lorsque le rire se tut, Okot Lakwo abattit le bras sur le dos de Luke Folley. « Mon cher, cher ami, dit-il, en anglais cette fois. Ton père se fait du souci pour toi. »

Luke secoua la tête. De longs paquets de cheveux mouillés restèrent collés à son visage.

« Comment se fait-il que je te trouve dans cet état ? » demanda l'Africain, avec un imperceptible mouvement de tête qui désignait l'ensemble du tableau.

Luke se retrouva sans voix. L'euphorie de sa rébellion s'était évanouie. Il ne put convoquer aucun signe de paix, aucune métaphore marxiste, ni même un slogan en faveur de l'amour libre. Complètement dépassé par l'invraisemblance pure et simple de la situation – un orphelin de la mission de Langadi avait acheté précisément la maison dans laquelle il squattait –, Luke n'entendait que l'écho pénétrant de ce rire, et se voyait confronté à sa situation purement et simplement désespérante.

« Ça va, réussit-il à articuler, et il se détourna, comme pour s'éloigner.

— Attends, attends, attends. » La main d'Okot se posa sur son épaule. « Ce sont tes affaires, là ? »

Luke regarda les cartons détrempés. Il hésita. « Non. » Sincèrement, il ne se sentait plus aucun lien avec ces cartons. Ils étaient devenus comme ces impedimenta privés d'amour qui s'entassent sur les étagères des boutiques de bienfaisance. Ces vêtements, ces livres, ces disques appartenaient à quelqu'un d'autre, une lointaine connaissance.

Okot lui sourit. « Laisse-moi t'offrir l'hospitalité. Entre. Viens te sécher. On te trouvera un coin où rester, le temps de te remettre en selle.

— Non. Mais merci quand même. Je vais bien. » Luke hissa sa housse de guitare sur l'épaule.

L'Africain lui décocha un regard suspicieux. « Alors comme ça, on se rencontre loin de chez nous, sur un autre continent, et toi, tu tournes les talons ? » Il s'approcha. « Tu te rappelles ce qu'on dit en acholi ? *Okom oyoko langwec* – une souche d'arbre peut mettre à terre l'homme qui court. Je crois, mon ami, que tu as foncé sur un arbre. »

Luke essaya de chasser les mèches de cheveux tombées devant ses yeux.

« Ce n'est pas impossible.

— En ce cas, l'homme qui court doit se relever et repartir de l'avant.

— Ce n'est pas toujours aussi simple que ça.

— Oh que si. Crois-moi, c'est aussi simple. »

Que pouvait rétorquer Luke ? Lui qui avait étudié dans un établissement privé et joui de privilèges liés à sa naissance, qu'aurait-il pu dire qui fût audible par un homme qui avait dû se battre pour tracer sa route depuis un orphelinat dans un pays d'Afrique ravagé par la guerre civile, et qui maintenant le dominait de toute sa hauteur sur ce trottoir, à côté de sa limousine, de sa petite amie décorative et de sa maison londonienne ? Luke, piteux, se contenta de secouer la tête.

« Te souviens-tu de cet autre dicton de Langadi ? *Yoo aryo oloyo lalur*. La hyène est en déroute à la croisée des chemins. Elle est lancée après sa proie, mais voilà que se présente une fourche. La hyène s'arrête. Lequel des deux chemins prendre ? Celui-ci ou celui-là ? La proie a filé et la hyène, au lieu de lui courir après, reste plantée à la croisée des chemins, incapable de se décider. Je pense que c'est ce qui t'est arrivé, mon ami.

— C'est possible.

— Alors dis-moi… Quelle est cette fourche qui te retient ici ? »

Luke réfléchit. « Si je prends d'un côté de la fourche, je deviens un guitariste célèbre, je me produis au Albert Hall, je vends un million de disques. » Il réussit à esquisser un pauvre sourire.

« Et de l'autre ?

— Je m'inscris à l'école de formation des maîtres ; éventuellement, j'enseigne quelque temps en Angleterre ; éventuellement, un jour, je rentre aider Lester et mon père à la mission. »

Okot acquiesça. « Ce sont deux bonnes options. Mais, pour l'instant, tu es comme la hyène. Ce carrefour est ta prison au lieu d'être ton issue. Quel genre de musique joues-tu ? » s'enquit-il avec un sourire sympathique.

Luke haussa les épaules. « Dylan, Simon et Garfunkel.

— En ce cas, tu as dix ans de retard, mon ami. »

Luke grimaça. Le commentaire était cinglant.

« Combien de démos as-tu réalisées pour les labels de disques ? Combien d'auditions as-tu passées ? À la porte de combien de producteurs frappes-tu tous les jours pour exiger qu'ils écoutent ta musique ? À combien d'entre eux as-tu parlé *aujourd'hui* ? »

Luke secoua sa chevelure mouillée. « Aucun.

— Alors, tu es vraiment coincé, conclut Okot. Tu n'as pas choisi de devenir un musicien célèbre, et tu n'as pas choisi de devenir professeur.

— Mais si je choisis l'enseignement… si je choisissais cette voie… je sais ce qui se passerait. Il me faudrait retourner à Langadi. »

Okot éclata de rire. « Bien sûr que non. Rien ne t'oblige à faire ce que tu ne veux pas faire.

— Ah, mais tu n'imagines pas quelle pression me mettraient mon père, ma mère, Lester.

— Je crois que je l'imagine très bien. Ce serait si pénible de retourner là-bas ? ajouta Okot avec un aimable sourire.

— Toi, tu n'y es jamais retourné. »

Le massif Ougandais partit une fois de plus d'un grand éclat de rire. Mais celui-là était différent du premier, plus affectueux, plus compréhensif. « Mon cas était tout autre, mon ami. Qu'irais-je faire à Langadi ? Traire les bêtes ? Alors que toi, tu pourrais diriger ta propre mission.

— Ce n'est pas le plus gros problème…

— Explique-moi.

— La foi. Je l'ai perdue.

— Tu as perdu foi dans le travail de la mission ?

— Foi en Dieu », corrigea Luke, l'air navré.

Pour la troisième fois, l'Africain explosa d'un rire tempétueux et sa main puissante s'abattit sur le dos de Luke à la façon d'une raquette de ping-pong. « Mon ami, mon ami, mon ami, articula-t-il entre deux grondements hilares. Qui a encore foi en Dieu ? Personne.

— Si. Mon frère. »

Le colosse acholi se fendit d'un grand sourire. « En ce cas, tu le laisses s'occuper des histoires du bon Dieu et toi, tu enseignes tout le reste. »

Luke dodelina mollement de la tête.

« De toute façon, je ne suis pas en train de te dire quel chemin choisir. Je te dis juste : ne commets pas la même erreur que la hyène. » Okot sortit de la poche de sa veste un rouleau de billets, sur lequel il préleva une dizaine de grosses coupures. « Voilà ce que tu vas faire, mon ami. Tu prends cet argent et tu t'en vas d'ici. Tu laisses tout ça derrière toi. » Il désigna les cartons ramollis par la pluie. « Soit tu commences tout de suite à appeler les producteurs de disques – disons, quatre par jour ; soit tu entres chez le premier coiffeur que tu croises, tu t'offres un bon repas, tu t'achètes quelques vêtements robustes et tu pars en Cornouailles, dans la maison de ton père. Tu lui écris que tu vas bien. Dis-lui que nous nous sommes rencontrés, mais bien sûr sans préciser les circonstances. Tu te trouves un travail, une fille. Tu t'inscris à ton école de formation des maîtres et, dans un an, tu viens me rendre visite, ici, dans ma maison. » Il lui fit un grand sourire. « Tu connais l'adresse, n'est-ce pas ? »

Luke hocha la tête.

« Dans un an, à compter d'aujourd'hui, tu reviens ici et tu me rembourses cet argent.

— Sans faute.

— Un an à compter d'aujourd'hui ?

— Sans faute.

— Maintenant, vas-y. »

Luke redressa la tête ; pour la première fois, il regarda Okot droit dans les yeux, et il prit l'argent. « *Apwoyo*. Merci », dit-il. Et puis, conformément à la coutume acholi, il tourna les talons et s'en alla. Un des hippies le héla, mais Luke poursuivit sur sa lancée. Il avait trébuché sur une souche d'arbre, mais la souche ne l'avait pas tué. Il pleuvait dru lorsqu'il tourna à l'angle de la rue, sans un regard en arrière. Sur le trottoir d'en face, il avisa l'enseigne tubulaire rouge et blanc d'un coiffeur.

10

Janvier 1978

Peu après l'épisode du goéland, l'histoire fit le tour du village mannois de Port-Sainte-Menfre. Le révérend Jeremiah Lender, bien qu'il fût lié par une évidente clause de confidentialité, n'en fit pas moins le récit à son épouse Ruth, qui dut lui promettre de n'en rien répéter *à âme qui vive*, et c'est cette même promesse que Ruth, plus tard le même jour, arracha solennellement à sa sœur Mary. Celle-ci, à son tour, fit jurer le secret à sa cousine Eve ; ensuite, on perd le fil. Mais ce qui est sûr, c'est que, en l'espace de vingt-quatre heures, tous les habitants du village ne parlaient plus que de ça, à l'exception de six d'entre eux – Marion, le vicaire, Gideon Robertson le pêcheur, Pete le barman, et M. et Mme John Hall, les aubergistes.

Les versions de l'histoire variaient sur certains détails, notamment la chute. Marion avait pris congé du révérend Lender sans lui révéler quelle tournure Dieu, par l'entremise du goéland, avait choisi de donner aux événements. Mais le vicaire affirma à sa femme que, selon lui, le morceau de pain dont s'était emparé le premier goéland désignait sans l'ombre d'un doute l'un des pères potentiels, et non l'une ou l'autre des options bien moins acceptables – l'état de fille mère ou une interruption de grossesse.

De fil en aiguille, l'histoire parvint bien évidemment jusqu'aux oreilles des trois pères putatifs.

Le premier à se présenter au portail du 4, Briny Hill Walk fut John Hall, le propriétaire du Bell Inn. Ancien du SAS[1], bâti comme un arrière de rugby, le visage aussi rouge qu'un vin rosé corsé, le cou de la circonférence d'un tonneau de cidre et l'air perpétuellement indigné, John Hall était un vrai bouledogue. Il remonta l'allée d'un pas martial pour tambouriner à la porte. Quand Marion la referma derrière lui, celle-ci demeura close pendant presque une heure avant que le visiteur ne quitte les lieux, le visage aussi rubicond et l'air aussi furibard qu'à son arrivée. Cela n'avait pas été une entrevue facile. À quoi Marion jouait-elle ? avait-il tempêté – à répandre ainsi des rumeurs dans le village ; des rumeurs selon lesquelles lui, le sergent Hall, l'innocent et irréprochable aubergiste, serait, allez savoir comment, le géniteur de l'enfant qu'elle portait ! Lui, l'époux exemplaire, l'ancien soldat à la réputation immaculée, que le venin de la suspicion ravalait au rang de mouton de Panurge !

« Tu as oublié que tu m'as baisée dans ta cave, toi le pantalon aux chevilles et moi coincée contre les caisses de cidre, pendant que ta femme tirait des pintes au bar, au-dessus de nos têtes ? riposta Marion. Tu as oublié que tu m'as allongée sur une vieille palette et que tu as déchiré ma culotte, tellement tu étais pressé de fourrer ton machin ? Tu as oublié ? Dis, tu as oublié ? »

1. Special Air Service : contingent d'élite de l'armée britannique.

John Hall aurait peut-être souhaité protester de son innocence, mais comment nier ? Lui, un militaire, un homme doté d'un code de l'honneur. Il coupa à angle droit vers la vérité. « En ce cas, dit-il, tu dois me dire si cet enfant est de moi.

— Tu n'es donc pas capable de le dire toi-même ? répliqua Marion. Il a tiré des balles à blanc, ton machin ? Pourquoi crois-tu que je me suis aspergée d'eau en bouteille avant de remonter au bar, sinon pour éviter que l'odeur de ton foutre me trahisse auprès de ta femme ? »

Ce ne furent pas les seules paroles échangées ce soir-là entre Marion et John Hall, mais celles-là firent mouche. Quand, une heure après son arrivée, John Hall quitta le 4, Briny Hill Walk, peu de doutes subsistaient dans son esprit ; l'enfant dans le ventre de Marion était bien le sien, mais cela, il se résolut à ne le reconnaître devant personne.

Au coucher du soleil, quelques heures à peine après la visite de John Hall, Gideon Robertson se traîna tant bien que mal jusqu'au numéro 4. Il n'alla pas droit au but comme l'ancien soldat, il hésita devant le portail de la maisonnette qu'il avait autrefois partagée avec Marion et s'assit un instant sur le muret, face à la mer, pour observer le retour des derniers pêcheurs de maquereaux. Le soleil avait disparu derrière la mer d'Irlande lorsque, avec circonspection, Gideon gagna la porte d'entrée, à laquelle il frappa aussi timidement qu'un enfant.

Comment se déroula cette entrevue ? Il y avait un tout autre passif entre Gideon et Marion. Leur histoire ne se résumait pas à une copulation expédiée entre deux fûts de bière ; ils avaient partagé un lit comme mari et femme, roulé nuit après nuit dans les bras l'un de l'autre, dormi ensemble ; ils s'étaient caressés, aimés, disputés, ils avaient fait toutes ces choses que font les amants. Gideon était plus blessé qu'en colère ; plus inquiet pour Marion que pour lui-même. Il n'avait aucune réputation à protéger. « Comment vis-tu tous ces ragots ? lui demanda-t-il. Comment vas-tu te débrouiller seule, maintenant que tu es enceinte ? »

Il la supplia de le laisser rester, il la flatta, la cajola, à sa façon pataude. Il lui fit des promesses. Il se chercherait un travail à terre. Il élèverait l'enfant comme le sien, quand bien même ce serait celui d'un autre. Marion, n'en doutons pas, eut du mal à résister à cette cour. Gideon ne lui était pas indifférent. Alors pourquoi ne céda-t-elle pas ? Pourquoi ne lui fit-elle pas une place à ses côtés ? Subissait-elle l'influence du goéland et du morceau de pain ? Probablement. Craignait-elle que Gideon, par une nuit sans lune, parte braver la houle et ne revienne pas ? Cette éventualité, sans nul doute, hantait Marion, fille et petite-fille de disparus en mer. Ou bien, en le regardant, échoua-t-elle à discerner quelque avenir que ce soit pour elle et le bébé ? Nous n'en savons strictement rien. Tout ce dont nous sommes sûrs, c'est que leur entretien dura environ une heure.

Personne ne vit Peter le barman rendre visite à Marion. Il arriva après minuit, après que l'auberge eut fermé ses portes.

« On raconte que tu es tombée enceinte », dit-il d'un ton théâtral.

Cette accusation solennelle arracha un éclat de rire à Marion. « Je suis tombée enceinte ? *Tombée* ? C'est donc comme ça que c'est arrivé ! Pourquoi ne nous a-t-on jamais appris ça à l'école ? Eh bien… Dire que j'avais toujours cru que ces choses-là n'arrivent que quand on tire un coup. »

Peter, la mine penaude, se reprit. « On raconte que tu attends un enfant. »

À ce stade, Marion était lasse de ces entretiens. Elle était en robe de chambre et ils se tenaient tous les deux dans la cuisine. « On raconte ça, vraiment ? dit-elle avec une pointe de sarcasme. Bon, si c'est ce qu'on raconte, ce doit être vrai.

— Et on raconte que c'est moi le père.

— Bon, bon. Est-ce que ça pourrait être vrai, ça aussi ?

— Dis-moi si c'est vrai. Tu me dois bien ça.

— Tu ne te souviens plus d'avoir été dans mon lit ? »

Peter sembla accablé.

« Si, bien sûr.

— Tu te souviens d'avoir mis une protection ? »

Le jeune homme secoua la tête.

« On ne t'a pas appris, à l'école, en Angleterre, ce qui peut arriver si tu t'aventures dans une fille sans protection ?

— Je pensais que…

— Que pensais-tu, jeune Peter ?

— Que tu prenais la p… pi… pilule.

— Et comment ? M'as-tu demandé si je prenais la p… pi… pilule ? »

Il secoua la tête une fois de plus.

« Non, dit Marion. Tu ne m'as rien demandé. Tu t'es contenté de suppositions.

— Donc, c'est moi le père ? »

Marion le considéra. Il avait dix-huit ans. Il était frêle, pâle, et terrorisé par ce qu'elle risquait de répondre, par ce que cette réponse pourrait signifier.

« Tu te souviens de cette journée… au bord du ruisseau ? »

Peter dodelina de la tête.

« Nous étions allongés dans les hautes herbes.

— Je m'en souviens. Nous étions sous un charme.

— C'est donc *ça* ? Tu me récitais des poèmes pendant que le soleil se couchait.

— *Oserais-je te comparer à une journée d'été ?*

— C'était l'un des poèmes.

— *Mais tu as plus de charme et plus de tempérance*[1]. »

Elle glissa un bras autour de lui.

« C'était ce jour-là ? chuchota-t-il.

— Bien sûr que non. » Elle croisa son regard. « Ça, c'était en septembre.

— Et ce bébé... ?

— ... a été conçu en novembre.

— Ah, fit-il. Quand les glaçons pendent au mur...

— C'est un autre poème ?

— *Quand dans le pot le lait est dur, le berger souffle sur ses doigts. Tom au logis porte du bois*[2]. »

Elle éclata de rire et fit mine de vouloir le gifler, mais il intercepta sa main et la retint.

« Alors, il est de moi ?

— Où étais-tu en novembre ?

— Je sais où j'étais en novembre.

— Alors, tu en sais autant que moi. »

Il relâcha sa main. Tous deux respiraient maintenant bruyamment. À voix basse, il récita : « *Ce n'est pas d'hier que j'ai appris à connaître, à aimer les jours dénudés de novembre, avant l'arrivée de la neige*[3].

1. William Shakespeare, *Sonnet 18*, in *Sonnets* traduit par Jacques Darras, Grasset, 2013.

2. William Shakespeare, *Peines d'amour perdues*, in *Œuvres complètes V*, traduit par Jean-Michel Déprats, Gallimard, La Pleiade, 2013.

3. Robert Frost, *My November Guest.*

— Encore un poème ?

— De Robert Frost. » Peter enlaça Marion et lui murmura les vers à l'oreille. Un petit moment plus tard, ils grimpèrent l'escalier étroit qui conduisait à la chambre.

11

Juin 1992

À Langadi, les journées commençaient de bonne heure. Anyeko, treize ans, était l'aînée des pensionnaires de l'orphelinat. Elle se levait au chant des coqs, quand le soleil n'était encore, à l'est, qu'une lueur orangée sur les collines, enfilait son sarrau bleu et quittait le dortoir en gambadant. Elle allait libérer les biquettes de leur enclos et les attachait dans le petit pré, puis elle rabattait les volets du poulailler et riait au spectacle des volatiles qui dégringolaient tous en même temps de leur perchoir.

Quand venait l'heure de traire les chèvres, Anyeko allait toquer à la fenêtre de la résidence. Azalea – qui, à treize ans elle aussi, était devenue une adolescente efflanquée et bronzée, les cheveux coupés à la garçonne et sans l'ombre d'une courbe de jeune fille – se glissait sous la moustiquaire et, encore en chemise de nuit, quittait la maison sur la pointe de ses pieds nus. Les deux filles galopaient retrouver les bêtes dans le pré, s'emparaient avec énergie des seaux et, tout en égrenant leurs rires joyeux et haut perchés dans l'enceinte de la mission, s'employaient à traire les chèvres à temps pour le petit déjeuner.

À Langadi, on servait le petit déjeuner à 7 heures, lorsque le soleil était encore bas dans le ciel.

Odokonyero, l'imposant cuisinier acholi, attendait qu'on lui apporte le lait de chèvre, qu'il transvasait directement du seau dans la poêle déjà chaude pour préparer la bouillie de manioc. Tebere, un des grands de l'orphelinat, allait chercher le charbon de bois pour le feu, que deux autres fillettes, Okema et Kila, avaient à charge d'entretenir. À 7 heures tapantes, Odokonyero adressait un signe de tête à Anyeko et Azalea, qui tiraient alors sur la corde de la cloche, pendue haut sous les chevrons de bambou, pour inviter la communauté à se rassembler à table.

Ce qui tenait lieu de réfectoire était un préau en bois, ouvert aux quatre vents, une simple dalle en ciment surmontée d'un toit de chaume d'un noir d'encre. La cuisine se résumait à une alcôve équipée d'un barbecue bricolé à partir d'un baril de pétrole, et d'une armoire verrouillée où l'on rangeait marmites et provisions. Mme Rebecca Folley, ses longs cheveux rassemblés en chignon, s'asseyait à l'extrémité de l'une des longues tables pour fumer sa première cigarette de la journée en savourant lentement son thé dans une tasse en fer-blanc. Elle aimait son thé fraîchement infusé, préparé avec des feuilles encore vertes, cultivées dans l'ouest de l'Ouganda et achetées en gros au marché de Moyo. Luke Folley, à l'autre table, préférait le café. Ses grains favoris provenaient de Mbale, dans l'extrême est de l'Ouganda, et ils étaient torréfiés chaque matin par le cuisinier.

Le parfum des grains de café rôtissant lentement sur le charbon de bois deviendrait, pour Azalea, un des souvenirs indélébiles de Langadi. Longtemps après la fin de cette journée qui allait changer à jamais le cours de sa vie, l'odeur du café resterait pour elle une de ces fragiles réminiscences olfactives susceptibles de libérer une délicieuse cascade de souvenirs, au point que même à l'âge adulte, dans les rues de Londres en plein hiver, en passant simplement devant un *coffee shop*, elle serait capable de déceler l'arôme des grains de Mbale, chargé de tous les parfums et les bruits de l'Afrique : le gloussement enjoué du gonolek, l'éclair écarlate et noir de ses ailes, puis au loin le vrombissement des mobylettes sur la route de Moyo, les voix excitées et perçantes des enfants de l'orphelinat ; et si elle fermait les yeux un très bref instant, elle entendrait le pasteur David réciter les grâces sur un ton monocorde et reverrait Odokonyero en train de distribuer les assiettes.

C'était donc un matin tel que celui-là, un chaud matin africain. Trente-six personnes prirent place à la table du petit déjeuner : les quinze enfants de l'orphelinat ; les Folley ; le cuisinier ; les six garçons de ferme ; Stanton, qui conduisait et entretenait l'autobus de la mission ; le pasteur David, le vieux prêcheur baganda ; Maria, l'infirmière en chef de l'orphelinat, et Elizabeth, son assistante ; les deux domestiques en charge du ménage et de la lessive, mais qui donnaient aussi un coup de main en cuisine ; les deux jeunes garçons qui balayaient et surveillaient l'enceinte de la mission ; Richie et Lauren, les deux coopérants bénévoles, encore pâles de l'hiver anglais ; le vieux Mzee Njonjo, un Kikuyu du Kenya qui faisait office de veilleur de nuit. Seize autres repas seraient préparés et servis aux malades du dispensaire. On pourrait chicaner et remarquer qu'il n'y avait que trente-cinq convives à table puisque Odokonyero, entre la bouillie de manioc et le café de M. Luke, ne trouvait jamais le temps de s'asseoir avec eux – mais une place lui était néanmoins réservée.

Les six garçons de ferme furent les premiers à s'installer. Ils avaient déjà trait les vaches ankole et les avaient conduites au pâturage. Maintenant, ils avaient faim. Ils plaisantèrent et se bousculèrent jusqu'à ce que M. Oweko, le responsable de la ferme, vint prendre place à côté d'eux.

Personne ne pouvait commencer à manger avant que le pasteur David eût récité le bénédicité, or il arrivait systématiquement dix minutes, sinon plus, après l'appel de la cloche. La bouillie de manioc refroidissait déjà sur la table, les garçons de ferme et les orphelins l'appelaient à cor et à cri. « Allons, s'il vous plaît, dépêchez-vous, pasteur David ! l'admonestait Maria, l'infirmière en chef. Vous affamez nos orphelins.

— Une minute de plus et je le récitais moi-même », observait Azalea.

À la mission Saint-Paul, la langue officielle était l'anglais – une tradition inaugurée par Lester Folley I. Entre soi, cependant, on parlait aussi acholi, ainsi que d'autres dialectes luo et soudanais tels que le dinka et le madi. En ville, au marché et dans les rues, il y avait un tel brassage de populations que, pour faire des affaires, mieux valait recourir à une *lingua franca* et panacher son anglais de quelques bribes de swahili. Au marché, on croisait parfois des Arabes enturbannés à la mode bédouine, de grands bonshommes qui marchaient tête haute, droits comme des i, et parlaient l'arabe soudanais. Ceux-là, les Acholi les évitaient. On pouvait y rencontrer des Kenyans, qui avaient délaissé les terres peu fertiles du lac Turkana pour en chercher de plus verdoyantes ; de jeunes Tanzaniens, qui avaient fui les conflits de l'autre côté de la frontière, au sud ; et parfois des Karamojong du nord-est, qui marchaient eux aussi tête haute et droits comme des i. Leur religion interdisait le port de vêtements mais, les régimes successifs s'étant mis en tête de punir la nudité en public, les plus jeunes d'entre eux étaient désormais enclins à s'affranchir un peu des règles et à se vêtir. On y croisait des gens plutôt petits, très noirs de peau et vêtus de cotonnades multicolores – des Congolais –, venus des régions de l'Ouest pour faire commerce de peaux, de viandes de brousse, de fruits sauvages et de perles en dents de crocodile. Une poignée de commerçants indiens qui avaient survécu aux purges d'Amin Dada en se carapatant au Kenya et au Soudan, était de retour dans le district de Moyo. De temps à autre, on tombait sur des Chinois, des émissaires de Pékin cherchant des occasions de collaborer avec les régimes en perpétuelle mue. Il y avait également des Européens – des Britanniques, surtout – fermiers et missionnaires, à l'instar des Folley, mais pas tous : certains se trouvaient là pour mettre en œuvre des projets des Nations unies, ou d'import-export. Quiconque se rendait de Karama à Gulu, ou décidait de pousser plus au nord par la piste jusqu'à Moyo, voyait défiler une succession de missions et de dispensaires dont les pancartes proclamaient fièrement leur présence au passant. Les Acholi durent avoir le sentiment que jamais on ne s'était autant intéressé à leurs âmes immortelles.

Mais il y avait également des commerces moins portés sur le spirituel, conduits par les représentants d'organisations caritatives et de fondations dont les objectifs avaient un lien avec l'entraide, la santé, l'éducation, la protection de la nature. Et à Gulu, autour de la piscine de l'Acholi Inn ou à un bistroquet en bord de route afin de se mettre en jambes avec une bière fraîche à la main, il n'était pas rare de tomber sur un mercenaire belge ou anglais, sanglé dans son uniforme couleur sable et faisant étalage de ses biscoteaux tatoués afin que nul n'ignore sa profession crapuleuse.

Toutefois, dans les faits, cet assortiment international n'était guère plus qu'un assaisonnement saupoudré sur des populations, toujours plus nombreuses, de natifs d'Ouganda et du Soudan auxquels ce trait de plume oublié sur une carte coloniale offrait désormais un refuge loin d'une zone de conflit – mais uniquement quand la région frontalière parvenait à ne pas se voir transformer à son tour en zone de conflit.

Azalea dirait plus tard que cette époque-là à Langadi avait été la période la plus heureuse de sa vie. Les Folley possédaient un réseau d'amis dans les communautés du Nil occidental, et ces familles leur rendaient visite, dans leurs Land-Rover ou leurs vieux vans Toyata. Le soir, sous les porches, les adultes bavardaient, jouaient au bridge ou au Scrabble, pendant qu'Azalea et les autres enfants se livraient à d'interminables explorations de la ferme, grimpaient aux arbres, capturaient des insectes dans des bocaux. Lorsque Lester Folley I l'avait acquise en 1907, la ferme était isolée, à l'écart de tous sentiers battus. Luke et Rebecca y arrivèrent en janvier 1984, et la piste était alors devenue une artère passante ; les quelques cases qui constituaient autrefois le village avaient fait des petits et la bourgade de Langadi possédait désormais son école, son église et tout un fatras de boutiques et de bouis-bouis sans grand attrait. Chaque jour entre 16 et 18 heures, la mission ouvrait ses grilles pour donner accès à la colonne humide qui puisait l'eau dans une nappe souterraine, et cet acte singulier de charité épargnait aux familles locales la longue marche jusqu'à la rivière et celle, plus longue encore, du retour. Tôt dans l'après-midi commençait à se former devant le portail une file composée pour l'essentiel de femmes munies de jerricans et de bouteilles en plastique. Lorsque, à 16 heures, Odokonyero (cuisinier mais aussi chef de la sécurité) ouvrait les portes, il pouvait y avoir jusqu'à deux cents personnes en train d'attendre. Dans les premiers temps, Lester Folley II avait imprudemment laissé la colonne d'eau en accès libre, de nuit comme de jour, mais cette mise à disposition sans restriction avait été révoquée lorsque l'enceinte de la mission avait menacé de se transformer en campement. Désormais, le créneau d'accès à la pompe était de deux heures, à raison d'une minute maximum par personne. Des dames acholi s'installaient devant le portail de la mission et tressaient des corbeilles qu'elles vendaient aux passants, notamment ceux et celles qui appréciaient d'avoir un panier pour transporter leurs réserves d'eau. Certaines vendaient des mangues, et des enfants faisaient commerce de bouteilles et de canettes récupérées. Des marchands ambulants apparaissaient à leur tour, avec un assortiment de marchandises dans lequel il était difficile de discerner une logique. Un vieil homme vendait une petite pyramide de tomates, des rasoirs en plastique et des piles électriques. Un autre proposait du dentifrice, un monticule d'ignames et des sardines en boîte. Deux jeunes hommes émaciés en pantalon élimé étaient juchés sur leur vélo-taxi et rôdaient dans l'espoir de glaner quelques courses à destination du village.

Odokonyero comptait les villageois qui entraient – il les connaissait tous par leur nom – puis il régulait l'ensemble de l'opération à l'aide de sa montre. Et chaque jour, c'était gesticulations sans fin, éclats de voix et chamailleries.

« Tu ne peux donc pas faire un peu moins de bruit ? » protestait Rebecca Folley auprès d'Odokonyero.

Sa salle de classe longeait la colonne d'eau et ce remue-ménage quotidien perturbait les enfants.

« Mais ce n'est pas moi qui fais du bruit ! » s'exclamait Odokonyero – non sans un brin de mauvaise foi car c'était bien sa voix qui dominait le brouhaha, mais peu importe. Tout ce cirque autour de la pompe à eau était bien trop inscrit dans la vie du village pour qu'on pût songer à l'interrompre.

« Savez-vous ce qu'on devrait faire ? disait Luke à Rebecca et Azalea. Lever des fonds pour installer un tuyau et acheminer l'eau directement dans le village. Les villageois en auraient autant qu'ils le souhaitent, et nous, nous aurions la paix. »

Mais aucun tuyau ne fut jamais installé, sinon dans quelques maisons parmi les plus cossues de Langadi, et le rituel quotidien se poursuivit. « Les files d'attente nous manqueraient si tous ces gens ne venaient plus », objectait Azalea, et probablement avait-elle raison. La corvée d'eau quotidienne œuvrait au rapprochement entre la mission et la population locale, elle désamorçait toute suspicion envers ses occupants, et rares étaient les autochtones qui auraient pu leur souhaiter du mal. Le dimanche, les villageois venaient assister au service du pasteur David pour entonner des chants sacrés africains au son des cantiques anglais ; de temps à autre, ils se présentaient avec une famille affligée par l'épreuve – une mère soudanaise, le plus souvent, abandonnée ou veuve de la guerre civile, avec ceux de ses enfants qui avaient survécu – et, à condition que les parents (ou le parent) participent aux travaux de la ferme et que les enfants fréquentent l'école, Luke Folley offrait un toit à ces malheureux en attendant une solution pérenne, ce qui impliquait de solliciter un service auprès des fermiers et des commerçants qui avaient un jour eu affaire à la mission.

Parfois, les villageois se présentaient avec un enfant resté seul, et celui-ci tombait sous la responsabilité immédiate de Maria, l'infirmière en chef, qui veillait à son bien-être le temps qu'on retrouve ses parents ou des membres de sa famille. Luke Folley remplissait alors les indispensables paperasses gouvernementales, photographiait l'enfant puis envoyait le dossier à la police de Gulu, qui se chargeait des contrôles et mettait un point d'honneur à ce que personne n'ignore qu'elle recherchait la famille disparue. Souvent en pure perte, bien entendu. Ce matin-là, il y avait quinze enfants à l'orphelinat qui, à certaines périodes, en avait accueilli jusqu'à vingt-six, et une fois, uniquement cinq. Les orphelins n'étaient parfois que de passage. Sitôt requinqués, remplumés et un brin éduqués, il n'était pas rare qu'un parent éloigné vienne les réclamer, surtout s'ils étaient assez grands pour les corvées d'eau et les travaux des champs, et les Folley ne pouvaient pas faire grand-chose pour s'y opposer. En cas de querelle, les forces de sécurité ougandaises ne prenaient pas le parti de la mission. Alors, on vaccinait l'orphelin, on le serrait une dernière fois dans ses bras et on l'expédiait dans sa nouvelle famille ; et si d'aventure un des Folley passait en voiture à proximité du village où il vivait désormais, dans le meilleur des cas cela donnait lieu à d'heureuses retrouvailles.

Certains orphelins, naturellement, restaient plus longtemps. Odokonyero, par exemple, était un ancien pupille de Saint-Paul, tout comme l'une des domestiques, les deux garçons qui entretenaient le potager et tous les commis de ferme, Stanton le chauffeur et Elizabeth l'infirmière. Mais la plupart de ceux qui avaient grandi là s'égaillaient passés quatorze ans dans les petites villes, voire les très grandes, pour y chercher du travail. Beaucoup écrivaient de longues lettres à cette maison qui avait été la leur, lettres que l'on affichait dans la salle de classe afin que chacun puisse les lire.

Ce matin-là, à 9 heures à peine, il faisait déjà très chaud. Les écoliers de Langadi et des alentours – les garçons en short bleu foncé et chemise bleu clair, les filles en robes de coton bleu foncé – commençaient à arriver en serrant contre eux cahier et crayons, par groupes de deux ou trois, en se tenant la main et en entonnant des chansons. L'école comprenait deux classes. Luke Folley enseignait aux plus jeunes, Rebecca aux plus grands, en vertu d'une répartition opérée non pas en fonction de l'âge, mais plutôt de la taille, des capacités générales, et de la nécessité de ne jamais dépasser trente enfants par classe, à deux par pupitre. À ses débutants, Luke apprenait à lire, écrire et compter, et comme la plupart parlaient mal, voire pas du tout, l'anglais, il leur enseignait également cette langue. Sa méthode pédagogique reposait, pour une large mesure, sur les psalmodies et la répétition – deux techniques, ainsi qu'il l'avait appris durant son enfance, particulièrement adaptées aux petits Acholi. Chaque jour, on entonnait donc alphabet et tables de multiplication, avant de chanter des comptines que, souvent, Luke accompagnait à la guitare. Le répertoire comptait des classiques anglais et américains : *Puff le Dragon*, *Blowing in the Wind*, *Dans la jungle*, *Le lion est mort ce soir*. Et si les hymnes et les psaumes manquaient singulièrement, eh bien, personne ne s'en formalisait – de toute façon, les enfants les chantaient avec le pasteur David à la prière du matin, puis de nouveau à la prière du soir, ce n'était donc pas très grave. Luke lisait de la poésie à ses élèves et, chaque matin, il leur contait une fable d'Ésope. « Aujourd'hui, nous allons découvrir l'histoire du lion, du chacal et de l'âne. Les trois compères décidèrent d'aller chasser ensemble, et convinrent de partager les dépouilles. » Les bavardages cessaient et tous les regards se tournaient vers le maître. Plus tard, les enfants apprenaient de nouveaux mots d'anglais, que Luke dessinait et calligraphiait sur le tableau noir pour que ses élèves puissent les réciter – lion – éléphant – serpent – bicyclette – fusil – poisson – crayon – banane – avant de les recopier, puis les psalmodies reprenaient de plus belle, car Luke Folley n'enseignait jamais en silence, sauf lorsqu'il racontait une histoire.

« Ne peux-tu pas faire classe moins bruyamment ? se plaignait Rebecca. Comment veux-tu que mes élèves apprennent *quoi que ce soit*, avec ce concert de litanies et de hennissements dans la pièce voisine ? »

Mais Luke ne connaissait qu'une seule méthode d'enseignement, celle-là, qui lui avait d'ailleurs plutôt réussi. Quand les petits Acholi de six ans (ou environ) se présentaient au début du trimestre, c'était souvent sans uniforme, ni chaussures, ni crayon, et sans comprendre un traître mot d'anglais ni même ce qu'ils faisaient là. Luke convoquait les parents pour leur expliquer les règles. L'enseignement dispensé à Saint-Paul était gratuit, mais soumis au respect de certaines conditions : la famille devait solennellement s'engager à ce que ses enfants, une fois qu'ils auraient commencé à fréquenter l'école, continueraient au moins jusqu'à leur treizième anniversaire ; qu'ils ne manqueraient pas les cours, sauf en cas d'obsèques dans leur famille ; qu'ils porteraient un uniforme et feraient en toutes circonstances honneur à la réputation de la mission. Une contribution était également attendue de la part de la famille ; ce qu'elle pouvait se permettre suffirait. Cette contribution pouvait s'entendre comme une somme d'argent, un produit de la ferme familiale, ou des heures de travail dans les champs de la mission. Qu'elle que soit la formule retenue, leur disait Luke, ils devaient comprendre qu'elle symbolisait la valeur de l'éducation pour leurs enfants, et quelle meilleure façon d'apprécier la valeur de quelque chose qu'en mettant la main à la poche ? Pour décider de la nature ou du montant de la contribution, Luke se fondait sur son estimation des ressources de chaque famille. Mais compte tenu du fait que la plupart des élèves étaient issus des familles les plus pauvres d'une région elle-même pauvre, que certains n'avaient plus de parents et vivaient avec des oncles ou tantes, on pouvait difficilement attendre de ces contributions qu'elles fassent une vraie différence dans les coffres de la mission.

Il y avait, bien entendu, une dernière condition : la famille se devait d'assister au service religieux dominical. Mais Luke ne se montrait jamais particulièrement vigilant concernant cet impératif, et quand le pasteur David se plaignait de ce que les mères de Langadi envoyaient leur progéniture à l'école sans pour autant fréquenter l'église, Luke levait les mains avec un feint désespoir – « Qu'y pouvons-nous ? »

Les enfants de six ans qui commençaient dans la classe de M. Luke faisaient montre, en général, d'aptitudes d'apprentissage qui auraient surpris un observateur extérieur. L'acquisition des compétences linguistiques était rapide. Le maniement des chiffres venait encore plus vite. Le pouvoir de compter et calculer était pour eux une faculté essentielle à la survie.

La classe des grands, sous la houlette de Rebecca Folley, était soumise à un régime bien plus studieux.

Rebecca n'avait rien d'une chanteuse et, dès lors que les enfants connaissaient leur alphabet et les chiffres, les récitations n'étaient plus nécessaires. Rebecca fondait son enseignement sur un assortiment éclectique de disciplines. Elle avait un manuel scolaire sur l'histoire de l'Ouganda, qu'elle enseignait à ses élèves par obligation nationale, et si jamais un inspecteur du gouvernement se présentait, ce qui arrivait rarement, il s'avérait avantageux d'avoir le manuel ouvert sur le bureau, et une carte du pays dessinée au tableau. Dans ces cas-là, Rebecca pouvait choisir et interroger un enfant maîtrisant les connaissances requises : « Onyo, s'il te plaît, parle à notre honorable visiteur de Yoweri Museveni, le président de l'Ouganda », et l'écolier se faisait un plaisir de lui répondre. Outre le dressage de ses élèves les plus dociles, l'histoire de l'Ouganda ne représentait pas une part prépondérante de l'enseignement de Rebecca. Celui-ci portait plutôt sur le secourisme et la biologie humaine ; comment on concevait les enfants, comment se transmettait le virus du sida. Son enseignement portait sur les soins à donner aux malades et les connaissances paramédicales de base – soigner les membres cassés, reconnaître les symptômes du paludisme, se protéger des parasites ou des piqûres de moustiques. Il privilégiait les compétences fondamentales dans la vie – les rudiments d'économie et de commerce. Et dispensait aussi quelques notions d'agriculture et d'horticulture – les techniques pour améliorer les récoltes et le rendement des petites fermes familiales, pour traiter et entretenir les sols, irriguer, labourer, récolter, alterner et prévoir les semences pour la saison suivante. Même si c'était là des connaissances que la plupart des enfants seraient amenés à acquérir d'autres façons, Rebecca ne doutait pas qu'ils en tireraient bénéfice lorsqu'il leur faudrait faire prospérer leur propre ferme. Elle leur enseignait également quelques notions de géographie, et s'efforçait de les faire lire. La mission recevait de temps à autre des colis de livres gentiment envoyés par des organisations caritatives occidentales ; une fois enregistrés dans la bibliothèque de l'école, les livres étaient prêtés, et le plus souvent rendus, puisque cela seul permettait d'en emprunter un nouveau. Lors de ses passages à Gulu et à Kampala, Rebecca achetait aussi des bandes dessinées, qui constituaient une bonne incitation à la lecture, et, tous les après-midi, les grands consacraient une heure à la lecture silencieuse, pendant qu'elle s'installait dans un fauteuil confortable avec son propre livre, pour jouir d'un glorieux moment de paix seulement interrompu par les psalmodies de la petite classe, et les éclats de voix dans la file d'attente pour la pompe à eau.

Le soir, les garçons de ferme reconduisaient les vaches à l'étable et les attachaient pour les protéger des voleurs, puis ils faisaient de même avec les chèvres. Poules et coquelets regagnaient d'eux-mêmes leurs quartiers, et les garçons de ferme n'avaient plus qu'à rabattre les volets, tirer les loquets et verrouiller les cadenas. Lorsqu'ils avaient terminé, Azalea et Anyeko tiraient sur la cloche du réfectoire – ding, ding, ding – lentement mais régulièrement, selon la cadence convenue pour annoncer le thé, un tintement par seconde, comme un pouls régulier, un rythme rassurant, une invitation au réconfort de la collation du soir.

Cette cloche pouvait sonner à une autre cadence, qui celle-là n'annonçait pas le dîner. Une cadence rapide, pénétrée d'urgence – un dingdingdingdingding vibrant, puissant et assourdissant, et de nature à faire naître la panique car il signifiait « danger danger danger ». Cette cadence-là n'était pratiquée qu'au titre d'exercices d'entraînement – planifiés par Luke – pour sonner le *sauve-qui-peut*. « Quand vous entendez la cloche sonner l'alarme, vous avez ordre de fuir, expliquait Luke à tous les résidents de la mission. Quand vous entendez l'alarme, vous devez vous sauver *en courant* ! »

Ces consignes avaient beau être limpides, elles donnaient néanmoins lieu à des répétitions. Les enfants du village mobilisaient jusqu'à leur dernière once d'énergie pour déserter l'enceinte de la mission en détalant tous azimuts. Certains remontaient le chemin ventre à terre, d'autres fuyaient à travers champs, d'autres encore s'engouffraient dans la ferme puis faisaient demi-tour ; mais quel que soit l'itinéraire choisi, si jamais l'alarme sonnait à l'improviste, les instructions étaient très simples : les écoliers devaient rentrer chez eux, regagner au plus vite leur village et leur case ronde acholi, rameuter leurs parents ou leurs frères et sœurs aînés pour se terrer dans les cachettes et les recoins sombres qu'ils avaient pris soin de se ménager, et ne pas revenir en classe avant que leurs familles aient l'absolue certitude que tout danger était écarté. Pour les orphelins de la mission, les consignes étaient peu ou prou les mêmes. Une cachette était prévue pour chacun d'eux en ville, à Langadi. Si la mission se trouvait encerclée, ils devaient se disperser le plus largement possible. En cas de danger moins imminent, ils pouvaient rejoindre en courant le bus de la mission – mais seulement si un des employés était au volant.

Pour tous les adultes, l'alarme énonçait un message différent. Ils devaient se rassembler devant les bâtiments, sans trahir de panique ; rien, dans la voix ou les gestes, ne devait suggérer que les enfants s'étaient enfuis. Quelle que soit la crise que la cloche avait révélée, les adultes étaient là pour simuler une impression de calme.

Ce jour-là, à Langadi, le jour qui devait tout changer pour Azalea, la matinée se déroulait pourtant selon son cours habituel. On avait trait les chèvres, servi le petit déjeuner, récité le bénédicité. Les garçons de ferme s'étaient chamaillés. Maria l'infirmière en chef avait mené ses orphelins à la baguette. Rebecca avait pris le temps de siroter son thé et fumer sa cigarette ; Luke, de savourer son café. Les deux travailleurs humanitaires bénévoles, singulièrement collés l'un à l'autre, avaient fait des messes basses. Odokonyero avait supervisé le bon déroulement du repas avec la bonhommie suffisante de celui qui l'a cuisiné et Mzee Njonjo, le veilleur de nuit, était en train de regagner clopin-clopant sa case pour s'octroyer une bonne journée de sommeil. C'était un jour de juin 1992. Les chiens de la mission lapaient un fond de lait dans la poêle. Un tisserin à dos jaune sautillait de table en table en quête de quelques miettes ; un gonolek voletait au-dessus de la cour poussiéreuse. Les criquets chantaient ; les coquelets grattaient la terre. Les orphelins commençaient à rallier l'école par groupes de deux ou trois, en se tenant la main. Maria l'infirmière en chef se leva péniblement de sa chaise et commença à envelopper le petit Michael, le seul bébé de la mission, dans un pagne qu'elle nouerait dans son dos. Les deux travailleurs bénévoles s'éclipsèrent dans leurs chambres, dans le bâtiment principal. L'infirmière se dirigea vers le dispensaire. Un chien aboya et le gonolek monta en flèche se percher sur un arbre.

Suivit un silence inhabituel, l'espace d'un instant bref et précieux. Azalea se laissa glisser de son banc et quitta le réfectoire pour aller dans le jardin. Un petit tourbillon de poussière poussé par le vent roula le long du préau puis s'évanouit. Le chien aboya de nouveau. Un homme était apparu sur le chemin.

La première à le remarquer fut Azalea. Il avait l'air d'un militaire ; il était vêtu d'un treillis de camouflage et portait un fusil en bandoulière, dans son dos, comme un carquois. L'homme s'arrêta lorsqu'il aperçut Azalea, mais les chiens, qui l'avaient vu eux aussi, s'élancèrent vers lui en aboyant.

Odokonyero, au titre de chef de la sécurité, sortit pour élucider le motif du raffut. Il s'arrêta net, comme assommé par une pierre, et apostropha le visiteur en acholi. Celui-ci lui répondit en criant dans une langue qui n'était pas familière à Azalea. Probablement lui demandait-il de rappeler ses chiens.

Odokonyero siffla et les chiens battirent en retraite.

S'ensuivit un échange entre les deux hommes, qui ne semblait pas très amical.

Luke Folley sortit. « Que se passe-t-il ? » demanda-t-il avec autorité.

Odokonyero cracha par terre et grommela quelques mots en acholi.

Un autre homme, plus jeune mais vêtu du même uniforme de combat, remontait à son tour le chemin d'un pas nonchalant. Il rejoignit le premier et, ensemble, ils marchèrent à la rencontre de Luke.

« Que voulez-vous ? » demanda celui-ci.

Le premier homme se lança dans une longue tirade débitée d'un ton agressif.

« Doucement, doucement », protesta Luke en lui présentant ses paumes en signe d'apaisement.

Mais le deuxième homme s'en mêla, d'une voix autoritaire et pressée. Luke lui répondit et, bientôt, tous les trois parlaient en même temps, de plus en plus fort pour chacun se faire entendre.

Rebecca apparut à son tour et s'avança sans hâte, soufflant des ronds de fumée. Les trois hommes se turent.

« Chéri, qu'est-ce que c'est que ce raffut ? Je m'entends à peine penser.

— Cet homme dit que… qu'il est de la LRA », expliqua Luke.

Rebecca tira longuement sur sa cigarette. « Très cher, si ce monsieur nous rend visite, tu dois l'inviter à prendre une tasse de thé. Ou de café. Je suppose qu'Odokonyero aura un reste de cet infect breuvage.

— Ma femme insiste pour vous proposer une tasse de thé, traduisit Luke en acholi.

— Et demande-lui de nous expliquer ce qu'est cette "LRA" », ajouta Rebecca en anglais. Elle n'avait jamais fait beaucoup de progrès en matière d'idiomes locaux. « À croire qu'on collectionne tous les acronymes connus à ce jour, dans ce trou perdu. NRA, UPDA, SPLA, et Dieu seul sait quel autre foutu truc en A. C'est sympa de pouvoir compléter la liste.

— Rebecca, il serait peut-être sage de ne pas froisser ces hommes, observa Luke.

— Ils se terminent tous en A, non ? Tu as remarqué ? » Rebecca offrit un sourire aimable et totalement hypocrite au soldat de la LRA. « Vous arrivez un poil trop tard pour le petit déjeuner, lui dit-elle. Mais je peux vous offrir une cigarette. » Elle lui présenta un paquet de menthols.

Le représentant de la LRA, apparemment déstabilisé par la manœuvre, accepta la cigarette avec la courtoisie de celui qui a appris à ne jamais refuser un cadeau, si modeste fût-il, et son acolyte l'imita.

« Parlez-vous anglais ? s'enquit Rebecca, d'un ton impérieux cette fois, tout en allumant la cigarette du visiteur.

— Oui, répondit celui-ci. Mon anglais est très excellent.

— Formidable. Nous devrions donc nous entendre. » Rebecca tourna les talons et regagna le préau. « Odokonyero, claironna-t-elle. Du thé, s'il te plaît. »

Rebecca Folley n'avait pas été la plus enthousiaste des recrues de la mission. Il serait même plus honnête de dire qu'elle avait résisté à quitter la Cornouailles pour l'Ouganda avec la plus féroce des déterminations. Néanmoins, maintenant qu'elle était là, elle ne laisserait pas une altercation avec un soldat d'opérette lui gâcher sa matinée.

Rebecca et Luke s'étaient rencontrés à l'université quand ils préparaient l'un et l'autre leur diplôme de professeur et, plus par hasard que par volonté, ils avaient fini ensemble. Étudiante, Rebecca avait été une vraie tombeuse, enchaînant les relations amoureuses qui duraient rarement plus d'un trimestre. Elle était de ces personnes qui ont toujours un nouvel élu en circuit d'attente, prêt à prendre le relais avant même que le mandat de son prédécesseur ait expiré et, par pur hasard, comme un jet de dés, Luke se trouvait être le galant titulaire du poste lorsque la remise des diplômes arriva. Un trimestre supplémentaire aurait peut-être étiolé cette romance, comme tant d'autres avant elle. Mais il n'y avait nul autre trimestre en vue. De fil en aiguille, Rebecca et Luke investirent la grande maison familiale inhabitée de Saint-Piran : puisqu'il n'y avait pas de loyer à payer, il leur semblait juste et raisonnable de s'y installer, et pendant quelque temps, ce fut même une aventure enthousiasmante. Luke commença à enseigner à l'école de Saint-Piran, et Rebecca dans un autre établissement, dans un village voisin. C'est ainsi que, quelques semaines à peine après la fin de leurs études, ils se retrouvèrent casés, heureux et financièrement indépendants. Les trimestres scolaires se succédèrent. Rebecca devint Mme Folley. Ils ouvrirent grand les larges fenêtres de la vieille maison pleine de coins et de recoins, balayèrent la poussière et attendirent l'arrivée d'une famille.

En vain.

La vieille maison Folley, perchée sur les sentiers de la falaise, dominant la baie, appelait les enfants de toutes ses forces. Il y avait des chambres vides à ne savoir qu'en faire. Rebecca arpentait les falaises pour améliorer sa circulation sanguine. Elle descendait sur la plage de galets pour nager. Elle veillait à se nourrir sainement et renonça même à fumer pendant un petit moment. Mais les mois et les saisons se succédaient et les espoirs de Rebecca s'érodaient.

Les médecins diagnostiquèrent un syndrome des ovaires polykystiques, un trouble hormonal.

Rebecca, cela doit être souligné, n'était pas du genre à se laisser abattre. Lorsque Luke rentra du travail le jour où elle avait appris ce dysfonctionnement, elle le fit asseoir dans la cuisine et dit : « Mon chéri, j'ai de mauvaises et de bonnes nouvelles. Lesquelles préfères-tu entendre en premier ?

— Je crois que je vais commencer par les bonnes », répondit Luke.

Rebecca alluma une cigarette. « Alors, la première bonne nouvelle, c'est que j'ai recommencé à fumer. » Elle tira longuement sur sa cigarette puis, savourant l'instant les yeux mi-clos, laissa la fumée s'échapper lentement d'entre ses dents. « Et la seconde… » Elle marqua une pause pour s'assurer de son petit effet, puis, en regardant Luke droit dans les yeux, elle ajouta : « … c'est que j'ai pris une décision. Nous allons adopter un bébé. »

12

Mars 2011 – novembre 2009

Azalea posa un maigre livre de poche sur le bureau et le poussa vers Thomas Post. « Jetez-y un œil. »

Lorsque Azalea avait glissé la tête dans l'entrebâillement de la porte, tous les deux avaient accusé un mouvement de surprise.

« Bon Dieu ! Vous ! La fille de l'escalator. Vous m'avez traqué ? avait demandé Thomas, conscient, ce faisant, de ce que sa question avait de bizarre.

— Évidemment. Mais uniquement à cause de votre article », protesta Azalea en brandissant le document en question, et ils demeurèrent à fixer le document d'un air interloqué. Rien à voir avec ce qui s'est passé à Euston Station. »

Thomas accusa un instant de perplexité. « Vous... Vous allez bien ? »

Azalea grimaça. « Bien... à quel point de vue ?

— Vous savez. À la suite de l'accident.

— Ah. » Elle porta une main à son flanc. « Je me suis cassé une côte.

— Bien sûr. C'est ce que vous pensiez... C'est ce que vous avez dit sur le moment. Que vous vous en étiez cassé une. Une côte. » Thomas s'aperçut que sa maîtrise de la langue anglaise était en train de lui échapper. « Et elle est... dans le plâtre ? » Encore une question idiote. Évidemment que sa côte n'était pas plâtrée. Était-il aveugle ?

« Non, pas de plâtre, répondit Azalea avec un sourire en coin. Mais ça fait un mal de chien. Comment va votre bras ?

— C'est l'enfer. » Il brandit son plâtre.

« Au moins, tout le monde peut voir que vous êtes blessé. Moi, j'ai juste droit à la douleur et zéro sympathie. »

Thomas l'invita à s'asseoir. « Si j'ai bien compris, vous avez cherché à me retrouver à cause d'un article que j'ai écrit sur les coïncidences ? »

Azalea s'installa avec circonspection dans le fauteuil qu'on lui proposait. « Ne devrions-nous pas d'abord nous présenter ?

— Oh, quelle grossièreté de ma part. » Thomas tendit son bras valide. « Thomas Post.

— Veuillez me pardonner si j'évite les poignées de main. Je m'appelle Azalea Lewis. J'enseigne à Birkbeck. »

Thomas replia son bras. « Pardon. Enchanté de faire votre connaissance, mademoiselle Lewis. »

Autre sourire en coin.

« N'est-ce pas amusant ? observa-t-elle. Après tout, nous nous connaissons déjà. En quelque sorte.

— Oui, mais nous ne nous étions pas présentés en bonne et due forme. Puis-je vous préparer du thé, ou un café ?

— C'est du vrai café ou de l'instantané ?

— Ah ! » Thomas eut un regard navré. « Je n'ai que des dosettes, je le crains. Je suis moi-même plutôt un buveur de thé.

— En ce cas, je prendrai du thé. »

Pendant que Thomas s'activait avec la bouilloire, ils évoquèrent l'incident de l'escalator. Azalea confirma qu'elle avait été emmenée au Royal Free Hospital et indiqua qu'aucune des victimes qu'elle y avait croisées n'était grièvement blessée. Thomas lui rapporta qu'une des femmes conduites au CHU souffrait d'une fracture des cervicales. Elle allait bien, mais avait frôlé le pire.

Ils devisèrent sur les multiples risques liés à ces transhumances urbaines et Azalea affirma qu'elle ne poserait jamais plus les pieds sur un escalator. « Sauf s'il n'y a quasiment personne dessus », nuança-t-elle.

Thomas lui tendit sa tasse de thé. « J'étais à deux doigts d'essayer de retrouver votre trace, confessa-t-il. J'ai songé à téléphoner au Royal Free Hospital, mais je me suis dégonflé.

— Qu'auriez-vous fait, si vous aviez téléphoné – et aviez appris mon nom ?

— Je ne sais pas, répondit-il, l'air piteux. Je vous aurais envoyé des fleurs, peut-être. »

Azalea lui adressa un sourire désarmant. « Quel vieux romantique vous faites.

— Je préférerais "romantique" tout court, si cela ne vous ennuie pas. »

Azalea contempla son thé. Thomas songea qu'elle était plus jolie que dans son souvenir ; plus jolie, peut-être, qu'il n'avait voulu s'en souvenir.

À présent âgée de trente-deux ans, ou trente-trois selon la date de naissance qu'elle choisissait d'indiquer, Azalea Lewis avait conservé la silhouette svelte de l'Azalea Folley de treize ans et la chevelure rousse de la petite Azaliah Yves. Ses traits n'avaient peut-être rien de remarquable, mais son visage présentait une subtile asymétrie, comme une peinture imparfaite : elle avait des taches de rousseur inégales sur les pommettes, des rides de sourire qui se creusaient dans un sens et dans l'autre et, naturellement, cette cicatrice. Cette femme perchée du bout des fesses sur le fauteuil, un bras protecteur replié devant son buste, dégageait une certaine intensité, remarqua Thomas. Une intensité palpable. Azalea releva le visage et, quand elle posa sur Thomas son regard d'un vert profond, cela lui procura une sensation presque physique ; il se sentit comme prisonnier de l'éclat de ces yeux, impuissant à briser leur insistance, jusqu'à ce qu'elle le libère et qu'il puisse à son tour détourner le regard. Il se surprit à se rappeler ce parfum discret, cet obscur souvenir olfactif du jour où ils s'étaient retrouvés pressés l'un contre l'autre sur le carrelage froid d'un couloir de métro. Après mûre réflexion, il inspira vivement. Elle était de nouveau là – cette odeur musquée, féminine, insolite dans l'atmosphère froide et humide de sa tanière.

Ce jour-là, il fut question de la coïncidence de cette rencontre après le carambolage sur l'escalator. « Et comme vous le savez, je venais de lire votre article sur les coïncidences, souligna Azalea.

— Ah, ça. » Thomas Post était d'humeur légère. « En quoi ce sujet vous intéresse, mademoiselle Lewis ? »

Azalea sembla réfléchir à la question. Elle hocha la tête lentement et reposa sa tasse de thé sur le bureau. « Il semblerait que je sois accablée par les coïncidences, professeur Post.

— Accablée ?

— Accablée. Harassée. Maudite. Rongée. Choisissez le mot qui vous convient. On dirait qu'elles me poursuivent, ou qu'elles infectent ma vie. Je ne sais pas trop comment l'expliquer. J'espérais que, peut-être, vous pourriez m'aider. »

Thomas haussa les sourcils. « Vous aider ? Mais comment ?

— Pas concrètement, j'imagine. Je ne suis pas à la recherche d'un exorciste. Je n'attends pas que vous enfourchiez un destrier blanc pour donner la charge aux forces de la nature.

— Dommage, dit Thomas. Le destrier blanc, ça me plaît bien.

— Ça ne vous irait pas, trancha Azalea en balayant le fantasme. J'espérais que vous seriez en mesure de m'aider à les comprendre. À leur trouver un sens.

— Je vois. Et maintenant, j'imagine, vous allez ajouter cette rencontre à la liste de vos étranges coïncidences ? »

Azalea hocha la tête. « Je crois qu'elle m'a moins stupéfiée que vous. Je commence à m'habituer aux surprises que l'univers fait surgir sur ma route.

— Cela vous aiderait-il si je vous expliquais pourquoi les coïncidences surviennent ? Pourquoi nous, frêles humains, sommes enclins à déceler des schémas dans la nature ?

— Oui, cela pourrait m'aider.

— Je ne suis pas psychanalyste.

— Je n'ai pas besoin d'un psy. Je ne suis pas en train de perdre la raison, professeur Post.

— Parfait. » Thomas prit une feuille de papier dans son bureau et la fit glisser vers elle. « Avez-vous un stylo ? »

Azalea en sortit un de son sac.

« Vous allez griffonner sur cette feuille. Un simple gribouillis – comme ça vous vient.

— Comme ça ? demanda Azalea en faisant zigzaguer et virevolter son stylo sur la page.

— Magnifique. » Thomas ramena la feuille vers lui. « Connaissez-vous ce jeu ? Vous faites un gribouillis et l'autre personne doit le transformer en dessin. Donc, si je transforme cette boucle, ici, en chapeau… » Il ajouta quelques traits. « Puis si j'ajoute un œil… Et ça, peut-être, on pourrait en faire une moustache… » Il dessina pendant un petit moment, puis leva le crayon et retourna la feuille face à Azalea. « Et voilà. Charlie Chaplin. »

Azalea prit la feuille et éclata de rire. « Vous êtes un artiste, professeur Post.

— Thomas.

— Qu'est-ce que ceci est censé prouver ? »

Thomas lui fit un grand sourire. « Ça ne prouve rien, mais ça illustre l'extraordinaire capacité des êtres humains à déceler des motifs dans des formes aléatoires. Nous regardons la lune et nous voyons un visage d'homme. Nous regardons les nuages et nous voyons des animaux. Paréidolie. C'est ainsi que ça s'appelle. »

Elle lui sourit. « Vous voyez ce nuage là-bas, qui a presque la forme d'un chameau ?

— C'est une citation ?

— *Hamlet.* Il taquine le père de sa petite amie. Polonius dit : "On dirait tout à fait un chameau." Mais Hamlet lui rétorque : "Je trouve qu'il ressemble à une belette", et Polonius est obligé d'acquiescer : « Oui, il a l'arrière-train d'une belette. – Ou à une baleine ?" demande Hamlet, et Polonius répond : "Tout à fait à une baleine[1]". »

— Vous voyez bien. » Thomas lâcha un éclat de rire. « C'était très bien.

— J'enseigne la littérature anglaise.

— Je vois. Le problème tient à ce que nous excellons dans l'art de sélectionner des événements aléatoires survenus dans notre vie, et d'échafauder

1. William Shakespeare, *Hamlet*, traduit par Jean-Michel Déprats, Gallimard « Folio théâtre », 2008.

ensuite des schémas autour. Lorsqu'elle se manifeste, la synchronicité est une chose curieuse, mais uniquement parce que nous négligeons d'inclure dans nos calculs les sept milliards d'humains pour lesquels il ne s'est rien produit de tel. Quand quelqu'un gagne au loto, il fait l'expérience d'une coïncidence fantastique, d'un épisode de sérendipité presque incroyable puisqu'il y avait une chance sur quatorze millions que les six numéros qu'il a cochés sur son bulletin soient exactement identiques à ceux tirés par la machine. Personne dans ce cas ne parle pourtant de coïncidence incroyable, n'est-ce pas ? Parce que nous savons que vingt millions d'autres personnes avaient des bulletins dont les numéros ne coïncidaient pas.

— Mais vous avez étudié cette question, n'est-ce pas… Thomas ? »

Thomas Post buvait du petit-lait. « Tout à fait », répondit-il avec un grand sourire d'autosatisfaction – ce sourire juvénile qui était un élément de son armure pour affronter les relations avec le sexe opposé.

— Donc, vous savez que vous venez de proférer un monceau de conneries ? »

Ce n'était pas la réaction à laquelle Thomas s'attendait. Il était désarçonné, et légèrement blessé. « Des conneries ? Pourquoi ?

— Parce que personne ne suggérerait que gagner une fois au loto relève d'une coïncidence. Ce qui en *serait* une, ce serait qu'une même personne gagne deux fois. »

Thomas se tassa dans son fauteuil avec un petit haussement d'épaules désinvolte. « Vous n'avez pas entièrement tort, certes, mais cela dit, personne n'a jamais gagné deux fois au loto.

— Peut-être parce que quand on a gagné une fois, on arrête de jouer.

— C'est peut-être ça. »

Azalea sirota une gorgée de thé, laissa passer un ange, puis reprit : « Donc, si je distingue dans ma vie des schémas qui semblent relever… je ne sais pas… du sort, du destin, c'est juste que je suis une simplette qui voit dans les nuages des formes qui n'existent pas. »

Thomas s'apprêtait à lui répondre mais se ravisa. Il n'était plus très sûr, soudain, d'être pressé de renvoyer cette femme dans ses cordes. Il tira distraitement sur le lobe de son oreille. « Écoutez, pourquoi ne pas tout me raconter, en commençant par le commencement ?

— Tout ? Ça risque de prendre un certain temps.

— On pourra faire une pause pour déjeuner, si besoin, et rien ne nous oblige à nous limiter à une seule session. » Thomas était en proie à une sensation étrange, comme si des bulles remontaient lentement à l'intérieur de sa colonne vertébrale. Il s'efforça de se surveiller, de ne pas afficher un sourire trop rayonnant, puis, brusquement, baissa les yeux pour dissimuler son expression.

« Merci, c'est la réponse que j'espérais », dit Azalea. Sa voix résonnait comme une mélodie dans la tête de Thomas. C'est à ce moment-là qu'elle fit glisser vers lui le livre de poche.

Un recueil de poèmes. Thomas le prit presque avec réticence. L'illustration de couverture représentait des collines, en noir, et un ruisseau, en gris, grossièrement tracés au doigt.

« De quoi s'agit-il ?

— *Dark Lakeland*. De p.j. loak. Avez-vous entendu parler de lui ? »

Thomas secoua la tête. « Je ne suis pas très versé dans la poésie. »

Quelle réponse idiote. Zut zut zut !

Elle l'observait. Thomas, dans ses petits souliers, ouvrit le recueil. Des poèmes en caractères bas de casse de la première à la dernière ligne, avec une ponctuation réduite au minimum. Il toussota. « Y a-t-il un poème en particulier que je devrais lire ?

— Non, c'est bon. Je ne vais pas vous obliger à *verser* dans la poésie. »

Il grimaça.

« J'enseigne la poésie, expliqua Azalea. Pour mon master, je devais trouver un poète contemporain à étudier. J'ai choisi p.j. loak. C'est une écriture très simple, un style sans fioritures. Ça me plaît. »

Thomas hocha la tête et feuilleta le recueil.

« Bon, voilà le truc : Pourquoi ai-je choisi Loak ? J'ai écrit un mémoire sur sa poésie. J'ai investi deux ans de ma vie dans la dissection de chaque vers qu'il a pu écrire. J'ai essayé de l'interpréter. J'ai déconstruit ses poèmes selon la méthode enseignée par Jacques Derrida. J'ai débattu de l'usage qu'il fait des rimes et de la métrique, j'ai cherché un sens caché entre les lignes. Voilà le genre de choses que l'on fait lorsqu'on étudie la littérature, professeur Post.

— Thomas.

— Mais pourquoi Loak ? Je voulais travailler sur un poète contemporain, mais il y en a des centaines. Puis-je vous dire pourquoi je l'ai choisi ? » Azalea fixa Thomas qui, cette fois encore, se sentit ferré par la sincérité de ce regard. « Loak a toujours voulu être un poète du Lakeland. Je n'avais jamais mis les pieds dans la région des Lacs avant de découvrir ses écrits, alors peut-être étais-je simplement curieuse ? Je ne sais pas. Mais il s'avère que Loak n'est pas vraiment un poète des lacs – c'est plutôt et avant tout un poète abîmé par la vie. Ce qui devrait être une catégorie littéraire en soi.

Il a combattu pendant la guerre des Malouines. Je dis “combattu”, mais en réalité il n’a participé à aucun combat. En 1982, il se trouvait à bord d’un navire de la Royal Navy, le *HMS Sheffield*. Il était officier dans les communications. Quand la guerre éclata, son bâtiment rentrait d’une patrouille au Moyen-Orient et fut donc rerouté vers l’Atlantique Sud. Loak se trouvait sur le deuxième pont, quelque part près de la cambuse, lorsque le *Sheffield* fut percuté par un missile exocet qui volait à deux mètres cinquante au-dessus de l’eau. C’était le 4 mai 1982. Il y eut vingt morts. »

Thomas relâcha sa respiration. « Mais Loak en réchappa ?

— Oui. Il en réchappa. » Azalea se tut et hocha doucement la tête. « Le missile n’avait pas explosé. Il était défectueux, Dieu merci. Mais il sectionna un circuit électrique, ce qui enflamma un réservoir de fuel. Loak a eu de la chance, si on peut appeler ça ainsi. Il a été aveuglé.

— Et il est resté aveugle ?

— Oui. La marine l’a déclaré invalide et il est rentré à Buttermere. »

Thomas ouvrit le livre.

« Pourquoi ne pas en lire un ? »

Il feuilleta le recueil à la recherche d’un court poème. Il trouva son bonheur et s’éclaircit la voix. « Voulez-vous que je lise à voix haute ?

— Avec plaisir. »

Voici le poème que lut Thomas Post :

> un jeune hibou posé sur la pointe des serres
> près d’un torrent
> là où poussaient les digitales
> là où renaissaient les parfums et l’éclat du
> jour

là où un petit pont de pierre s'étirait dans les airs
là où frayant entre les pierres et le flot cristallin
un saumon sautait vers l'aval
là où jouaient les libellules et les mouches de pierre
là où nu comme un enfant je m'étendais
avec à ma portée toute la toile d'un monde

et quand le coup de feu se fit entendre
aussi distinctement qu'un sifflet de train au loin
et que je me tournai à moitié et me retournai
je vis le pont
je vis le saumon d'un bond remonter le courant
je sentis le jet d'une pluie fine
comme on rêverait d'ondées
de soleil et d'ombre
de présence et d'ailleurs
là où nu comme un homme j'étais étendu
avec du sang sur le visage

il n'y a pas de fusils sur les crêtes rouges
ni de missiles sur le pic scaffel
on n'entend pas de canonnade
ni le glas d'une cloche
ni les cris des blessés
personne n'appelle plus le réconfort quand
le sang se tarit sur le visage
et que les ténèbres emportent la plume
là où nu comme un vieil homme désormais
je me retourne et fais signe au passé
en pensant à elle étendue avec moi

à côté du torrent
en dessous de l'arbre

Thomas referma le livre. « C'est bon ? demanda-t-il.

— À vous de me le dire.

— Je ne sais pas. Qu'est-ce que je connais à la poésie ?

— Non, ce n'est pas spécialement bon. Les métaphores sont superficielles, la langue pas du tout recherchée, toute passion est largement étouffée. Il ne respecte pas toujours la métrique, les rimes sont inexistantes ; mais il a quelques lecteurs inconditionnels. Je voulais comprendre ce qui attire les gens vers sa poésie.

— Qu'est-ce qui vous a attiré vers lui ?

— Sa cécité.

— Vous vouliez savoir ce que ressentait… un aveugle ? »

Azalea acquiesça, puis rejeta la tête en arrière, comme pour retenir une larme.

« Il y a des cas de cécité, dans votre famille ?

— Un jour, j'ai rencontré un homme qui prétendait être mon père. Il était aveugle.

— Un homme qui prétendait… ?

— C'est une longue histoire.

— Et il était aveugle ?

— Oui.

— Et c'est ça qui vous a amenée à vous intéresser à ce poète ? Ce Loak ?

— Oui.

— Alors, où réside la coïncidence ? » demanda Thomas.

Azalea laissa échapper un gémissement discret, comme si se remémorer cette histoire promettait d'être douloureux. « Il y a quelque temps de ça, j'ai décidé de rencontrer p.j.loak, commença-t-elle. J'étais en train de rédiger mon mémoire et je lui ai écrit, aux soins de son éditeur évidemment, pour lui demander un rendez-vous. Il m'a répondu – au bout d'un certain temps. Il n'est pas versé dans les emails, vous comprenez. Mais sa réponse n'a pas été d'une grande aide. Il se contentait de me dire : "N'hésitez pas à vous arrêter si vous êtes de passage dans le coin." Sans indiquer de numéro de téléphone ni aucun moyen de le contacter. Au moins, j'avais une adresse, en Cumbrie bien entendu. Bref, un jour où je n'avais pas grand-chose à faire, je me suis décidée à procéder ainsi qu'il l'avait suggéré. Sauf que ce n'était pas si simple. J'ai préparé un petit sac pour la nuit, pris un train jusqu'à Oxenholme, puis un bus pour gagner Cockermouth, et de là un taxi pour rejoindre sa maison dans les collines. Je ne sais pas trop à quoi je m'attendais. C'était en novembre. J'aurais dû me douter qu'il y aurait d'horribles bourrasques et des pluies de grêle, mais à force de lire des odes à la région des Lacs, j'imaginais un perpétuel printemps, des jonquilles en fleurs, le babil des ruisseaux…

— Wordsworth, reconnut Thomas.

— Exactement. En tous les cas, lorsque je suis enfin arrivée chez Loak, il faisait presque nuit, et il tombait des cordes. Le taxi m'a déposée devant le portail, mais la maison était perchée tout en haut d'une allée escarpée, et moi, j'avais un petit manteau de ville ridicule, pas de parapluie, des chaussures à talons et une valise à roulettes totalement inadaptée. J'ai réglé la course et je me suis abritée sous un arbre pendant un long moment, en me demandant ce que j'étais venue fiche là. J'essayais d'apercevoir la vallée mais il y avait du brouillard, et tout ce que je distinguais se bornait à quelques murets de pierres sèches et une poignée de moutons neurasthéniques.

— Devrais-je prendre des notes ? » demanda Thomas.

Azalea secoua la tête. « Donc, voilà le premier truc étrange. J'étais là, sous la pluie, à tenter de m'abriter sous un arbre défeuillé, quand j'ai soudain été submergée par une impression de déjà-vu. Peut-être, me suis-je dit, que mes lectures sur la région des Lacs me donnaient cette impression d'être déjà venue. C'était déstabilisant. Je pensais : "Si je m'engage sur ce petit chemin, je sais où il me conduira – il grimpera en pente douce vers la gauche, puis contournera la colline par la droite et traversera ensuite un petit ruisseau par un gué, et là, il y aura un très vieil arbre, avec des racines semblables à des doigts de géant jaillissant d'un gant enfoui sous terre." Voilà ce que je me disais.

— C'est poétique. »

Azalea sourit. « Je ne voulais pas verser dans un lyrisme ampoulé. Mais, vous comprenez, c'était une sensation on ne peut plus étrange. Comment diable aurais-je pu connaître un sentier que je n'avais jamais emprunté, situé dans un comté où je mettais les pieds pour la première fois ? Même si j'avais lu les poèmes aux descriptions les plus fouillées, potassé les cartes, ou même seulement vu des photos – même alors, je n'aurais pas dû ressentir ce que je ressentais à ce moment-là. C'était une sensation qui donnait la chair de poule, qui semblait relever du surnaturel. »

Thomas toussota. « Je crois qu'il s'agit peut-être d'une sensation que nous éprouvons tous de temps à autre.

— Laissez-moi terminer mon histoire. Voyez-vous, il y a certaines choses que vous ignorez à mon sujet, professeur Post.

— Thomas.

— D'abord, vous ignorez que je n'ai jamais connu ma mère. Ma vraie mère. Elle m'a abandonnée quand j'avais trois ans.

— Elle vous a abandonnée ?

— En vérité, non – pas exactement. Mais nous avons toujours pensé que c'était le cas. C'est l'histoire à laquelle j'ai cru en grandissant. À laquelle mes parents – mes parents adoptifs – ont cru jusqu'à leur mort, comme moi jusqu'à ce jour – le jour de ma visite à p.j.loak. C'est le jour où j'ai appris la vérité. Ma mère ne m'avait pas abandonnée. Elle m'avait tout bêtement amenée à la fête foraine, puis elle avait été enlevée. Et assassinée.

— Oh, mon Dieu !

— Ce qui importe, ici, c'est que je ne garde aucun souvenir d'elle. Aucun vrai souvenir. J'en ai quelques-uns, que j'ai peut-être inventés, mais je n'ai aucune image d'elle en mémoire.

— Quel dommage.

— Oui. Or voilà ce qui est étrange : alors que j'étais là, sous cet arbre, inexplicablement, j'ai senti que ma mère – ma vraie mère – était avec moi.

— Vous prétendez être médium ?

— Non, pas du tout. Je n'ai même jamais cru à ce genre de choses. Il s'agissait plutôt d'un souvenir enfoui qui revenait de très loin. Je me revoyais en train d'escalader l'échalier et de remonter l'allée en courant et, dans cette image, il faisait grand soleil, les jonquilles étaient vraiment en fleurs, et j'étais accompagnée d'une femme. Sa présence à mes côtés était palpable, tout comme la chaleur des sentiments qui nous liaient.

— Je commence à entrevoir la chute, dit Thomas en recommençant à martyriser son lobe.

— J'ai attendu que la pluie se calme, en pure perte. Pour finir je me suis dit : "Au diable la pluie !", et j'ai remonté l'allée à toutes jambes, en me maudissant de n'avoir pas emporté un parapluie, ou au moins un manteau à capuche. Une fois devant la porte d'entrée, sans porche où m'abriter, j'ai sonné pendant cinq bonnes minutes, sous le déluge. J'étais à deux doigts d'abandonner, songeant que j'allais devoir rebrousser chemin jusque dans la vallée, quand finalement il est venu ouvrir – p.j.loak. Ce n'était pas à proprement parler un vieillard. Il avait vingt-deux ans au moment de l'accident qui lui avait coûté la vue, quarante et quelques années plus tôt. On pourrait imaginer, à lire ce poème, un homme décrépit, mais selon moi il y dépeint seulement la façon dont lui-même se voit. Il était drôlement mince. Il ne portait pas de lunettes noires, mais il y avait comme un voile devant ses yeux.

« Nous nous sommes installés dans son salon, devant un petit radiateur électrique. Il ne m'a pas offert de thé ni proposé de prendre un moment pour me sécher. Bien sûr, il ne pouvait pas voir à quel point j'étais trempée. Je n'avais trop rien préparé pour cette rencontre, pas vraiment réfléchi à ce que j'allais lui dire. Je ne voulais pas passer pour une admiratrice un peu foldingue. Je lui ai dit que j'étais la femme qui lui avait écrit, et il m'a répondu qu'autrefois il recevait beaucoup de courrier, mais que ce n'était plus le cas maintenant.

« Ce qui est étrange, c'est que tout le temps, en pénétrant dans l'étroit couloir, puis dans le salon, j'ai eu l'impression de connaître cette maison, et ça me donnait la chair de poule. J'avais la sensation d'avoir déjà traversé ce couloir, d'être déjà entrée dans cette pièce où j'étais assise ; je savais qu'il y en avait une autre, que je n'avais pas encore vue et dans laquelle se trouvait un piano et, sans trop savoir comment, dans un univers parallèle, j'entendais le son de ce piano, qui jouait une mélodie douce et rêveuse, une berceuse, peut-être. De là où j'étais assise, je voyais la porte qui menait à cette autre pièce et j'avais envie de me lever, me précipiter sur cette poignée pour me prouver mon erreur. Peut-être cette porte n'ouvrait-elle que sur un placard à balais. Ou alors, peut-être que j'allais découvrir une pièce inondée de soleil, et un homme assis au piano, dont les doigts deviendraient des notes de musique. Et peut-être y aurait-il une femme, dans l'ombre ; peut-être chanterait-elle, avec la pureté d'un tuyau d'orgue, des mots d'amour.

« Bien évidemment, je n'ai pas bougé. Je ne me suis pas levée pour aller ouvrir cette porte. J'étais terrifiée. Quelque chose faisait battre mon cœur à tout rompre. Et puis j'ai dit à Loak que je m'appelais Azalea Lewis. C'était un moment inconfortable. Mon esprit bouillonnait encore de cette tourmente d'images qui m'avaient assaillie. Loak est resté silencieux pendant un très long moment, puis il a demandé : "Dites-moi, quel âge avez-vous, Azalea ?" Je lui ai répondu que j'avais vingt-neuf ans. Il a paru réfléchir intensément, puis il a voulu connaître la date de mon anniversaire. Je lui ai indiqué qu'il tombait le 1er novembre. "Bien", a dit-il. Il a semblé s'évader dans un rêve quelque part, puis il a ajouté : "J'ai connu une Azalea, autrefois – il y a très longtemps de ça. Très, très longtemps. Elle aussi aurait vingt-neuf ans aujourd'hui. Mais j'ignore totalement où elle est, et comment la retrouver. Elle était née au mois d'août." »

Azalea marqua une pause, comme si ce récit lui réclamait un effort à la limite du supportable.

« Continuez, l'encouragea Thomas.

— Le truc, Thomas, c'est que mon véritable anniversaire tombe bel et bien en août. Je n'ai jamais pris la peine de faire rectifier la date sur mon certificat de naissance. Après tout, on s'habitue à sa date d'anniversaire, n'est-ce pas ?

— Oui, j'imagine.

— En tous les cas, à ce stade-là, j'étais carrément morte de trouille. J'ai dit à Loak : “Si... je dis bien *si*... mon anniversaire tombait au mois d'août et *si* j'étais l'Azalea que vous avez autrefois connue, alors vous pourriez me dire dans quelle région d'Angleterre je suis née.”

« Loak a secoué la tête, très lentement, l'air rêveur, puis a finalement répondu : “Si... je dis bien *si*... vous étiez l'Azalea que j'ai connue autrefois, alors je pourrais vous dire que vous n'êtes pas du tout née en Angleterre.”

« À ce stade, je tremblais presque comme une feuille. Il a ajouté : “Si je vous donne le nom de la région – pourrez-vous me dire celui du village ?” J'ai répondu que je le pourrais, et il a repris : “*Si*... vous étiez l'Azalea que j'ai connue autrefois, vous seriez née près d'ici, vraiment tout près à vol de goéland, mais suffisamment loin pour qu'il s'agisse d'une contrée et d'un pays différent, de l'autre côté de la mer d'Irlande. Vous seriez née sur l'île de Man.”

« Et je pouvais à peine prononcer le nom du village, Thomas. Je pouvais à peine parler. J'avais la bouche, la langue paralysées, je n'arrivais plus à extraire les mots. Je pleurais. Tout était tellement soudain. En bas, près du portail, j'avais aperçu l'ombre de ma mère, la première que je voyais depuis ma petite enfance, et maintenant cet homme avait retiré le sol de sous mes pieds et je flottais... non, je ne flottais même pas, je coulais. Pour finir, j'ai juste lâché d'une voix étranglée "Port-Sainte-Menfre" – car c'était ça, le nom du village.

— Que s'est-il passé ensuite ?

— Loak n'a plus rien dit pendant un long moment. Et moi, je le regardais, bouche bée. Quand j'ai enfin retrouvé la parole, j'ai demandé : "Comment savez-vous tout ça ?", et là, il s'est mis à rire. À rire, à rire, sauf qu'à la fin ce n'était plus vraiment un rire – plutôt un sanglot. Il pleurait, le visage caché dans ses mains. Quand il a relevé la tête, j'ai vu que même si ses yeux ne lui servaient plus à rien, ses larmes continuaient à couler.

« Puis il a dit : "L'Azalea que je connaissais aurait…" et je lui ai pris la main car je savais ce qu'il s'apprêtait à dire. Sa main était grande et glacée. Il a posé un doigt ici. » Azalea dégagea les cheveux de son visage pour révéler la trace discrète d'une cicatrice. « Je savais à ce moment-là ce qu'il allait dire, et je lui ai presque intimé mentalement l'ordre de ne pas le faire. "La raison pour laquelle je connais tout d'Azaliah… la raison pour laquelle je sais ça… C'est que je suis ton père." Voilà ce qu'il a dit. »

Thomas soutint le regard d'Azalea. « Je vois. Donc… Loak… c'était *lui*, l'aveugle – l'aveugle qui prétendait être votre père ?

— Non, pas exactement, Thomas.

— Mais je pensais que vous aviez dit que…

— Oui. »

Thomas pataugeait.

« C'est là qu'intervient ma coïncidence, vous comprenez, reprit Azalea. C'est pour ça que je suis celle qui a gagné deux fois au loto. Peter Loak, voyez-vous, n'était pas le premier aveugle que je rencontrais plus ou moins par hasard et qui prétendait être mon père. » Elle secoua la tête lentement. « Oh non ; c'était le second », et elle regarda Thomas droit dans les yeux.

Ils quittèrent l'antre de Thomas, traversèrent le jardin public de Bedford Square puis longèrent le British Museum pour dénicher un *coffee shop* où Azalea pourrait savourer le puissant arôme du café en cours de torréfaction et se retrouver transportée sur un autre continent, une demi-vie plus tôt. Azalea buvait du café noir corsé, comme autrefois Luke Folley. Thomas buvait du thé.

Ils s'installèrent dans un coin, sur deux tabourets branlants. Thomas commanda une *ciabatta* ; Azalea, une salade. Elle était emmitouflée dans un élégant pardessus, avec une écharpe assortie. Thomas, vêtu de façon peu adéquate pour la saison, portait une chemise bleue unie et un cardigan marron informe – qui protégerait son bras plâtré, avait-il pensé le matin, mais qui, maintenant, lui donnait l'air d'un invalide en cavale.

« Entre votre bras et ma côte, quel tableau nous offrons ! plaisanta Azalea. Une vraie paire de rescapés de Waterloo. »

Thomas se fendit d'un sourire réticent.

« Qui vont se tapir dans un petit café mal éclairé pour panser leurs plaies et partager leurs histoires de champs de bataille », poursuivit Azalea en dévoilant un peu de son talent particulier pour la dramatisation.

Thomas fit fondre du sucre dans sa tasse de thé.

« Il ne manquerait plus qu'on ressorte d'ici en rasant les murs comme des amants clandestins ! Vous imaginez ce que ça donnerait, avec votre bras et ma côte.

— Oui, j'imagine », répéta Thomas en écho.

La conversation reprit le chemin de l'histoire de p.j.loak, et Azalea parla de son enfance. Elle exposa les événements qui s'étaient déroulés à la fête foraine de Totnes, et lui fit part des maigres détails qu'elle avait appris sur sa mère.

« Peter Loak était convaincu d'être mon père.

— Mais vous n'en êtes pas si sûre...

— Je ne sais que penser. Ils ne se sont jamais mariés – Peter et Marion. Elle était tout de même un peu plus âgée que lui. Il lui a proposé de l'épouser, mais elle a refusé. Elle lui a répondu que la volonté de Dieu était qu'elle m'élève seule, comme l'avait fait sa propre mère. Donc, quelques semaines à peine après mon baptême, Peter est reparti en Angleterre pour se réinstaller dans la vieille maison de son père, en Cumbrie, tandis que Marion est restée à Port-Sainte-Menfre.

« Ensuite, il s'est engagé dans la Navy. C'est ce qu'il avait toujours voulu. Il avait dix-neuf ans et, selon moi, il avait besoin de faire cette expérience pour s'en libérer. Un jour, à l'occasion d'une permission à terre, il a vu ma mère débarquer chez lui, dans la maison de Buttermere, avec moi. Je devais avoir deux ans à l'époque, ou deux ans et demi. Je ne m'en souviens pas, évidemment. Ils ont aplani leurs différends – quelques-uns du moins –, et pendant un petit moment Marion a fait la navette : elle regagnait Port-Sainte-Menfre lorsque Peter était en mer, et refaisait la traversée quand il rentrait en permission. Et puis, à l'automne 1981, Peter est parti au Moyen-Orient sur le *HMS Sheffield*. Le bâtiment a croisé quelques mois dans la région, jusqu'au printemps 1982. Marion avait trente ans, Peter vingt-deux. Ça n'a pas dû être un moment facile. Il lui avait promis que ce serait son dernier voyage. Elle était terrifiée à l'idée qu'il périsse en mer, et ils s'étaient disputés. Après cela, d'après Loak, ils ne se sont plus parlé. Il ne savait pas si, à son retour, Marion l'attendrait dans la maison de Buttermere, et s'il reverrait jamais sa fille. Il lui a envoyé un câble pour lui annoncer que son bâtiment était sur le chemin du retour. Mais, évidemment, il n'en a rien été. Le *Sheffield* est parti pour les Malouines et là – boum ! Un abruti de missile exocet plus tard, Marion a soldé le loyer de sa petite maison de Port-Sainte-Menfre, emballé tout ce qu'elle possédait dans deux valises, fourré le tout dans sa vieille voiture et a pris le ferry pour Liverpool. Elle s'est installée dans la maison vide de Buttermere. Elle n'avait pas parlé à Peter au téléphone, mais elle était en contact avec quelqu'un du navire-hôpital à bord duquel il avait été secouru. Ce navire-hôpital, soit dit en passant, s'appelait l'*Ouganda*. Bref. Un message lui est parvenu, je ne sais comment, indiquant que Peter, hospitalisé en Uruguay, était sur le point d'être rapatrié dans un hôpital naval à Plymouth. Marion a donc laissé toutes ses affaires dans la maison, préparé un petit sac pour la nuit, et m'a installée dans la voiture, dûment attachée. Nous sommes parties vers le Devon, pour rendre visite à Peter à l'hôpital. Sauf que cette visite n'a jamais eu lieu. Nous ne sommes jamais arrivées à l'hôpital, ni même à Plymouth. On m'a retrouvée en train d'errer, seule, dans une fête foraine. À compter de ce jour, personne n'a jamais revu Marion. Et personne n'a su, pendant très longtemps, si elle était morte ou vivante.

« Lorsque Peter Loak est finalement sorti de l'hôpital, il est rentré chez lui, en Cumbrie. Marion n'était pas venue le voir, elle ne répondait pas à ses lettres, alors, forcément, il s'est imaginé qu'elle était sans doute sortie définitivement de sa vie. Il a écrit au vicaire de Port-Sainte-Menfre, qui lui a répondu que

Marion n'était jamais revenue au village et qu'un nouveau locataire s'était installé dans la petite maison de Briny Hill Walk. Peter a arrêté d'écrire. Que pouvait-il faire d'autre ?

« Il a obtenu une pension d'invalidité de la Navy et, mis à part le revenu très modeste de sa poésie, c'est sur cette pension qu'il a vécu – qu'il vit encore. Et puis, quelque dix ans après sa réinstallation dans la maison, il a fait appel à un décorateur pour procéder à quelques travaux. Le décorateur lui a demandé : "Que dois-je faire de ces deux valises ?" C'étaient celles de Marion, qui se trouvaient toujours en haut de la grande armoire en chêne, dans la chambre, là où elle les avait laissées. Revenu aveugle, Loak ne les avait jamais vues – et les différentes femmes de ménage qui venaient l'aider s'étaient contentées de les épousseter sans jamais les mentionner. Le décorateur a ouvert les valises et décrit leur contenu à son client. C'est à ce moment-là que Loak a compris qu'il avait dû arriver quelque chose à Marion. Il a fait venir la police de Cockermouth, mais personne ne semblait intéressé par cette histoire de valises vieilles de dix ans, ou de femme et d'enfant disparus. Il a fini par perdre patience avec la police. Il avait abandonné tout espoir de revoir un jour Marion, mais il était prêt à tout pour voir sa fille. J'utilise ici le verbe "voir" exactement comme le fait Loak. Une photo de moi à trois ans trônait sur sa cheminée – détail curieux, pourrait-on se dire, pour un homme privé de la vue. Mais de temps à autre, quand il recevait des visiteurs, il les dirigeait vers le cadre et il leur demandait de me décrire. Ensuite, il retranscrivait leur description et, parfois, en faisait des poèmes.

« Pour finir, Loak s'est adressé à un détective privé de Keswick – une femme du nom de Susan Calendar. En moins de quinze jours, celle-ci a découvert tout ce que Loak avait besoin de savoir. Elle était minutieuse. Elle s'est rendue à Exeter pour consulter les dossiers de police puis a rédigé son rapport, qu'elle lui a remis en mains propres. Elle avait fait réaliser une transcription en braille spécialement pour lui. Loak conserve encore ce rapport dans le bureau du salon. »

Azalea regarda Thomas, assis en face d'elle. Il avait laissé refroidir son thé.

« Est-ce que je vous ennuie ? » demanda-t-elle.

Thomas secoua la tête. « Non. Dites-moi ce qu'il y avait dans le rapport. »

Azalea inspira. « Le rapport disait que Marion Yves avait été kidnappée, puis violée par un certain Carl Morse. C'était la toute première fois que j'entendais parler de cette histoire. Morse l'avait assassinée, puis avait précipité son corps dans la mer, du haut d'une falaise – un endroit du nom de Millook Cliff, dans le nord du Devon. Lorsque son corps fut finalement rejeté sur le rivage, il n'y avait plus aucun moyen de l'identifier. Sa fille avait été adoptée en novembre 1982 par Luke et Rebecca Folley, un couple d'instituteurs d'un village de Cornouailles – Saint-Piran. » Elle hocha doucement la tête d'un air pensif, puis détourna le visage. « Luke et Rebecca étaient mes parents, ajouta-t-elle.

— Je vois.

— En janvier 1984, les Folley étaient partis diriger une école missionnaire en Afrique, et ils m'avaient emmenée – évidemment. C'est ce que mentionnait le rapport, et ce qui s'est effectivement passé. Toujours d'après ce rapport, en juin 1992, juste un an avant l'enquête de Susan Calendar, la mission en Ouganda avait été attaquée par des miliciens d'une faction baptisée Armée de résistance du Seigneur. Les rebelles avaient kidnappé quatre jeunes orphelins pour en faire des enfants-soldats. Les Folley et leur fille avaient été massacrés. »

Il y eut un long silence à la table. Ailleurs, dans la salle, on entendait le tintement de la vaisselle, les sifflements du percolateur et le murmure des voix.

« Évidemment, ce n'est pas ce qui s'est passé, dit Thomas. Sinon, vous ne seriez pas là.

— Ce n'est pas exactement ce qui s'est passé », nuança Azalea.

Ils s'abandonnèrent pendant un petit moment aux bruits du *coffee shop*.

« Vous êtes-vous jamais rendue à l'endroit où votre mère a été assassinée ? demanda Thomas Post. Je veux dire – votre mère biologique, Marion. »

Azalea baissa les yeux. « Non. Pourquoi aurais-je envie de faire une chose pareille ?

— Je ne sais pas. Pour déposer des fleurs, peut-être. »

Il y eut encore un long silence. « Ça me plairait », convint Azalea.

Le percolateur lâcha un geyser de vapeur et quelqu'un, dans la salle, débuta une conversation téléphonique en parlant très fort.

« Vous avez quelque chose de prévu, ce week-end ? » s'enquit Thomas Post.

13

Juin 1992

La journée avait si bien commencé ! Les augures ne s'étaient pas lamentés, les corneilles n'avaient pas tournoyé dans le ciel. Les deux hommes de la LRA et les Folley s'étaient attablés sous le préau. Cela aurait pu être une réunion informelle entre partenaires d'affaires.

Odokonyero, qui s'asseyait rarement à table lors des repas, vint se placer d'autorité entre eux. Lorsque Rebecca lui décocha un regard réprobateur, il dit : « Madame Rebecca, je connais ces gens. Pas vous. » Et la question fut réglée.

Luke Folley, comme à l'habitude, présidait en bout de table. À présent bien installé dans la quarantaine, il était parvenu à un stade de sa vie où la providence et la croisée des chemins étaient loin derrière lui, et où il assumait sans réserve le travail qu'il accomplissait, et le rôle qui était le sien. Les échos discrets de sa rébellion juvénile étaient depuis longtemps réduits au silence. Son passé et son avenir avaient conflué dans le vaste lit d'un seul et unique fleuve. Luke savait d'où il venait, où il allait et, même si on n'était jamais à l'abri de découvrir des rapides au détour d'un méandre, les berges du fleuve n'offraient aucune déviation. Au yeux de Luke, sa destinée avait la transparence de l'eau de roche, et le quatrième Folley à diriger la Mission du Saint-Tabernacle marchait avec assurance dans les pas des Lester I, II et III. (Lester III, on s'en souvient, était son frère.) Luke sentait qu'un jour il passerait le témoin à sa fille. Azalea ferait une bonne institutrice. Il en était certain.

Il n'avait jamais recouvré sa foi perdue. Mais maints hommes d'Église avant lui, douillettement logés et touchant de confortables émoluments, n'avaient-ils pas trouvé le moyen d'équilibrer des contradictions entre foi personnelle et devoir professionnel ? Luke, à son échelle bien plus modeste, consentait les mêmes concessions. Il avait appris à apprécier le fragile éclat de prestige attaché au statut de directeur d'une petite mission, dans une bourgade perdue au fin fond d'un pays dont personne ne se souciait. Il n'était pas obligé d'enfiler un costume et une cravate pour travailler. Personne ne venait évaluer ses performances. Il n'avait pas à jouer des coudes chaque matin et chaque soir dans les foules de travailleurs, ni à trop s'inquiéter de son plan de retraite. Il y avait des motifs d'anxiété, évidemment. Les tensions entre milices et factions rebelles faisaient du nord de l'Ouganda un perpétuel foyer de tracasseries. Sans compter ce qui était arrivé à ses parents et à son frère, Lester III. Leur mort était tapie là, en arrière-plan, pour lui rappeler qu'il ne devait jamais s'endormir sur ses lauriers. Mais les années passaient et la routine de la mission survivait à toutes les tentatives de la faire dérailler ; Luke avait acquis les compétences d'un directeur, d'un gestionnaire, d'un enseignant, d'un récolteur de fonds et d'un politicien, ainsi que tous les talents indispensables pour piloter sa petite entreprise à travers des années de guerre de brousse, et la mener jusque dans le nouveau millénaire qui, avec son lot d'incertitudes, se profilait.

Luke étira les bras et entrelaça ses doigts. Peut-être tremblait-il, mais c'était imperceptible. « Si vous êtes venus faire notre connaissance, messieurs, peut-être devrions-nous nous présenter. » Son regard fit un tour de table, comme pour recueillir l'approbation envers cet usage très occidental. « Bien, alors laissez-moi commencer. Je m'appelle Luke Folley et je suis le directeur de cette mission qui fut fondée par mon grand-père, Lester Folley. » Il désigna l'ensemble de l'enceinte d'un ample mouvement de bras. « Nous avons ici une école, où nous éduquons soixante enfants de Langadi ; un orphelinat, dans lequel nous avons recueilli quinze enfants. Nous dirigeons également un petit dispensaire, une sorte d'hôpital pouvant accueillir une quinzaine de patients, et une église. Nous employons une infirmière à plein temps, et trois autres à mi-temps, ainsi que trois – ou bien est-ce quatre ? – aides-soignantes, qui n'ont pas de formation professionnelle mais qui donnent un coup de main au dispensaire. Les consultations s'y déroulent deux fois par semaine, en présence d'un docteur swahili qui vient spécialement de Gulu. Ces renseignements vous sont-ils utiles ? »

Les deux hommes de la LRA semblaient décontenancés par la tournure formelle qu'avait prise cette rencontre. Le plus âgé des deux hocha la tête.

« Très bien, reprit Luke. En 1982, je me trouvais en Angleterre, avec ma femme, Rebecca… (Il la désigna d'un geste ample)… et notre fille, Azalea. Et alors que nous étions là-bas… » Luke réfléchit et se mit à pianoter sur la table. « Alors que nous étions là-bas…

— Luke, intervint Rebecca. Tu n'as pas besoin de faire ça.

— Non, ça va. Ça va. » Il adressa un maigre sourire aux deux visiteurs. « En 1982, alors que nous étions en Angleterre, deux hommes de la SPLA se sont présentés à la mission. Exactement comme vous, aujourd'hui. Juste après le petit déjeuner. L'un d'eux avait une kalachnikov. (Luke montra du doigt l'arme pendue à l'épaule du premier homme.) La même que celle que vous avez là. »

Les deux visiteurs se trémoussèrent sur le banc.

« Vous savez ce qui s'est passé ensuite, n'est-ce pas ? reprit Luke. Oui, bien sûr. Vous êtes acholi, messieurs, n'est-ce pas ? Vous connaissez probablement l'histoire par cœur. Mes parents, mon frère… »

L'homme qui portait l'arme la dégagea de son épaule et la posa sur la table. « Bien sûr, monsieur Luke. Nous savons ce qui s'est passé ici.

— En ce cas, vous pouvez comprendre pourquoi nous n'accueillons pas à bras ouverts les personnes qui se présentent ici avec des armes.

— Nous ne sommes pas de la SPLA, fit valoir l'homme, comme si cela allait tout excuser.

— Peut-être pas, intervint Rebecca, en insufflant une certaine urgence à l'échange. Mais ici, c'est un orphelinat, pas un foutu stand de tir. Tous ceux qui veulent venir discuter sont les bienvenus – mais sans armes.

— M'dame… mon fusil est sur la table, protesta l'homme de la LRA en le poussant encore un peu plus loin de lui. Nous ne sommes pas venus vous faire des ennuis.

— Alors pourquoi êtes-vous là ? » lui rétorqua Rebecca d'un ton cassant.

Les deux hommes échangèrent quelques messes basses en acholi, puis le premier dit : « Si vous permettez, monsieur Luke, madame Luke, c'est à mon tour de me présenter. »

Luke se recula dans sa chaise et leva la main pour imposer le silence à sa femme. « Très bien, dit-il. À votre tour.

— Je suis un homme de Dieu, commença le soldat. Je suis un prêcheur, comme vous. »

Luke acquiesça, sans le corriger.

« Je suis connu à travers tout le pays acholi comme un saint homme. C'est la vérité. Votre employé, ici, vous le dira. » D'un mouvement de tête, il désigna Odokonyero.

Odokonyero baissa les yeux. « Il dit vrai.

— Tu dis que tout le monde connaît cet homme ? demanda Luke.

— Tout le monde le connaît, répondit Odokonyero.

— Et c'est un saint homme ? »

Le cuisinier hocha la tête. « C'est un saint homme pour les Acholi.

— Je n'ai encore jamais vu de saint en uniforme militaire », objecta Rebecca.

Le saint homme – à ses propres dires du moins – répliqua : « L'homme blanc est-il donc seul en droit de combattre pour le royaume de Dieu ? » Son regard fit un tour de table et alla se poser sur Rebecca. « Vous êtes un enfant de Dieu, n'est-ce pas ? N'avez-vous pas reçu l'ordre de prendre les armes pour vaincre les forces du mal sur terre ? »

Les implications sourdement sinistres de cette question flottèrent un instant au-dessus de la tablée avant de se percher sur les chevrons du préau, tel un papillon de nuit curieux de la tournure de cette conversation.

« Notre Dieu nous ordonne d'aimer nos ennemis, indiqua Rebecca. De tendre l'autre joue. » Une mouche vint se poser sur son visage ; elle tressaillit et la chassa. Alentour, un silence surnaturel avait gagné l'enceinte de la mission.

« Donc, vous n'avez jamais entendu parler de la LRA ? résuma le saint homme en uniforme militaire.

— J'espérais que vous pourriez nous éclairer sur ce sujet », répondit Rebecca.

Luke consulta sa montre avec ostentation. « Je vous prie de bien vouloir m'excuser un instant, messieurs. Je suis aussi désireux que mon épouse d'en apprendre davantage sur la LRA, et sur vos objectifs, cependant il est temps de sonner la cloche de l'école. Les cours devraient commencer.

— Déjà ? s'étonna le soldat.

— Oh oui, répondit Luke. Excusez-moi, juste un instant. »

Luke se leva et se dirigea vers la corde de la cloche.

« Connaissez-vous le cantique "En avant, Soldats du Christ – marchons pour le combat ?" » demanda le soldat à Rebecca.

Celle-ci se ratatina légèrement. « Marchons *au* combat », corrigea-t-elle.

La cloche commença à sonner.

« Au combat, répéta-t-elle. Pas *pour* le combat, qui ne veut rien dire. »

Dingdingdingdingdingdingdingding.

« C'est un cantique qui ordonne aux soldats du Christ de prendre les armes, de partir pour le combat et de se battre, insista l'homme.

— Pas du tout, le contra Rebecca. Ce cantique est une métaphore. Il nous dit que nous devons affronter le mal – mais pas par la violence.

— Du Christ la bannière se déploie au vent, pour la sainte guerre, soldats, en avant ! » déclama triomphalement le soldat.

Dingdingdingdingdingdingdingding.

L'attention de l'homme de la LRA commença à dériver vers Luke et la frénésie avec laquelle il actionnait la cloche.

« Je pense que ça suffira, très cher », indiqua Rebecca à son mari.

La cloche se tut et Luke regagna la table. Un filet de sueur serpentait le long de son visage. Il l'épongea. « Vous vous apprêtiez à nous expliquer en quoi consiste la LRA », dit-il en reprenant place sur sa chaise.

En vérité, Luke et Rebecca Folley n'avaient nul besoin d'éclaircissements quant à la signification de ce modeste acronyme. Et il était même superflu que l'homme en uniforme militaire assis en face d'eux, avec sa barbe grossièrement taillée, ses décorations factices et son béret vissé de guingois sur le crâne, se présente. Cet homme qui se prétendait un saint homme et qui avait posé son arme sur leur table, ils le connaissaient déjà pour avoir vu des photos de lui, lu des articles à son sujet dans les journaux, et entendu une douzaine de récits de première et seconde main. Ils l'avaient également aperçu de temps à autre à Gulu ou à Moyo, toujours accompagné de son ramassis d'acolytes armés et aux yeux caves. Et ils avaient vu comment les piétons s'évanouissaient des rues sur son passage, comment les mères ramassaient précipitamment leurs enfants pour les planquer, comment le téléphone arabe faisait circuler la nouvelle de sa présence tout le long de la rue afin que chacun puisse se mettre à l'abri. Ils avaient évoqué cet homme, ici même, sous le porche de la mission et ailleurs, tout en buvant du café, des cocktails au gin ou des bières frappées et en regardant le soleil se coucher sur un pays auquel plus personne ne comprenait rien. En échange de renseignements sur cet homme, ils avaient donné des pièces à des informateurs, ils avaient payé pour savoir où il se trouvait. Où l'avait-on vu ? Avec qui ? Où allait-il ? Cet homme avait hanté leurs rêves et leurs journées. Et voilà qu'il était là, accompagné d'une ordonnance édentée, assis à leur table, en train de boire leur café, de fumer leurs cigarettes et de citer des cantiques en en estropiant les paroles.

Cet homme s'appelait Joseph Kony. Il s'appelle *toujours* Joseph Kony, d'ailleurs, encore que si Dieu et la Providence étaient en mesure de joindre leurs forces pour faire ce qui s'impose, à l'heure qu'il est, lui et son fatras de complices auraient été éradiqués de la surface de la terre et il serait en train de pourrir dans une tombe très profonde, ignorée de tous. Ses troupes forment l'Armée de résistance du Seigneur, même si elles ne se sont pas toujours appelées ainsi. Au moment de l'arrivée de Luke, Rebecca et Azalea à Langadi, la LRA n'existait pas. Il y avait plusieurs dizaines de groupes hétéroclites, bien sûr, dont certains représentaient déjà les griefs principaux du peuple acholi. Mais lorsqu'un président originaire du sud du pays, Yoweri Museveni, prit le pouvoir à Kampala, les murmures qui circulaient chez les peuples du Nord gagnèrent en volume. On vit d'abord apparaître l'Armée du Seigneur, puis l'Armée démocratique chrétienne du peuple ougandais, qui devint finalement la LRA – quoique en vérité, pour les Folley, les mères des enfants acholi, les Soudanais, les Bugandais ou les Karamojong, ces évolutions onomastiques importaient peu. Pour eux, cette armée de zombis brutaux, ces hommes au visage inexpressif qui exécutaient les ordres de leur chef, sans poser de questions, sans pitié ni remords, n'étaient que les hommes de Joseph Kony.

Au début de 1992, l'année où Kony se présenta à la mission de Langadi, la LRA avait attaqué deux écoles de filles à Aboke, près de Gulu : le pensionnat du Sacré-Cœur et l'école Sainte-Marie. Lors de cette opération qui fit date dans l'histoire de l'Ouganda, quarante-quatre fillettes furent enlevées, et enrôlées comme enfants-soldats et esclaves sexuelles au service du groupe paramilitaire naissant. Ces fillettes n'étaient pas les premiers enfants, et ne seraient pas les derniers, à disparaître des écoles et des missions du nord de l'Ouganda, mais cet enlèvement public adressa à Luke et Rebecca Folley, à toutes les écoles et à tous les parents un message alarmant : la LRA revoyait à la hausse et ses ambitions, et la violence de ses méthodes. Longtemps après les événements rapportés ici – et peu avant qu'Azalea ne les raconte à Thomas Post –, la Cour pénale internationale estimerait à trente mille le nombre d'enfants enlevés par la LRA. Certaines estimations placeraient même le curseur à soixante mille. Des filles et des garçons de dix ans et plus, dont on attendait qu'ils participent au combat. Il se disait même souvent que l'Armée de résistance de Kony comptait dans ses rangs des soldats d'à peine cinq ans. Ils étaient équipés d'armes légères et on pouvait compter sur eux pour faire feu et tuer sans la moindre discrimination. Les enfants qui avaient été capturés mais refusaient de coopérer étaient mutilés. Kony et ses hommes leur tranchaient les lèvres, amputaient mains, oreilles. Parties génitales, aussi. Les petits mutilés, souvent mourants, étaient ensuite largués sans ménagement à proximité de leur village natal, en guise d'avertissement à l'adresse des futurs kidnappés. Tel était, pendant que l'Occident vaquait à ses petites affaires – pendant qu'il assiégeait la Terre de satellites, quadrillait la planète de routes, qu'il était rivé à ses émissions de télévision ou qu'il déroulait des tuyaux pour acheminer sa musique dans le monde – le destin promis à des centaines et des centaines d'enfants. Pendant qu'à Londres nous pleurions une défunte princesse, pendant que nous faisions la chasse aux armements en Irak, ou la queue pour acheter des téléphones portables à écran tactile, on alignait des enfants en rang d'oignons pour leur trancher les mains. Nous sommes doués pour escamoter des événements monstrueux, sans compter qu'après tout, ceux-ci se déroulaient en Afrique, un continent qui demeure effectivement invisible – non parce que la lumière échoue à percer les ténèbres, mais parce que très peu d'entre nous choisissent de regarder ce qu'elle révèle.

Pour Luke, Rebecca et tous les résidents de la mission Saint-Paul pour les Nécessiteux du Nil occidental, il n'y aurait pas de pareil escamotage. Joseph Kony, le boucher du pays acholi, l'homme qui deviendrait bientôt un des criminels les plus recherchés de la planète, avait effrontément pénétré l'enceinte de leur territoire, accepté une des cigarettes de Rebecca et posé sa mitraillette russe *made in India* sur la table où les enfants, à peine quelques minutes plus tôt, dévoraient leur bouillie de manioc.

En ce jour de juin 1992, Luke et Rebecca n'étaient pas les seuls Britanniques présents à la mission. S'y trouvaient également, venus travailler à leurs côtés, deux jeunes coopérants du Voluntary Service Overseas, dont l'histoire devait, à son tour, s'entrelacer à celle d'Azalea. Le jour où Joseph Kony débarqua à la mission, les deux coopérants étaient en Ouganda depuis exactement cinq jours. Ils étaient tous deux médecins et fraîchement diplômés – ou peu s'en fallait : l'un comme l'autre étaient parvenus au terme d'épineuses années d'études et d'examens pour exercer la médecine et seules quelques semaines les séparaient encore de la remise officielle de leur diplôme. Lauren Marks, après son cursus de cinq ans à l'université d'Édimbourg, avait choisi de s'engager pour quatre mois de bénévolat dans un hôpital missionnaire en Ouganda, avant de commencer son internat dans un centre hospitalier. Le garçon s'appelait Richard Lewis – mais tout le monde l'appelait Ritchie. Il venait quant à lui de terminer ses études à Liverpool. Lauren et Ritchie étaient arrivés de Londres par le même avion et n'avaient fait néanmoins connaissance que lorsqu'ils s'étaient retrouvés, avec une dizaine d'autres coopérants, à l'aéroport d'Entebbe, d'où ils avaient été dispatchés vers leur affectation respective. Ils avaient vécu un moment débordant d'enthousiasme et d'appréhensions.

À l'aéroport, le responsable local du Voluntary Service Overseas avait présenté Lauren et Richard à une Anglaise, une grande femme à l'air froid, vêtue d'un pagne africain, qui fumait une cigarette mentholée et agrippait la main d'une adolescente. Ce fut leur premier contact avec Rebecca et Azalea Folley. Rebecca balança sans cérémonie leurs sacs à l'arrière d'un minibus déglingué dont le flanc s'ornait du logo délavé de la mission, et leur aventure africaine débuta par les embouteillages à la sortie de Kampala, préludes à un voyage de six cent cinquante kilomètres, soit dix heures de route, jusqu'au district de Moyo.

Rebecca Folley sut aussitôt que Lauren Marks et Ritchie Lewis finiraient par former un couple. C'est ce qu'elle annonça plus tard à Luke. Elle le savait déjà lorsque le minibus s'engagea vaillamment le long du Lido Beach Drive et de la rive embuée de condensation du lac Victoria ; elle l'avait su avant même de quitter la zone urbanisée qui entourait l'aéroport, avant même que les deux médecins aient pleinement accepté l'idée qu'ils se trouvaient en Afrique. Même à ce stade prématuré, et en dépit de présentations hésitantes et ridiculement formelles à l'aéroport – « Bonjour, je m'appelle Ritchie. – Ravie de faire ta connaissance, moi c'est Lauren » –, Rebecca avait flairé les premières réactions immémoriales de la chimie sexuelle. Ils avaient beau s'être respectueusement installés chacun sur une banquette du minibus, leurs regards avaient beau éviter de se croiser – l'un tourné vers la droite, l'autre vers la gauche –, Rebecca entendait presque les accélérations de leur rythme cardiaque, elle humait les phéromones et pouvait quasiment compter les jours avant que ces deux-là partagent la même moustiquaire.

Ils remontèrent la fertile vallée du Nil, traversèrent d'innombrables villages disséminés à flanc de collines, découvrirent la palette infinie de fermes et commerces africains – poursuivirent leur route au-delà de Masindi Port, où le Nil ressort du lac Kyoga, où les pêcheurs disposent le long de la route des amoncellements de poissons noirs de la taille d'un doigt, où la terre est aussi rouge que les cheveux d'Azalea. Ils firent halte dans un café de fortune au toit de feuilles pour se désaltérer d'un Coca-Cola tiède, et Lauren soigna Azalea, qu'une abeille avait piquée, avec un onguent qu'elle avait dans son sac. Azalea lui voua une affection instantanée.

Ils reprirent la route en direction du nord et contournèrent la réserve naturelle de Karuma. Ritchie et Lauren partageaient maintenant la même banquette, au motif que pour observer la faune, il fallait regarder à gauche. C'était l'excuse parfaite. Azalea les rejoignit à l'arrière du bus, tandis que Rebecca, stoïque, demeura assise à l'avant, à côté de Stanton, le chauffeur.

Ce périple de dix heures servit à Lauren Marks et Ritchie Lewis d'introduction à l'Afrique. Lauren s'empressait de noter dans son journal les noms de tous les animaux qu'elle venait d'apercevoir – une lointaine girafe camouflée dans un bouquet de grands arbres, des babouins désœuvrés le long de la route, en quête de rebuts comestibles, et de gigantesques marabouts chauves, rôdant dans les fossés tels de vieux vagabonds crasseux. Lauren nota qu'elle avait vu des enfants ramasser le maïs, des femmes transporter du bois pour le feu, des hommes pédaler sur des bicyclettes bringuebalantes, des petits garçons rassembler du bétail aux cornes plus longues qu'un bras humain, des écoliers en uniforme rose vif rentrer chez eux, et de très jeunes enfants vendre des mangues et du charbon. Peu après Kampala, la route goudronnée laissait place à une piste, et le minibus fut contraint de ralentir pour éviter les nids-de-poule. Ritchie prit des photos, en économisant prudemment sa pellicule. Ils firent un arrêt sur le pont de Karuma, et, tandis que l'écume brûlante du Nil Victoria dévalait à gros bouillons sous la route, Ritchie fit un cliché du groupe tout entier, le chauffeur compris, debout contre la rambarde. Puis Stanton photographia Rebecca, Azalea, Ritchie et Lauren, et ces deux-là étaient déjà si proches que leurs corps s'effleuraient.

Les barrages routiers, avec leurs haies de fils barbelés déployées en travers de la piste par des soldats en uniformes déchirés et raides de crasse, surgirent peu après Karuma. Ils cherchaient des membres de la LRA. Comme Rebecca refusait obstinément de les soudoyer, l'attente fut chaque fois longue. À la nuit tombée, avant d'arriver à Langadi, elle informa

Ritchie et Lauren de tout ce qu'ils devaient savoir sur l'Ouganda.

Sous ses airs froids et distants, Rebecca Folley avait bon cœur. Jamais, sinon, elle n'aurait enduré ces neuf années dans une mission perdue au bout du monde, au beau milieu d'une zone ravagée par la guerre civile. Elle n'était pas coutumière de ces invectives volubiles dont les Européens accablaient si souvent les pauvres d'Afrique. Contre toute attente, Rebecca avait appris à aimer le pays au point de presque s'y sentir chez elle. Elle fit aux deux jeunes coopérants une présentation de la mission, et leur exposa autant qu'elle le pouvait les besoins médicaux de l'hôpital. « Nous sommes désespérément en sous-effectif, leur expliqua-t-elle. Mais nous n'avons tout simplement pas les moyens de supporter d'autres salaires. Nous accueillons seize patients pour la seule raison que nous disposons de seize lits et seize matelas – et non pas parce que cela correspond au personnel, aux médicaments, à l'effectif de médecins ou à l'argent dont nous disposons. Ni parce que c'est le quota de lits nécessaire pour soigner la population d'une ville de la taille de Langadi. Alors, que faisons-nous lorsqu'on nous amène un gamin qui souffre de malaria ? On renvoie chez lui un patient qui est lui aussi atteint de malaria, de la tuberculose, de la maladie du sommeil ou du sida. »

Il faisait presque nuit lorsqu'ils parvinrent à Laropi et embarquèrent à bord du ferry, pour la dernière traversée de la journée. La barge poussive datant de l'époque coloniale les emporta sur les eaux sombres du Nil. Ils étaient désormais vraiment coupés du monde. Quand leur embarcation accosta brutalement sur la berge sablonneuse, Rebecca lança un « Bienvenue dans le Nil occidental. Il n'y a plus de retour possible, maintenant », puis elle éclata de rire. « À moins que vous ayez envie de tenter votre chance à travers le Soudan. »

Ils arrivèrent à la mission un peu avant minuit. Azalea s'était endormie sur les genoux de Lauren.

Rebecca savait que la proximité des deux petites chambres qu'ils avaient préparées pour les jeunes médecins, tout au bout du bâtiment principal, avec une cloison de broussailles en guise de séparation, ne ferait qu'alimenter la tension sexuelle. Mais que pouvait-elle y faire ? Elle n'avait rien de mieux pour les loger. Et puis Ritchie et Lauren étaient adultes, non ? À leur âge, Rebecca avait déjà connu une dizaine de partenaires sexuels, sinon plus. Ces deux-là trouveraient bien moyen de s'arranger. Quatre mois, ce n'était pas la mer à boire.

Rebecca se trompait. Le séjour de Lauren et Ritchie à Langadi ne devait pas excéder cinq jours.

Lorsque la cloche sonna l'alarme, ce dingding-dingdingdingding pénétré d'urgence qui résonnait au-dessus du toit de chaume du réfectoire, Lauren et Ritchie n'en reconnurent pas la cadence : ils n'avaient pas encore répété le rituel du sauve-qui-peut. Ne faisant pas encore moustiquaire commune, chacun se trouvait dans sa chambrette respective, tout au bout du bâtiment principal. Lauren se lavait les dents avec de l'eau en bouteille. Ritchie mettait de l'ordre dans sa valise.

Lauren, alertée par le bruit, jeta un œil par sa fenêtre et eut le temps d'apercevoir les talons des enfants qui s'évanouissaient dans la brousse. Et quand une fillette, le visage figé en un masque de consternation, passa en courant au ras de la fenêtre avec des battements de bras désordonnés, Lauren fut immédiatement gagnée par l'appréhension. Elle alla toquer doucement à la porte de Ritchie.

« Je crois qu'il y a un problème, annonça-t-elle lorsque celui-ci vint lui ouvrir.

— Un problème ? Quel genre de problème ? »

Ritchie Lewis était un jeune homme impavide, et seule une crise d'ampleur significative était de nature à bousculer son flegme. Il avait une large carrure, un style décontracté, plutôt viril, un sourire canaille et une mèche en épi qui menaçait perpétuellement d'assombrir sa vision, sauf à gentiment la repousser dans le droit chemin. Il était bien décidé à ne pas laisser Lauren et ses angoisses ternir son humeur légère.

« Du genre sons de cloche à réveiller les morts et gamins qui prennent le maquis, précisa Lauren.

— C'est peut-être le jour des cours d'éducation physique ou… quelque chose comme ça ? » hasarda Ritchie.

Lauren le dévisagea avec une certaine impatience. « Ritchie, ce n'est pas le jour de l'éducation physique », dit-elle et, cette fois dans un murmure vibrant d'urgence : « Il se passe quelque chose. »

Il y aurait quelque exagération à prétendre que Lauren Marks était le « yin » du « yang » de Ritchie Lewis. Ces deux-là n'étaient pas comme le jour et la nuit. Lauren était réputée avoir, elle aussi, un tempérament de feu – une personne timorée, après tout, ne se porte pas volontaire pour passer quatre mois dans un coin où fait rage une guerre civile. Mais, en cette occasion au moins, Lauren fit montre de plus de pragmatisme et de prudence que son collègue.

Ritchie, l'homme au bon sens inébranlable, répondit : « Bon d'accord, allons voir ce qui se passe. »

Dehors, la chaleur était déjà incommodante. La cloche s'était tue et tout semblait paisible alentour.

« Tu vois ? dit Ritchie. Il ne se passe rien.

— En ce cas, pourquoi la cloche a sonné ? protesta Lauren.

— C'était sans doute tout bêtement la cloche de l'école.

— Ritchie, il est huit heures et quart. La cloche de l'école sonne à 9 heures.

— Ah bon ? Eh bien… un des orphelins aura voulu faire une farce. » Ritchie fit mine de vouloir regagner sa chambre, mais Lauren lui barra la route.

« Ritchie Lewis, nous ne rentrerons pas dans cette cahute avant d'avoir découvert ce qui se passe », déclara-t-elle avec fermeté.

Ritchie se redressa de toute sa hauteur. Rien de tel pour motiver un homme de son tempérament qu'un ordre pressant édicté par une femme séduisante. Il n'était pas question de tourner autour du pot. Ritchie allait choisir une approche frontale. Il s'avança résolument d'un pas dans l'allée, chercha des yeux quelqu'un qui pourrait le renseigner et avisa, derrière le bulbe d'un bananier plantain, la silhouette rabougrie de Mzee Njonjo. « Excusez-moi ! le héla-t-il à tue-tête. C'était pour quoi, la cloche ? »

La réponse de Mzee Njonjo prit une forme inattendue. Le vieil homme s'accroupit aussitôt et se mit à agiter énergiquement la main de haut en bas pour indiquer à Ritchie d'en faire autant. Lauren, devant cette réaction, lâcha un hoquet et empoigna le bras de Ritchie.

« C'est la LRA », lança-t-elle. Ils avaient appris son existence pendant le voyage depuis Entebbe.

La bravade de Ritchie n'allait pas se laisser crever aussi facilement. « Attends, dit-il. Des gens arrivent. Nous allons leur demander. »

Un camion remontait le chemin dans une volute de poussière rouge, et à bien trop vive allure compte tenu des ornières et autres nids-de-poule. Ritchie, un grand sourire aux lèvres, se prépara à accueillir ses passagers. Le camion freina brutalement et la poussière commença à retomber.

« Ce n'est qu'un chargement de mômes », constata Ritchie.

Mais Lauren, toujours agrippée à son bras, ne s'était pas détendue. De l'arrière du camion venaient de sauter à terre une demi-douzaine de gamins – des adolescents – vêtus de T-shirts fanés et de shorts en coton rapiécés. L'un d'eux portait un béret et aboyait des ordres.

Ritchie leva le bras en signe de bienvenue, mais n'obtint pas de réciproque. À la place, on entendit un claquement métallique sinistre, et Lauren Marks et Ritchie Lewis se retrouvèrent face aux canons luisant de graisse de deux fusils d'assaut G3 de fabrication locale, et aux yeux vides et indifférents des enfants-soldats de l'Armée de résistance du Seigneur.

14

Juin 1992

Sous le préau de la mission Saint-Paul, la tension était maintenant palpable. Rebecca tapota son paquet de menthols et prit une seconde cigarette, en s'abstenant cette fois d'en offrir une à Kony ou à son homme de main.

Il était important, Rebecca le savait, de continuer à faire parler ces hommes. Elle imagina les enfants en train de se disperser dans les champs pour gagner leur planque. Ils avaient besoin de temps pour s'enfuir. De même que les garçons de ferme et les infirmières ; il fallait qu'ils puissent parcourir un bon bout de chemin avant que les hommes de la LRA ne commencent à fouiller les lieux – ce qu'ils ne manqueraient pas de faire. Où serait Azalea à ce moment-là ? se demanda Rebecca. Azalea n'avait nulle part où s'enfuir. En cas de sauve-qui-peut, son plan consistait à courir se cacher dans le minibus, et attendre qu'un employé de la mission puisse mettre la main sur les clés et les emmener tous en sécurité. Le cœur de Rebecca palpita à cette pensée. Ce plan concernait également Anyeko, puisque Azalea et elle étaient inséparables.

Quel curieux coup du sort, avait souvent songé Rebecca Folley : sitôt que sa stérilité les avait conduits à adopter Azalea, le destin avait conspiré pour lui délivrer une famille de quinze enfants dans le besoin et une tripotée d'adultes qui l'étaient tout autant. Il n'y avait pas, à l'orphelinat, un seul enfant que Rebecca n'ait cajolé, auquel elle n'ait chanté des berceuses et lu des histoires. En début de soirée, quand les enfants étaient prêts pour la nuit, les garçons quittaient leur dortoir pour venir s'asseoir dans celui des filles où Rebecca leur faisait la lecture. Le silence s'installait dans la pièce. Azalea participait aussi, confortablement installée à côté d'Anyeko. Dehors, les criquets chantaient, et à l'intérieur les moustiques fredonnaient. Maria l'infirmière en chef apparaissait avec sa bombe d'insecticide au pyrèthre et, tandis que Rebecca commençait sa lecture, elle faisait le tour de la chambrée en dispersant la bruine au-dessus des lits.

Quel que fût l'âge des enfants, quand Rebecca lisait, le charme opérait. Certains des tout-petits ne parlaient pas un mot d'anglais. Certains aînés avaient du mal à s'identifier aux personnages des histoires. Mais cela n'avait aucune espèce d'importance. À l'heure du coucher, Rebecca, qui était si stricte en classe et exigeait de ses élèves une grande discipline, adoucissait son tempérament pour materner une nichée de douze enfants, voire plus, issus d'un monde aux antipodes du sien, et dont aucun n'avait une mère à lui.

Et les livres et les histoires qu'elle lisait ! Les préférés des plus jeunes orphelins étaient celles du Dr Seuss. « Le soleil ne brillait pas. Il pleuvait trop pour jouer dehors. Alors nous restâmes à l'intérieur, tout au long de cette journée froide, si froide, et pluvieuse », lisait Rebecca à des enfants pour qui jamais le soleil ne s'arrêtait de briller, et qui jamais ne connaîtraient une journée froide, si froide et pluvieuse.

Elle retournait le livre ouvert pour montrer les illustrations à son auditoire, et ces petits garçons et petites filles qui jamais n'étaient restés confinés à la maison, à s'ennuyer en attendant le retour d'une maman, partageaient l'enthousiasme et l'anxiété provoquée par *Le Chat chapeauté*.

Parfois, elle lisait des histoires destinées aux plus grands. Anyeko, à treize ans, suçait encore son pouce en les écoutant. August, Okot et Abola – les trois aînés des garçons – venaient s'accroupir et étiraient le cou pour regarder les images. Lanyomi, Ruth et la petite Rebecca, la benjamine, se serraient dans un lit à une place et seules trois paires d'yeux pointaient au ras des couvertures. Rebecca leur lisait l'histoire de Peter Pan, de Wendy et du crocodile menaçant, et toutes celles qu'elle avait adorées enfant. Elle lisait *Black Beauty* à des enfants auxquels il n'était pas souvent donné de voir un cheval – ou bien alors seulement dans un état rachitique et perclus de traces de coups. Rebecca découvrait que les personnages d'orphelins étaient légion dans la littérature enfantine. Pollyanna, la petite orpheline à l'inébranlable optimisme ; Oliver Twist, un orphelin qui trouve sa place dans la société ; Heidi, élevée par son grand-père et qui triomphe de ses handicaps à la force de son caractère et de sa détermination. Qu'aucun des enfants de Langadi n'ait jamais mis les pieds dans le Vermont, à Londres ou dans les Alpes suisses ne posait apparemment pas l'ombre d'un problème – chacun à leur façon, ces récits délivraient un message fort. À la fin de chaque chapitre, Rebecca refermait résolument son livre, et les enfants entonnaient leur supplique : « Encore, madame Rebecca ! Encore ! », et parfois, avec un pétillement dans l'œil, Rebecca rouvrait son livre en déclarant : « Un chapitre encore, mais pas plus. »

Sous le préau, devant l'AK47 reposant, tel un cadavre d'extraterrestre, sur la table du petit déjeuner, Rebecca était maintenant en train de se demander si elle relirait un jour des histoires aux enfants. Si cette journée marquerait la fin de la Mission du Saint-Tabernacle de Saint-Paul. Elle songea à chacun des enfants. Abola, le passionné de football qui pouvait, même pieds nus, traverser comme une flèche la cour de récréation caillouteuse et, d'une pichenette de ses longs orteils, envoyer le ballon très haut, jusque dans les branches des tulipiers ; la petite Lubangakene, qui adorait mettre des colifichets dans ses cheveux – des perles et des fleurs attachées par des élastiques ; August, qui à son arrivée était un petit bonhomme de six ou sept ans tellement traumatisé par quelque événement de son passé qu'il avait à peine prononcé un son pendant un an, mais qui maintenant secondait Odokonyero en cuisine et trimbalait comme un homme des sacs de légumineuses sur son épaule ; la petite Rebecca, avec ses yeux énigmatiques, qui semblait se dissoudre dans les ombres les plus noires et faisait fondre tous les visiteurs de la mission. Eux, et tant d'autres encore. Rebecca se surprit à trembler au plus profond de son être. Elle imaginait le visage de la petite Rebecca une fois qu'on lui aurait tranché les lèvres et le nez ; Lanyomi, Ruth et James, privés de leurs mains. C'était trop horrible. Trop, trop horrible.

Joseph Kony était en train de parler à Luke. Du projet de Dieu pour le monde, apparemment. Et il citait les dix commandements. Rebecca, sans réfléchir, se leva en s'efforçant de dominer l'émotion profonde qui la faisait suffoquer. Elle sentit une main sur son bras : Odokonyero. C'était un effleurement, l'effleurement discret de sa large main, aussi léger qu'une plume. Rebecca risqua un coup d'œil vers le cuisinier, mais il était concentré sur Kony. Et cette main sur son bras disait : « Attends, attends, attends. Laisse cet homme gaspiller son temps et remplir l'air avec ses polémiques misérables. »

Mais Rebecca ne pouvait plus attendre. Elle chassa la main d'Odokonyero et écrasa résolument sa cigarette sur la table en bois.

« Et si vous nous disiez simplement ce que vous voulez de nous, monsieur Kony ? » lança-t-elle sèchement.

Ailleurs, dans l'enceinte de la mission, du bruit se fit entendre. Un camion remontait le chemin à vive allure dans un nuage de poussière.

« Je suis un homme de paix, annonça Kony, même si ses yeux disaient le contraire. Je suis ici pour vous aider. Pour aider votre mission.

— Et comment avez-vous l'intention de vous y prendre ? » demanda impérieusement Rebecca.

La main de Kony se rapprocha de son arme. Le ton de l'entrevue avait changé. « Je suis en mesure d'offrir des emplois à vos enfants, répondit-il en acholi. À vos orphelins.

— Qu'est-ce qu'il raconte ? » demanda Rebecca.

Luke avança la main pour la calmer. « Il dit qu'il peut trouver des emplois à nos enfants.

— Eh bien, réponds-lui que nos orphelins n'ont pas besoin d'emplois », riposta vertement Rebecca. Elle commença à tripoter son paquet de cigarettes pour en prendre une autre.

« Madame Luke, dit alors Kony, en anglais cette fois. Ces enfants ne sont pas *muna muna*. Ce ne sont pas des Blancs. Ils appartiennent au peuple acholi. Et les Acholi font la guerre aux meurtriers et aux assassins d'enfants du régime de Museveni. Chaque Acholi – homme, femme, enfant – est tenu, par les liens du sang, de se soulever et de soutenir le combat. Chacun d'eux, sans exception. » Il reprit son arme sur la table et la remit en bandoulière tout en se levant. Des cris émergèrent de l'intérieur du camion qui venait de pénétrer dans la cour. « Vous ne nous arrêterez pas, madame Luke, parce que Dieu et Jésus sont de notre côté, ajouta Kony. Parce que nous sommes le peuple acholi. Et si vous tentez de nous résister, nous en conclurons que vous êtes des suppôts du régime Museveni. » Il fit pivoter son fusil de telle sorte que le canon n'était plus qu'à quelques centimètres du visage de Rebecca.

« Allons, allons, intervint Luke. Nous ne cherchons pas d'ennuis.

— Soutenez-vous le régime Museveni ? » demanda Kony à Rebecca. Il y eut un silence qui dura le temps d'un battement de cœur. Deux enfants-soldats firent irruption sous le préau en braquant à leur tour des fusils G3 sur les Folley.

« Alors ? s'impatienta Kony.

— Non, bien sûr », répondit Rebecca.

Kony baissa son arme et les enfants-soldats l'imitèrent.

« Bonne réponse, dit Kony.

— Cette mission veille au bien-être des enfants acholi depuis quatre-vingt-dix ans, rappella Luke. Notre seul et unique souci, c'est le bien-être et la santé des enfants.

— Très bien. Alors nous sommes du même côté », dit Kony, et il aboya quelques ordres en acholi aux enfants-soldats. Rebecca n'était pas en mesure de comprendre, mais Luke, lui, savait très bien ce que Kony était en train de dire. Il ordonnait : « Trouvez autant d'enfants que vous pourrez et chargez-les dans le camion. »

Un deuxième camion était maintenant en train de remonter le chemin, et d'autres jeunes soldats se déversèrent de l'arrière. Kony leur cria quelques ordres, puis se retourna vers Luke.

« Avez-vous des véhicules ? »

Luke secoua la tête.

« Ne me mentez pas, monsieur Luke ! »

La mission possédait deux véhicules : la Land Rover des Folley et le minibus. Luke plongea la main dans sa poche. « Vous pourriez emprunter la Land Rover, proposa-t-il en posant les clés sur la table. Le bus est en panne. Le moteur est cassé et nous devons commander les pièces en Europe.

— Vraiment ? » fit Kony. Il se tourna vers un des enfants-soldats les plus âgés et gesticula avec son arme. On entendit une série de cris, et un milicien en uniforme émergea de l'un des camions en poussant un homme qu'il tenait par le col. Il s'agissait de Stanton, le chauffeur.

« Ce bus est-il un état de rouler ? » lui demanda Kony avec autorité.

Stanton contempla ses pieds. « Il ne marche pas très bien, répondit-il en acholi.

— Est-ce que tu as les clés ?

— Je... je les ai perdues », bégaya Stanton. Il avait hésité une seconde de trop. Un des enfants-soldats se précipita et le frappa au visage avec le canon de son fusil. Stanton s'effondra à genoux en sanglotant. Avec une adresse digne d'un pickpocket professionnel, le garçon au fusil plongea les mains dans la veste du chauffeur et en ressortit le trousseau de clés.

« Cet homme n'est pas un authentique Acholi, déclara Kony en prenant l'air faussement chagrin. S'il vous plaît, envoyez-le parfaire son éducation pour qu'il apprenne à défendre son propre peuple. »

Et Stanton fut traîné *manu militari* hors du réfectoire.

« Ne vous avisez pas de toucher à un seul de ses cheveux ! » cria Luke.

Kony émit un petit clappement de langue réprobateur. « Le sort de cet homme n'est plus de votre ressort, monsieur Luke. Vous pouvez garder votre Land Rover, ajouta-t-il en repoussant les clés du 4×4 vers lui. On va prendre le bus.

— Auparavant, il y a une ou deux affaires personnelles que j'aimerais récupérer », intervint Rebecca. Elle décocha un regard impérieux à Kony et sortit dans la cour. Personne ne chercha à lui barrer la route.

Des enfants arrivaient en courant. Les jeunes nervis avaient capturé Tebere, Kila, Lubangakene et James – les quatre qui n'avaient pas couru assez vite – et rapportèrent à Kony qu'il n'y avait plus personne à l'orphelinat, hormis une infirmière et un bébé. Kony, que deux de ses lieutenants apparemment plus âgés venaient de rejoindre, leur donna l'ordre de fouiller les bâtiments restants.

En quittant le préau, Luke et Rebecca découvrirent Lauren Marks et Ritchie Lewis, acculés contre un camion ; un enfant qui n'avait guère plus de dix ans les tenait en joue avec sa mitraillette.

« Voudriez-vous dire à vos hommes de ne pas pointer leurs armes vers mes invités, s'il vous plaît ? » demanda Luke.

Kony fit ce qu'on lui demandait et l'enfant à la mitraillette s'écarta.

« Vous allez faire exactement ce que je vous dis, souffla Luke aux deux coopérants à la faveur du court intervalle pendant lequel Kony et ses hommes se trouvèrent hors de portée d'oreille. Ne perdez pas de temps. Ne jouez pas les héros. Ces hommes sont de la LRA. Ils sont très, très dangereux. Dans une minute, je vais créer une diversion. À ce moment-là, vous faites demi-tour, vous quittez la mission et vous n'y revenez plus. Ne repassez pas chercher vos affaires ou vos passeports dans les chambres. Tournez les talons, marchez calmement jusqu'au village. Trouvez quelqu'un pour vous conduire à Gulu, et de là à Kampala, où vous irez trouver le haut-commissaire britannique. Ils vous remettront dans un avion. Maintenant, hochez discrètement la tête pour montrer que vous avez tout bien compris. »

Que pouvaient faire Lauren et Ritchie sinon hocher discrètement la tête ?

Pendant que Luke leur délivrait ses instructions, Rebecca poursuivait son chemin jusqu'au minibus. On aurait dit un petit numéro parfaitement répété.

Rebecca, scrutée par plusieurs paires d'yeux, parvint à l'autobus et fit coulisser la portière latérale. « Pas un bruit, chuchota-t-elle à Azalea et Anyeko, tapies à l'arrière. À mon signal, vous ouvrez la porte arrière et vous filez jusqu'à la maison du pasteur David. Courez aussi vite que vous le pourrez, sans vous retourner. »

Rebecca fit semblant de rassembler quelques affaires sur le siège, puis recula d'un pas et adressa un infime signe de tête à son mari.

« Aaaah ! s'écria subitement celui-ci en tombant à genoux et en contemplant fixement une branche du tulipier avec des yeux exorbités. Un démon ! Un démon ! »

Tous les regards se portèrent immédiatement sur lui.

« Maintenant ! » cria Rebecca tandis que, de l'autre côté de la cour, Luke lâchait un hululement de banshee[1]. Il se jeta à terre, sur l'herbe, et commença à s'agiter dans tous les sens comme un poisson extirpé du courant. L'improbable performance produisit l'effet désiré. Des hommes armés accoururent de partout pour élucider l'origine du tapage et, pendant ce temps, à l'insu de tous, les deux adolescentes se laissèrent glisser du ventre du minibus, détalèrent et disparurent derrière la résidence.

Rebecca elle aussi se mit à courir, mais en direction de Luke. « S'il vous plaît, s'il vous plaît, implora-t-elle. Laissez-moi passer. » Elle alla s'agenouiller au côté de son mari. « Cela lui arrive lorsqu'il y a des démons dans les parages. S'il vous plaît, plus personne ne doit bouger tant que le démon n'est pas parti. » Rebecca se figea et, l'un après l'autre, les enfants-soldats l'imitèrent. « Le démon est-il parti ? demanda Rebecca à Luke.

— Non, pas encore. »

Kony et ses lieutenants arrivèrent à leur tour. « Que se passe-t-il ici ?

— Cet homme a vu un démon », expliqua un des enfants-soldats.

Kony eut l'air inquiet. Il s'avança avec raideur vers Luke, toujours à terre. « Ligotez-le », ordonna-t-il, puis, d'un mouvement de son arme, il rameuta ses troupes. « Nous reviendrons chercher d'autres enfants, lança-t-il à Rebecca. On a besoin d'eux pour accomplir le travail de Dieu. »

Tandis que les hommes de Kony s'emparaient de lui, Luke parvint à couler un regard par-dessus son épaule, en direction du chemin. Lauren et Ritchie avaient réussi à s'enfuir. Il eut le temps d'entraper-

1. Créature surnaturelle de la mythologie irlandaise, dont les apparitions annoncent la mort d'un parent proche.

cevoir le sommet de la tête blonde de Ritchie qui dépassait de la palissade, juste avant que les deux jeunes gens ne disparaissent dans le réseau de petits sentiers qui conduisaient au village.

Deux hommes de la LRA étaient en train de réquisitionner le minibus de la mission. « Nous avons besoin de ce véhicule, se justifia Kony.

— Laissez-moi deviner, dit Rebecca. Pour accomplir le travail de Dieu. »

Kony lui décocha un coup d'œil indiquant que le sarcasme de cette saillie ne lui avait pas échappé. « Où habite votre pasteur ? demanda-t-il.

— Nous n'avons pas de pasteur », répondit Rebecca.

Kony se retourna pour dire quelques mots à un de ses hommes, et Stanton, le chauffeur, fut débarqué d'un des camions. « Emmenez-le, ordonna Kony. Il vous conduira chez le pasteur. Vous me l'amenez et vous fouillez sa maison de fond en comble », ajouta-t-il avec un rictus mauvais.

Puis, sans se retourner, Kony grimpa à l'avant de l'un des camions, qui disparut dans une tempête de poussière.

15

Mars 2011

L'excursion dans le nord du Devon, pour se rendre à l'endroit où avait péri Marion Yves, ne se déroula pas sans anicroche. Pour commencer, Thomas n'était pas certain de pouvoir conduire avec un seul bras valide. Il céda le volant à Azalea qui, après quelques kilomètres à peine, se plaignit d'une douleur costale. Ils s'arrêtèrent dans une petite rue pour procéder à un changement de conducteur. Thomas pourrait manœuvrer le volant de sa main droite pendant qu'Azalea passerait les vitesses. Cet arrangement, cependant, n'avait rien d'idéal. Durant la première demi-heure, la conversation consista presque uniquement en un échange de signaux – et d'excuses lorsque l'un ou l'autre avait compris de travers.

Ce n'était pas exactement le prologue que Thomas avait imaginé. Les perpétuels changements de vitesse eurent tôt fait de leur mettre les nerfs en pelote ; une fois engagés sur la M4 en direction de l'ouest, ils en étaient réduits au silence. Pendant une vingtaine de kilomètres, Thomas et Azaela contemplèrent le paysage qui défilait sans desserrer les dents.

Pour finir, Azalea rompit le silence. « Allons-nous continuer comme ça jusque dans le Devon ? demanda-t-elle. Parce qu'on a cinq heures de route devant nous, et je ne sais pas si je suis capable de supporter ce mutisme jusqu'au bout.

— On peut toujours mettre la radio, suggéra Thomas.

— Allumez-la, alors.

— Je ne peux pas, répondit Thomas en secouant son bras plâtré.

— Eh bien, moi non plus, riposta Azalea. Si je lâche ce manche, je vais me faire arracher la tête.

— C'est un levier de vitesse – pas un manche », corrigea Thomas. Il s'efforçait ainsi d'alléger l'atmosphère – mais ce n'était peut-être pas la meilleure manière de s'y prendre.

« Oh, je vous prie de m'excuser, répondit Azalea, caustique. J'aurais dû le savoir. Le manche, c'est celui qui conduit la voiture. »

Cette excursion partait vraiment du mauvais pied et Thomas commença à se demander s'il n'avait pas été inconséquent en en suggérant l'idée. Que s'imaginait-il ? Qu'un épisode traumatique partagé dans le métro et une très étrange consultation ès coïncidences pouvaient forger un bon socle pour partager une journée entière ? Mais il semblait trop tard pour faire marche arrière. Thomas coula un regard en direction d'Azalea. Main droite cramponnée au levier de vitesse, elle détournait ostensiblement la tête et observait les gros avions de ligne qui atterrissaient sur les pistes d'Heathrow.

« Je suis désolé, s'entendit-il dire. Je suis effectivement un vrai manche.

— Je ne vous le fais pas dire. » Il n'y eut pas d'excuses réciproques.

« Et si nous reprenions tout depuis le début ? proposa Thomas. Je pourrais vous raconter ma vie. » Il tourna la tête vers elle et, cette fois, elle lui rendit son regard. « Juste pour passer le temps, ajouta-t-il. En attendant que nous ayons l'un et l'autre recouvré notre personnalité courtoise.

— Notre personnalité courtoise ? répéta Azalea en écho.

— Ce n'est pas très poétique – je sais.

— En même temps, vous ne *versez* pas dans la poésie. »

Elle ne lui avait pas encore pardonné, donc.

« Je suis né à Belfast, dit Thomas.

— Vous n'avez pas l'accent irlandais.

— Je ne suis pas irlandais. Du moins, pas entièrement. Ma mère était de Belfast. Mon père était anglais.

— Cela a dû vous rendre populaire, ironisa Azalea.

— Effectivement. Et pour ne rien arranger, mon père était consultant en sécurité. Son travail consistait à aider des magasins, des hôtels et des entreprises à se protéger des attentats. Il réalisait une étude des lieux puis conseillait à ses clients de verrouiller portes et placards, de boucher tous les trous afin de s'assurer qu'il ne restait aucune cachette où l'on puisse dissimuler des explosifs. Il faisait sceller les plaques d'égout, combler les canalisations, il indiquait à quelle distance dresser des bornes en parpaing pour empêcher les voitures d'approcher trop près. Il était plutôt bon dans son boulot, mais, au final, on ne peut pas grand-chose contre un poseur de bombes déterminé. Et, de par sa fonction, mon père était perçu comme pire encore qu'un *Anglais* – il participait aussi à la répression. »

Azalea ne disait mot. Maintenant qu'ils avaient quitté la M25, ils étaient aspirés entre les plaines verdoyantes de la vallée de la Tamise.

Ils ne dirent plus rien pendant un petit moment, puis Thomas reprit son histoire. « Nous vivions donc en état d'alerte permanent. On habitait dans une citée loyaliste[1], entourés de familles protestantes, des postes d'observation de l'UVF[2] et des check-points de l'armée britannique. »

Azalea sembla gagnée par une certaine agitation. « Je ne suis pas certaine d'avoir envie d'entendre la suite, lâcha-t-elle soudain.

— Oh. » Thomas se tut. « Bon, d'accord », ajouta-t-il après un petit moment.

La campagne du Berkshire défila.

« Quel âge aviez-vous ? reprit Azalea à voix basse.

— Quel âge avais-je quand… quoi ?

— Quand votre père a été tué. » Azalea le regardait, maintenant. « C'est ce que vous alliez me raconter, n'est-ce pas ? Qu'une nuit, l'IRA a débarqué chez vous pour faire sauter votre père. »

Thomas la regarda puis détourna les yeux. Sans rien dire.

Azalea lâcha le levier de vitesse pour allumer la radio.

« Attendez. » Thomas lui immobilisa la main en la coinçant sous son coude plâtré. « C'est un de vos talents particuliers ? Vous savez, comme par magie, ce que chacun s'apprête à dire ? Peut-être voulez-vous raconter l'histoire à ma place ? »

Azalea baissa les yeux. « J'imagine que c'est mon tour de m'excuser, répondit-elle avec une grimace paresseuse. C'est moi qui m'y prends comme un manche, maintenant. Racontez-moi l'histoire.

1. Les Irlandais du Nord (protestants, pour la plupart) qui militaient pour le maintien de la nation dans le Royaume-Uni.

2. L'Ulster Volunteer Force : groupe paramilitaire loyaliste dont l'objectif était de lutter contre l'IRA et les revendications indépendantistes.

— Vous venez de le faire. En partie. J'avais cinq ans au moment des grèves de la faim. L'année où tout a commencé à changer.

— Quand était-ce ?

— En 1981. Dix prisonniers républicains incarcérés au Maze se sont laissés mourir de faim. On ne pouvait plus traverser la ville sans se heurter aux barricades de l'armée. Belfast grouillait de soldats, il y avait des slogans sectaires peints en lettres énormes sur les flancs des immeubles, et toutes les nuits avait lieu une atrocité ou une autre. Nous savions tous que des gamins étaient impliqués là-dedans. Des divisions tribales profondes qui n'étaient régies par aucune logique. Le problème n'était même plus la religion, le républicanisme ou l'accent que vous aviez, mais les mantras qu'on vous avait enfoncés dans le crâne enfant.

— Vos parents étaient protestants ? »

Thomas hocha la tête plusieurs fois en cadence. « Ma mère l'était.

— Et votre père ?

— Lui était athée. Mais, comme le disait toujours ma mère, un athée de tradition protestante – pas de tradition catholique », précisa Thomas en souriant. C'était une sorte de boutade.

Qui arracha également un sourire à Azalea. « Quel âge aviez-vous ? » redemanda-t-elle.

Une moto les doubla bruyamment et disparut loin devant. Azalea sursauta comme s'il s'était agi d'un coup de feu.

« Voulez-vous que je ralentisse ?

— Non. Non, ça va. »

Mais il ralentit tout de même et regarda s'éloigner la voiture qui les précédait. Un panneau indiquant une aire de service apparut. « Voulez-vous que nous nous arrêtions boire un thé ?

— Déjà ?

— Je crois que j'en ai bien besoin. »

Azalea sembla se détendre. Elle se cala contre l'appuie-tête. « Vous croyez qu'ils auront du vrai café ?

— Oh, sans aucun doute.

— Alors d'accord. »

Thomas mit le clignotant. « J'ai besoin que vous repreniez du service avec le manche de vitesse, dit-il.

— À vos ordres, cap'taine. » Elle fit un salut militaire.

Thomas se déporta sur la bretelle de sortie. « J'avais onze ans. Ce n'était pas une bombe. Vitesse ! »

Ils réussirent à rétrograder en douceur.

« Ils ont filé mon père, un jour où il rentrait à la maison, après le travail. »

Azalea retenait sa respiration.

« Vitesse ! »

Ils passèrent en troisième.

« On était tous les trois dans le salon, devant la télé. » Thomas tourna la tête. « Vitesse. »

Azalea passa la seconde.

Ils s'engagèrent sur l'aire de service. Sur le parking, Thomas trouva vite une place libre. Azalea passa au point mort et il coupa le moteur. Chacun regardait droit devant lui, sans bouger d'un cil.

« Une balle a traversé la fenêtre, reprit Thomas.

— Je suis désolée.

— Mon père venait tout juste de s'asseoir. La balle lui a frôlé l'oreille et elle est allée rebondir contre le radiateur. Il y a eu un fracas de tous les diables, puis du verre partout – évidemment, tout s'est passé très vite. Je me suis mis à hurler. Mon père s'est mis à hurler. Je me souviens d'avoir pensé : "Pourquoi maman ne hurle pas, elle aussi ? Pourquoi elle reste assise là, sans bouger ?" »

À présent, Thomas contemplait ses pieds.

« Nous avons peut-être plus en commun que quelques os brisés », dit Azalea après un long blanc.

Lorsqu'ils reprirent la route, le silence qui regnait dans l'habitacle avait changé de nature. Azalea recula son siège, se débarrassa de ses chaussures et cala ses pieds nus sur le tableau de bord. Ce qui constituait pour Thomas une distraction perturbante, même si, par politesse, il s'interdisait de regarder trop ouvertement les pieds d'Azalea, ou de l'observer qui tripotait ses orteils, ou de remarquer qu'elle avait le pied grec. Tout comme il s'interdisait de prêter attention à l'odeur qui en émanait, discrète mais légèrement grisante, ou bien encore à la cambrure gracile de sa cheville.

« Les circonstances de la mort de votre mère expliquent-elles, selon vous, que vous soyez devenu à ce point rationaliste ? lui demanda Azalea après un petit moment.

— Pourquoi y aurait-il un rapport de cause à effet ?

— Parce que c'était un événement lié au hasard ? La balle aurait pu ricocher n'importe où, mais ça n'a pas été le cas. Parce qu'elle a frappé la seule personne de la pièce qui croyait à une protection divine ?

— Vous devriez rencontrer mon mentor, dit Thomas. Le Dr Bielszowska. C'est le genre de théories qu'elle adore.

— Avez-vous déjà été marié ? Je veux dire – j'ai cru comprendre que vous ne l'étiez pas en ce moment. Vous n'êtes pas marié, n'est-ce pas ? »

Thomas se fendit d'un grand sourire. « Non. Je ne suis pas marié. » Il tourna la tête vers elle. « Je suis… avec personne.

— Oh, mon Dieu ! Vous n'êtes pas gay ? Comprenez-moi… ce n'est pas du tout un problème si vous l'êtes. Vous l'êtes ? »

Thomas exultait. Non pas tant parce que Azalea s'était reprise en lui posant cette question, mais parce qu'elle s'était d'abord et avant tout exclamée. Pourquoi aurait-elle réagi ainsi, si elle ne le voyait pas, d'une manière ou d'une autre, comme un possible… un possible… quoi donc ? Partenaire ? Un doux frisson électrisa la carcasse du professeur et philosophe Thomas Post. « Je ne suis pas gay, dit-il, et il sentit son cœur accélérer.

— Excusez-moi. Je ne voulais pas être indiscrète.

— J'ai été fiancé pendant un petit moment. Ça n'a pas marché.

— Qu'est-ce qui constitue "un petit moment" ? Ça dure combien de temps "un petit moment" ? Ça se compte en semaines ? En mois ?

— … ou en années ?

— En années ?

— Trois.

— Pour des fiançailles, c'est drôlement long, non ? Pas étonnant que la pauvre fille se soit découragée en cours de route. Franchement, qui reste fiancé pendant *trois* ans ?

— Bon. Comme je l'ai dit… ça ne marchait pas. »

Ils se trouvaient quelque part dans la campagne du Wiltshire.

« C'est elle qui vous a quitté ? Ou vous qui êtes parti ? »

Elle n'allait donc pas lâcher l'affaire ? « Ça revient au même », répondit-il, et il surprit dans le pare-brise le reflet du sourire que la réflexion arrachait à Azalea. « C'est moi qui n'étais pas facile à vivre, reprit-il. Je refusais de quitter Londres. Elle voulait se déraciner et partir dans le comté de Durham, ou Dieu sait quel autre trou perdu, et moi… j'avais mon travail, mon appartement…

— Donc, il vous a fallu choisir entre elle et Londres – et Londres a gagné.

— Ce n'était pas aussi simple que ça. Mais pour finir, je suppose que c'est la goutte qui a fait déborder le vase. Bref. Vous connaissez le comté de Durham ? C'est un coin épouvantable.

— Je suis sûre que les gens qui y vivent ne partagent pas cet avis. »

Pour vous, pensa Thomas, je serais prêt à m'installer à Mourmansk. Il le pensa, mais ne le dit pas. « Et vous ? » demanda-t-il à la place.

Azalea éclata de rire. « Moi quoi ? Vous voulez savoir si je suis gay ? »

Thomas éclata de rire avec elle. « Non. Enfin… Vous l'êtes ?

— Cela changerait-il quelque chose ?

— Bien sûr que non », protesta Thomas. Toute autre réponse aurait pu passer pour présomptueuse, mais peut-être aurait-il volontiers ajouté un prudent : « Je serais un peu déçu. »

« Pour répondre à votre question : non. »

Il se retint de répondre que c'était parfait.

« Et avant que vous ne posiez la question, je ne suis pas en couple non plus. Mais c'est par choix. Je ne suis pas versée dans les relations sentimentales. » Elle lui décocha un sourire satisfait. « Chacun est libre de choisir ce qu'il fait. Et ne fait pas. »

Ils parvinrent à Bude à l'heure du déjeuner et firent halte dans un pub de Marina Drive, à la sortie de la ville en direction de Widemouth Sands. Leur humeur s'était considérablement allégée pendant le trajet, mais maintenant qu'ils approchaient du lieu où

Marion avait trouvé la mort, Azalea devenait contemplative. Ils s'installèrent à une table dans l'alcôve du bow-window, comme les deux invalides qu'ils étaient. La météo n'était pas spécialement clémente ; une bise soufflait du détroit, mais au moins, remarqua Thomas, il ne pleuvait pas.

« Ça vous semble idiot ? demanda Azalea. Faire toute cette route juste pour balancer quelques fleurs d'une misérable falaise, en mémoire de quelqu'un dont je ne garde aucun vrai souvenir ? » Elle détourna la tête, mais Thomas vit qu'elle avait les yeux humides.

Passé la baie de Widemouth, très vite, la route de Millook se mit à grimper en lacet sur le flanc escarpé d'une colline ; à leur droite se trouvaient les falaises de Penhalt et, juste en dessous, les rochers découpés et les eaux tumultueuses de la mer d'Irlande. Ils garèrent la voiture et s'avancèrent à pied sur un étroit terre-plein herbeux. Ça ne fait pas beaucoup de chemin à parcourir pour transporter un cadavre, songea Thomas. Il essaya d'imaginer Carl Morse, avec le corps sans vie de Marion Yves.

Une fois au bord de l'à-pic, on voyait aisément pourquoi Morse avait choisi cet endroit. La marée n'y était jamais ni haute ni basse, mais les vagues, soulevées par le vent froid d'Irlande, venaient fouetter le pied des falaises et balayer les gros rochers gris sculptés d'arêtes.

« Ne vous approchez pas trop », dit Thomas, tout à fait inutilement. Il tendit son bras valide pour stabiliser Azalea tandis qu'elle s'avançait vers le bord, et que les rochers, en contrebas, semblaient animés d'intentions malignes.

Azalea serrait dans sa main un petit bouquet de jonquilles – les premières de la saison. Pour Thomas, ces fleurs évoquaient Wordsworth et Peter Loak, prisonnier d'une nuit perpétuelle dans la région des Lacs.

« Vous pensez que c'est ici qu'il l'a fait ? demanda Azalea à voix basse.

— Oui.

— Ce qui est drôle, c'est que je me souviens de certains détails. Enfin, je crois. Je me souviens d'une tortue.

— Une tortue ?

— Oui. J'ignore si c'était chez Marion, dans la petite maison de l'île de Man, ou chez Peter Loak, en Cumbrie, mais je me souviens de cette tortue. Je me rappelle l'avoir retirée d'une boîte, à la fin de l'hiver, et de l'avoir regardée s'enfoncer dans les buissons. Il y avait des bruissements. Les gens n'ont plus de tortue, de nos jours, n'est-ce pas ? Mais nous, nous en avions une. Elle était vieille. On l'appelait "Tortue des Prairies". C'est moi qui l'avais baptisée ainsi. Et je me souviens que, des années plus tard, quand j'ai parlé de cette tortue à ma mère, Rebecca, elle a ri et elle a dit : "C'est le nom de la prière de Dieu." Je n'ai pas compris ce qu'elle voulait dire. Pas sur le moment.

— La prière qu'Il nous a enseignée[1], dit Thomas.

— Ça m'a toujours fait rire, quand le prêtre dit "Levons-nous et récitons ensemble la prière qu'Il nous a enseignée", parce que je pense immanquablement à Tortue des Prairies, et je me demande si elle est toujours vivante, qui l'enveloppe et la met dans une boîte à l'automne, et qui la déballe au printemps. »

1. Pour de très jeunes ouailles, il y a un risque de confusion phonétique, entre « The prayer He taught us » (la prière que Dieu nous a enseignée) et « Prairie Tortoise » (Tortue des Prairies).

Azalea commença à ôter lentement le papier Cellophane qui enveloppait les fleurs.

« Je ne sais même pas à quoi elle ressemblait, dit-elle. Ma propre mère… J'aimerais bien le savoir.

— Elle vous ressemblait, probablement, dit Thomas. C'est ce qu'on dit : telle mère, telle fille.

— Non, je ne pense pas. Comment pouvait-elle coucher avec trois hommes et ne pas savoir lequel était le père de son enfant ? Je ne pourrais jamais faire une chose pareille. » Ils observèrent l'océan qui se soulevait et déferlait contre les falaises, et Azalea resserra les pans de son manteau. « Voulez-vous que je vous dise une chose curieuse ? reprit-elle. J'ai évité jusque-là de vous en parler… mais je suppose qu'à un moment donné, c'est inévitable.

— Vous pouvez tout me dire.

— Je craignais que celle-ci vous fasse flipper – c'est encore une autre coïncidence. Si vous ne voulez pas l'entendre, dites-le-moi.

— Les coïncidences ne me font jamais flipper. Évidemment, que je veux l'entendre.

— Marion Yves, ma mère biologique, est morte un jour de solstice d'été, le 21 juin 1982. Rebecca et Luke Folley, les parents que j'ai connus et aimés, sont morts un jour de solstice d'été, le 21 juin 1992. Dix ans, jour pour jour, séparent la mort de Rebecca de celle de Marion. » Azalea retira une jonquille du bouquet et la lança dans le vent. « Donc, ceci est pour toi – Marion Yves. » Elle en jeta une seconde. « Je suis plus vieille aujourd'hui que tu ne l'étais lorsqu'on t'a brutalement arrachée à la vie. » Elle en jeta une troisième. Le vent emporta les fleurs, les fit tourbillonner et projeta un fatras de pétales et de tiges contre la paroi rocheuse. « Nous sommes tous victimes d'une inhumanité sauvage et dégueulasse !

hurla-t-elle dans le vent. Marion, tu as péri entre les mains d'un monstre malfaisant et violent. » Elle lança une autre jonquille au vent. « Peter Loak, l'homme que tu aimais, a été mutilé par la guerre. » Une autre fleur. « Rebecca et Luke Folley, qui m'ont aimée et élevée, ont été sauvagement assassinés en essayant de me protéger. » Un dernier lancer de fleurs jaunes s'envola dans une bourrasque. « Et la mère de mon ami Thomas a elle aussi été fauchée par le foutu fusil d'un voyou meurtrier, dans une autre foutue guerre débile. »

Ils regardèrent les jonquilles dégringoler lentement le long de la paroi puis disparaître dans le tapis d'écume ; exactement comme l'avait sans doute fait autrefois Marion quand elle n'était plus qu'un corps froid et sans vie. Le vent avait redoublé de vigueur, comme si, au large, un esprit coupable ripostait avec force. Thomas posa la main sur le bras d'Azalea – une infime pression pour suggérer qu'il était peut-être temps de s'éloigner, juste un peu, du bord du précipice. Mais le visage d'Azalea était résolument tourné vers l'orage. « Je me fiche de qui tu es, cria-t-elle soudain à la face de la bourrasque. Je me fiche de ce pour qui tu te prends… Je ne te laisserai pas régenter ma vie !

— Azalea, s'il vous plaît. »

Elle dégagea vivement son bras de la prise de Thomas. « Je me fiche des petits jeux auxquels tu joues avec moi, hurla-t-elle au vent. Je me fiche de qui tu assassines. Vas-y, montre de quoi tu es capable ! Lâche-toi une bonne fois pour toutes. »

Ils étaient plantés là, ballottés par les rafales de vent, telles deux statues faisant stoïquement front aux tempêtes. L'air chargé d'embruns salés leur fouettait le visage tandis qu'en contrebas les vagues imposantes déferlaient sur les rochers et se brisaient en soulevant des gerbes d'embruns.

« Puis-je vous raccompagner à la maison ? » s'enquit Thomas.

Ni l'un ni l'autre n'esquissa d'abord le moindre mouvement. Puis Azalea se retourna, et vint blottir son visage contre l'épaule de Thomas. « Oui, s'il vous plaît, ramenez-moi à la maison. »

16

Juin 1992

La maison du pasteur David était une construction basse, ronde et coiffée d'herbes sèches dans le style des cases acholi, mais on avait utilisé des blocs de parpaing en lieu et place des traditionnelles briques d'adobe, et posé des vitres aux fenêtres. Sa courette bétonnée était dotée d'un banc, d'un rocking-chair et d'un fourneau. Une fois passées la porte et une antichambre exiguë, on accédait à deux petites pièces dont la forme, curieuse, n'était pas sans rappeler les parts d'une tarte. L'une servait de chambre ; l'autre, de pièce de vie et de travail. Derrière la maison se trouvaient le trou des latrines ainsi qu'un réservoir à eau de pluie et un appentis indépendant en plaques de métal ondulé, à l'abri desquelles le pasteur pouvait jouir d'une raisonnable intimité pour ses ablutions.

Quand la cloche du préau sonna le sauve-qui-peut, le pasteur David, tout juste de retour du petit déjeuner, se savonnait dans son cabinet de toilette, et peut-être est-ce pour cette raison qu'il n'entendit pas la convocation qui aurait dû le ramener dare-dare au réfectoire ; peut-être aussi – et sans doute est-ce plus vraisemblable –, le pasteur David se faisant un peu vieux, son ouïe laissait-elle à désirer. Quoi qu'il en soit, lorsque le pasteur eut achevé sa toilette, la cloche s'était tue. Le pasteur David n'avait nul besoin de serviette de toilette. Il se séchait au soleil, sur sa terrasse. Il venait de regagner péniblement sa petite cour bétonnée et s'apprêtait à s'installer dans le rocking-chair pour contempler la glorieuse création de Dieu lorsqu'il avisa, remontant le chemin telle une paire de rats musqués, Azalea et Anyeko, qui criaient : « LRA ! LRA ! »

Le peuple bugandais, dont le pasteur David était issu, n'affichait aucun penchant pour l'Armée de résistance du Seigneur et ne redoutait guère les tours de magie que ses soldats prétendaient accomplir. Encore humide de ses ablutions, il se souleva de son fauteuil. « Entrez vite », commanda-t-il, et les deux filles disparurent dans sa chambre.

Le plus sage, à partir de là, aurait été de se réinstaller dans son rocking-chair pour offrir l'apparence d'un homme serein qui s'octroie sa petite sieste matinale. Au lieu de quoi, le bon pasteur alla se poster devant sa porte, tel un garde devant celles d'un palais, et c'est ainsi que le trouvèrent les deux garçons de la LRA qui, quelques instants plus tard à peine, déboulaient au détour du chemin.

« Qui êtes-vous ? » leur demanda impérieusement le pasteur David, en anglais. Ce dernier détail prit les garçons de court. Ils ne pouvaient pas répondre dans cette langue.

« C'est vous, le pasteur ? demanda un des deux en acholi.

— C'est moi, confirma le vieux Bugandais, cette fois dans leur langue. Que voulez-vous ?

— On vous demande », répondit le garçon. Il trimbalait avec lui un antique fusil.

« Qui me demande ?

— Joseph Kony.

— Et pour quelle raison ?

— Pour chasser un démon. »

Cette information parut ébranler le pasteur. « Dites-lui de venir me chercher en personne. »

Le garçon semblait terrifié. « Vous devez venir, insista-t-il. Vous devez venir. »

Son acolyte, affublé d'un fusil tout aussi vétuste, fit un pas en direction de la porte mais le pasteur lui bloqua le passage. « D'accord, je viens, dit-il. Allez-y, je vous suis.

— Vous cachez quelqu'un ! s'écria le premier garçon tout excité.

— Mais non, je ne cache personne. Maintenant, conduisez-moi à Kony. »

Le premier garçon hésita. Il était habitué à recevoir des ordres – et peut-être, avant d'être kidnappé, avait-il appris à l'église qu'on devait le respect à ses aînés. Mais l'autre, apparemment, ne partageait pas ces scrupules. Il repoussa sans ménagement le vieux pasteur, qui ne pouvait pas faire grand-chose pour l'arrêter, et s'engouffra dans la maison. Un instant plus tard, il en émergea en poussant, du bout de son fusil, Azalea et Anyeko.

C'est le souvenir qu'Azalea garderait de ce jour-là. Elle se souviendrait que le canon d'un fusil l'avait ramenée dans la cour de la mission, où régnait la confusion la plus totale. Kony était parti, mais les hommes et les garçons qui restaient semblaient comme hallucinés et paralysés par l'indécision. Et il y avait des cris, beaucoup de cris.

Mieux valut sans doute, compte tenu de la délicate psyché d'une jeune fille de treize ans, qu'il fût épargné à Azalea d'être témoin de la plupart des événements qui devaient suivre. Anyeko et elle furent brutalement jetées à l'arrière d'un camion, où elles retrouvèrent Tebere, Kila, Lubangakene et James. Azalea sentit un genou s'enfoncer violemment dans son dos ; quelqu'un lui tordit les bras en arrière, lui lia étroitement les pouces avec un serre-câbles en plastique, et la poussa de côté, comme un sac de manioc. Puis le camion s'ébranla dans un soubresaut et s'élança en cahotant sur le chemin accidenté.

L'épisode suivant mériterait sans doute de figurer dans les annales de l'imprudence et de la bêtise humaines. En dépit de sa promesse de ne pas chercher à jouer les héros, Ritchie Lewis, une fois sorti de l'enceinte de la mission et engagé sur la route de Langadi, s'était insurgé contre cet ordre arbitraire. Lorsque Luke s'était lancé dans son numéro de possédé, Lauren avait fermement agrippé Ritchie par le poignet pour l'obliger à s'éloigner. Mais, aux yeux de Ritchie, ce n'était pas bien agir. Et, sitôt leur exfiltration réussie, il freina des quatre fers. « Pars si tu veux, dit-il à Lauren. On pourrait avoir besoin de moi.

— Besoin de toi ! Pour quoi faire ? » Mais contenir Ritchie, une fois ses élans chevaleresques en éveil, était impossible. Ils gagnèrent donc le plus discrètement possible le bord de la route et se postèrent à quelques pas du portail de la mission, dissimulés derrière un bananier plantain.

« Baisse-toi ! ordonna Lauren dans un chuchotement plutôt puissant. Ils arrivent. »

Le camion transportant Joseph Kony et ses sbires déboula d'entre les grilles et passa devant eux dans un nuage de poussière.

« Tu sais qui c'était ? demanda Lauren. Joseph Kony. L'homme le plus dangereux d'Afrique.

— On ne peut pas en être sûrs, objecta Ritchie.

— J'ai vu sa photo.

— En ce cas, ils ont d'autant plus besoin de nous, décréta vaillamment Ritchie.

— Que comptes-tu faire ?

— Je ne sais pas trop. » Il attira Lauren vers lui et, impulsivement, lui planta résolument un baiser sur la bouche.

« C'est au cas où nous mourrions dans les dix prochaines minutes ? » demanda Lauren. Mais le baiser avait un peu amolli sa résistance.

« Nous n'allons pas mourir », la rassura Ritchie. Et si l'éventualité d'un danger mortel peinait à pénétrer son esprit avant le baiser, celui-ci ne fit qu'en repousser davantage encore l'idée. Ils s'accroupirent et scrutèrent la route.

« Que vois-tu ? chuchota Lauren.

— Il me semble qu'ils ont mis les mômes dans le camion, répondit Ritchie qui épiait à travers les feuilles.

— Quoi ? Tous les mômes ?

— Non, je crois qu'il n'y en a que quatre… ou cinq. Je ne sais pas. » Il marqua une pause. « Azalea est avec eux.

— Oh merde ! Ritchie, ne tente rien. On ne peut rien faire. Ils sont armés.

— Ils arrivent, lança soudain Ritchie, et il se leva d'un bond.

— Où vas-tu ?

— Avec eux.

— Quoi ? Tu es fou ?

— Je pourrai peut-être les aider. Toi, reste cachée. » Il sortit de leur abri derrière le bananier.

« Ritchie, espèce d'imbécile ! »

Il se tenait maintenant debout au milieu de la piste. Le second camion de la LRA sortit de l'enceinte de la mission et se dirigea vers eux.

« Oh, pour l'amour de Dieu ! » Lauren se redressa à son tour. « Tu ferais mieux de m'embrasser à nouveau, espèce d'abruti. »

Ils s'embrassèrent et, moins de deux minutes plus tard, les pouces liés par des serre-câbles, tous les deux avaient rejoint l'arrière du camion et retrouvé Azalea, Anyeko et les autres enfants.

Ils roulèrent pendant quatre heures, peut-être cinq. Les prisonniers, mains liées dans le dos, s'entassaient inconfortablement à même le plancher pendant qu'un échantillon de soldats de la LRA paradaient sur les bat-flanc avec leurs armes, pas peu fiers – semblait-il – de leur petit numéro d'intimidation façon gangsters. Parvenus à destination, les soldats sautèrent à terre en poussant des cris de joie, et un homme plus âgé, à la dégaine de commandant, vint inspecter la prise. La présence d'Azalea et des deux coopérants le perturba visiblement. « *Muna muna !* » éructa-t-il, avec une certaine urgence dans la voix. Une nuée de recrues et de soldats confirmés de la LRA, tous maigres et armés, vint se rassembler autour du camion. Il y eut des échanges orageux. Azalea maîtrisait assez la langue acholi pour comprendre que le commandant – ou quel que soit son rang – s'inquiétait beaucoup de ce que des prisonniers blancs attirent l'attention de l'armée ougandaise. Côté troupes, on rivalisait d'un fatras d'avis et de suggestions. L'une d'elles consistait à abattre immédiatement ces prisonniers gênants et à jeter les corps sur la route, mais le commandant, à son crédit, voyait assez bien ce que la LRA y gagnerait. Cette exécution ne ferait que décupler la rage de l'armée. Une autre suggestion, qui recueillit davantage de suffrages, proposait d'exiger une rançon. La LRA n'était guère expérimentée en matière d'enlèvements – pas ceux, du moins, perpétrés pour de l'argent –, mais la proposition gagnait de toute évidence à être creusée. Ritchie fut identifié comme porte-parole du groupe de prisonniers. « Êtes-vous britannique ? lui demanda, avec autorité et en acholi, le commandant de la LRA.

— Réponds “ee”, lui chuchota Azalea.

— Ee », répéta Ritchie, sans trop savoir ce qu’il disait, ni pourquoi.

Les soldats conférèrent.

« Il a demandé si on était britanniques, expliqua Azalea. Tu as répondu “oui”. Ils nous respectent plus que d’autres Occidentaux. Ils pensent aussi que nos autorités seront prêtes à payer une bonne rançon. Et ils ont la trouille de les voir débouler ici s’ils nous faisaient du mal. »

Après pas mal de cris dans tous les sens, ordre fut donné de débarquer les prisonniers du camion. Et pendant qu’on procédait à la manœuvre, il sembla un instant que les orphelins de Saint-Paul allaient être dirigés d’un côté différent. « Ils restent avec nous ! » hurla Azalea, en acholi. Sa déclaration amena un silence stupéfait dans la pagaille. « Sinon, les Britanniques enverront des avions pour vous anéantir tous. »

Les regards se tournèrent vers le commandant, manifestement le seul à même de prendre une décision aussi grave. Il leva les yeux au ciel puis imprima un mouvement sec à son fusil, qui valait pour instruction de ne pas séparer le groupe. Les huit prisonniers, toujours entravés, furent débarqués sans ménagement du camion, rassemblés brutalement sous un jacaranda, puis on leur ordonna de s’asseoir par terre.

« Vous pourriez nous couper ces trucs autour des pouces, cria Azalea d’un ton agressif.

— Je crois vraiment que tu ne devrais pas les contrarier, observa Lauren.

— Ne t'inquiète pas, répondit Azalea. Ils n'oseront pas nous faire de mal. » Elle se retourna vers un jeune garçon au visage rond qui semblait avoir reçu l'ordre de les surveiller. « Et toi, tu peux nous apporter de l'eau ! » hurla-t-elle.

Le jeune garçon se mit à trembler puis cria un ordre par-dessus son épaule. Deux filles arrivèrent en courant avec des bouteilles d'eau en plastique. L'une d'elles tendit celle qu'elle tenait à Azalea.

« Comment veux-tu qu'on boive, avec nos mains attachées ? protesta celle-ci, et elle se retourna vers le garçon tremblant. Détache-nous les pouces, ou je me plaindrai à Joseph Kony. Je lui dirai que tu as refusé de laisser vos invités britanniques se mettre à l'aise. »

À la mention du nom de Kony, le garçon se mit à trembler de plus belle. Il relaya la menace auprès d'un garçon plus costaud et le message fut transmis au commandant, qui vint débrouiller l'affaire. Il aboya quelques mots à l'intention de Ritchie.

« Adressez-vous à moi, intervint Azalea. Ces deux-là sont juste des touristes. »

Une fois de plus, le commandant parut gagné par l'anxiété. Enlever des touristes pouvait s'avérer dangereux – même selon les standards de l'Armée de résistance du Seigneur. Il dévisagea cette adolescente élancée, en chemise de nuit, qui semblait donner des ordres à ses propres hommes. « Vous connaissez Joseph Kony ? demanda-t-il.

— Évidemment que je connais Joseph Kony ! Pas vous ? »

La prisonnière et son geôlier se toisèrent longuement. Azalea, qui en temps normal ne se serait peut-être pas considérée comme une bonne menteuse, jugeait son allégation parfaitement fondée. N'avait-elle pas été la première, à la fin du petit déjeuner, à apercevoir Kony planté au beau milieu du chemin ?

Le commandant détourna le regard, apparemment convaincu. « Que voulez-vous ? demanda-t-il.

— Tout d'abord, dites à vos hommes de nous détacher les mains. Savez-vous à quel point c'est inconfortable ? Ensuite, nous voulons de l'eau potable, et une case. Nous ne chercherons pas à nous enfuir. » Elle fixait l'homme avec résolution. « Et apportez-nous des bananes. Un melon aussi. On a faim. »

Le commandant respirait bruyamment. Une fois de plus, il fit un mouvement brusque avec son arme et un jeune garçon se précipita, muni d'une machette à canne à sucre, pour trancher les serre-câbles. Afin d'établir son autorité, le commandant arracha la machette des mains du garçon, la colla contre le ventre d'Azalea, approcha son visage à quelques centimètres du sien et vociféra un chapelet de mots en acholi. Puis, pour faire bonne mesure, il se tourna vers Lauren Marks et recommença. Lauren avait pris bonne note du sang-froid d'Azalea. Elle se tint coite, le temps que l'homme de la LRA achève sa tirade.

« Qu'a-t-il dit ? » demanda-t-elle à Azalea lorsque le commandant se fut éloigné d'un pas raide.

Mais l'adolescente, en dépit de sa bravade, avait été fortement ébranlée. Elle secoua la tête et, pour la première fois, des larmes apparurent dans ses yeux. « Il a dit qu'on devait rester là, réussit-elle à articuler. Qu'il valait mieux qu'on n'essaie pas de s'échapper. »

Mais ce que le soldat avait réellement dit, Lauren l'apprit plus tard de la bouche d'Anyeko : « Pose seulement un pied hors de ce camp, femme *muna muna*, et je te fends en deux, depuis le minou jusqu'à ton cou bien blanc. »

Retournons maintenant à Langadi et à la scène dont le spectacle fut épargné à Azalea. Il n'est nul besoin de s'appesantir sur cet épisode qui, somme toute et à l'instar du massacre de Lester et Monique Folley et de leur fils Lester Folley III, ne se prête guère aux fioritures stylistiques. C'était le 21 juin 1992. Rebecca Folley, la deuxième des trois mères qu'Azalea apprendrait à aimer, allait périr sous les balles de ses assassins. Cependant – c'est là un détail important –, sa mort n'aurait rien de la boucherie qu'Azalea avait toujours imaginée.

Lorsque les camions emportèrent sa fille unique et cinq des orphelins qu'elle adorait, Rebecca eut l'impression que son monde s'effondrait. La lionne prise dans un collet, disent les gens du Nil occidental, se dévorera la patte pour retrouver ses lionceaux. Rebecca était en grande partie responsable de la pagaille sans nom qui avait accueilli Azalea et Anyeko juste avant qu'on ne les jette dans le camion. Et quand celui-ci prit le chemin de la sortie en bringuebalant, Rebecca se libéra d'entre les mains des deux jeunes soldats chargés de la maîtriser et s'élança à toutes jambes derrière lui en agitant les bras. Nous ne saurons jamais ce qu'elle espérait accomplir en agissant ainsi. Probablement savait-elle que ce comportement était vain, et périlleux. Mais que peut faire une lionne prise au collet ?

Le garçon qui l'abattit n'était pas plus âgé qu'August ou Tebere. Il avait la tête ceinte d'un bandana, comme un guérillero sud-américain, et arborait un T-shirt décoloré à l'effigie de Dennis la Menace – rayé rouge et noir. Ses sandales avaient été confectionnées à partir d'un vieux pneu. C'était un petit garçon maigre, avec un visage un peu de traviole, et un œil qui disait zut à l'autre. Nous ne connaîtrons jamais son nom ni son histoire. Hasard de temps, hasard de lieu, il s'était retrouvé esclave du despotisme cruel d'un prêcheur fou qui jurait de défendre les dix commandements, et les défendait – les défend, encore aujourd'hui – en enlevant, mutilant et violant des enfants. Ce jeune garçon au visage de traviole avait-il été, comme tant d'autres, kidnappé dans son village lors d'un raid ? Capturé dans un champ ? Extrait de force d'une école ? Ou bien encore avait-il, comme bien des enfants abandonnés et affamés en Ouganda, au Soudan, au Congo, simplement dérivé de lui-même vers les camps de la LRA ? Nous ne le saurons jamais. Les tenants et aboutissants de cet assassinat ne seraient jamais examinés par un jury. Nul laboratoire n'expertiserait les balles. Aucun légiste ne dicterait un rapport. Seul un journaliste pousserait un jour son enquête jusque-là, et commettrait un contresens déterminant.

Lorsque Rebecca s'élança derrière le camion, le garçon au visage de traviole pressa tout simplement la gâchette de son fusil. Et quand le coup de feu résonna, il sembla tout aussi choqué que Rebecca. Peut-être ce coup de feu était-il parti à cause d'un simple réflexe, parce que son doigt était en position dans le pontet, et ses nerfs déjà à fleur de peau. Il y a matière à spéculer ici, car, dans la seconde qui suivit la détonation, le jeune garçon lâcha son arme, plaqua ses deux mains sur sa tête et poussa un long gémissement. Probablement savait-il que cette transgression lui vaudrait un châtiment.

Rebecca bascula en avant de tout son long, comme un arbre.

Maintenant en proie à la panique la plus totale, les autres membres de l'Armée de résistance du Seigneur s'engouffrèrent précipitamment dans le minibus et déguerpirent.

Lorsque le journaliste de la Olsen Press Agency arriva sur les lieux, un jour et demi plus tard, la police du district de Moyo avait déjà nettoyé la scène de crime. L'homme désormais responsable de la mission était le vieux pasteur David, que l'on pouvait trouver assis à même la dalle de ciment rouge du préau, le visage enfoui dans les mains. Le journaliste, qui arrivait de Kampala en voiture, était impatient, après ce long trajet, de regagner Gulu et de se dégoter un hôtel décent avant la tombée de la nuit, avant que le ferry n'accomplisse sa dernière traversée languide du Nil. Il s'entretint avec l'une des infirmières et avec cet imposant Acholi – le cuisinier. Il n'y avait pas grand-chose à photographier, sinon une mission misérable, dans un coin misérable d'un pays misérable. Le journaliste s'aventura dans un tour du propriétaire et tomba, sur le bureau de Luke Folley, sur une photo de famille – un portrait de Luke, Rebecca et Azalea devant le bâtiment principal de la mission –, qu'il glissa la photo dans sa besace. Il profita du trajet de retour jusqu'à Gulu pour écrire son papier. Il comptait s'installer pour quelques jours au Acholi Inn, au cas où l'affaire connaîtrait des rebondissements, et envoyer son article par câble à sa rédaction à Nairobi. Ce journaliste avait de la bouteille : il allait passer deux ou trois jours au bord de la piscine de l'hôtel, jusqu'à ce que l'histoire se tasse. Et si jamais il y croisait des confrères, ce serait l'occasion de partager quelques bières, faire quelques parties de poker et échanger des détails sur l'affaire.

Quoique pittoresque et erroné dans ses détails, le récit des événements que le journaliste câbla à sa rédaction n'était pas entièrement infidèle – du moins dans ses conclusions. Tout son récit était bâti autour de la photo. Rebecca Folley, écrivit-il, avait succombé sous une grêle de balles. Luke, son mari, et leur fille adolescente étaient portés disparus, et présumés morts. Cinq orphelins avaient également disparu. Le récit omettait de mentionner les deux coopérants, et ce pour la bonne raison que personne à la mission n'avait pensé à les évoquer. Personne n'avait vu la LRA les embarquer à bord du camion ; aux dernières nouvelles, Ritchie et Lauren avaient fui pour regagner (c'est ce que tout le monde avait supposé) la Grande-Bretagne.

Lorsque ce compte rendu des faits et la photographie – que sa transmission par fax avait rendue grenue – parvinrent à Nairobi, le secrétaire de rédaction titra l'article : « Une famille de missionnaires britanniques victime d'un massacre de la LRA ». Et ce gros titre, au-dessus du touchant portrait de famille des Folley, amena le rédacteur en chef à procéder à un ou deux ajustements dans la prose de son journaliste. Le « présumés morts », en particulier, fut jugé trop timoré pour une affaire de cette envergure. Mieux valait, jugea le rédacteur en chef, présenter des excuses ultérieurement que demander une autorisation maintenant. Il savait, en son for intérieur, que la LRA avait assassiné toute la famille, et cette photographie semblait confirmer cette intuition. C'est donc ce qu'il écrivit. L'article parut dans le *Daily Nation* du Kenya sous le titre : « Une famille de missionnaires assassinée » et racontait, détails crus à l'appui, comment les trois Folley avaient péri pendant le raid. La LRA, précisait l'article, avait emporté deux des corps, qui restaient introuvables.

L'article fut repris par les quotidiens londoniens le 24 juin, et le *New York Times* s'en fit l'écho le lendemain, dans le cadre d'une enquête plus large sur le terrorisme dans les pays sous-développés. La qualité de la photographie, faxée une nouvelle fois, ne permettait pas qu'on la publie, et cette absence d'illustration diminuait l'impact du récit. Quelques journaux de référence, en Europe, reprirent à leur tour l'information, et c'est dans leurs pages que, un an plus tard, un détective privé du nom de Susan Calendar, qui enquêtait pour le compte d'un aveugle, se procura les conclusions de son rapport.

Si la nouvelle de la fusillade ne produisit guère de vagues à Londres, il en alla différemment dans le district de Moyo où elle prit comme un feu de brousse. Des unités de police et de l'armée furent dépêchées depuis Kampala. Le pasteur David tint un service spécial dans le bâtiment principal de la mission, qui rassembla un millier de personnes. Et un peu plus tard on vit arriver un hélicoptère, avec à son bord le vice-président Samson Kisekka, accompagné d'un Britannique, représentant du bureau des affaires étrangères et du Commonwealth. Ils firent solennellement le tour de la mission et échangèrent des poignées de main tant avec le pasteur David qu'avec Odokonyero. On prit des photos, et quelques images furent montrées aux informations de la télévision ougandaise. Le vice-président promit que les responsables de ces ignominies seraient traqués comme des rats, et il enjoignit ses concitoyens à dénoncer la LRA partout où elle agissait.

À Gulu, à deux heures de route au sud de Langadi, on aurait pu apercevoir, quelques heures à peine après la fusillade, garé dans le parking de l'Acholi Inn, un vieux Land Rover couvert de poussière. Et si on s'était trouvé dans le jardin, autour de la piscine où des serveurs en uniformes blancs servaient des rafraîchissements à une clientèle essentiellement occidentale, on aurait pu être témoin d'une conversation pleine d'urgence qui se tenait à l'ombre d'un gigantesque bougainvillée. On aurait vu un homme de paix – un homme qui aurait pu, autrefois, nous saluer de deux doigts dressés en V, un homme qui, en d'autres temps, chantait des chansons protestataires dans un couloir de métro londonien en grattant sa guitare peinturlurée du mot « *Peace* » – pousser sur une table une enveloppe remplie de dollars américains en direction d'un autre homme – un homme de guerre celui-là, un homme qui avait combattu dans les jungles pour le SAS, un homme qui à cet instant promettait un châtiment violent et sanglant, un homme qui portait la devise « Qui ose gagne » tatouée sur un de ses biceps.

17

Mars 2011

Le trajet du retour, après l'excursion aux falaises de Millook, faisait l'effet d'une douche froide. Ils avaient enduré cinq heures de route pour essuyer dix minutes d'une violente bourrasque, et ce afin qu'Azalea puisse tempêter contre les cruautés du destin. Ils rebroussaient chemin par le même itinéraire, et, tandis qu'ils étaient aspirés tout droit vers la M5, Thomas sentait lui filer entre les doigts l'occasion que cette journée aurait pu lui offrir. Les pieds d'Azalea étaient de nouveau emprisonnés dans ses chaussures de ville. Elle regardait, mélancolique, par la vitre, et Thomas se sentait incapable d'interrompre sa rêverie.

Elle finit tout de même par tourner la tête. « Merci, dit-elle. Merci de m'avoir emmenée jusque-là.

— Avec plaisir, répondit Thomas, avec le sentiment, maintenant, que tout ça n'avait pas été vain.

— Est-ce que vous croyez à mes coïncidences ? Celle du solstice d'été ?

— Bien sûr.

— Que signifie-t-elle, selon vous ?

— Ce qu'elle *signifie* selon moi ? Je pourrais vous le dire, mais je ne sais pas si vous voulez l'entendre. » Thomas la regarda, en se demandant si elle aurait envie de se déchausser à nouveau. Puis il s'en voulut d'une pensée aussi égoïste. Pour finir, il se rappela que la seule raison qui avait poussé Azalea à accepter ce projet d'excursion n'était pas le plaisir de passer une journée en sa compagnie, mais son désir de comprendre les étranges événements de sa vie. Il reprit donc tout à zéro.

« Croyez-vous à la chance ? demanda-t-il.

— À la chance ou à la malchance ?

— Les deux. »

Azalea haussa les épaules. « Évidemment. »

La réponse arracha un sourire à Thomas, amusé qu'elle pût avoir une vision du monde à ce point éloignée de la sienne. « Certaines personnes sont-elles naturellement chanceuses ? Certaines personnes monopolisent-elles la chance ?

— Il semblerait, répondit Azalea avec son fameux demi-sourire.

— OK. » Il paraissait satisfait de la réponse. « Ceci n'est pas un test.

— Parfait.

— Il n'y a vraiment qu'une seule question qui importe, quand on parle de chance, de hasard et de coïncidence. Croyez-vous que tout relève en dernier ressort d'un calcul de probabilités ? Ou préférez-vous croire que d'autres forces travaillent à influer sur le cours de nos vies ?

— C'est vous, le maître ès coïncidences. À vous de me le dire.

— J'aimerais savoir ce que vous, vous croyez. Tout événement est-il le fruit d'une pure coïncidence ? Ou bien croyez-vous que tout… » Thomas lâcha le volant pour décrire un geste ample. « … que tout obéit à un grand plan d'ensemble ?

— Le second, sans aucun doute, répondit Azalea, et elle éclata de rire. Épargnez-moi ce regard réprobateur.

— Mon regard n'a rien de réprobateur.

— Oh que si ! » Elle imita son expression sévère, et Thomas éclata de rire à son tour. « Mais, bien entendu, je crois aux aléas du hasard, reprit-elle. Il se produit tant d'événements dans le cours de l'histoire qu'il y a forcément des coïncidences en permanence.

— Je suis heureux de vous l'entendre dire.

— Êtes-vous en train de me faire le coup de la dichotomie ? Dois-je choisir entre coïncidences aléatoires et... je ne sais pas... » Elle cherchait le mot. « Le destin ? » Son visage se chiffonna. Destin ne semblait pas être le mot juste.

Thomas était d'accord sur ce point. « Que diriez-vous de providence ?

— Providence ?

— Oui. *Pro-videre*. Un événement qui avait été prédit. Prévu.

— Qui était censé advenir ?

— Si vous préférez, concéda Thomas avec un sourire contrit. Si je lance une pièce cinq fois de suite et que, chaque fois, je tire face – est-ce une coïncidence ? »

Azalea réfléchit soigneusement à la question. « Si mes calculs sont corrects, la probabilité que quatre lancers de pièce débouchent sur un résultat identique est de une sur seize. Alors oui, c'est une coïncidence... qui n'a rien d'extraordinaire. »

Thomas considéra sa passagère. « Intéressant, dit-il. Et si je recommence l'exercice cinquante fois de suite, avec le même résultat ? »

Azalea sourit. « En ce cas, je dirais que la pièce était truquée.

— Donc, à un moment donné, vous cesseriez de croire à la coïncidence et commenceriez à envisager une sorte d'intervention intelligente ? »

Azalea, ne sachant trop où ce raisonnement voulait l'emmener, hocha prudemment la tête. « Oui, j'imagine.

— Si face sort cinquante fois d'affilée, c'est que quelqu'un a trafiqué la pièce ?

— Probablement. »

Les changements de vitesse étaient devenus une seconde nature, Thomas n'avait maintenant plus besoin d'annoncer « vitesse ». Il se contentait d'appuyer sur la pédale d'embrayage et Azalea poussait le levier, sans que la manœuvre creuse un blanc dans la conversation. Ils traversèrent Crediton et prirent l'embranchement qui menait à Stockleigh Pomeroy. La lumière commençait à décliner.

« En Afrique, nous n'avions pas vraiment de crépuscule, observa Azalea. Il faisait jour et puis l'instant d'après – pff ! C'était tout noir.

— Comme ça ? Pff ?

— Pff, confirma Azalea.

— En 1912, une dame du nom de Violet Jessop réchappa du naufrage du *Titanic*, dit Thomas en reprenant le fil de la conversation précédente. Et puis, quatre ans plus tard, elle survécut à celui du *Britannic*, le jumeau du *Titanic*. Était-ce une coïncidence ?

— Ce n'était certainement pas de la malchance, observa Azalea.

— Mais était-ce une coïncidence ?

— Si je devais choisir… je dirais qu'elle a forcément bénéficié d'un coup de main.

— À l'époque, beaucoup de gens ont prétendu que la survie de Violet Jessop allait au-delà d'une simple coïncidence. Certains ont vu là la preuve d'une intervention divine.

— Peut-être était-ce le cas. Peut-être cette femme n'était-elle pas destinée à périr en mer.

— Ou alors peut-être est-ce le fait d'un hasard. Car si on fouille un peu, on découvre que Violet Jessop n'était pas une passagère du *Titanic*, mais une hôtesse de bord, employée de la White Star Line. À cette époque, un paquebot qui coulait n'était pas chose rare. Une hôtesse de bord comme Violet pouvait donc raisonnablement s'attendre à essuyer un naufrage un jour ou l'autre. Après le premier désastre, elle se reconvertit comme infirmière, et s'enrôla durant la Première Guerre mondiale. Le *Britannic* avait été réquisitionné pour servir de navire-hôpital. C'était son expérience sur les transatlantiques qui lui avait valu de décrocher le poste – donc, il n'y a pas vraiment coïncidence qui tienne ici. Le *Britannic* heurta une mine. Pas plus de coïncidence ici. Après tout, les mines avaient été placées dans l'intention de couler des bateaux.

— Ce n'était donc pas une coïncidence ?

— Oh si, c'en était *bel et bien* une. Mais de l'ordre de la pièce qui tombe cinq fois de suite sur face, plutôt que cinquante fois. C'était une coïncidence acceptable.

— D'accord, mais qu'est-ce que tout ça a à voir avec mes coïncidences ? » demanda Azalea.

Thomas plissa les paupières. « Tenez, en voilà une autre, dit-il en ignorant la question. Shakespeare et Cervantès – les deux plus grands écrivains de la langue anglaise et de la langue espagnole – sont morts tous les deux le même jour, le 23 avril 1616. Était-ce une coïncidence ? »

Azalea médita la question. « Je dirais que celle-là est sacrément limite ; de l'ordre de vingt-cinq faces d'affilée.

— Intervention divine ou pas ? »

Elle haussa les épaules. « Qu'est-ce que Dieu pouvait en avoir à fiche qu'ils meurent le même jour ?

— Et, de fait, ils ne sont pas morts le même jour, car en 1616 l'Espagne et l'Angleterre n'observaient pas le même calendrier. En Espagne, le calendrier grégorien avait dix jours d'avance sur le calendrier julien en usage en Angleterre. Donc, ce qui a tout l'air d'une bonne grosse coïncidence tient plutôt à des calendriers boiteux qu'à une synchronicité cosmique de quelque genre que ce soit.

— Synchronicité cosmique ? C'est le terme établi ?

— Peut-être pas, mais c'est une expression assez utile, vous ne trouvez pas ? Toute coïncidence repose sur une sorte de synchronicité. Prenez John Adams et Thomas Jefferson, les deuxième et troisième présidents des États-Unis. Devinez quoi ? Ils sont morts tous les deux le 4 juillet 1826, soit exactement cinquante ans jour pour jour après la Déclaration d'indépendance – dont ils étaient l'un et l'autre signataires. À la date de leur disparition, le président en exercice était John Quincy Adams. Il écrivit dans son journal qu'il ne pouvait *pas* s'agir d'une coïncidence – que c'était forcément la manifestation d'une faveur de Dieu. À l'époque, beaucoup de gens partageaient cet avis.

— Ils avaient peut-être raison.

— Vous le pensez vraiment ?

— Je ne sais pas quoi penser, répondit Azalea. C'est pour cette raison que je suis venue vous voir.

— Et je ne me montre pas particulièrement secourable, n'est-ce pas ? »

Elle laissa cette question sans réponse.

« Pouvons-nous nous arrêter à Tiverton pour manger quelque chose ? »

Ils se garèrent en ville et trouvèrent un pub près du canal. Le menu n'était pas particulièrement alléchant, mais ils aperçurent à travers les vitres la lueur accueillante d'un feu de cheminée. Cela suffisait. Ils commandèrent des bières au comptoir puis allèrent s'installer à une petite table ; leurs genoux se touchaient presque.

« Je crois que pour moi, ce sera un fish and chips, annonça Thomas.

— Pour moi aussi, alors.

— Rien de tel qu'un bon vieux pub anglais, n'est-ce pas ? »

Azalea approuva d'un signe de tête. « Pas de télé ni de juke-box.

— Ni de machines à sous ni de billard. »

Une serveuse vint prendre leur commande. Ce détail réglé, ils sirotèrent leurs verres.

« Êtes-vous familière du concept de déterminisme ? » demanda Thomas.

Azalea haussa un sourcil. « J'en ai entendu parler. Pourquoi ?

— Parce que c'est ce que j'étudie. Le déterminisme. C'est ça, mon vrai domaine de recherche. Pas les coïncidences. Mon travail consiste en réalité à essayer de démêler de façon expérimentale un authentique casse-tête philosophique. Il existe une théorie de l'univers baptisée parfois "théorie de la boule de billard". Vous la connaissez ? »

Azalea répondit par la négative.

« Pour être franc, c'est une théorie un peu déprimante. Elle suggère que, après l'instant où l'univers s'est créé, un millième de seconde après le big bang, tout ce qui s'est passé était essentiellement prévisible, comme l'est la trajectoire des boules sur une table de billard. Si, lorsqu'on frappe une boule, on pouvait connaître précisément la position de chaque autre boule, ainsi que la masse, la vitesse et la direction de la blanche, la pression de l'air et tous les autres paramètres susceptibles d'affecter l'impact, alors on pourrait prévoir exactement comment les différentes boules vont cascader et rebondir autour de la table. Les boules ne possèdent pas de libre arbitre. Elles obéissent toutes sans exception aux règles de base de la physique – tout comme chaque particule de l'univers, y compris chaque atome de votre corps et de votre cerveau. La théorie de la boule de billard suggère donc que chaque particule composant l'univers ne fait qu'obéir à un ensemble de règles de base qui existent depuis le commencement des temps. Et le point principal, dans tout ça, est le suivant : tout a été efficacement préordonné depuis le premier instant. Donc, si on avait pu connaître précisément la localisation, la vitesse et les propriétés de chaque particule du big bang, on aurait été au final en mesure de prédire que vous et moi serions assis à cette table, en train d'avoir cette conversation, parce que nous ne sommes rien d'autre que des amas de particules fondamentales, et qu'aucun de nous n'a le pouvoir d'altérer les lois de la science.

— Je crois que j'ai déjà besoin d'un autre verre, observa Azalea.

— Je vous avais prévenue : c'est une théorie déprimante.

— Et c'est ça, la théorie du déterminisme ?

— En fait, si on veut chipoter, c'est la théorie du *pré*-déterminisme. Mais comme tout le monde confond les deux, nous n'avons pas besoin de trop nous en inquiéter. En tous les cas, c'est une idée qui traîne dans l'air depuis très, très longtemps. Démocrite et Leucippe l'ont avancée vers 400 avant Jésus-Christ. Et c'est Laplace qui, en 1815, a eu l'idée de la boule de billard. On l'a baptisée "le démon de Laplace" en son honneur. Hobbes, Leibniz, Hume – ils y ont tous adhéré.

— Le libre arbitre n'est alors qu'une illusion ?

— Ou un mirage.

— Et même si je me sens entièrement libre de vous envoyer cette bière à la figure et de renverser la table, vous diriez que je ne dispose en rien de cette liberté, et que je réagis simplement à un télescopage d'atomes dans mon cerveau ?

— Je suis juste en train d'expliquer que c'est l'une des façons de comprendre l'univers. Regardez la chose autrement : si on accepte que vous disposez réellement d'une liberté de choix dans vos actions, alors chaque fois que vous exercez cette liberté, vous rompez les lois de la physique à quelque niveau subatomique. » Thomas but une longue gorgée de bière.

« La mécanique quantique n'a-t-elle pas balayé cette théorie ? s'enquit Azalea. Vous savez – le principe d'incertitude, le chat de Schrödinger et tout ça ? »

Thomas inspira lentement. « Cela reflète une compréhension erronée de ce que nous enseigne réellement la physique quantique. Ce que Schrödinger et Heisenberg ont montré, c'est que nous sommes dans l'incapacité de connaître la position d'une particule élémentaire telle que l'électron parce que, par le seul fait de l'observer, on le modifie. Leurs propositions n'altèrent pas vraiment les arguments du déterminisme. Après tout, le simple fait que nous ne puissions pas connaître la position d'un électron ne signifie pas que l'électron n'en a pas une.

— C'est drôlement profond, votre truc.

— Et même si nous choisissons l'interprétation selon laquelle la science nous enseigne que rien n'est réellement connaissable, et qu'il peut effectivement se produire des événements aléatoires au niveau quantique, il ne nous manque pas moins un mécanisme à même de décrire comment un creuset de particules chimiques – ce qu'est, en essence, notre cerveau – est capable de sélectionner ou de modifier la façon dont se comportera la matière. » Thomas regarda Azalea avec l'air d'un homme rodé à la présentation de ces arguments. « Donc, imaginez que vous vouliez prouver l'existence du libre arbitre dans l'univers. Comment procéderiez-vous ?

— Je n'en ai pas la moindre idée. Mais j'ai comme l'intuition que vous allez me le dire.

— Eh bien, ce n'est pas simple. Si la question qui nous occupe est : l'univers est-il prédéterminé ou soumis au libre arbitre, alors je préférerais la poser ainsi : pouvons-nous découvrir, empiriquement, si l'univers est aléatoire, ou pas ?

— A-t-il été créé, ou est-il simplement le résultat d'un big bang ?

— Non. Nous savons qu'il résulte d'un big bang. Il n'est pas question de remettre ça en cause. Ce qui nous occupe ici, c'est de savoir si la façon dont se comporte l'univers pourrait suggérer l'existence d'un mécanisme qui le contrôle.

— Je ne pensais pas qu'il nous faudrait remonter jusqu'au big bang.

— C'est là que tout commence. Essayons une "idée expérimentale". Imaginons qu'il existe deux univers et qu'il nous est permis de les explorer l'un et l'autre. Il est établi que, dans un de ces deux univers, le libre arbitre existe, tandis que dans l'autre tout obéit au démon de Laplace, et nous sommes juste des boules de billard qui rebondissent en vertu des lois du mouvement. Sommes-nous capables de les distinguer ? Qu'est-ce qui diffère entre les deux ? »

Azalea secoua la tête. « Aucune idée.

— Bon, d'accord. On pourrait attendre que, du fait de l'intervention d'une intelligence capable d'interférer avec la façon dont tout se déroule, un de ces deux univers soit raisonnablement différent de l'autre.

— Mais nous n'avons qu'un seul univers, fit valoir Azalea.

— Exactement ! » Thomas écrasa la main sur la table. « Étendons notre idée expérimentale à un seul univers. Quelle serait la caractéristique d'un univers déterminé par le libre arbitre ?

— Je ne sais pas. »

Thomas se fendit d'un grand sourire. « L'absence d'aléatoire, dit-il, et il éclata de rire devant l'expression perplexe d'Azalea. Il nous faut chercher dans l'univers ce qui devrait être aléatoire, mais ne l'est pas.

— Comme... la disposition des étoiles dans le ciel ?

— Non. On doit chercher dans des domaines où on peut attendre que le libre arbitre fasse une différence. Et, concrètement, cela ne laisse qu'un seul domaine d'investigation – les événements relatifs à l'être humain. »

Azalea but une gorgée de bière. « Donc on cherche... quoi ? Des miracles ?

— Des miracles – pourquoi pas... Mais je n'aime pas trop l'idée des miracles ; je préfère les coïncidences. » Thomas ouvrit les mains comme s'il allait justement en tomber du ciel. « Regardez les choses de cette façon. Avez-vous une fée du logis ?

— Une quoi ?

— Une personne qui fait le ménage chez vous.

— On voit que vous n'avez jamais mis les pieds chez moi.

— D'accord, vous n'en avez pas. Mais imaginez le contraire. Et maintenant, imaginez que vous rentrez chez vous après le travail, un soir, et que vous contemplez votre appartement en vous demandant : “Ma fée du logis est-elle venue aujourd'hui, ou pas ?” Comment pouvez-vous le savoir ? Facile. Il vous suffit de regarder si l'appartement est plus propre que lorsque vous l'avez quitté le matin. Disons par exemple que, lorsque vous êtes partie ce matin-là, il y avait des livres éparpillés sur le tapis de votre salon…

— C'est une description assez fidèle de mon salon, convint Azalea.

— Or, à votre retour, les livres sont rangés en une pile bien nette. Ou replacés dans la bibliothèque, classés par ordre alphabétique. Vous pouvez en conclure qu'un être suprême est passé faire le ménage dans votre appartement.

— Donc, vous cherchez des signes de l'absence d'aléatoire dans un monde aléatoire ? suggéra-t-elle.

— Et on nomme ce phénomène “coïncidence”. Ou “sérendipité”, parfois. Ou encore tout simplement “hasard”.

— Je vois. » Azalea devint silencieuse. La serveuse se présenta avec leur commande et, tandis qu'ils attaquaient leurs fish and chips, le sujet disparut momentanément du radar.

« Donc, mes coïncidences sont peut-être la preuve d'une réelle absence d'aléatoire dans l'univers, hasarda Azalea lorsqu'ils furent à même de reprendre la conversation.

— Eh bien, elles sont intéressantes, convint Thomas. Mais les coïncidences le sont toujours.

— Vous ne les trouvez cependant pas assez significatives pour prouver quoi que ce soit ?

— Disons qu'il est toujours utile de pouvoir démontrer qu'une coïncidence n'en est vraisemblablement pas une. Mais souvenez-vous du cas de Violet Jessop. Ce n'est pas toujours facile à mesurer.

— J'imagine…

— Parfois on peut choisir une coïncidence et lui assigner une valeur assez précise sur une échelle de probabilités. Prenez le cas de Richard Parker, par exemple.

— Richard Parker ? Ce n'est pas le nom du tigre dans…

— *L'Histoire de Pi*, la coupa Thomas. Super roman. Oui, c'est ça. L'auteur, Yann Martel, a choisi ce nom parce qu'il est associé à une coïncidence célèbre. Tout commence avec un roman d'Edgar Allan Poe – *Les Aventures d'Arthur Gordon Pym*.

— Un titre accrocheur.

— C'est l'histoire d'un baleinier qui fait naufrage. Les survivants dérivent dans un canot de sauvetage, et ils tirent à la courte paille pour décider lequel d'entre eux sera mangé. L'infortuné marin auquel échoit le rôle de plat du jour est un moussaillon dénommé Richard Parker. Et puis, quarante ans plus tard, dans la vraie vie, un baleinier baptisé *La Mignonnette* fait naufrage, et devinez quoi ?

— Ils ont mangé un moussaillon ?

— Exactement. Qui s'appelait…

— Richard Parker ?

— En plein dans le mille, répondit Thomas avec un grand sourire.

— Sacrée coïncidence !

— Oui. » Il s'adossa lentement à sa chaise, en balançant les bras. « Ce qui est intéressant ici, c'est qu'on est en mesure de calculer la part dévolue à la coïncidence. En consultant les actuariels américains du XIXe siècle, on peut savoir quelles étaient les chances que le vrai moussaillon de la *Mignonnette* porte le nom de Richard Parker. Il s'avère que Richard était un prénom plutôt populaire, donné à dix-sept garçons sur mille. Et Parker était également un patronyme assez commun. Si on fait le calcul, on s'aperçoit qu'environ vingt-cinq hommes sur un million s'appelaient Richard Parker. Voilà votre probabilité. »

Azalea ne parut pas totalement convaincue. « Ça reste tout de même une coïncidence surprenante.

— Bien sûr. Mais on n'est pas toujours capable de démêler les choses aussi aisément. Les événements de la vie sont difficiles à décortiquer. Je rencontre beaucoup de gens qui viennent me raconter des histoires extraordinaires. Et tous veulent peu ou prou savoir la même chose : s'agit-il d'une incroyable coïncidence, ou bien y a-t-il autre chose à l'œuvre ?

— Et la réponse est ?

— Très difficile à donner.

— Connaissez-vous l'histoire de l'homme qui passe devant une cabine téléphonique ? »

Thomas éclata de rire. « Le téléphone se met à sonner et…

— Vous la connaissez…

— … quand il décroche, il entend la voix de sa secrétaire. Elle voulait l'appeler, mais elle s'est trompée : au lieu de composer le numéro de téléphone de son patron, elle a composé son numéro de sécurité sociale, qui se trouvait noté sur sa fiche dans son Rolodex…

— … et par le plus grand des hasards, c'était aussi le numéro de la cabine téléphonique devant laquelle son patron était en train de passer !

— C'est une bonne histoire, non ? demanda Thomas.

— Tout à fait. Sauf que quand on me l'a racontée, ce n'était pas son numéro de sécurité sociale, mais celui de sa carte de crédit.

— Oui, cela arrive souvent, dit Thomas.

— Souvent ?

— Il existe des dizaines de versions de cette histoire. » Il partit d'un nouvel éclat de son rire extravagant. « J'ai découvert que cette histoire circulait dans six pays différents. Souvent, l'homme a un nom, mais il est étonnamment difficile à retrouver.

— C'est donc une légende urbaine ? »

Thomas hocha la tête. « Certainement, oui.

— Et Kennedy et Lincoln ? Je me souviens d'avoir lu qu'un faisceau de coïncidences reliait leurs assassinats respectifs. Par exemple, l'assassin de Kennedy a tiré depuis un entrepôt puis a filé se cacher dans une salle de cinéma, tandis que Lincoln a été assassiné dans un théâtre, puis son assassin est allé se planquer dans un entrepôt, et ainsi de suite.

— C'est un faisceau de coïncidences célèbres – vous avez raison.

— Mais infondées ?

— Eh bien, d'après ce qu'on raconte, Lincoln avait un secrétaire dénommé Kennedy, et Kennedy en avait un répondant au nom de Lincoln. » Thomas sourit. « Ce sont des inepties, évidemment. Lincoln avait deux secrétaires – l'un s'appelait John Nicolay, et l'autre John Hay. Kennedy et Lincoln étaient nés à cent ans d'écart. La belle affaire. En quoi est-ce une coïncidence ? Les deux ont été assassinés par des sudistes. Sauf que John Wilkes Booth était né dans le Maryland, qui n'est pas franchement un État du Sud. »

Ils se mirent à rire ensemble. « J'ai toujours trouvé que c'était une étrange coïncidence que les noms de deux des grandes civilisations du bassin méditerranéen – la Crète minoenne et la Rome antique – soient des anagrammes.

— Uniquement en anglais[1], observa Thomas.

— Il n'empêche – c'est pratique pour les gens qui conçoivent les grilles de mots croisés.

— Le problème, c'est qu'on ne peut tirer aucune statistique d'un unique événement inattendu. On ne peut pas, en particulier, asseoir de vrais calculs sur un événement sélectionné après qu'il est advenu, parce que tout ce que ça veut dire, c'est que vous êtes en train d'exclure arbitrairement un faisceau entier d'autres événements discordants. Donc, on peut dire : quelle coïncidence que Crète minoenne soit l'anagramme de Rome antique ! Mais en même temps, on laisse de côté, de façon bien commode, les civilisations grecque, égyptienne, mésopotamienne ou sumérienne. On peut s'émerveiller de la coïncidence dans l'histoire de Richard Parker, mais ignorer le fait que le capitaine d'Edgar Poe s'appelait Barnard, quand le vrai capitaine de *La Mignonnette* s'appelait, lui, Dudley. Ou encore, on peut souligner que Lincoln et Kennedy ont chacun un patronyme de sept lettres, mais passer sous silence le fait discordant que le prénom Abraham comporte sept lettres, et John seulement quatre. C'est comme arroser une porte de grange d'un coup de mitraillette, puis isoler l'endroit où se concentre le plus d'impacts, tracer un cercle autour et déclarer : “C'était là la cible – regardez combien de balles le hasard a mis dans le mille !” Et même si on pouvait calculer la probabilité qu'un événement sortant de l'ordinaire se produise, eh bien, ça ne nous aiderait pas vraiment. Nous sommes tous

1. « Minoan Crete » et « Ancient Rome ».

le produit d'un tas d'événements d'une improbabilité stupéfiante. »

Azalea haussa les sourcils. « Ah bon ?

— Oh oui ! Nous avons tous bénéficié d'une chance inouïe, et bien plus improbable que celle de n'importe quel gagnant du loto. Il suffit de songer qu'un homme ordinaire peut produire cent millions de spermatozoïdes par jour – ce qui irait chercher dans les deux mille milliards au cours d'une vie, soit bien plus d'êtres humains que la Terre ait jamais porté. Oubliez votre chance sur quatorze millions de gagner au loto, vous en aviez une sur mille milliards de naître. Donc vous, Azalea, êtes le produit d'un coup de veine extraordinaire. Et pourtant, vous êtes là, dans un pub de Tiverton, avec une autre personne qui avait elle aussi une chance sur mille milliards de tirer le gros lot. Ça donne quoi, en terme de probabilités ?

— Je vois. Et qu'est-ce que ça prouve ?

— Qu'on ne peut pas calculer rétrospectivement le hasard, asséna Thomas en tapant du poing sur la table. Si quelqu'un vient me dire "Il s'est passé un truc incroyable", ou me demander "Quelles étaient les probabilités de cette énorme coïncidence qui s'est passée dans ma vie ?" – bon, je trouverai toujours une réponse. Si vous me racontez que vous êtes tombée nez à nez avec votre petit fiancé de l'école primaire dans un souk du Caire, et si vous me demandez quelles sont les probabilités que cette rencontre se produise, la réponse sera : cent pour cent. Cette rencontre a cent pour cent de chances de s'être produite, parce qu'elle s'est effectivement produite.

— Les coïncidences échappent donc à tout calcul ?

— Je n'ai pas dit ça. J'ai dit qu'on ne peut pas les calculer rétrospectivement. Mais on peut faire un calcul proactif. Si la rencontre avec votre fiancé de l'école primaire dans un souk du Caire a déjà eu lieu, la probabilité que cette rencontre se produise est de cent pour cent. En revanche, si vous veniez me dire que vous partez au Caire la semaine prochaine, et que vous voulez savoir quelles sont vos chances de tomber sur un ancien soupirant… – là, c'est un tout autre sujet. »

Ils quittèrent le pub et se promenèrent un moment. Un petit vent soufflait de Angel Hill. Thomas glissa son bras cassé sous le pan de son manteau et sa main valide dans une poche. Azalea s'enveloppa dans le sien.

« Prête à reprendre la route ? » demanda Thomas, une fois bouclé le tour du pâté de maisons.

Ils sortirent sans encombre de la ville et, moins de dix minutes plus tard, ils étaient de retour sur l'autoroute.

« J'ai beaucoup apprécié cette journée, dit Thomas.

— Il nous reste un peu plus de trois cents kilomètres à faire, lui rappela Azalea.

— Je sais. Ça ne change rien.

— Moi aussi, je me suis régalée. » Elle se pencha et lui planta un baiser sur la joue. « Merci de m'avoir emmenée là-bas.

— Ç'a été un plaisir », répondit-il et, sur le moment, avec la douce empreinte de son baiser sur le visage, et un soupçon de son parfum dans les narines, il le pensait vraiment.

« Vous savez ce que vous devriez faire ? reprit Azalea.

— Quoi donc ?

— Vous devriez créer un site web. » Elle s'enfonça dans son siège et cala les pieds sur le tableau de bord. « Une page sur laquelle les gens pourraient se rendre pour prédire une coïncidence. Des gens comme moi.

— Vous voulez dire que vous n'êtes pas unique en votre genre ? » La question se voulait taquine.

« Pas forcément. Qui sait ?

— En quoi exactement ces gens seraient-ils comme vous ?

— Leur vie a été marquée par des coïncidences, comme la mienne. Ces gens savent, au fond d'eux, que tout ça n'est pas simplement l'œuvre du hasard, ou des aléas, mais que quelque chose, ou quelqu'un, tripatouille leur vie.

— Je vois. »

Azalea semblait emballée par son idée. « Ce que vous devez faire, c'est offrir aux gens la possibilité de prédire une coïncidence… ou un truc vraiment improbable qui, selon eux, va leur arriver. Cela concerne les gens qui ont déjà remarqué qu'un schéma était à l'œuvre dans leur vie. De cette façon, vous pourriez calculer les probabilités, et ce ne serait pas rétrospectif. »

Thomas hocha lentement la tête. « C'est une idée intéressante.

— Plus qu'intéressante. Géniale.

— Si vous le dites.

— Je l'affirme. » Azalea se tut et se mit à réfléchir. « Ensuite… il ne me restera plus, si je veux vous convaincre que mes coïncidences sont plus qu'un simple lancer de dés malheureux, qu'à me rendre sur votre site et prédire une chose susceptible de m'arriver dans le futur.

— OK.

— Si la prédiction se réalise, croirez-vous alors qu'il y a quelque chose d'étrange à la manœuvre ? »

Thomas ne prenait pas ce projet assez au sérieux. Il lâcha un ricanement.

« Et si je prédisais que je vais rencontrer par hasard un troisième homme qui affirmera être mon père ? »

Azalea souleva une jambe et commença à ôter une chaussure.

« Vous pourriez, dit Thomas. Cependant, cela ne prouverait en rien que cette rencontre – si jamais elle a lieu – était prédéterminée, inscrite par avance dans un quelconque destin. Cela resterait anecdotique. L'argument serait convaincant, je l'admets, mais pas nécessairement irréfutable. Prédire qu'on va gagner au loto ne transforme pas nécessairement ça en miracle quand ça arrive.

— Certes, mais si on prédit qu'on gagnera au loto le premier samedi d'octobre en cochant le cinq, le dix-sept et le quarante-deux – là, ce serait un miracle, le contra Azalea.

— Peut-être.

— Et si je prédisais que cet homme sera également aveugle ? » lança-t-elle. Elle commença à délacer son autre chaussure. « John Hall et Peter Loak étaient tous les deux devenus aveugles lorsque je les ai rencontrés.

— Ce genre de détails pourrait très certainement aider, convint Thomas, dans un effort pour se montrer encourageant.

— Donc, plus je fais de prédictions qui se réalisent, plus il sera vraisemblable que… » Elle laissa la phrase en suspens.

« Que quoi ? demanda Thomas tandis qu'elle calait ses pieds nus sur le tableau de bord.

— Que quelqu'un – ou quelque chose – fout le bordel dans ma vie.

— Je suis heureux de vous entendre user du terme scientifique, observa Thomas.

— Pimentons l'affaire, reprit Azalea en se tournant vers lui avec une expression de défi. Vous créez ce site web et je poste mes prédictions. Et j'en ajouterai une de plus.

— Laquelle, si je puis me permettre ?

— Le 21 juin 2012, jour du solstice d'été, trente ans jour pour jour après la mort de Marion, et vingt ans après celle de Rebecca et Luke, je mourrai à mon tour. »

18

Juin 1992

John Gropius Hall avait cinquante et un ans. Un mètre quatre-vingt-sept et cent kilos plantés dans ses gros brodequins militaires. Une masse essentiellement constituée de muscles. L'homme y travaillait. Il avait perdu tous les cheveux qu'il avait pu avoir un jour. En complet veston et cravate, il aurait ressemblé à un videur de boîte de nuit. Mais John Hall ne s'habillait pas en costume-cravate. Il portait d'amples pantalons en toile camouflage, et des T-shirts kaki qui moulaient son torse et soulignaient sa musculature et ses tatouages. John Hall n'était pas le genre d'homme auquel on avait envie de chercher querelle. Quand on le croisait dans un bar, on l'évitait. S'il avait brièvement flirté avec la vie civile, il savait désormais, en son for intérieur, où étaient ses vrais talents ; il n'était pas né pour rester planté derrière un comptoir, à vider des bouteilles de gin dans des verres à grand renfort d'éclaboussures ; il n'était pas né pour laver des cendriers ou tenir poliment la jambe à des touristes ivres. Il était un combattant-né, un soldat, un homme bâti pour ramener l'ordre par la force. C'était aussi un homme perturbé, morose. Il ne souriait pas des masses.

John Hall est l'homme que Luke Folley rencontra dans le jardin de l'Acholi Inn le 21 juin 1992. Nous, naturellement, nous avons déjà fait sa connaissance. Nous savons qu'il s'en était fallu de peu qu'il soit l'un des parrains d'Azaliah Yves ; qu'il était un des postulants au titre de père. Nous ignorons en revanche pourquoi il avait quitté son auberge, le Bell Inn, à Port-Sainte-Menfre, sur l'île de Man. Et ce qu'il était advenu de son indulgente épouse. Peut-être était-elle moins indulgente que ne le laissaient penser les premières impressions. Peut-être Marion Yves qu'un nom parmi d'autres sur une longue liste de serveuses qui s'étaient trouvées acculées contre les caisses de cidre, dans la cave, pendant que la malheureuse épouse tirait des pintes au bar, au-dessus. Peut-être les infidélités de son mari avaient-elles eu raison de la patience de Mme John Hall. Nous n'en savons rien, et cela n'a pas grande importance. Nous pouvons échafauder toutes sortes de théories pour expliquer la translocation de John Hall du confort d'un village mannois à une unité de mercenaires paramilitaires en Ouganda. Le seul point qui importe ici, c'est que cette translocation ait eu lieu.

Les mercenaires firent la route de nuit. L'unité comportait six hommes, pas plus, qui se déplaçaient en convoi à bord de deux camions banalisés – de ceux qui recrachaient des fumées noires dans toute l'Afrique –, à raison de trois personnes par véhicule. Ils franchirent le Nil sur l'antique ferry de Laropi, lors de la dernière traversée de la journée, et parvinrent au poste-frontière avec le Soudan peu après minuit, laissant les gardes-frontières un peu plus riches qu'avant leur passage.

Cette unité de mercenaires se composait de deux Sud-Africains, d'un Belge, de deux anciens officiers de l'armée ougandaise, et d'un Mannois – qui n'était autre que John Hall. À eux six, ils transportaient assez d'armes pour équiper tout un bataillon.

Ils faisaient cela pour l'argent. John Hall avait laissé les enveloppes remises par Luke Folley dans le coffre-fort de son hôtel. L'une renfermait une liasse de billets, pour un montant de deux mille dollars américains ; l'autre, un document, dûment paraphé et certifié par témoins, qui transférait l'acte de propriété de la maison des Folley à Saint-Piran à John Hall.

Ce dernier avait expliqué à Luke que la rapidité d'action était ici essentielle. « Nous devons agir tant que nous pouvons encore renifler leur trace.

— Comment ferez-vous pour les retrouver ? » demanda Luke.

John Hall était tout occupé à vérifier qu'il ne manquait aucune signature sur l'acte faisant de lui le propriétaire d'une maison de style edwardien en bord de mer. Satisfait, il roula le document et le glissa dans une poche tout en longueur de son pantalon. « Nous savons déjà où ils se trouvent, répondit-il à Luke. Tout le monde sait où se cachent ces salopards.

— Je vois. Pourquoi, en ce cas, l'armée ougandaise ne va-t-elle pas les débusquer ? »

John Hall prit un air de feint détachement. Un air qui disait « Hé, on est en Afrique – quel besoin as-tu de poser cette question ? ». Puis il expliqua : « Pour tout un tas de raisons, Museveni et ses hommes pourraient avoir intérêt à épargner Kony. Certes, ce type est un fou furieux – il s'en prend à des gamins, pour l'amour de Dieu ! Et les gens, là-haut dans le nord, le voient comme un genre de sorcier. Ils en ont une peur bleue. Ils pensent qu'il possède des pouvoirs magiques. » Hall cracha par terre. « Mais il y a une chose que Kony ne fait pas : il ne prétend pas représenter l'opposition acholi au gouvernement de Kampala, à laquelle les gens du coin seraient susceptibles de s'identifier. Ça, ça inquiéterait Museveni et ses voyous. Kony n'a pour lui qu'un gang de mômes à la gâchette facile et une tripotée d'armes bricolées avec les moyens du bord, si bien que les Acholi le craignent encore plus que Museveni. C'est une position confortable, pour le président. Il y trouve son compte. »

Luke hocha la tête. « Alors, où se cachent-ils ? »

John Hall éclata de rire. « Pas en Ouganda, répondit-il. Kony rafle des gamins dans des villages acholi, puis il les embarque au Soudan. Le président Bachir autorise l'armée ougandaise à pourchasser Kony sur le territoire soudanais, mais uniquement en deçà d'une ligne située à cent cinquante kilomètres environ de la frontière. Du coup, Kony établit ses bases arrière juste de l'autre côté de cette ligne.

— C'est là qu'ils ont emmené Azalea ? » demanda Luke.

Le regard de Hall se perdit dans un entre-deux. « J'ai connu autrefois une petite prénommée Azaliah. » Il laissa la pensée flotter. « C'est votre fille ? »

Luke hésita. « Ma fille adoptive. »

Hall hocha lentement la tête.

« Vous ne lui ferez courir aucun risque, n'est-ce pas ? le pressa Luke. Dites-moi que vous n'allez pas débarquer là-bas en mitraillant tous azimuts. »

L'immense Mannois scruta Luke entre ses paupières plissées. « Tout le monde s'imagine que notre boulot consiste à débouler quelque part et à dézinguer tout ce qui bouge. Le fait est, reprit-il après une pause, que nous agissons très rarement de cette façon. Si nous le faisions, je ne donnerais pas cher de notre peau.

— Alors, comment comptez-vous vous y prendre pour la faire sortir de là ?

— Eh bien, nous avons trois options. Option numéro un : nous tirons les premiers, s'ensuit un échange de coups de feu de tous les diables, et quelques-uns de mes types restent sur le carreau. Peut-être même que votre… Azaliah… n'en sortira pas vivante. » Il sembla de nouveau se perdre dans ses pensées. « Cela dit, reprit-il, ce serait une sacrée revanche, si c'est ce que vous cherchez. Si nous choisissons cette option, pour réussir, il nous faudra les tuer tous jusqu'au dernier. Il se pourrait qu'il faille en arriver là. »

Luke attendit la suite.

« Option numéro deux : nous essayons d'entrer par effraction à la faveur de la nuit, et nous enlevons les enfants. Ça pourrait marcher, mais c'est fichtrement dangereux. Ces enfants-soldats arrosent à tort et à travers. C'est ce que Kony attend d'eux.

— Et l'option numéro trois ?

— Ah, fit le soldat. Option trois : passer un marché.

— Un marché ?

— Évidemment. On s'amène, et on ouvre le dialogue. »

Luke hocha la tête. L'option trois lui plaisait bien. « Et quelle est votre monnaie d'échange, d'habitude ?

— Pognon. Armes. Munitions. »

Luke cilla. Le militant pacifiste n'était jamais bien loin. « Ce serait bien que vous puissiez éviter de leur donner encore plus d'armes.

— Bah, fit Hall avec un grand sourire. Si on leur donne du fric, ils s'en serviront pour acheter des armes de toute façon. Pourquoi ne pas simplifier la vie de tout le monde ? » Il éclata de rire – un rire légèrement cruel. « Celui qui pense qu'on peut éliminer les armes du continent africain tourne le dos à la réalité. » Il se leva de son fauteuil. « On a terminé ? Parce qu'il serait temps de se mettre au boulot.

— Oui, dit Luke faiblement.

— Une dernière chose, ajouta Hall. Personne ne doit être au courant de notre arrangement. Personne.

— Pas de problème. Je comprends.

— Bien. Et n'envoyez personne à notre recherche », ajouta encore Hall. Il haussa les sourcils. « Si jamais nous ne revenons pas, c'est que toute l'opération aura été un fiasco. Vous garderez votre jolie maison, mais vous pourrez être sûr que je suis mort, que mes gars sont morts et que tous vos gamins le sont aussi.

— Je comprends, articula Luke lentement.

— Cette opération, c'est un fusil à un coup. Si la première tentative rate, il n'y en aura pas de seconde. Kony est le fils de pute le plus impitoyable qui se puisse trouver de part et d'autre de l'équateur. Si on foire, on finit tous en pâtée pour chiens – tous. »

Le camion banalisé s'engagea sur le chemin et négocia lentement son approche jusqu'au camp de la LRA à l'heure où, à Langadi, on aurait servi le petit déjeuner. Dans les camps de la LRA, on ne servait pas de petit déjeuner.

Seuls deux hommes se trouvaient à bord du camion, John Hall et un des Ougandais. Ils firent progresser lentement le véhicule jusqu'au premier barrage, semant un vif émoi dans le petit groupe de sentinelles. Des armes s'agitaient dans les airs. Le mercenaire ougandais baissa sa vitre, sans hâte. « Allez dire à votre patron qu'on a un échange à lui proposer », annonça-t-il en acholi.

Les gardes commencèrent à encercler le camion. Ils s'agissait pour la plupart d'adolescents. Tous étaient maigres. Certains étaient chaussés de tongs, mais la majorité était pieds nus. Et tous étaient armés.

Un jeune homme, peut-être le plus âgé du groupe, s'approcha du camion avec circonspection, mais resta à une distance respectueuse, comme s'il pouvait s'agir d'un véhicule piégé.

« Qu'avez-vous à échanger ? » cria-t-il.

Le mercenaire ougandais paraissait suprêmement décontracté. « Deux fusils antichar et une caisse de grenades. »

L'homme de la LRA n'eut pas l'air convaincu.

« Et cent dollars américains », ajouta Hall en anglais. L'Ougandais traduisit.

Les gardes conférèrent bruyamment. Leur porte-parole se devait de paraître important. « Montrez-moi les armes », ordonna-t-il.

L'Ougandais secoua la tête. « Nous ne les avons pas ici, répondit-il en établissant un contact visuel avec son interlocuteur. Mais nous avons tout de même un cadeau pour vous. Pour prouver nos bonnes intentions. » D'un mouvement de tête, il indiqua l'arrière du camion. L'un des garçons fit mine d'aller y voir de plus près, mais le garde en chef, suspectant un piège, le rappela à l'ordre en hurlant.

« C'est bon, le rassura le mercenaire ougandais. Il peut jeter un œil. »

L'homme de la LRA soupesait ses options. Finalement, il vociféra un ordre à un des garçons, qui disparut à l'arrière du camion. C'était un instant périlleux. Puis le garçon réapparut en poussant un cri d'excitation et sauta du plateau avec, dans les mains, un fusil antichar Barrett M82A2 de fabrication américaine. Avec ses quinze kilos, ou pas loin, l'arme était presque trop lourde pour être manipulée par une personne aussi frêle. Le garçon feignit de menacer les mercenaires en la braquant à hauteur des genoux, et en lui faisant décrire un mouvement de balayage.

« Apporte-la à ton commandant, dit Hall, et l'Ougandais traduisit. Dis-lui que c'est un gage de notre bonne foi. Nous avons des munitions, et un autre fusil comme celui-ci. Ainsi que d'autres armes. »

Les hommes de la LRA demeuraient hésitants. « Et que voulez-vous en échange ?

— Toi, tu es un petit malin, observa le mercenaire. Vous avez des invités, en ce moment. Des invités qui viennent d'une école missionnaire du district de Moyo. » Il regarda le garde droit dans les yeux. « Nous souhaitons les emmener… faire un safari. »

L'espace de quelques instants, le dialogue sembla dans une impasse. Les deux hommes se jaugeaient. Le groupe de gardes se rapprocha du camion pour partager l'excitation du moment.

« Va en discuter avec ton commandant », intervint l'Ougandais. Il se carra confortablement dans son siège et enfonça son béret sur les yeux, comme si c'était le moment idéal pour piquer un somme. « On est patients, ajouta-t-il. On peut attendre. »

Ce qu'ils firent, tandis que la température grimpait. Ils avaient apporté de l'eau et de la nourriture. L'essaim de sentinelles s'était un peu clairsemé ; gagnés par l'ennui, certains s'assirent pour attendre la suite des événements.

Puis, de l'intérieur du camp, arriva un pick-up Toyota. Un chef de la LRA, en grand uniforme militaire, en descendit avec à la main le Barrett M82A2. Conscient que tous le regardaient, l'homme s'avança en se pavanant vers le camion des mercenaires. « Cette arme est à vous ? » demanda-t-il avec autorité.

Côté conducteur, on baissa la vitre. « Non, monsieur, répondit le soldat ougandais. Cette arme est à vous. C'est un cadeau. »

L'homme de la LRA contourna le camion d'un pas raide et jeta le fusil antichar à l'arrière avec une grimace de mépris. « Vous pouvez garder votre arme, dit-il, et il se fendit d'un sourire édenté. Nous n'avons aucun invité à troquer. »

Les deux mercenaires échangèrent un bref regard. Hall dit quelques mots en anglais, et le soldat ougandais hocha la tête d'un air grave. « En ce cas, dit ce dernier à l'homme de la LRA, nous vous remercions pour le temps que vous nous avez accordé. » Il mit le contact, manœuvra le levier de vitesse et le véhicule amorça une marche arrière maladroite.

« Attendez ! » En matière de négociation, les usages sont identiques partout dans le monde, et l'homme de la LRA n'y dérogea pas.

Les mercenaires laissèrent tourner le moteur.

« Nous n'avons qu'un seul invité, annonça le soldat. Nous vous le donnerons en échange de quatre fusils comme celui-là. » Il alla récupérer le Barrett à l'arrière du camion. « Avec des munitions », ajouta-t-il.

Hall secoua la tête et dressa deux doigts. « Nous avons deux fusils, dit-il en anglais. Et douze grenades. Mais nous voulons tous les invités en échange. » Il observa la réaction de l'homme de la LRA tandis qu'on lui traduisait l'information. « Et il vaudrait mieux faire vite, ajouta-t-il. Avant que l'armée arrive. »

L'autre éclata de rire. « L'armée ne vient pas ici. »

Hall demeura impassible. « Oh que si ! Les Anglais sont très en colère. Très, très en colère. Museveni leur donnera ce qu'ils demandent. » Il laissa l'idée faire son chemin. « Ils sont à une heure d'ici, alors pourquoi ne pas nous laisser emmener les invités, et aller à leur rencontre ? »

Le moteur du camion tournait toujours au ralenti.

« Juste *muna muna*, alors, concéda l'homme de la LRA. Mais on doit voir les fusils d'abord. »

Hall hocha la tête en cadence. « Tous les invités, corrigea-t-il. Y compris les enfants acholi. Mais nous ajouterons cent dollars et… un lance-roquette », ajouta-t-il en feignant de présenter cette concession comme gagnée de haute lutte.

Au fur et à mesure qu'on lui traduisait la proposition, les yeux de l'homme de la LRA allaient s'écarquillant. « Avec combien de roquettes ? demanda-t-il.

— Six.

— Huit. Nous avons huit invités. »

John Hall haussa imperceptiblement les sourcils. Luke Folley n'avait mentionné que six personnes enlevées. « Désolé. Nous n'en avons que six. »

L'homme médita cette réponse. Autour de lui, la troupe de jeunes garçons ne pipait mot.

« Alors ce sera dix mille dollars, trancha l'homme, d'un ton impérieux et en anglais.

— Tous les invités, insista Hall, en détachant chaque syllabe. Tous les huit. » Il dressa huit doigts. « En échange de deux fusils antichar avec munitions, un lance-roquette et six roquettes, douze grenades, et deux cents dollars. »

Les deux hommes se mesurèrent du regard.

« Dix mille dollars !

— Je n'en ai que deux cents », fit mine de déplorer Hall.

L'homme de la LRA prit le temps de la réflexion puis demanda : « Qu'avez-vous d'autre ? »

Hall haussa les épaules. « Rien.

— Vous avez ce camion.

— Nous en avons besoin pour emmener les invités en safari. »

Le commandant éclata d'un rire tonitruant. Il l'avait bien eu. « Vous en avez forcément un autre, observa-t-il. Sinon, où sont vos armes, vos roquettes ? »

Hall secoua la tête. « Nous ne pouvons pas vous donner ce camion, mais ça, oui » proposa-t-il en sortant un talkie-walkie de sa poche.

Le commandant l'examina.

« Où est l'autre ?

— Dans l'autre camion, répondit Hall avec un sourire, et il pressa le bouton d'appel. Simple vérification, ajouta-t-il dans le micro.

— Roger. »

Le commandant couvait l'objet d'un regard gourmand.

« Il capte dans un rayon de quinze kilomètres », précisa Hall.

Après réflexion, l'homme de la LRA cracha dans sa main et la tendit. « Envoyez chercher les armes. »

Hall imita son interlocuteur et échangea avec lui une poignée de main à travers la fenêtre de la cabine, puis le mercenaire ougandais fit de même.

« Vous envoyez un fusil, et nous renvoyons un invité », expliqua l'homme.

Hall fit signe qu'il était d'accord. Il prononça quelques mots dans son talkie-walkie. L'homme de la LRA hurla des instructions à ses troupes et quelques garçons déguerpirent en direction du camp.

Ils étaient bons pour y passer la journée.

Un long moment s'écoula, puis apparut sur le chemin un homme qui marchait à grands pas en traînant Tebere.

Hall parla dans le talkie-walkie. Quelques minutes plus tard, le second véhicule, jusque-là stationné sur la route principale, s'engagea lentement dans le chemin. L'autre mercenaire ougandais en descendit, avec dans les mains une boîte de munitions. On procéda à la transaction. Le second camion, Tebere à son bord, fit marche arrière, et on envoya chercher un deuxième otage, Kila, en échange de nouvelles munitions. James fut troqué contre trois roquettes, et Lubanganeke contre trois autres. L'Armée de résistance du Seigneur gardait les prisonniers anglais en réserve pour la fin des négociations. Mais comme les mercenaires en faisaient autant avec les armes lourdes, l'honneur était sauf. Vint ensuite le tour d'Anyeko, qui rapporta une caisse de grenades à ses ravisseurs.

L'affaire traînait bien trop en longueur. Hall commença à pianoter contre le flanc du camion, impatient de voir apparaître Azalea ; impatient de voir cette fille adoptive qui portait le prénom d'une enfant qu'il avait connue autrefois. Et il sentait cette impatience lui ronger les os.

L'attente fut longue. Sur le chemin, un homme apparut accompagné d'une femme blanche. Hall la regarda approcher avec intérêt. Trop grande, sans aucun doute, pour être Azalea. Son Azalea, songea-t-il, avant de se rappeler à l'ordre. C'était Lauren. Elle semblait terrorisée. « Tout va bien, la rassura Hall. Je ne sais pas trop qui vous êtes, mais c'est bien de vous avoir avec nous. » Il pointa le doigt vers le second camion, et l'échangea contre un fusil antichar.

Un grand garçon blanc, d'allure sportive – Ritchie – lui fut remis contre un autre Barrett. À ce stade des négociations, la LRA en détenait trois.

« Il manque un invité », dit Hall.

On aurait dit que le commandant de la LRA percevait l'anxiété du mercenaire. « L'argent d'abord », répondit-il.

Hall sortit deux cents dollars de sa poche. On recompta les billets une fois, deux fois, trois fois.

« Encore », exigea le commandant.

Hall pinça les lèvres et secoua la tête. « Non. Un dernier invité, et le lance-roquette est à vous. »

L'homme de la LRA cherchait-il à prolonger ces interminables échanges ? Répugnait-il à voir se terminer cette comédie qui avait pris la journée ?

« C'est quoi, comme lance-roquette ? demanda-t-il soudain. Quelle fabrication ? »

Hall prit un air las. « Artillerie de l'armée israélienne : B-300, une arme d'assaut, lancement à l'épaule, récita-t-il. Vous la voulez ? »

L'homme soutint son regard, puis se détourna et lança l'ordre d'envoyer chercher le dernier otage.

La nuit était en train de tomber lorsque deux hommes remontèrent le chemin en bombant le torse, accompagnés d'Azalea. Dans la lumière déclinante, John Hall ne parvenait à distinguer qu'une forme de jeune fille, une silhouette féminine menue et gracile. Les deux sbires tinrent l'otage à distance en attendant que le camion réapparaisse avec le dernier lot de l'échange. Le coucher de soleil équatorial touchait à sa fin et, lorsque ce second véhicule pulvérisa la piste pour rejoindre le lieu de la négociation, l'obscurité régnait déjà, seulement trouée par intermittence par la lueur d'une lune voilée.

Mais voilà que, alors que l'opération était sur le point de s'achever, l'homme de la LRA semblait redoubler de méfiance. « Montrez-moi l'arme d'abord. »

John Hall soupesa la requête, puis il cria un ordre et le mercenaire ougandais qui avait procédé à toutes les passations d'armes descendit du camion avec le lance-roquette.

« Montrez-moi, dit le soldat d'un ton autoritaire. Montrez-moi comment ça marche. »

John Hall descendit du camion. Il regarda en direction d'Azalea – une ombre dans le noir. Son cœur battait vite. Il s'avança dans la mare de lumière, devant les phares du camion, et fit à l'homme de la LRA une rapide description du B-300.

« Montrez-moi comment on le charge.

— Donnez-moi d'abord la fille. »

L'homme de la LRA acquiesça d'un mouvement de tête. Azalea s'avança, seule, en direction du second camion. À la faveur d'un très bref clair de lune, Hall découvrit une brindille en chemise de nuit, avec une tignasse rousse, épaisse et bouclée – le fantôme, s'il pouvait en exister un, de Marion Yves. Son cœur loupa un battement.

La lune disparut derrière un nuage et Azalea fut happée par l'obscurité. John Hall tendit le bras, comme pour la repêcher, puis se ravisa. Un coin de lune réapparut et, cette fois, il entrevit son visage. Le visage d'une petite fille qui avait trois ans la dernière fois qu'il l'avait vue. Il porta machinalement la main à sa bouche.

Mais quelque chose sentait le roussi. L'homme de la LRA était en train de glisser un gros projectile doté d'un réservoir hautement explosif dans le lance-roquette. « Comme ça ? était-il en train de demander.

— Azalea, cours ! COURS ! » hurla John Hall. Lui-même sauta sur le marchepied latéral du premier camion et écrasa sa paume sur le pare-brise. « Vas-y ! DÉMARRE ! » Le mercenaire ougandais enclencha la marche arrière et le camion recula en trombe. Hall tourna la tête pour voir ce qui était arrivé à Azalea. Elle était entièrement visible, maintenant, prise dans les phares du second camion – et en train de courir vers lui, ses cheveux roux au vent.

« Cours, cours, COURS ! »

La lune réapparut et éclaira la scène de sa lumière froide. Hall distingua des silhouettes lancées à leur poursuite. Azalea sauta sur le marchepied du second camion ; les deux véhicules fonçaient maintenant en marche arrière. Dans une flaque de lumière, John Hall vit l'homme de la LRA hisser le lance-roquette sur son épaule.

« Tête-à-queue ! hurla-t-il à son chauffeur. TÊTE-À-QUEUE ! »

Le mercenaire braqua de toutes ses forces ; le camion dérapa en soulevant une tempête de poussière, et s'immobilisa perpendiculairement à la piste.

« Maintenant sors de là ! »

John Hall sauta du marchepied. L'Ougandais, dans la cabine, ne fut pas assez rapide. Il y eut un *shwoosh*, un éclair, et un missile de 82 millimètres s'écrasa dans le flanc du camion. La force de l'explosion souleva Hall du sol et le souffla en arrière, en même temps qu'une flopée de débris en flamme. Tout était devenu très sombre. John Hall cligna des yeux.

Des mains invisibles l'empoignèrent. Une voix d'homme, d'Anglais, à peine audible par-dessus le sifflement dans ses oreilles, demanda : « Ça va ?

— Je ne vous vois pas. » On se serait cru dans un cul-de-basse-fosse.

« Pouvez-vous courir ? »

Tant bien que mal, Hall se hissa sur ses pieds. « Oui, je pense. » Il tendit la main et agrippa le bras de l'Anglais. Ses yeux le démangeaient salement. Son visage était poisseux de sang. « Guidez-moi, ordonna-t-il à l'Anglais.

— C'est parti ! » répondit celui-ci en lui prenant la main, et ils détalèrent le long de la piste, tels des amants en fuite, en soulevant des nuées de sable.

L'Anglais aida le colossal Mannois à grimper à l'arrière du second camion qui, dans un rugissement de moteur, s'élança en direction de la route principale.

« Et Rico ? » cria Hall. Il y avait un bourdonnement dans ses oreilles.

« C'était l'homme qui vous accompagnait ? s'enquit l'Anglais.

— Oui.

— J'ai bien peur que nous l'ayons perdu.

— Merde ! lâcha John Hall en s'effondrant dans un coin de la benne. Merde, merde, merde ! » Il écrasa les mains sur son visage. La douleur dans ses yeux était insoutenable. Il avait l'impression qu'on les lui avait arrachés, puis qu'on avait récuré les orbites avec des clous rouillés. « J'ai besoin d'un docteur, annonça-t-il.

— Je suis médecin, indiqua la voix. Enfin, presque. »

Le point de rendez-vous – une case largement à l'écart de la route principale – se trouvait à quelques cinq kilomètres. Il ne fallait pas s'étonner que cela ait pris autant de temps pour chorégraphier chaque échange. Les deux mercenaires sud-africains montaient la garde à l'extérieur. Les otages et le mercenaire belge attendaient à l'intérieur.

Des mains soulevèrent John Hall pour l'extraire du camion et le transporter dans la case. Elle était entièrement plongée dans la pénombre – non pas que Hall aurait pu le remarquer. On l'allongea sur un tapis en peaux de chèvre. Puis quelqu'un alla déplacer et cacher le camion.

« Que foutiez-vous dans ce maudit camion ? demanda John Hall à Ritchie.

— Je les accompagnais au cas où ils auraient eu besoin d'un médecin », expliqua Ritchie.

Il tenta d'examiner John Hall à la lueur d'une flamme de briquet. Le visage du Mannois avait été lacéré par des échardes de verre dans l'explosion. Ce n'était pas le genre de cas clinique que Ritchie avait étudié à la fac. « Vous êtes sacrément amoché, annonça-t-il.

— Vous savez y faire avec les patients, ironisa Hall.

— Je n'ai ni antalgique, ni antibiotique, ni rien pour recoudre ou désinfecter les plaies. En fait, je n'ai absolument rien sous la main. Nous devons vous amener à l'hôpital.

— Doux Jésus – c'est une chance que tu sois là, toi, persifla Hall. As-tu l'ombre d'une idée de l'endroit où nous sommes ? Dans le désert ! En plein dans une putain de zone de guerre civile ! »

Dehors, un des Sud-Africains cria « À terre ! ». Le silence se fit dans la case. Un camion était en vue sur la route principale. Il passa en trombe. À l'arrière se trouvaient des mômes avec des fusils.

« Ils vont essayer de nous pourchasser jusqu'en Ouganda », analysa Azalea.

Personne ne daigna relever cette hypothèse plutôt alarmante.

« À terre ! » ordonna-t-on de nouveau. D'autres phares apparurent ; c'était un vrai convoi, cette fois. Un, deux, trois, quatre camions… et, fermant la marche, un Land Rover doté de vitres blindées. Les voix surexcitées des enfants-soldats flottèrent jusqu'à eux tandis que les véhicules filaient sur leur lancée.

« Nous ne pouvons pas rester ici, décréta John Hall.

— Que suggérez-vous ? demanda Ritchie.

— Si on prend vers l'est jusqu'à Kapoeta, on pourra passer au Kenya. » Hall se força à se redresser pour s'asseoir. « On va tous regagner le camion.

Vous allez marcher courbés. Au moindre bruit sur la route, allongez-vous, sans paniquer. On va leur laisser une heure, et ensuite, cap à l'est. »

Ils se prirent par le bras et sortirent de la case en file indienne. À quelques centaines de mètres, à l'écart de la route, ils retrouvèrent le camion et grimpèrent dans la benne. Aucun des enfants ne pipa mot. Tous patientèrent, dans le noir total, en laissant à peine échapper un chuchotement. Une éternité plus tard, John Hall tapa contre la paroi de la cabine et le moteur commença à tourner ; ils progressèrent lentement à travers une étendue désertique, puis récupérèrent la route criblée de nids-de-poule qui menait au Kenya.

19

Juin 1992

À la lumière éclatante d'un matin d'Afrique, John Hall comprit sans l'aide d'aucun médecin que les éclats de verre avaient lacéré son visage à l'horizontale, en une monstrueuse et sanguinolente coupure qui lui avait arraché les deux yeux. Lauren, agenouillée devant lui, s'employait à retirer de minuscules échardes de son visage.

« Est-ce que je reverrai un jour ? » lui demanda Hall.

Lauren hocha lentement la tête. « Je ne connais rien à la chirurgie oculaire. Pouvez-vous sentir la différence entre ombre et lumière ? » Elle réunit ses mains devant les yeux de John Hall, puis les écarta.

« Oui, je crois.

— En ce cas, votre rétine n'est peut-être pas trop endommagée. Avec un bon chirurgien, vous pourriez peut-être récupérer un peu de vision, mais franchement je n'en sais rien. De toute façon, il faut absolument vous conduire à l'hôpital. Vous avez besoin de points de suture. Et il y a risque d'infection. » Lauren déchira le bas de sa robe en coton et en fit un bandage autour du visage de Hall.

Ils étaient à l'arrêt, à un peu moins de deux kilomètres de Kapoeta. Ce qui leur posait souci, c'était un barrage routier qui contrôlait l'entrée de la ville.

Il pouvait avoir été érigé par le gouvernement soudanais, ou par la SPLA. L'information leur avait été donnée par un chauffeur rencontré à Logirim, là où la route commence à grimper en lacet dans la montagne. Les mercenaires s'étaient arrêtés à bonne distance du barrage, afin que l'un d'eux puisse l'approcher à pied et évaluer le risque potentiel.

Pour le petit déjeuner, ils mangèrent des galettes de pain sans levain et des asimines achetées à Logirim. Maintenant que le traumatisme de la veille n'était plus qu'un souvenir, les enfants s'étaient détendus. Entassés à l'arrière du camion, ils parlaient tous en même temps, et on se serait cru dans une cour de récréation.

Alentour, le paysage était hostile. Ni vraiment désertique ni vraiment montagneux ; semé de chaînons rocheux qui surgissaient du sable, avec, çà et là, quelques arbustes opiniâtres qui s'accrochaient à la vie ; mais pas un arbre digne de ce nom pour s'abriter du soleil. À l'arrière du camion, il faisait très chaud. John Hall se mit debout, sans aide, sentant peser le poids des années.

« Est-ce que Azaliah est là ? demanda-t-il.

— Oui, je suis là », répondit Azalea, qui était assise au côté de l'imposant bonhomme et s'efforçait de ne pas trop fixer son visage massacré et sanguinolent.

Hall tendit la main. « Peux-tu m'aider à faire quelques pas dehors ? demanda-t-il. J'ai besoin de me dégourdir les jambes.

— Je m'en charge, proposa Ritchie.

— J'aimerais parler à Azaliah, répondit Hall. Merci quand même. »

Azalea lui prit la main et le guida à travers les pierres qui dépassaient du sable. Elle ne se demanda pas pourquoi il s'était adressé à elle en particulier.

Peut-être, songea-t-elle, avait-il un message de la part de Luke ?

Ils s'assirent à l'ombre d'un escarpement. Azalea était toujours vêtue de la chemise de nuit sale qu'elle portait lors du petit déjeuner, à la mission ; elle était toujours pieds nus.

John Hall tremblait. Il avait de la température. Dans quelques heures, il le savait, elle évoluerait en forte fièvre. Il devait lui parler maintenant.

« Que vouliez-vous me dire ? » demanda Azalea.

Hall plongea la main dans sa poche, en sortit un fin portefeuille en cuir, d'où il retira avec précaution une photographie qu'il lui tendit. « Je pense pas que je reverrai un jour cette photo. Pas dans cette vie-ci. Pas avec ces yeux. »

C'était un portrait d'une toute petite fille, en maillot de bain sur une plage. La fillette avait une tignasse rousse.

« Qui est-ce ? » demanda John Hall.

Azalea étudia longuement la photo.

« C'est moi ? » demanda-t-elle enfin.

John Hall hocha la tête. « Oui, je crois.

— Je le crois aussi. » La fillette de la photo semblait bien loin de l'adolescente échouée sur une route en plein désert du Sud-Soudan. La lumière, sur le cliché, était froide et grise ; on y voyait d'un côté des vagues inoffensives, accueillantes, d'un bleu profond ; et de l'autre, des collines si sauvages, vertes, intactes, si évocatrices d'une paix infinie que c'en était presque un crève-cœur. « C'était avant... avant mon adoption ?

— Il semblerait, oui.

— Vous me connaissiez donc, à l'époque ? »

John Hall ne répondit pas tout de suite. Il recommença à trembler. La fièvre montait. « As-tu une cicatrice ? demanda-t-il. Ici, sur le visage ? ajouta-t-il en passant le doigt sur son propre visage en sang – un visage qui, s'il survivait à cette épreuve, évoquerait une carte d'une géographie accidentée.

Azalea porta la main à sa cicatrice et, de l'extrémité tiède de son doigt, suivit sa trace familière. Puis elle regarda l'homme ; elle n'avait plus peur, maintenant, de contempler ses blessures. « Oui, répondit-elle. J'ai bien une cicatrice. » Elle prit la grosse main de l'homme et guida son doigt le long du court sillon.

« Alors, c'est bien toi que j'ai connue », murmura John Hall.

Il respirait avec difficulté et Azalea dut se pencher vers lui pour entendre clairement ses paroles.

« Que sais-tu de ta vie d'avant... d'avant ton adoption ? »

Azalea regarda au loin. Le paysage était bien plus âpre qu'à Langadi, où tout était vert et luxuriant. Ici, les sols riches et fertiles de l'Ouganda avaient cédé la place aux étendues arides de sable et de caillasse du Soudan. Et pourtant, songea Azalea, ce paysage n'était pas sans beauté. Elle essaya de revenir jusqu'à ce jour lointain de la fête foraine, à Totnes. Elle n'en gardait aucun souvenir. Pouvait-elle en avoir conservé d'autres, d'un temps antérieur à cette journée ? Avait-elle fermé la porte sur la vie qu'elle avait menée avant les Folley, avant Saint-Piran – avant Langadi ? Avait-il vraiment existé une époque où elle avait marché pieds nus sur une plage, en maillot de bain bleu et blanc, et où ce grand bonhomme tatoué l'avait photographiée entre l'oscillation des flots et la quiétude des collines ? Azalea ferma les yeux pendant un moment. Cette image en faisait-elle remonter d'autres ? Sur lesquelles elle distinguerait l'ombre d'une toute petite fille, et qui ramèneraient le souvenir d'embruns froids, de cris d'oiseaux marins insolites ?

Elle rouvrit les yeux. « Rien, dit-elle. Je ne me souviens… d'absolument rien.

— Reconnais-tu cette mélodie ? » demanda alors John Hall, et il commença à chanter à voix basse. C'était un air harmonieux, suave, apaisant, mais les paroles étaient très étranges. « *V'ad oie ayns y Ghlion dy Ballacomish.* » John Hall chantait d'une voix aussi écorchée que l'était son visage, mais son cœur connaissait la mélodie, et ses lèvres les paroles. « *Jannoo yn lhondoo aynshen e hedd. Chaddil oo lhiannoo, hig sheeaghyn troailtagh orrin !* »

Et Azalea s'entendit dire : « *Bee dty host nish.Ta mee geamagh er'n ushag.* » Elle étouffa un hoquet et se leva d'un bond. « Comment je connais ces paroles ? demanda-t-elle, paniquée par la résurgence de ce souvenir.

— Tout va bien, la rassura John Hall en lui tendant une main. C'est une berceuse… de l'île de Man. Ta mère te la chantait souvent. Elle la chantait pour t'endormir. Plus tard, vous la chantiez ensemble.

— Non ! protesta Azalea en dégageant vivement sa main. Ce n'est pas vrai. Je n'ai jamais fait ça. » Mais je l'ai fait, songea-t-elle. Je l'ai fait. Je connais ces paroles, cette mélodie. Elle cligna les paupières et détourna les yeux, pour s'abriter de la férocité du soleil et occulter la vue de l'homme.

John Hall se remit à fredonner la mélodie, réduite au bourdonnement haletant d'une gorge abîmée.

« *Bee dty host nish, ta mee geamash er'n ushag,* chuchota Azalea. *Geamash er'n ushag.* » Elle tourna la tête vers John Hall. Il était affalé de tout son poids contre la roche, comme si la magie de la berceuse avait opéré. « Qu'est-ce que ça veut dire ?

— Ça veut dire : Endors-toi, mon bébé, les fées ne vont plus tarder. »

Azalea était perturbée par ce souvenir. « Je n'ai jamais mis les pieds sur l'île de Man, affirma-t-elle.

— Tu n'as jamais mis les pieds sur l'île de Man, et tu n'as jamais entendu les paroles de cette chanson, et pourtant… Pourtant, si. C'est là que tu es née.

— Non.

— Tu es née le 8 août 1978, dans un village du nom de Port-Sainte-Menfre. Ta mère, Marion Yves, était serveuse de bar. Ton vrai nom est Azaliah Yves. » Et il le lui épela.

« Port-Sainte-Menfre. Marion Yves. Azaliah Yves, répéta Azalea en écho.

— Tous les garçons aimaient Marion Yves, reprit John Hall. C'était bien là son problème. À ton baptême, tu avais trois parrains : un barman, Peter ; un pêcheur, Gideon Robertson ; et… moi. Le vicaire t'a laissée tomber dans les fonts baptismaux. C'est de là que vient ta cicatrice. »

Azalea porta la main à son visage, effleura une nouvelle fois le sillon, caressa ce souvenir physique d'un temps d'avant la mémoire. « Marion, redit-elle à voix basse. Marion Yves. » Les consonances de ce nom lui étaient obscurément familières. « Pourquoi avais-je trois parrains ?

— Parce que n'importe lequel d'entre nous… pouvait être… ton père », expliqua Hall.

Azalea le regarda bouche bée. « Vous ? Vous pourriez être mon père ? Mon vrai père ?

— Je suis ton vrai père », affirma Hall en lui tendant la main. Après une hésitation, Azalea la prit. Ils n'étaient plus qu'un père et sa fille se reposant sur le bord d'une route. Il n'y avait plus de LRA, de barrages, d'armes. Juste une plage de sable, les flots bleus, une colline verte, très verte, et les échos obsédants d'une berceuse.

« En 1982, au printemps, Marion a quitté Port-Sainte-Menfre avec toi, reprit John Hall. Elle n'y est jamais revenue. »

Azalea médita cela. « Où est-elle allée ?

— Je n'en ai aucune idée. Elle a quitté l'île, c'est tout ce que je sais. Personne ne l'a jamais revue. »

Une poignée de sable soulevée par le vent tourbillonna et vint leur chatouiller désagréablement le visage. Azalea battit des paupières pour chasser quelques grains de ses yeux. Elle repensa à ce qu'on lui avait raconté de cette époque-là. « En juin 1982, j'ai été abandonnée dans une fête foraine, dans le Devon, dit-elle. Personne n'a jamais pu retrouver ma mère. C'est comme ça que j'ai fini avec les Folley. »

Hall hocha la tête. « Tout s'explique, j'imagine. Elle t'aura laissée là pour que quelqu'un te trouve. »

Azalea essaya de se souvenir de la fête foraine, mais aucune image ne se présentait. « Est-ce que ça ressemblait à Marion, d'abandonner sa fille ? Est-ce que c'est quelque chose dont elle aurait été capable ? »

Hall sembla s'accorder un temps de réflexion. « Non », trancha-t-il finalement, et d'un ton plutôt définitif.

Azalea remarqua qu'il transpirait abondamment, bien qu'ils fussent plus ou moins à l'abri du soleil. Elle se sentait vidée de toute énergie, de toute émotion, comme si la chaleur du désert avait décoloré ses sentiments, vidangé son esprit, comme si on avait tiré sur un bouchon, laissant son humanité s'écouler hors de son corps et se répandre dans la poussière. L'histoire, Azalea le savait, était véridique. Comme l'étaient la berceuse, la cicatrice, la photographie, Marion Yves. Et tout cela signifiait qu'elle avait bel et bien vécu une autre vie, avant celle d'aujourd'hui. Mais une vie qui – à l'ombre de ce rocher, aux côtés de cet homme ensanglanté, défiguré et aux yeux ceints d'un bandage imbibé de sang – ne semblait pas réelle pour autant. L'effroi qu'elle avait ressenti au camp de la LRA restait comme fiché dans la moelle de ses os ; avec la terreur qui s'était emparée d'elle lorsqu'elle avait couru vers le camion tandis que ce soldat géant, qui maintenant prétendait être son père, lui criait de COURIR ; et le choc qu'elle avait essuyé lorsque la boule de feu avait avalé le premier camion. Ma véritable mère, ma mère spirituelle, hurlait le cœur d'Azalea, c'est Rebecca Folley – Rebecca qui, en cet instant même, devait être en train d'appeler sa fille à cor et à cri, morte de désespoir et d'angoisse à l'idée de l'avoir perdue –, parce que en ces circonstances, aux yeux d'Azalea, l'idée même d'une autre mère semblait une effroyable trahison. Soudain étouffée par la culpabilité, l'insoutenable fatigue des deux derniers jours, les courbatures après une nuit à la dure à l'arrière du camion, l'adolescente de treize ans sentit sa gorge se nouer. Mais ses larmes, allez savoir pourquoi, refusèrent de couler.

L'homme assis à côté d'elle bredouilla quelques mots, et cracha du sang.

« Comment dois-je vous appeler ? demanda Azalea à celui qui disait être son père. Je ne peux pas vous appeler papa.

— Appelle-moi simplement John.

— Avez-vous une photo de ma mère ? De Marion ? »

Hall tourna ses yeux bandés vers elle. « Non. Je n'en ai jamais eu. »

Ils regagnèrent le camion à pas lents. Hall trébuchait souvent. Ritchie l'aida à se hisser à bord et l'attente reprit. On fit circuler des bouteilles d'eau. L'ambiance, si guillerette au lever du soleil, devint de plus en plus tendue. Quelques-uns des enfants s'étaient endormis. John Hall en fit autant, dans un coin, et se mit à ronfler comme un bœuf.

Les mercenaires dépêchés en éclaireurs jusqu'au barrage revinrent. On se remit en route puis, trois ou quatre kilomètres plus loin, le camion fut pris d'assaut par une nuée de soldats de l'armée soudanaise. Ils réveillèrent les enfants à la pointe de baïonnettes fixées sur d'antiques Winchester 303. Ils retournèrent John Hall sur lui-même pour vérifier qu'il ne dissimulait aucune marchandise de contrebande. Ils cherchaient de l'argent. C'est à peine si Hall émergea de son sommeil. Les soldats commencèrent à exiger des papiers d'identité, mais personne n'en avait. Ils menacèrent de fouiller le camion et il valait mieux éviter d'en arriver là, car alors ils découvriraient un véritable arsenal sous le plancher de la benne. C'était le moment de se montrer créatif pour empêcher la situation de dégénérer. Pour finir, Ritchie trouva une échappatoire.

« Je vais vous dire ce qu'on va faire, les amis, annonça-t-il aux soldats soudanais avec la voix assurée de l'ancien capitaine d'une équipe de cricket. On doit absolument emmener notre ami, ici présent, à l'hôpital. Et ce qu'il nous faut, c'est une escorte militaire. »

Azalea, épuisée, la tête entre les mains, traduisit à l'intention des Soudanais.

Ritchie se leva et déplia son mètre quatre-vingt-huit. « Ce qu'il nous faut…, répéta-t-il en balayant de côté sa frange blonde, ce qu'il nous faut, c'est un véhicule de l'armée devant, et un autre derrière, pour nous accompagner jusqu'à la frontière kenyane. Ainsi, nous serons protégés des bandits, ou de la SPLA. Et nous pourrons éviter un incident diplomatique », ajouta-t-il. Il observa les visages perplexes de ses interlocuteurs, puis tapa dans ses mains. « Bon, les amis, on fait comme ça, d'accord ? Et que ça saute. »

Passé cette scène de cabotinage colonial, et sous escorte militaire, le reste du voyage se déroula sans heurts – du moins autant que le permettaient les anfractuosités des routes et leurs essaims de nids-de-poule. À la frontière avec le Kenya, il y eut encore un dernier revers puisque aucun des passagers n'était muni d'un passeport. Mais le capitaine de l'armée soudanaise qui avait mené le convoi joua de ses galons et, d'un signe impératif, ordonna à ses protégés de passer. Il faisait encore jour lorsqu'ils croisèrent la pancarte qui annonçait : « Bienvenue au Kenya ».

Dans la première ville qu'ils atteignirent se trouvait une pharmacie rudimentaire. « Avez-vous de l'argent ? » demanda Ritchie aux mercenaires. Ils avaient deux cents dollars cachés dans un sac en plastique, à l'intérieur du jerrycan de diesel. « C'est pour l'essence », expliqua un des Sud-Africains. Les hommes avaient sur eux de la petite monnaie, mais uniquement des schillings ougandais. Lauren s'engouffra dans la boutique et en ressortit avec des aspirines et des lingettes imbibées d'alcool. Elle donna quatre cachets à John Hall, qui eut du mal à les avaler. « Ils m'ont dit qu'il y a un hôpital missionnaire à Kakuma. À cent kilomètres d'ici. »

Le chauffeur redémarra et le camion regagna la route principale.

À l'arrière, Azalea dormait, une main dans celle de John Hall. Ritchie Lewis et Lauren Marks dormaient eux aussi, enlacés. Les mercenaires, parfaitement éveillés, fumaient, assis, les pieds ballant dans le vide, sur le rabat du hayon.

La route était en mauvais état et ils progressaient lentement. Il leur fallut trois heures pour parcourir la centaine de kilomètres. Lorsqu'ils arrivèrent à Kakuma, il faisait nuit et John Hall avait sombré dans un sommeil proche du coma. On le transporta jusque dans les locaux de l'hôpital. Sa respiration était faible, près de s'éteindre.

Aucun médecin n'était présent sur les lieux ; il n'y avait là qu'une jeune fille, vêtue d'une blouse blanche crasseuse, qui se présenta comme l'infirmière de service. Le médecin, précisa-t-elle, ne venait que le lundi. Personne n'aurait pu dire avec certitude quel jour on était, mais, pour sûr, ce n'était pas un lundi.

« J'imagine que ça nous désigne aux commandes », conclut Ritchie à l'intention de Lauren.

Ils opérèrent à la lumière d'une unique ampoule électrique, recousant autant de plaies qu'ils le pouvaient après avoir retiré les corps étrangers et désinfecté les chairs abîmées. Ils refirent le bandage autour des yeux de John Hall avec des pansements propres.

On leur installa des couchages de fortune dans le couloir. Sur ces paillasses, avec ces couvertures en laine et ces oreillers garnis de duvet, cette merveilleuse obscurité et le chant des criquets, ils auraient pu se croire de retour à Langadi. Le matin, une cloche les convia au petit déjeuner, où ils se joignirent à une joyeuse bande d'enfants pour se restaurer de légumes bouillis, de millet et de thé au lait sucré.

Plus tard dans la matinée, le chapelain de la mission vint les voir. « Êtes-vous le responsable de l'orphelinat ? » lui demanda Ritchie.

Le chapelain hocha la tête, avec un brin de réticence. Il savait ce qui allait suivre.

« Il nous faut vous confier les enfants acholi, reprit Ritchie.

— La place de ces enfants est en Ouganda, répondit le chapelain.

— Écoutez, fit Richie en se penchant vers lui. Ces enfants ont été kidnappés par Joseph Kony. Par la LRA. Vous en avez entendu parler ? »

Le chapelain acquiesça.

« Alors, vous savez qu'ils ne peuvent pas rentrer en Ouganda. Ils ne seront jamais en sécurité, là-bas. »

Le chapelain sembla soupeser l'argument. « Cinq enfants, dit-il pour finir.

— Quatre, corrigea Lauren en dressant quatre doigts et en coulant un regard vers Ritchie. Anyeko vient avec nous. »

Ritchie la regarda. « Cinq enfants », confirma-t-il, avec tristesse. Anyeko sera plus en sécurité ici. » Il posa la main sur le bras de Lauren. « On ne peut pas l'emmener. »

Lauren détourna les yeux.

« Cinq enfants », répéta Ritchie à l'intention du chapelain.

Plus tard cet après-midi-là, les deux jeunes médecins s'assirent dans le jardin de la mission, à l'ombre d'un acacia, pour siroter des Fanta Orange à la paille. Un des Sud-Africains les rejoignit et tira une chaise. « On va vous laisser ici », annonça-t-il.

Ritchie hocha la tête.

« Nous devons retourner à Gulu, reprit le mercenaire.

— Je comprends, dit Ritchie. Mais Azalea ? Et nous ? Qu'allons-nous devenir ?

— On va vous laisser ici, répéta le soldat. Vous ne seriez pas en sécurité, si vous retourniez à Langadi. Ces types de la LRA vont chercher à vous retrouver. »

Il regarda Ritchie et Lauren avec un sourire contrit. « Vous êtes plus en sécurité ici.

— Et John Hall ?

— Il vient avec nous.

— Il a besoin de soins médicaux, objecta Lauren. De toute urgence. Sinon, il va mourir. Il lui faut des antibiotiques, une transfusion. Nous n'avons pas pu faire grand-chose pour lui.

— Nous l'emmènerons à l'hôpital, à Gulu.

— Il ne vous sera plus d'une grande utilité, maintenant qu'il est aveugle.

— Oh, ça, ce n'est pas dit, répondit le Sud-Africain. On lui trouvera un rôle. On reste ensemble. C'est comme ça qu'on fonctionne.

— Je n'en doute pas. » Ritchie lui tendit la main. « Merci.

— De rien. Vous allez rester dans le coin ? » demanda encore le Sud-Africain.

Ritchie haussa les épaules. « J'imagine qu'on va rester ici jusqu'à ce que Luke et Rebecca viennent chercher Azalea. On pourra peut-être donner un coup de main à l'hôpital, en attendant. Ensuite, on verra s'il y a moyen de prendre un bus pour Nairobi. Ou alors on tentera l'auto-stop. On ira à l'ambassade – leur demander s'il peuvent nous embarquer sur un avion pour rentrer chez nous. » Il n'y avait rien d'autre à ajouter. Encore que si. « Vous pourriez nous prêter cinquante dollars ? »

Le Sud-Africain éclata de rire. « Vingt-cinq. » Il sortit une liasse et en détacha quelques billets qu'il fourra dans la main de Ritchie.

« Merci encore. »

L'infirmière de la mission rôdait autour d'eux. « Docteur Lewis, dit-elle. S'il vous plaît, docteur Lewis...

— Je ne suis pas encore un docteur diplômé, infirmière Matu.

— Je le sais, docteur Lewis. Mais nous avons une femme qui a besoin de vous voir. C'est très urgent.

— Bon, si je peux être utile…

— Vous le pouvez, affirma l'infirmière Matu. Il y a aussi un homme avec une très mauvaise fièvre. » Elle attrapa Ritchie par le coude et l'entraîna vers le dispensaire.

John Hall dormait toujours lorsque ses frères d'armes le soulevèrent pour le hisser à bord du camion. Et il ronflait toujours comme un bœuf ankole.

Azalea observa la manœuvre et contempla cet homme qui était – qui disait être – son père ; l'homme qui l'avait photographiée sur une plage, dans une autre vie. De son visage emmailloté, on ne distinguait maintenant plus grand-chose. Ce n'était plus un homme. C'était une chose, un sac qu'on chargeait dans une bétaillère. Rien de tout cela ne donnait la sensation d'être réel. Et les larmes ne venaient toujours pas.

Lauren approcha et lui prit la main.

« Je devrais repartir avec eux, dit Azalea, sans esquisser cependant le moindre mouvement. Mon père aura besoin de moi. » Elle parlait de Luke. « Mon père, répéta-t-elle. Mon vrai père. »

Les larmes n'étaient plus très loin, maintenant.

Lauren serra sa main dans la sienne. « Ton papa ne voudrait pas que nous te laissions repartir. Pas encore. Tu as vu les camions de la LRA. Ils faisaient route vers l'Ouganda. Ce ne serait pas prudent.

— Mais ma maman… »

Lauren baissa les yeux. Bien que la nouvelle de l'assassinat de Rebecca ne fût pas parvenue jusqu'à eux, c'est néanmoins avec un trouble profond qu'elle répondit : « Ta maman serait plus heureuse que tu restes ici. Elle a besoin de te savoir en sécurité. » Elle glissa un bras autour de l'adolescente. « Accompagne-moi en ville. Je veux t'acheter des vêtements. »

Elles prirent cinq dollars à Ritchie et franchirent le portail de la mission. En une vingtaine de minutes et pour trois dollars, un homme, assis en tailleur sous un arbre avec une vieille Singer mécanique, réalisa une robe bleu pâle avec un col blanc. Elles achetèrent une paire de tongs roses aux lanières ornées de fleurs à une femme qui, en même temps que des chaussures, vendait des figues de barbarie et des tronçons de sucre de canne ; encore un dollar. Un vrai magasin, qui possédait un Frigidaire, vendait du Coca-Cola. Elles en partagèrent un et, avec la monnaie, Lauren acheta un journal, le *Nairobi Daily Nation*, qu'elle n'ouvrit qu'une fois de retour à la mission. Elle le déplia sur la table, à l'ombre de l'acacia. « Voyons si l'histoire est arrivée jusqu'à la presse… »

La photographie que le reporter de la Olsen Press Agency avait dérobée sur le bureau de Luke Folley faisait la une. « Une famille de missionnaires assassinée », annonçait le gros titre. Rebecca et Luke étaient morts, était-il écrit, au cours d'une fusillade de tous les diables. L'article faisait également état de la mort d'Azalea, et de cinq enfants portés disparus.

C'est à ce moment-là que les larmes apparurent.

Il y a un post-scriptum à cet épisode. Le camion des mercenaires tomba en panne sur la route du retour vers l'Ouganda. Une panne d'essence toute bête. Le superbe anonymat de ce camion crasseux, fondu dans la masse de tant de ses semblables sur une route africaine poussiéreuse, échoua à protéger ses passagers de ce qu'il advint ensuite. Par un malheureux hasard, ainsi qu'aurait pu l'expliquer Thomas Post, le premier véhicule qui s'arrêta pour leur proposer de l'aide s'avéra être celui d'un détachement de l'armée kenyane. Et Ritchie n'était plus là pour jouer du galon colonial. Il ne restait que deux Afrikaners honnis, un Ougandais défait, un Belge belliqueux et un Mannois comateux. Cette fois, le camion fut fouillé, et ses cinq passagers furent arrêtés pour présence illicite dans le pays et transport illégal d'armes. On les menotta, et on les conduisit à Nairobi, à vingt heures de route de là. John Hall ne survécut pas au voyage. Le mercenaire ougandais écopa de cinq ans de prison, qu'il effectua près de Kisumu. Le Belge et les deux Sud-Africains furent expulsés. Avant d'embarquer à bord de l'avion qui le ramenait au pays, Pieter Van der Merwe, un des deux Sud-Africains, écrivit un petit mot qu'il remit à l'officier de la police kenyane supervisant son expulsion. « S'il vous plaît, assurez-vous que ce message arrive à bon port », demanda-t-il. Dans le message, adressé à Luke Folley, Van der Merwe disait que la mission avait été un succès. Qu'Azalea et tous les autres otages étaient vivants. Et que Luke les retrouverait tous à Kakuma.

« Un de mes hommes se chargera de le délivrer en personne, assura le policier.

— Merci. »

Van der Merwe secoua la poussière de l'Afrique de l'Est de ses bottes, et ne remit jamais les pieds sur le continent. Mais le policier kenyan ne tint pas parole. Aucun message ne parvint jamais à Langadi.

À Kakuma, Ritchie et Lauren jouèrent un peu aux docteurs et veillèrent sur Azalea. Du bureau de poste de Kakuma, ils appelèrent chez eux, en Angleterre, et, quelques jours plus tard, le père de Ritchie débarqua à la mission dans un Range Rover de l'ambassade britannique. Il ressemblait à son fils – grand, élancé, le même sourire paresseux, les mêmes cheveux blonds qui retombaient comme un soufflé. Il y eut des embrassades et des larmes, et le Dr Lewis senior comprit que sa mission ne consistait pas simplement à secourir son fils, mais une famille tout entière.

Leur séjour se prolongea pendant quinze jours encore. Le représentant de l'ambassade britannique se montra des plus accommodant. Si Azalea retournait en Angleterre, leur dit-il, elle serait prise en charge par les services sociaux, à moins qu'on ne retrouve un membre de sa famille pour s'occuper d'elle. Il serait plus simple de tout organiser avec les autorités kenyanes, leur expliqua-t-il, et il leur promit de procéder aux arrangements nécessaires.

Lauren et Ritchie se marièrent dans la chapelle en plein air de la mission de Kakuma, entourés des enfants de l'école qui chantèrent en chœur ; l'encre de l'acte de mariage était encore humide quand Azalea Folley devint leur fille adoptive. L'homme de l'ambassade servit de témoin à la signature des documents. « Une carrière au bureau des affaires étrangères et du Commonwealth offre quelques avantages, leur confia-t-il. Cela ouvre beaucoup de portes. » Il sortit trois passeports à couverture rouge d'une enveloppe. « En remplacement de ceux que vous avez perdus. Un pour monsieur Richard Lewis. » Il le fit glisser vers son destinataire. « Un autre pour madame Lauren Lewis. Et celui-ci, ajouta-t-il en souriant, celui-ci a été difficile à obtenir. » Il ouvrit le troisième passeport. « Un pour mademoiselle Azalea Lewis. Maintenant, vous pouvez rentrer à la maison. »

TROISIÈME PARTIE

Le génie des coïncidences

Vous avez un cerveau dans la tête.
Et deux pieds dans vos chaussures.
Vous pouvez prendre la direction de votre choix.

Dr Seuss, *Oh ! The Places You'll Go*

20

Mai 2011

Il faut environ six semaines à un bras cassé pour guérir. Il en fallut plus de huit à Thomas Post pour vaincre ses réserves pessimistes, et rassembler son courage pour téléphoner à Azalea Lewis.

Elle l'accueillit en ces termes : « Bonjour, étranger. »

Ils se retrouvèrent pour déjeuner dans le *coffee shop* exigu de Bloomsbury où ils avaient autrefois bichonné leurs os brisés, et furent dirigés vers la même table étroite et ses tabourets.

« Coïncidence ? souligna Azalea.

— Loin de là, dit Thomas. J'ai demandé au maître d'hôtel de nous réserver notre table préférée. »

Elle éclata de rire et Thomas se souvint alors combien le monde pouvait être musical lorsque Azalea riait.

« Comment va votre côte ? s'enquit-il.

— Recollée. Et votre bras ? »

Il leva la main. « Ma main à manche à vitesse.

— Vitesse ! » répéta Azalea.

Thomas fit mine d'écraser une pédale sous son pied, et ils éclatèrent de rire.

« C'était une belle journée. Je m'étais régalée.

— Moi aussi. » Thomas repensa à leur excursion dans le Devon. Ils s'étaient chamaillés comme un vieux couple ; leurs fractures respectives les faisaient souffrir ; durant le trajet, de longs moments s'étaient écoulés sans qu'ils s'adressent la parole ; et ils avaient roulé dix heures pour passer à peine quelques minutes sur la falaise. Pendant lesquelles, de surcroît, Azalea avait vitupéré contre le monde entier. Thomas s'était-il vraiment *régalé* ? Il s'était du moins senti exceptionnellement détendu en sa compagnie. Même les chamailleries avaient été plaisantes. Les silences aussi. Il s'était délecté de ces instants, pendant le déjeuner, puis de nouveau pendant le dîner, où il faisait durer leurs conversations, où il accrochait et capturait le regard d'Azalea. Il avait confié à cette femme des épisodes de sa vie qu'il n'aurait, en temps normal, jamais partagés avec qui que ce fût, et elle en avait fait autant avec lui. Ils avaient des affinités. Cela ne faisait aucun doute.

Ils commandèrent de savoureuses pâtisseries et des muffins.

« J'ai deux choses à vous dire, annonça Thomas une fois essoufflés les bavardages sans conséquence.

— Ah, super ! J'adore qu'on me dise des choses.

— La première : nous allons suivre votre idée. »

Azalea haussa les sourcils. « J'ai eu une idée ?

— Oui, dit Thomas avec un sourire béat. Vous ne vous rappelez pas ? Peu importe – j'ai réfléchi de mon côté. »

Elle inclina la tête. « Et à quelles conclusions êtes-vous parvenu… au terme de cette réflexion ? »

Thomas se pencha vers elle et cala les coudes sur l'étroite table. « J'ai suivi votre suggestion. J'ai mis en place une nouvelle expérience. Je l'ai baptisée *Le Génie des Coïncidences*.

— C'est un bon intitulé.

— Legeniedescoincidences, précisa Thomas. Point com.

— C'est un site internet ?

— C'était votre idée, rappelez-vous. Le site n'est pas encore tout à fait au point. Je compte mondialiser l'expérience en recrutant des milliers de sujets. »

Azalea approuva d'un signe de tête et Thomas vit là un encouragement.

« Le site fonctionne exactement comme vous l'imaginiez. Si quelqu'un a la sensation d'être poursuivi par une coïncidence, il peut se rendre sur le site et faire une prédiction. Une femme est venue me voir, la semaine dernière. Elle a deux petits-enfants dont les anniversaires respectifs tombent le même jour que le sien. Elle est convaincue que c'est forcément plus qu'un simple hasard. Donc, elle n'aura plus qu'à se connecter au site et prédire la date exacte de la naissance de son prochain petit-enfant. C'est infaillible.

— Il suffit que chacun poste sa prédiction ?

— Exactement. En deux cents mots, ou moins.

— En deux cents mots, maximum », le reprit Azalea. Elle secoua la main pour s'excuser. « Désolée. La force de l'habitude.

— Deux cents mots, maximum, répéta Thomas avec emphase. Puis vous justifiez du bien-fondé de votre prédiction et, pour finir, vous acceptez de répondre chaque mois à un petit questionnaire demandant simplement si votre prédiction s'est réalisée ou pas. » Il mordit à belles dents dans son gâteau.

« Ensuite, vous faites le total des prédictions qui se sont réalisées – et de celles qui ont fait chou blanc ?

— Exactement. Et cela fera apparaître tout ce qui ressemble à une anomalie.

— Et qu'est-ce que cela prouvera ?

— Eh bien... » Thomas essuya quelques miettes autour de sa bouche. « J'attends des résultats qu'ils démontrent que le monde est imprévisible et aléatoire. Que personne ne peut exercer quelque influence que ce soit sur les événements. Que rien ni personne ne contrôle nos vies, sinon peut-être nous-mêmes. »

Azalea signala de la tête qu'elle avait compris. « Donc, pas de coïncidences au menu ?

— Oh si ! Il y aura des coïncidences. Mais uniquement dans les proportions attendues.

— Et que se passera-t-il, si jamais vous découvrez que le monde n'est pas aléatoire et imprévisible ? Que se passera-t-il si des prédictions se réalisent ?

— Cela n'arrivera pas, trancha Thomas avec un air de défi.

— Mais les vœux ? Les rêves ? Ils ne s'exaucent donc jamais ?

— Statistiquement parlant, pas plus fréquemment que s'ils n'avaient jamais été formés. »

Azalea mima une grimace de déception. « Les rêves ne deviennent jamais réalité – statistiquement parlant, reprit-elle en écho. C'est monsieur le Romantique qui le dit.

— Je suis désolé, ajouta, ou plutôt marmonna, Thomas. Mais le romantisme n'a rien à voir là-dedans. Personne ne s'amuse à semer la panique dans notre vie. Personne n'a le pouvoir de faire se réaliser, ou pas, des prédictions. Il y a trois théories fondamentales de l'existence. La première veut que tout soit sous contrôle d'un créateur omniscient. Qui peut bricoler les lois de la physique et infléchir l'avenir dans le sens qui lui plaît. Selon la deuxième théorie, tout est prédéterminé depuis l'instant du big bang et personne ne peut rien modifier à la course de l'univers – pas même un être suprême. Quant à la troisième théorie, elle postule que tout arrive plus ou moins au hasard, et que nous, êtres humains, avons été gratifiés d'un mécanisme intelligent nous permettant d'introduire le libre arbitre dans l'équation. Ce que nous pourrions faire, c'est éliminer la théorie numéro un. »

Azalea en resta bouche bée. « Vous pensez que votre site web pourra réfuter l'existence de Dieu ? »

Ça partait mal. Thomas battit en retraite. « Non, non, pas exactement. » Pour tenter de récupérer la situation, il sourit et eut un de ses haussements d'épaules exagérés. « Mais il pourrait nous aider à démontrer que les coïncidences – lorsqu'elles se produisent, comme les vôtres – ne sont pas le fait de quelque force maligne ; ni même inoffensive, d'ailleurs. Qu'il s'agit juste de choses qui arrivent de temps à autre. Rien de plus.

— Je vois. » Azalea sembla songeuse. « Mais en ce qui me concerne, alors ?

— En ce qui vous concerne ?

— Pensez-vous que tout ça pourra m'assurer que je ne mourrai pas le 21 juin de l'année prochaine ?

— Cela ne concerne pas votre prédiction, dit doucement Thomas.

— Ah bon ? Vous ne voulez donc pas que j'utilise le site ? »

Il mordit dans son gâteau. « Bien sûr que vous pouvez l'utiliser. Je ne peux pas vous en empêcher, de toute façon.

— Mais… ?

— Je pensais que nous pourrions nous servir de vos coïncidences pour procéder à un test préliminaire. Vous souvenez-vous de m'avoir dit que vous vous attendiez à rencontrer un troisième homme qui prétendra être votre père ? Que cet homme sera aveugle ? On pourrait procéder à un test à partir de cette prédiction.

— Et ma coïncidence du solstice d'été, alors ? »

Thomas baissa la tête pour échapper au regard qui le fixait. « Je crois que vous attachez trop de signification au solstice d'été.

— Trop de signification ?

— Ce n'est jamais qu'un chiffre sur un calendrier.

— Oui – mais toujours le même.

— Certes. Cependant, les dates du calendrier n'ont rien de magique », objecta Thomas. C'était un argument qu'il avait déjà fait valoir par le passé, en différentes occasions et auprès de diverses personnes, et il s'était systématiquement heurté au même regard incrédule dès qu'il avait tenté d'expliquer à ses interlocuteurs le calcul tout bête de la synchronicité. Mais jamais, jusque-là, il n'y avait eu d'enjeu personnel. Jamais, jusque-là, Thomas n'avait eu à cœur de convaincre qui que ce fût.

« Prenons une objection qui tombe sous le sens, reprit-il. La date de nos années bissextiles relève d'un choix totalement arbitraire. On la case à la fin du mois de février, mais on aurait très bien pu la mettre, disons, en juillet. Si tel avait été le cas, alors Luke et Rebecca seraient morts un 22 juin, puisque 1992 était une année bissextile. »

Azalea lui décocha un regard vif. « Sauf que le jour supplémentaire ne tombe pas en juillet. Il tombe en février, insista-t-elle, du même ton qu'elle réserverait à un gamin de neuf ans. Donc, Marion est morte un 21 juin, et Luke et Rebecca sont morts un 21 juin, pile dix ans plus tard.

— Oui, mais ces dix ans, là encore, sont une mesure arbitraire, protesta Thomas. Et si l'intervalle avait été de huit ans ? Ou de douze ? La coïncidence serait-elle aussi frappante ? Nous accordons une signification particulière aux décades uniquement parce qu'il se trouve qu'on a dix doigts et que, du coup, on compte par dizaines. Mais intrinsèquement, le chiffre dix n'a rien de particulier.

— Le fait demeure que nous comptons effectivement par dizaines et que le calendrier en usage rend bel et bien ces deux dates significatives.

— Bon, d'accord. Supposons, juste un instant, que vous avez raison. Que faites-vous du 21 juin 2002 ? Pourquoi rien ne s'est-il produit à cette date ? Selon votre logique, c'est ce jour-là que vous auriez dû mourir – dix ans après Luke et Rebecca. Là, la coïncidence aurait été assez intéressante. Mais vous n'êtes pas morte ce jour-là. Vous êtes bien de ce monde. Donc, le 21 juin 2012 ne sera rien d'autre qu'un vingtième anniversaire. Quoi de si particulier à cela ? »

L'échange semblait avoir exténué Thomas qui se souleva à moitié de l'inconfortable tabouret. Ce faisant, son visage frôla celui d'Azalea. Il huma une discrète bouffée de parfum. Il aurait pu lui caresser la joue et l'embrasser, en un clin d'œil.

« Je vais aller payer, annonça-t-il.

— Voulez-vous savoir ce que je pense ?

— Bien sûr, répondit-il, et il se laissa retomber sur le tabouret.

— Ça ne va pas vous plaire. »

Thomas haussa les sourcils. « À ce point ?

— Ce que je pense, c'est que rien n'arrive jamais sans raison.

— Rien n'arrive jamais..., répéta Thomas en écho.

— ... sans raison, acheva Azalea en ouvrant les mains. Et c'est tout. Voilà ce que je pense.

— Ce n'est pas une hypothèse particulièrement facile à tester », observa Thomas en bataillant pour donner un semblant de positivité à sa réponse. L'observation d'Azalea le décevait. C'était une vision du monde assez commune, qu'il avait entendu exprimer d'innombrables fois. C'était *hitsuzen* dans toute sa splendeur. *Deo Volente*.

« J'avais raison, n'est-ce pas ? Ça ne vous plaît pas.

— Oh, je ne dirais pas ça.

— Oh, moi si. » Azalea neutralisa sa déception par un sourire accrocheur. « Thomas le Philosophe n'aime pas les sornettes New Age.

— Je n'ai pas parlé de sornettes New Age.

— Mais c'est ce que vous pensez. Si tout arrive pour une raison, c'est forcément que quelqu'un a tout planifié. C'est à ça que vous pensiez. »

Thomas opina mollement. « Oui, peut-être. »

Elle éclata de rire. « Vous me rappelez mon père. Vous me faites penser à Luke.

— Je préfère simplement croire que rien n'est pré-ordonné. »

Elle avança le buste et, du doigt, lui effleura affectueusement le nez. « Vous avez l'air tout dépité. »

Cette soudaine proximité avait rapporté l'effluve discret de son parfum, et la caresse de ce doigt sembla ouvrir une brèche dans un interdit. Thomas s'empara de la main d'Azalea, qui ne la dégagea pas.

« Et quelle était l'autre chose ? demanda-t-elle.

— L'autre chose ?

— Vous alliez me dire deux choses.

— Ah. » Thomas baissa les yeux, hésita, et lui lâcha la main.

« Qu'avez-vous fait ?

— J'ai acheté des billets. » Une sensation assez proche de celle de la peur était en train de s'engouffrer dans ses artères.

« Des billets ? De théâtre ? Pour un ballet ?

— Ai-je une tête d'amateur de ballet ? » protesta Thomas.

Azalea se mordilla la lèvre, en feignant d'être saisie de remords. « Des billets… de cinéma ? Pour une garden-party royale ? »

Thomas Post secoua la tête ; il prenait plaisir au petit jeu de devinettes, mais l'issue le rendait nerveux.

« Que faites-vous ce week-end ? »

21

Mai 2011

Ils s'envolèrent de bonne heure de l'aéroport de Londres City, à destination du Ronaldsway. Comme la piste débute presque au ras des falaises, l'atterrissage, depuis le hublot d'Azalea, sembla d'abord voué à se solder par un plat en mer d'Irlande, puis soudain l'île apparut en dessous d'eux et, peu après, ils touchaient la terre ferme.

« C'est la première fois que je mets les pieds sur l'île de Man, dit Thomas.

— Je suis née ici », murmura Azalea. Qu'attendait-elle ? De l'avion, elle avait eu le temps d'apercevoir des prairies verdoyantes, des routes et des toits. Cela aurait pu être le Somerset, ou le Devon.

Ils louèrent une petite voiture et mirent le cap sur la paroisse de Castletown et Peel. Le soleil brillait. Azalea était comme engourdie à force d'impatience et d'excitation – à moins que ce ne fût de l'appréhension ?

« Vous reconnaissez quelque chose ? » demanda Thomas. Elle hocha la tête. Comment aurait-elle pu reconnaître ces lieux – l'île de sa première enfance ?

La petite route serpentait paresseusement à travers ce hameau, puis cet autre, avant de déboucher face à la mer et de descendre, en longeant des rangées de maisonnettes blanches, vers un port abritant des bateaux de plaisance et des chalutiers. Ils garèrent la voiture à côté d'une grosse bâtisse carrée – l'auberge du village.

« Une glace ? » proposa Thomas.

Ils poussèrent jusqu'à l'épicerie, où ils achetèrent deux cornets à la vanille, puis, tel un couple de touristes, se baladèrent le long du quai en regardant les bateaux, en observant les pêcheurs déployer des filets en Nylon. Ils s'installèrent sur un banc et le soleil de mai, dans une aimable apparition, les aida à se détendre. La quiétude des lieux, après l'agitation londonienne, paraissait presque irréelle.

« Je pourrais vivre ici, décréta Azalea.

— Vous y avez vécu, autrefois », lui rappela Thomas.

Elle embrassa le port du regard ; l'oscillation indolente des bateaux semblait réglée sur le doux tangage qui agitait son esprit. Le souffle de l'air marin emplissait ses poumons. Au-dessus d'elle, perchés tout en haut d'un grand mur, des goélands argentés étaient à l'affût de quelque reste comestible. Rien ne semblait familier ; mais tout l'était. Elle essaya de se souvenir de ce qu'elle avait ressenti dans la maison de Peter Loak, dans la région des Lacs. Là-bas, elle avait deviné un écho de son lointain passé ; elle avait vu, dans quelque recoin oublié de sa mémoire, l'allée qui menait à l'échalier et, au-delà, le chemin bordé de jonquilles qui conduisait au ruisseau. Elle s'était souvenue – ou en partie seulement – de la vieille maison et de ses grandes pièces vides. Et en arrière-plan, à Buttermere, il y avait la présence d'une silhouette ; l'ombre omniprésente de quelqu'un qui ne pouvait être que Marion Yves, sa mère. L'ombre de Marion n'était pas ici, à Port-Sainte-Menfre.

Pas encore. Le tangage des bateaux, les vaguelettes qui léchaient leur coque, la brise marine qui soufflait du large – tous ces détails, à défaut d'être familiers, semblaient au moins véridiques. Réels. Tout comme l'odeur des casiers à homards et du poisson fraîchement débarqué, et les criaillements des oiseaux marins. Eux aussi étaient bien réels.

Sur un chalutier, au-delà du chenal, un grand pêcheur au corps émacié, chaussé de cuissardes décolorées, lavait à grands seaux les ponts de son bateau. Azalea poussa Thomas du coude. « Regardez, souffla-t-elle d'un ton de conspiratrice. Vous pensez que c'est lui ?

— Trop jeune, trancha Thomas. Il aurait soixante ans et des poussières, maintenant.

— On aurait dû apporter des jumelles. »

Ils étaient comme au spectacle.

« Ça semble un peu tordu, non ? demanda Azalea. De le traquer de la sorte. » Elle observa le pêcheur au corps sec qui empilait maintenant des casiers en plastique sur le pont. Avait-elle un père qui travaillait sur un bateau comme celui-là, dans ce petit port, au large de cette baie aux eaux azurées ? « J'ai toujours pensé que je le rencontrerais un jour quelque part par hasard – comme cela s'est passé avec John Hall et Peter Loak.

— Parfois, une rencontre hasardeuse a besoin d'un petit coup de pouce pour advenir, observa Thomas.

— Peut-être ne devrait-on pas remuer ciel et terre pour le retrouver ? reprit Azalea. Peut-être devrait-on simplement attendre sur ce banc ; et voir s'il vient à nous. » Les éclats de soleil qui tremblotaient sur les flots évoquaient un stroboscope paresseux, ou un vieux film muet.

« Il se pourrait qu'il soit en mer, lui rappela Thomas. C'est même probablement le cas.

— On pêche le samedi ? » demanda Azalea, et immédiatement elle se sentit bête. Évidemment qu'on pêchait le samedi. En mer, il n'y avait pas de week-end.

Ils terminèrent les cornets de glace et se trouvèrent légèrement désemparés quant à la suite du programme. Ils n'avaient arrêté aucun plan. Thomas avait simplement dit : « J'ai acheté deux billets d'avion pour l'île de Man. Je me suis dit que nous pourrions essayer de retrouver Gideon Robertson. » Et Azalea avait accepté. Ils étaient donc là. Mais que faire, maintenant ?

Ils remontèrent dans le village. Une petite boutique vendait des cartes postales et des souvenirs : des poteries ornées du blason aux trois jambes de l'île, des chats mannois à toutes les sauces, des cendriers en forme de Roue de Laxey[1], des miniatures de motocyclettes, des serviettes à thé brodées de runes celtiques, des coquillages et divers ustensiles nautiques. Thomas offrit à Azalea une broche avec un blason estampé de l'île, qu'elle fixa à son revers de manteau.

De retour dans la rue, ils entreprirent l'ascension du sentier de la falaise. Sans le savoir, ils passèrent devant le 4, Briny Hall Walk, où avait vécu Marion Yves et où Gideon Robertson avait été son locataire, et un peu plus. Cela les mena à l'église paroissiale de Sainte-Menfre, et ils se reposèrent sur le banc d'où l'on dominait les toits du village et la baie – et sur lequel, autrefois, Marion Yves s'était assise et avait jeté du pain aux goélands.

« Et maintenant, que fait-on ? demanda Azalea.

1. Une des curiosités touristiques de l'île de Man : grande roue de pompage, construite à Laxey au milieu du XIXe siècle, afin d'acheminer l'eau jusque dans les mines de plomb et de zinc.

— Je suppose qu'on devrait interroger quelqu'un », répondit Thomas.

Au lieu de quoi, ils restèrent assis, visages offerts à la caresse du soleil, pour savourer ce que cette journée avait de bon à leur offrir.

Un vieil homme au crâne couvert de duvet blanc émergea du jardin de l'église ; un très vieil homme. Il marchait en s'aidant de deux cannes. Et comme il paraissait se diriger vers le banc, Thomas se leva pour lui céder la place. L'homme s'assit à côté d'Azalea. Elle fit mine de se lever à son tour, mais l'homme la retint. « S'il vous plaît, ne partez pas à cause de moi », dit-il d'une voix à mi-chemin entre le chuchotement et le sifflement.

Azalea se rassit. « La vue est magnifique », observa-t-elle.

Le vieil homme ne répondit pas. Mais il tourna la tête, contempla Azalea avec des yeux humides, puis se détourna et laissa son regard se perdre au large. « Je vous ai prise pour votre mère, dit-il après un moment. Vous lui ressemblez énormément. »

Azalea sentit son monde vaciller.

« Est-elle toujours parmi nous ? reprit le vieil homme. Marion est-elle toujours de ce monde ? »

Azalea secoua la tête.

« Hélas, mon petit. Je suis désolé. »

Il était étrange de rencontrer quelqu'un qui semblait regretter Marion. « Vous la connaissiez ? » demanda Azalea.

Une fois encore, le vieil homme ne répondit rien, mais il hocha la tête. Une brise marine tiède, chargée de l'odeur du poisson frais, monta jusqu'à eux. « J'espère que vous m'avez pardonné, pour la cicatrice », reprit le vieil homme après un moment, entre deux respirations sifflantes.

Les doigts d'Azalea allèrent se poser sur l'entaille familière.

« Votre robe de baptême était faite d'un tissu extrêmement glissant. Vous m'avez échappé des mains.

— C'était vous, le prêtre ?

— Oui, mon petit, dit le révérend docteur Jeremiah Lender. C'est moi. »

Tout au bout du port, le bateau du pêcheur au corps émacié était en train de s'éloigner au large de la mer d'Irlande. Azalea était frappée par l'intemporalité des lieux. Même les bateaux de plaisance, les boutiques de souvenirs et les cafés ne parvenaient pas à masquer le fil continu de la tradition cramponnée à ce village. Ce pêcheur était certainement fils et petit-fils de pêcheurs, tous issus d'une longue lignée de pêcheurs qui se perpétuerait peut-être encore, comme si les pages du livre étaient déjà écrites. Et elle, Azalea, était-elle la fille d'un de ces pêcheurs de père en fils ? Très certainement avait-elle un grand-père, et aussi un arrière-grand-père qui, chaque jour, avaient franchi ces mêmes digues pour gagner le large. La subite sensation de bien-être que lui inspirait cet endroit était-elle un appel de quelque lointaine vocation profondément inscrite dans ses gènes – cette même vocation qui avait attiré le premier de ses ancêtres sur ces côtes, sur ces eaux ?

« Comment était-elle – ma mère ? demanda-t-elle au prêtre.

— Oh, mon petit, y a-t-il longtemps qu'elle n'est plus parmi nous ?

— Vingt-neuf ans. »

Le révérend Lender se pencha en avant, en prenant appui sur ses cannes, et contempla le paysage. « La dernière fois que j'ai vu votre mère remonte à peu près à cette époque-là, dit-il enfin. Vous lui ressemblez énormément. C'était une jeune femme qui n'avait pas sa langue dans sa poche, mais qui avait bon cœur. Très bon cœur. »

Azalea lui raconta l'histoire de Marion. Elle lui parla du *HMS Sheffield* et de Peter Loak. De la fête foraine à Totnes, de Carl Morse et des falaises de Millook.

Cela fait, chacun demeura silencieux un moment. Puis le révérend en dit un peu plus sur Marion. Il raconta aussi à Azalea le fâcheux incident survenu à son baptême, et lui demanda pardon une fois de plus.

« Bien sûr que je vous pardonne. » Azalea prit la main du vieil homme. Sa peau était comme du parchemin.

« Quand Marion a su qu'elle était enceinte, elle est venue vers moi, reprit Lender. Elle voulait demander conseil à Dieu. Je crains de ne l'avoir pas beaucoup aidée.

— Des conseils ? À quel propos ?

— Oh… » Le révérend hésita. « À propos de choses et d'autres.

— Qui concernaient mon père ? Était-ce parce qu'elle voulait savoir qui était mon père ? »

Le vieux prêtre opina lentement. « Vous a-t-elle jamais raconté l'histoire des goélands ? »

Azalea secoua la tête. « Je me souviens à peine d'elle. Mais j'ai entendu raconter cette histoire. De la bouche de Peter Loak.

— J'étais en colère contre elle », dit le révérend en baissant la voix, comme s'il craignait que la brise puisse fouetter ses mots et en disperser l'écho dans toute la baie.

Azalea se surprit à se pencher vers lui pour mieux entendre.

« Je n'aurais pas dû l'être, mais je l'étais, reprit-il. Je lui ai dit que ce n'était pas une façon de soumettre ses problèmes à Dieu. Mais Marion avait une autre vision des choses. De son point de vue, rien n'arrivait jamais sans raison. Du coup, pour elle, il était logique, pour prendre une décision importante concernant sa vie, de se contenter d'un goéland et d'un morceau de pain. »

La remarque arracha un sourire à Azalea. « Je peux comprendre cela. Je crois que c'est quelque chose que j'aurais pu faire moi-même.

— Nous étions assis sur ce même banc », ajouta le prêtre.

Azalea essaya d'imaginer la scène. Ce jour-là, des goélands juchés sur les toits scrutaient l'océan. Peut-être étaient-ils les descendants de celui qui lui avait sauvé la vie ? La pensée la fit sourire.

« Peter Loak est donc bien votre père ? demanda le révérend. Votre vrai père ? C'est ce que Dieu lui avait dit, selon elle ? »

Azalea secoua la tête. « Mon vrai père était un homme qui s'appelait Luke Folley. » Elle sentit une larme se former spontanément dans son œil, qu'elle s'empressa de chasser d'un battement de paupière. « C'était lui, mon vrai père, car il m'a aimée, élevée et, pour finir, il a sacrifié sa vie pour moi.

— Alors oui, il était réellement votre père, acquiesça le prêtre.

— Mais l'homme qui m'a prêté une des cellules de son corps, j'ignore qui il est. Quand j'étais petite, j'ai rencontré John Hall. Vous souvenez-vous de lui ? »

Le vieil homme acquiesça.

« Il croyait être mon père, et je l'ai cru à mon tour. Puis dix-sept ans ont passé, et j'ai rencontré Peter. Lui aussi croyait être mon père. Que pouvais-je penser ? Peut-être disait-il vrai. Peut-être le goéland détenait-il la vérité.

— Et qu'en est-il de Gideon Robertson ? Êtes-vous ici pour le retrouver ? »

Azalea hocha la tête et la larme réapparut.

« Ça va ? » s'inquiéta Thomas qui écoutait la conversation.

Le vieux révérend lui décocha un regard affable mais réprobateur. « Parfois, il est prudent de ne pas poser de questions », observa-t-il. Lentement, il se mit debout à l'aide de ses cannes. « Vous devriez m'accompagner », ajouta-t-il.

Il repartit en clopinant vers le portail du jardin de l'église et Thomas et Azalea lui emboîtèrent le pas.

« Êtes-vous toujours le pasteur de cette église ? s'enquit Thomas.

— Oh non ! » Le sifflement était presque un rire. « Voilà bien, bien longtemps que j'ai pris ma retraite. »

Azalea soutint le révérend par le bras pour l'aider à gravir les trois ou quatre petites marches qui menaient à l'imposante porte de l'église.

« Cette église fut construite en 1425 », annonça le révérend. Il marqua un temps d'arrêt, peut-être pour admirer l'édifice, peut-être aussi pour recouvrer son souffle après l'ascension du perron. « Quelques années plus tôt, l'île était passée de la domination écossaise à celle des Anglais, et en 1405 le roi Henry IV en fit cadeau à son ami sir John Stanley. C'était un arrangement fort avantageux. Tout ce que Stanley avait à faire, c'était offrir deux faucons à chaque nouveau roi d'Angleterre lors de son couronnement. Naturellement, Stanley ne prit guère la peine de venir sur l'île ; mais il laissa carte blanche au clergé. En conséquence de quoi… » Le révérend agita une canne en direction de l'église. « ... nous avons sur l'île de somptueux lieux de culte tels que celui-ci. »

Laissant derrière eux le soleil printanier, ils s'avancèrent sous l'ombre froide du portique et pénétrèrent dans l'église. Lentement, à la suite du révérend Lender, ils dépassèrent les fonts baptismaux qu'Azalea avait heurtés, gagnant ce jour-là une cicatrice indélébile. Ils remontèrent l'allée centrale et traversèrent la nef où Marion, autrefois, avait incliné la tête pour prier et demander à Dieu de la guider. Ils longèrent ensuite les stalles du chœur. Un bref instant, Azalea se demanda si le révérend Lender allait leur demander de s'agenouiller pour prier. Au lieu de cela, il les conduisit jusque dans une chapelle du transept, derrière l'orgue.

Cette chapelle était éclairée par un vitrail représentant les pêcheurs de l'Évangile, tous auréolés, halant un filet depuis une petite embarcation. Le révérend se laissa choir sur un banc avec l'aide d'Azalea. « Pourquoi nous avez-vous amenés ici ? » demanda-t-elle.

Le vieil homme hocha la tête très lentement, puis leva une canne et la pointa en direction d'une plaque en cuivre apposée sous la Pêche miraculeuse. « Nous l'avons placée ici à cause du vitrail. Ça semblait l'endroit tout indiqué. »

On retrouvait, gravée sur la plaque, l'image d'un pêcheur avec son filet ; accompagnée de l'inscription : « À la mémoire des hommes de Port-Sainte-Menfre qui ont péri en mer. » En dessous se trouvait une citation : « Tu m'as jeté dans les profondeurs, au cœur de la mer, et les flots m'ont entouré : toutes tes vagues et tes lames ont passé sur moi. »

Les larmes menaçaient de nouveau, et Azalea n'arrivait plus à lire. Elle lâcha le bras du révérend et se surprit à tendre une main vers Thomas, qu'elle glissa dans la sienne.

Suivait, sous la citation biblique, une liste de noms et de dates.

« Lisez-les-moi, chuchota-t-elle à Thomas.

— Tous ?

— Oui. Tous. »

Thomas s'exécuta. « Fintan Kissack. Disparu en mer le 12 décembre 1841, à l'âge de quarante-trois ans. Joshua Kissack, disparu en mer le 12 décembre 1841, à l'âge de vingt et un ans.

— Ils devaient être frères, souffla Azalea d'une voix tout juste audible.

— Père et fils, corrigea le révérend Lender.

— Abraham Clague, soixante et un ans, disparu en mer le 1er mars 1876 ; Christian Costain, quarante-deux ans, 12 novembre 1901 ; Peter Kissack, vingt-sept ans, 24 décembre 1936.

— Le soir de Noël, chuchota Azalea, et le transept sembla avaler ses mots.

— John Joughin, quarante ans, 6 mars 1949 ; David Joughin, quarante-quatre ans, 6 mars 1949 ; Samuel Yves, trente-huit ans, 6 mars 1949.

— Samuel était votre arrière-grand-père, précisa Lender.

— Abraham Yves, poursuivit Thomas. Trente-trois ans, disparu en mer le 21 juin 1962.

— Le 21 juin ! » Azalea se redressa d'un coup sur le banc. « Le jour du solstice d'été ?

— Abraham était le père de Marion », dit le prêtre.

Azalea se leva. « Je crois qu'on devrait y aller, maintenant », dit-elle. Son cœur battait trop vite pour ce lieu où il y avait trop de silence. Trop de fantômes.

Thomas lui serra la main. « Attendez. Encore un. » Il marqua une pause, puis lut : « Gideon Robertson, cinquante-quatre ans, disparu en mer. 2002.

— Quel jour ? » demanda Azalea.

Thomas hésita.

« C'était en juin, intervint Jeremiah Lender. Au lever du jour, il faisait très beau, le ciel était dégagé. Parfois, sur les petits bateaux, lorsque les journées sont aussi longues, les hommes restent en mer jusqu'après la deuxième marée. Ils étaient trois sur ce bateau. Gideon, et les frères Clague – Adam et Tom. En début d'après-midi, une houle terrible s'est levée au large. Ils avaient fait une bonne pêche et les trois hommes étaient sur le pont, en train de tout attacher avant que ça ne souffle trop fort. Gideon avait forcément connu des conditions semblables un millier de fois. Les Clague se trouvaient à l'arrière, et Gideon à la proue au moment où une grosse vague s'est brisée juste au-dessus de lui. Le bateau a versé. Personne n'a vu ce qui s'est passé, mais sans doute est-ce cette vague qui a emporté Gideon. Lorsque Adam et Tom se sont aperçus qu'il n'était plus à bord, ils ont fait demi-tour et ont tenté de le repérer dans l'eau. Les sauveteurs sont arrivés, ainsi qu'un hélicoptère d'Anglesey. Les recherches se sont poursuivies jusqu'à la tombée de la nuit et ont repris le lendemain dès l'aube. Les Clague, eux, avaient passé la nuit en mer. Mais hélas on ne l'a jamais retrouvé. »

Le silence du transept sembla les consumer. Puis Azalea redemanda : « Quelle était la date exacte ?

— Le 21 juin, répondit Thomas, et il sentit Azalea lui lâcher la main. Le jour du solstice d'été. »

22

Juin 2012

« Quelle est la probabilité que toutes ces dates coïncident ? » demande Clementine à Thomas.

C'est un lundi soir d'été, dans le bureau en rez-de-chaussée de Clementine Bielszowska, à l'université. Quelques jours plus tôt, le vendredi, elle a rendu visite à Thomas, dans son petit bureau au quatrième étage, et il lui a raconté l'histoire d'Azalea. Il faut croire qu'elle a trotté pendant tout le week-end dans la tête de Clementine, puisque celle-ci a convoqué Thomas. Il se tient assis devant elle, ses grandes mains coincées entre les genoux, tel un étudiant indocile. Il a l'air maussade.

« Et ne me dites pas qu'elles sont de cent pour cent, ajoute-t-elle. Je connais votre réponse préférée par cœur. Je veux simplement connaître les probabilités attachées à ce cas particulier. Rembobinez le calendrier jusqu'en 1962, et dites-moi quelle était la probabilité que chaque événement important de la vie d'Azalea Lewis se produise le jour du solstice d'été. » Recroquevillée dans un profond fauteuil en cuir, Clementine observe Thomas, avec la patience d'un prédateur.

« Dans la plupart des pays d'Europe, on ne fête même pas le solstice d'été le 21 juin, mais le 24, observe Thomas d'un air affligé.

— Ce qui est complètement idiot, assène Clementine. Et ne répond pas à ma question. »

Thomas se lève. Sur le tableau de conférences dressé contre un mur, il écrit tout en haut « solstice d'été » avec un marqueur rouge à la pointe desséchée.

« Solstice d'été 1962 : Abraham Yves disparaît en mer. »

Il inscrit cette information.

« Solstice d'été 1982 : Marion Yves est assassinée dans une fête foraine.

— Vingt ans plus tard, complète Clementine.

— Oui.

— Et que s'est-il passé lors du solstice d'été 1972 ?

— Rien. Du moins à ma connaissance.

— Bien. » Clementine frappe un coup de canne sur le plancher. « Ensuite.

— 1992. Le 21 juin. Luke et Rebecca Folley sont abattus à la mission de Langadi, en Ouganda.

— En êtes-vous sûr ?

— Sûr de quoi ?

— Êtes-vous certain qu'ils ont été abattus ? Comment le savez-vous ? »

Thomas réfléchit. « Parce que c'était annoncé dans le journal.

— Quel journal ?

— Le *Daily Nation* de Nairobi, indique Thomas, mais il semble préoccupé.

— Avez-vous vu l'article ?

— Oui. J'ai fait des recherches sur les coïncidences d'Azalea. J'ai trouvé un exemplaire du journal en bibliothèque.

— Et vous croyez tout ce que vous lisez dans les journaux ?

— Pas toujours, mais cet article-là semblait tout à fait digne de foi. Il s'accompagnait d'une photo.

— Une photo des corps ? »

La réponse de Thomas se fait un peu attendre. « Non, convient-il finalement. Une photo de Luke, Rebecca et Azalea, devant un bâtiment.

— Tous les trois vivants ?

— Eh bien, oui – évidemment.

— Et que prouve cette photo, exactement ? »

Thomas semble dans ses petits souliers. « J'imagine qu'elle prouve, à tout le moins, que l'auteur de l'article s'est rendu à la mission. Cette photo, quelqu'un la lui a forcément donnée.

— Et vous avez supposé que John Hall et un groupe de mercenaires se sont lancés à la poursuite d'Azalea et ont risqué leur vie pour la sauver ? Pourquoi ? Pourquoi auraient-ils fait ça ?

— Je n'en sais rien. Je n'ai pas vraiment réfléchi à cette question.

— Quelqu'un a dû les payer. N'est-ce pas le propre des mercenaires de se faire rémunérer pour jouer des muscles ?

— Je suppose…

— Alors qui les a payés ? » Clementine le fixe avec agacement. « Moins de douze heures après l'enlèvement, quelqu'un engage des mercenaires pour voler au secours d'Azalea. Qui ferait une chose pareille ? »

Thomas déglutit discrètement. L'intelligence de ce raisonnement judiciaire le rend nerveux. « Quelqu'un qui vivait à la mission ? hasarde-t-il. Et nous ignorons si retrouver Azalea était leur seul objectif. »

Clementine se penche pour ouvrir un tiroir étroit d'où elle extrait une feuille de papier. « Vous souvenez-vous de l'article que vous avez lu dans le journal kenyan, au sujet des mercenaires expulsés ? » demanda-t-elle.

Thomas hoche la tête.

« Avez-vous noté leurs noms ? »

Thomas paraît surpris par la question.

« Un des noms brille par son absence, poursuit-elle. John Hall. Il semblerait qu'il soit mort avant que les autorités aient pu l'expulser. Mais les noms des autres mercenaires étaient indiqués, et j'ai retrouvé la trace de l'un d'eux. » Elle gratifie Thomas d'un grand sourire satisfait.

Il la dévisage, incrédule. « Vous avez retrouvé sa trace… Comment avez-vous fait ?

— Google. Pas mal de coups de fil ici ou là dans le monde, un ami à Johannesburg et un peu de chance. » Elle agite la page imprimée devant les yeux de Thomas.

« Qu'est-ce que c'est ?

— Un mail de notre ami, répond Clementine en chaussant ses lunettes. Pieter Van der Merwe.

— Ce Pieter Van der Merwe-là ?

— Lui-même. Pieter Van der Merwe, mercenaire et ancien membre plutôt peu recommandable de la police de Johannesburg. » Elle tend la feuille à bout de bras et Thomas la lui arrache des mains.

« Lui avez-vous parlé ? demande-t-il avec une certaine urgence dans la voix.

— Oui.

— Et qu'a-t-il dit ? »

Clementine arbore un sourire béat. Elle se régale. « Il m'a raconté qu'un homme était venu parler à John Hall, dans un hôtel de Gulu. Un Anglais. Et même si cela remonte à très longtemps, et que notre homme a la mémoire qui flanche, ce Pieter est raisonnablement certain qu'il s'agissait de Luke.

— Ou pas. » Thomas a les mains qui tremblent.

« Cet homme a payé la transaction avec l'acte de propriété d'une maison en Cornouailles, indique

Clementine. Lequel acte de propriété se trouve probablement toujours dans un coffre-fort, quelque part en Ouganda. Les mercenaires n'ont jamais rien tenté pour le récupérer.

— Oh, mon Dieu ! » Thomas redresse les épaules. « Luke avait une maison en Cornouailles.

— Tout à fait.

— Donc, Luke est encore en vie ?

— Ça, nous n'en savons rien. Mais nous savons en revanche qu'il était bel et bien toujours vivant l'après-midi du 21 juin 1992. Plusieurs heures après l'enlèvement d'Azalea.

— Merde. » Thomas commence à arpenter la pièce. « Merde. Merde. Merde. »

Clementine l'autorise à vider son sac de gros mots.

« Mais alors, si Luke a survécu à la fusillade de Langadi... » Assailli par trop de nouvelles pensées, plus qu'il ne peut en traiter, Thomas laisse une fois de plus sa phrase en suspens. « Pourquoi n'est-il pas lui-même parti à la recherche d'Azalea ? Après que l'opération des mercenaires a capoté – je veux dire. Pourquoi n'a-t-il pas essayé de retrouver sa trace ?

— Comment savons-nous qu'il ne l'a pas fait ? » Clementine retire ses lunettes. « Réfléchissez. La piste avait forcément refroidi. D'après ce Van der Merwe, John Hall avait dit à Luke de ne pas se lancer à leur recherche. Il avait été catégorique sur ce point. Si aucun membre du groupe ne revenait du camp de la LRA avec Azalea ou d'autres otages, c'est qu'ils étaient tous morts. Donc mettez-vous un instant à la place de Luke Folley : vous patientez quelques jours, en vous rongeant les sangs, les nouvelles tardent à venir. Au final, que faites-vous ? Que ferait un homme dans la force de l'âge, en pareil cas ? » Elle assène un nouveau coup de canne sur le sol, comme si cela l'aidait à penser. « Selon moi, il mettrait le cap au nord, vers le Soudan, pour chercher par lui-même le camp de la LRA. Mais comment procéder ? Les mercenaires, eux, savaient où se trouvait le camp – Luke probablement pas. Et il y avait des chances pour que, à la suite de son entrevue avec nos chiens de guerre, la LRA ait de toute façon brouillé les preuves de son forfait. Qu'est-ce que Luke aurait pu trouver ? Un camion soufflé par une explosion ? Un chauffeur mort ? »

Tout cela commence à faire son chemin dans la tête de Thomas. « Et… Ritchie et Lauren ?

— Eh bien quoi, Ritchie et Lauren ?

— Luke aurait pu chercher à retrouver leur trace. Il y avait forcément un moyen de les contacter, non ?

— Pourquoi l'aurait-il fait ? À sa connaissance, Ritchie et Lauren avaient réussi à s'enfuir de la mission. Il leur avait dit de filer et probablement les avait-il vus le faire. Dans son esprit, ils avaient pris le premier bus pour Kampala, puis sauté dans le premier avion à destination de Londres. Il ignorait qu'eux aussi avaient été enlevés. »

Thomas ne bronche pas ; il s'imprègne de ce raisonnement.

« Même en admettant que l'idée de les contacter lui ait traversé l'esprit, il devait se dire que si Ritchie et Lauren avaient été en mesure de lui donner des nouvelles d'Azalea, ils l'auraient forcément contacté.

— Un coup de fil ! dit Thomas en poignardant emphatiquement l'air d'un long doigt fin. Il aurait suffi d'un seul misérable coup de fil à Ritchie Lewis, et Luke aurait retrouvé sa fille. »

Clementine acquiesce. « Luke ne pouvait pas se lancer à la recherche d'Azalea pour la raison qu'il ne savait pas si elle était vivante. Il a dû penser que si un seul des mercenaires en avait réchappé, il serait venu le trouver pour lui donner des informations. Luke a probablement épluché tout ce qui s'écrivait sur le Soudan et l'Ouganda pour voir s'il était question d'eux. Jamais, sans doute, il n'a envisagé que les otages s'étaient enfuis au Kenya. Que Ritchie et Lauren se trouvaient parmi eux. Que les mercenaires finiraient tous morts, emprisonnés ou expulsés. Que le message de Van der Merwe n'arriverait jamais à bon port. Qu'Azalea aurait changé de nom. Cela fait beaucoup d'obstacles – même un très bon détective s'y serait cassé le nez.

— Sauf à être un aussi fin limier que vous », observe Thomas.

Clementine ignore le compliment. « En outre, Luke aura sûrement supposé que si Azalea était en vie, et avait réussi à s'échapper des griffes de la LRA, elle aurait cherché à prendre contact avec lui. Elle avait treize ans – elle était assez mûre pour retrouver le chemin de Langadi, ou au moins pour faire passer un message à ses parents. À en croire ce que vous m'avez dit, c'était une adolescente débrouillarde. Luke le savait. Mais il ne pouvait pas deviner qu'Azalea avait lu dans un journal kenyan que ses parents étaient morts. Il ne pouvait pas deviner qu'elle allait porter leur deuil pendant vingt ans.

— Clementine, vous êtes extraordinaire. Pourquoi ne suis-je pas venu vous voir plus tôt ? »

Le docteur Bielszowska hoche la tête, cette fois ravie du compliment. « Oui, pourquoi ? On se le demande !

— Quel incroyable concours de circonstances !

— Taxeriez-vous cela de hasard ? Ou de providence ? demande-t-elle.

— *Guzen* ou *hitsuzen* ? demande-t-il en écho. Dans tous les cas, il aura fallu l'intervention toute-puissante d'une terrible malchance. » Il laisse échapper un lent sifflement d'entre ses dents et replie ses longs bras. « On pourrait même parler de coïncidence », ajoute-t-il.

Clementine lâche un grognement d'assentiment. « Vous pourriez me servir un verre de vin, dit-elle.

— Avec plaisir. » Thomas se dirige vers des rayonnages, de l'autre côté du bureau. Il sait ce qu'il faut faire. Il y a des ouvrages de Freud, de Jung, Reich et Schimek. Il caresse du doigt une rangée de livres.

« Essayez *Le Principe de plaisir*. Freud. »

Il localise le volume et le fait glisser vers lui. C'est un livre factice. Et derrière la fausse reliure se cache une bouteille.

« Château Talbot, dit Clementine. Ainsi baptisé en hommage à un comte du Shropshire qui mourut à la bataille de Castillon. »

Thomas retire la bouteille en même temps qu'un tire-bouchon. « C'est un bordeaux ?

— Mon cher petit, m'avez-vous déjà vue boire autre chose ? »

Il débouche la bouteille et sert deux verres généreux. Clementine savoure le vin lentement, à la manière d'un amateur averti. « Résumons : Azalea est rentrée en Angleterre avec les Lewis en pensant que ses parents étaient morts, mais Luke, au moins, était vivant.

— Et Rebecca ?

— Qui sait ? Il semble possible qu'elle ait réellement été tuée. Comment en avoir la certitude ? »

Dans un ample mouvement de bras, Thomas croise les mains derrière la tête.

« Maintenant, pouvons-nous revenir à nos calculs ? demande Clementine.

— Je dois joindre Luke Folley, lâche Thomas. S'il est toujours en vie et à Langadi, alors Azalea l'aura forcément vu…

— Quand l'aurait-elle vu ? demande Clementine. Que voulez-vous dire ?

— Eh bien, lorsqu'elle est partie, en février, c'est là qu'elle se rendait. À Langadi. Oh, mon Dieu ! »

Il écrase les mains sur son visage.

« Je vois. En supposant qu'il ait survécu aussi longtemps.

— Cela remonte à vingt ans.

— Quel âge avait-il quand… ?

— À l'époque, il devait avoir quarante ans et des poussières. Quarante-trois ou quarante-quatre.

— Il n'était pas si vieux.

— Non. »

Ils se regardent.

« Mais il n'est probablement plus à Langadi, dit Thomas.

— Pourquoi pas ?

— Parce que la mission n'existe plus.

— En êtes-vous certain ?

— À cent pour cent. J'ai cherché sur Google toutes les combinaisons possibles de "Langadi" et de "mission", et ça n'a strictement rien donné. J'ai même reçu une réponse de l'association des Églises missionnaires. Ils m'informent que la mission Saint-Paul a été fermée en 1992. Ils n'ont aucune trace d'une nouvelle mission. »

Clementine le dévisage. « Peu importe. Cela ne me surprendrait pas que Luke vive toujours à Langadi. Il lui fallait rester là-bas. Il n'avait pas le choix.

— Pourquoi ? demande Thomas, l'air déconcerté.

— À votre avis ? Au cas où Azalea revienne un jour à la maison. »

C'en est presque trop pour Thomas.

« Pouvons-nous en revenir à ma liste ?

— D'accord. »

Il se lève et va se poster devant le tableau.

« Le 21 juin 2002, Gideon Robertson disparaît en mer, énonce Thomas à mesure qu'il écrit.

— Et pour finir ? »

Thomas marque une pause et inspire lentement. « 2012. 21 juin... »

Suit un long silence. « Vous connaissez la suite.

— Je veux l'entendre de votre bouche.

— Azalea Lewis meurt », dit Thomas. Un autre long silence. « Ou pas.

— Que va-t-il se passer, selon vous ?

— Je ne sais pas. » Il a l'impression qu'un poids oppresse sa poitrine. Il plisse les yeux. « Je ne sais pas. Je ne sais pas. Je ne sais pas.

— Peut-être y verrait-on plus clair si nous terminions les calculs ? hasarde Clementine.

— D'accord. » Thomas ramène son attention vers la liste de noms et de dates qu'il a griffonnée.

« Chacun de ces événements implique un décès, résume Clementine. Une disparition à chaque fois violente et inattendue. Dans la saga d'Azalea Lewis, personne ne meurt de sa belle mort à un âge vénérable. »

Elle hausse un sourcil, comme si elle anticipait une objection de la part de Thomas ; il se contente d'un haussement d'épaule qui vaut approbation.

« Tous ces décès surviennent à date fixe dans l'année, et dans la décennie. »

Thomas acquiesce.

« Faites les calculs, ordonne Clementine.

— D'accord. » Là, au moins, il est en terrain familier. « Nous devrions partir du présupposé que la date du premier décès – celui d'Abraham Yves – est aléatoire. En ce qui le concerne, nous n'avons donc pas besoin de calculer les probabilités.

— Parfait. Et pour mémoire, il faut noter que Samuel Yves est mort à une date entièrement différente.

— Le 6 mars 1949.

— Exactement. Donc, nous commençons avec Marion. Quelles étaient ses chances de mourir vingt ans jour pour jour après son père ?

— Disons qu'il y a trois mille six cent cinquante jours dans une décennie, plus deux années bissextiles – donc la probabilité est d'une chance sur trois mille six cent cinquante-deux.

— Excellent. Infime, donc, mais rien d'astronomique non plus. C'est de l'ordre du ticket gagnant à la tombola de village. Et maintenant, si nous ajoutons Rebecca…

— Multipliez trois mille cinq cents par trois mille cinq cents.

— Ce qui donne ? » Clementine farfouille sur son bureau et met la main sur une calculatrice.

Thomas pianote sur le clavier : « Treize millions trois cent mille.

— Soit plus ou moins la probabilité de gagner au loto. Et maintenant, ajoutons Gideon Robertson.

— Quarante-huit mille milliards.

— Et si maintenant… » Clementine s'interrompt pour accrocher le regard de Thomas. « … nous ajoutons Azalea. »

Thomas expire longuement. « La probabilité tombe alors à une chance sur cent soixante-dix trillions. À la louche. » Il lâche la calculatrice sur le bureau.

« Et cela continue à vous inquiéter ?

— Bon, à vue de nez, ça n'a pas l'air très fortuit, non ? Si, en lançant une pièce, vous sortez cinq faces d'affilée, c'est le hasard. Si vous en sortez cinquante, alors c'est que quelqu'un pipe la pièce.

— Peut-être venez-vous de prouver l'existence de Dieu, professeur Post ? »

Thomas grimace. « Oui, mais quelle sorte de Dieu ? Un Dieu qui tue des gens à intervalles réguliers juste pour nous narguer ?

— Et s'il y avait une autre explication ? »

Il commence à se faire tard. Thomas et Clementine quittent l'université et remontent sans hâte en direction d'Euston Road.

« Vous prenez le métro ? s'enquiert Thomas.

— Mon cher petit… » Elle lui décoche un regard indulgent. « Avec ma jambe ?

— Nous pourrions partager un taxi.

— Je pensais que vous habitiez à Hackney.

— C'est le cas. Mais je ne suis pas pressé. Laissez-moi vous raccompagner. »

Ils grimpent dans un taxi. « Primrose Hill, indique Thomas au chauffeur. Elsworthy Road. »

Le taxi redémarre et se mêle à la circulation de la fin de journée.

« Ce que vous avez mentionné m'a rappelé quelque chose, dit Thomas en sortant un journal de sa sacoche. Regardez. » C'est le *Telegraph*. « J'essaie de la remplir chaque jour, ajoute-t-il en tournant le journal pour le montrer à Clementine.

— La grille de mots croisés ?

— Je suis un cruciverbiste. » Il sourit. « Connaissez-vous la coïncidence célèbre associée à la grille de mots croisés du *Daily Telegraph* ?

— Je ne pense pas.

— Le *Telegraph* faisait autrefois appel à un créateur de grilles du nom de Leonard Dawe.

— Quand était-ce ?

— Pendant la Seconde Guerre mondiale.

— Ah. Alors peut-être que je connais l'histoire. N'est-ce pas lui qui a flanqué une peur bleue au MI5 en introduisant tous les noms de code des opérations du débarquement dans une grille de mots croisés ?

— C'est presque ça. Dans la grille du 16 août 1942, Dawe donne l'indice "Port français", en six lettres. Assez inoffensif, pourriez-vous penser. Le lendemain, le journal publie la solution.

— Et la réponse était ?

— Dieppe.

— Et la pertinence ?

— Le surlendemain, les Alliés débarquaient à Dieppe. Ce fut un désastre. Trois mille cinq cents hommes tués ou capturés, une centaine d'avions abattus. »

Clementine recommence à marteler le plancher avec sa canne. « Et le MI5 a mis ce fiasco sur le dos de la grille de mots croisés qui avait dévoilé le lieu de l'opération ?

— Non, pas tout de suite. La coïncidence n'échappa pas au War Office et ils menèrent quelques investigations ; mais ils conclurent à un extraordinaire coup de déveine. Deux ans plus tard, d'autres mots plus improbables commencèrent à apparaître dans les grilles. D'abord Juno, puis Gold, puis Sword. »

Clémentine hocha la tête. « Les noms de code des plages du débarquement.

— Exactement. Ensuite apparut Utah. Et le 22 mai, l'indice était "Indien sur le Missouri", et la solution…

— Omaha ? »

Thomas esquissa un large sourire. « Cinq jours plus tard, une des réponses était "Overlord" – soit le nom de code de toute l'opération. Puis, trois jours après, un indice donnait "Roncier au centre des révolutions des jardins d'enfants". Huit lettres.

— L'anglais n'est pas ma langue maternelle, mon cher petit, le réprimanda-t-elle.

— Oui, bien sûr. La réponse était "*Mulberry*", le mûrier, comme dans la comptine qu'on chante en faisant la ronde. C'était ça, les "révolutions des jardins d'enfants". Bref, Mulberry était le nom de code des ports flottants mobilisés pour les débarquements.

— Je vois.

— Pour finir, la grille du 30 mai incluait la réponse "Neptune", qui désignait l'ensemble de l'assaut naval.

— Cela fait un sacré ensemble de coïncidences, observe Clementine. Les autorités ont-elles mené l'enquête ?

— Oh oui ! Elles ont conclu qu'il ne s'agissait que d'une énorme coïncidence. Elles ont interrogé Leonard Dawe et, apparemment, il s'est montré convaincant. "Pourquoi n'aurais-je pas dû utiliser ces mots ?" a-t-il protesté.

— Je vois.

— Qu'en auriez-vous conclu ? »

Clementine hausse les épaules. « Je ne sais pas. Ce n'est pas moi le coïncidentologue. »

Thomas éclate de rire et se penche vers Clementine tandis que le taxi bifurque sur Regent's Park Road. « Quand Dawne leur a affirmé qu'il ne s'agissait que d'une fâcheuse coïncidence, les hommes du War Office l'ont cru », reprend Thomas, les yeux pétillants.

« Mais vous, vous n'en croyez pas un mot ?

— Si j'avais été dans les parages à l'époque, et si on m'avait consulté... » Il s'interrompt pour soigner son petit effet théâtral. « ... je l'aurais pendu.

— Juste ciel ! Il ne s'agissait donc pas du tout d'une coïncidence ?

— Il faut se demander quelle est la probabilité de voir apparaître, en l'espace de six mois, huit noms de code capitaux. Chaque grille proposait trente ou quarante énigmes, donc nous considérons ici un corpus de quelque quatre mille mots. Quelles sont les chances que, sur quatre mille indices, cinq concernent les plages du débarquement ? »

Clementine secoue la tête une fois de plus. « Je devine que vous avez déjà fait le calcul.

— Tout à fait. Et il n'est pas simple. Il nous faut prendre en compte des milliers d'autres grilles pour voir, par exemple, à quelle fréquence sortent des mots tels que "Juno", ou "Gold". Mais voyons large : admettons que dans un corpus de quatre mille définitions, "Juno" ait une chance sur vingt d'apparaître.

— D'accord.

— Donc, il y a une chance sur quatre cents que "Juno" et "Gold" apparaissent tous les deux.

— Si vous le dites.

— Si on ajoute les noms des cinq plages, c'est de l'ordre d'une chance sur trois millions.

— Et pourtant vous seriez prêts à pendre un homme sur la foi de ces statistiques ?

— Peut-être pas. Mais la probabilité que l'ensemble des huit mots apparaisse de façon aléatoire dans les mois qui précèdent l'invasion des Alliés est de moins de une sur vingt-cinq mille millions. Pour le dire différemment, si le *Telegraph* avait publié sa grille de mots croisés chaque jour de semaine depuis la formation de la planète Terre, un tel hasard ne se serait probablement jamais produit. Et pourtant, ce fut le cas dans les mois qui ont précédé le débarquement. »

Clementine le dévisage en plissant les paupières. « Êtes-vous en train de me dire que cet homme était de toute évidence un espion ?

— Certaines coïncidences sont si scandaleusement improbables qu'il ne peut y avoir d'autre explication.

— Donc, vous l'auriez pendu ? »

Thomas fait mine de resserrer un nœud coulant autour de son cou et éclate de rire. « Parfaitement. Haut et court. Et c'est aussi bien qu'on ne m'ait pas consulté, car j'aurais été dans l'erreur.

— C'était donc bel et bien une coïncidence ?

— Non. Mais il y a une autre explication – qui n'est apparue que quelques années après la fin de la guerre. Leonard Dawe ne faisait pas que créer des grilles de mots croisés ; il enseignait également dans un lycée du sud de Londres. Parfois, il demandait à ses élèves de remplir des grilles, et lui se chargeait ensuite de formuler les indices. Or il se trouve que des soldats américains étaient stationnés dans les locaux du lycée. Certains garçons avaient surpris les noms de code au fil des conversations, et les avaient glissés en douce dans les grilles de mots croisés, pour faire une bonne farce.

— Et quelle farce !

— Je ne vous le fais pas dire. » Thomas semble ravi de la réaction de Clementine. « Je raconte souvent cette anecdote aux étudiants qui viennent me soumettre des coïncidences qui se révèlent astronomiquement improbables. Et je les invite à chercher une autre explication. Il y a toujours une autre explication. »

Le taxi se range devant une imposante bâtisse de style géorgien. Clementine cherche son porte-monnaie.

« Laissez, je m'en chargerai, proteste Thomas.

— Mon cher petit, il n'en est pas question. » Le docteur Bielszowska lui glisse de force quelques pièces dans la main. « Savez-vous bien quel jour nous sommes ?

— Lundi ?

— Lundi 18 juin. Il vous reste trois jours pour débrouiller cette affaire. »

Thomas s'assombrit à nouveau. « Je sais.

— Je veux que vous veniez me voir demain, reprend Clementine. Ici, chez moi. Cinq heures. Je vous ferai du thé.

— Merci.

— Et nous démêlerons ça ensemble », ajoute-t-elle en s'extirpant gauchement du taxi.

23

Juin 2011 – février 2012

Azalea Lewis et Thomas Post commencèrent à se fréquenter en juin 2011, un mois après l'excursion sur l'île de Man. Thomas débarqua à l'improviste dans le bureau de Birkbeck qu'Azalea partageait avec une collègue. Cette femme, qui avait un visage lunaire et des dreadlocks, demeura poliment assise à son bureau et s'efforça de ne pas glousser lorsque Thomas sortit son bouquet d'un sac en plastique. Les tiges, ainsi que plusieurs fleurs, avaient été quelque peu endommagées. « Je suis désolé, dit Thomas. Je ne voulais pas les transporter trop ostensiblement.

— Vous étiez gêné de les transporter trop ostensiblement, le reprit Azalea d'un ton accusateur tandis que sa collègue feignait de regarder par la fenêtre. Je n'ai pas de vase. »

La collègue, en feignant toujours de ne pas écouter la conversation, fit glisser une carafe sur son bureau. Azalea s'en empara, y planta le bouquet et le disposa sur son bureau. « Et voilà ! dit-elle avec un grand sourire. Ravissant. »

Ils assistèrent à une représentation d'*Hamlet* dans une salle du West End, puis dînèrent dans un restaurant français de Soho, où ils eurent tout loisir de commenter le spectacle. Thomas ne manqua pas d'y mêler la prédétermination. « *Hamlet* explore le libre arbitre, dit-il en bataillant avec ses coquilles Saint-Jacques. Le personnage est aux prises avec son destin, qui le défie. Il veut se suicider, mais ne le peut pas. Il veut tuer son oncle, mais ne le peut pas. Il doit suivre les instructions de son père, mais n'arrive pas à s'y résoudre.

— Tout ça n'a rien à voir avec le libre arbitre, protesta Azalea. C'est de l'indécision. Des atermoiements. Hamlet est incapable d'agir parce qu'il est faible.

— Et la morale est… ?

— Le fardeau de ses responsabilités devient la raison de son inaction. On doit agir pour être. N'est-ce pas là le message de la pièce ? Nous ne sommes peut-être pas nés libres, mais nos actes nous définissent. »

Thomas Post était encore plus velléitaire qu'Hamlet. Il ne consomma pas sa relation avec Azalea cette nuit-là, ni après avoir assisté à une de ses conférences sur le thème « Poésie et Futurisme ». Ce soir-là, ils dînèrent d'une simple pizza sur Tottenham Court Road, puis marchèrent ensemble jusqu'à Marble Arch. Ils ne rentrèrent pas non plus ensemble à l'issue d'une régate sur la Tamise, pour laquelle Thomas avait emprunté un blazer aux manches trop courtes et arboré un canotier. Pour finir, Azalea l'invita à dîner chez elle, dans son appartement près de Highgate. Thomas se présenta avec un autre bouquet ; cette fois, les fleurs étaient intactes. Azalea avait préparé un ragoût africain que Thomas déclara adorer. En vérité, c'était elle qu'il adorait. En vérité, il se consumait d'un tel désir pour elle que son corps ne savait plus du tout comment se comporter. Il avait pensé à elle jusqu'à l'ivresse, et maintenant il se tenait là, cloué sur sa chaise, la contemplant d'un air penaud.

Azalea leur servit en dessert un diplomate acheté chez Marks & Spencer. « Je n'ai pas beaucoup de temps pour cuisiner », s'excusa-t-elle.

C'était le meilleur diplomate de tous les temps.

« Veux-tu qu'on regarde un DVD ? » proposa-t-elle.

Thomas, qui avait perdu sa langue, hocha la tête.

Ils se blottirent côte à côte sur le petit canapé et essayèrent de regarder *Winter's Bone*, mais Thomas ne parvenait pas à se concentrer sur le film. Il avança subrepticement un bras vers Azalea, pour l'enlacer, comme un adolescent, et elle appuya la tête contre son épaule. Et enfin, cinq mois après s'être retrouvés dans une station de métro, dans une configuration presque identique – enfin, leurs réserves de timidité se tarirent, et la nature humaine vint à leur rescousse.

« Je peux te poser une question ? » demanda Thomas. Ils étaient au lit, aux petites heures d'un matin londonien, et écoutaient les bruits de circulation qui entraient par la fenêtre ouverte.

— Vas-y.

— Pourquoi refuses-tu les relations amoureuses ? »

Azalea garda le silence un long moment. Bien trop long. « Je ne sais pas. » C'était un chuchotement.

« Ceci est-il une relation amoureuse ?

— Je ne sais pas.

— Aimerais-tu que ce le soit ? »

On pourrait mesurer le temps en battements de cœur, songea Thomas. Certains vont et viennent à une vitesse incroyable, alors que d'autres semblent durer une vie entière. Un jour, pour chacun d'entre nous, il y a forcément eu un battement inaugural : une convulsion dans le ventre maternel, une minuscule étincelle électrique, une contraction musculaire – et le moteur a démarré. Ce moteur qui doit ensuite se contracter et pomper sans repos, tel le mécanisme d'un métronome, jusqu'à ce qu'un jour l'étincelle fasse long feu et que le muscle découvre qu'il n'était rien d'autre, depuis le début, qu'un fragile morceau de chair.

« Je ne sais pas », chuchota Azalea. Puis, un millier de battements de cœur plus tard : « Peut-être. »

Le soleil qui se levait sur Highgate était différent de celui que pouvait observer Thomas Post chez lui, à Hackney. Il était plus gros, plus jaune. À Highgate, le ciel était plus bleu, les nuages plus vaporeux, les particules en suspension dans l'air plus légères, le vent y soufflait pour d'autres raisons. À Highgate, le monde dégageait même un parfum différent. Inédit. Un parfum de lilas, de citron vert, de tartines et de miel. Thomas préparait le petit déjeuner, l'apportait dans la chambre puis il embrassait Azalea, en semant des baisers depuis son nombril jusqu'à sa bouche qui l'attendait.

Ils formaient un couple harmonieux. Azalea pouvait appuyer la tête contre l'épaule large de Thomas. Ils descendaient Regent Street main dans la main et faisaient du lèche-vitrines, détaillant des articles qui ne seraient jamais dans leurs moyens. Ils entraient dans des *coffee shops* pour qu'Azalea puisse respirer le riche arôme des grains torréfiés. S'allongeaient l'un contre l'autre sur le modeste canapé d'Azalea pour s'attaquer ensemble à la grille cryptique du *Telegraph*. « Cinq horizontal, lançait Azalea. Synchronicité entre une compagnie policière et les emballements du chef des conservateurs. Onze lettres », Thomas regardait par-dessus son épaule et annonçait : « Coïncidence ! », puis il éclatait de rire et lui ébouriffait les cheveux. « La synchronicité est une coïncidence. »

Cela ne semblait pas très important qu'Azalea lise de la poésie et Thomas des polars. Ou qu'il écoute du rock indé et elle de la folk. Qu'il soit un lève-tôt et elle une lève-tard. Qu'il aime bien se détendre avec une bière devant un match de qualification à la télé et elle… – pas du tout. Ils étaient, en un sens, deux solitaires qui se supportaient très bien tout seuls mais n'en aspiraient pas moins à entendre un autre cœur battre au côté du leur.

« Te voilà versée dans les relations amoureuses, finalement ? la taquinait Thomas.

— Je ne sais pas », lui chuchotait-elle au creux de l'oreille tout en l'enlaçant.

Alors, pourquoi Azalea était-elle partie ?

Ils avaient pourtant fait de leur mieux.

Un week-end, ils s'étaient envolés pour Glasgow puis avaient rallié en bus une petite ville du nom de Gourock, d'où un ferry les avait conduits jusqu'à Dunnoon – dans le but de retrouver un couple de médecins qui avait ouvert un cabinet dans un village au nord de Ballochyle, des médecins qui n'étaient autres que Ritchie et Lauren Lewis. Azalea les appelait tous les deux par leur prénom. Ils n'étaient pas ses parents, plutôt un frère et une sœur aînés, deux êtres éminemment raisonnables, délicieusement installés et parents de deux adolescents.

« Depuis combien de temps êtes-vous ici ? leur demanda Thomas.

— Deux ans, à peine », répondirent-ils. Mais ils s'y plaisaient énormément.

Retourneraient-ils un jour en Afrique ?

Ritchie secoua la tête et coula un regard en direction de Lauren. « Azalea vous a donc parlé de l'Afrique ? » demanda-t-il. Il avait conservé son épi de cheveux blonds et son air canaille. « Nous n'y retournerons jamais. » Du mois qu'ils avaient passé en Afrique de l'Est, ils avaient rapporté assez d'histoires pour une vie entière de veillées au coin du feu, et leurs trois premières semaines d'exercice de la médicine à la mission de Kakuma leur avaient procuré une assurance et des bases qu'ils auraient difficilement pu acquérir ailleurs.

Pendant leur séjour chez Ritchie et Lauren, Azalea et Thomas dormirent ensemble, dans une chambre qui ouvrait sur le Loch Eck, sur un matelas de crin. Le matin, ils partirent se promener en famille, avec le vieux chien de la maison, et grimpèrent à flanc de colline par les sentiers forestiers jusqu'à une altitude d'où l'on dominait le lac et s'émerveillait du panorama. Ils s'installèrent, toujours en famille, dans la petite salle d'un pub de village, et Ritchie fit étalage de sa science en matière de whisky single malt pendant que Lauren et Azalea se racontaient des centaines d'histoires. Puis ils rentrèrent en se baladant sur le front de mer, en regardant les ferries traverser lentement le détroit.

« Ça ressemble un peu au Nil occidental, observa Azalea, et Thomas haussa un sourcil étonné. Non, tu as raison, reprit-elle. Ça ne ressemble absolument pas au Nil occidental. À ce détail près que Dunoon n'est accessible qu'en ferry. Une fois, à Langadi, le ferry de Laropi est tombé en panne et, pendant un mois, pour aller à Gulu sans franchir une frontière, il fallait faire un détour de plus de trois cents kilomètres jusqu'au seul pont existant, à Pakwatch. Et les routes étaient dans un état épouvantable. S'il avait beaucoup plu, mieux valait oublier. Ici, quand les ferries s'arrêtent pour la nuit, le seul moyen de gagner Gourock, juste de l'autre côté de la baie, c'est de traverser le parc naturel d'Argyll, descendre le long de la côte jusqu'à Helensburgh et pousser ensuite jusqu'à Erskine pour traverser la Clyde. Au final, au lieu de traverser un détroit de trois kilomètres, tu en fais cent cinquante par la route. »

Ils passèrent une journée à Édimbourg, grimpèrent jusqu'au château, et se baladèrent dans Princes Street comme un vieux couple. À côté du Scott Monument, Thomas se percha en équilibre sur un petit tabouret en toile pendant qu'un artiste esquissait son portrait au fusain. Azalea, Ritchie et Lauren observèrent le dessin prendre forme, en riant des libertés que s'autorisait l'artiste. Le soir venu, Ritchie et Lauren les emmenèrent à l'extérieur de Dunoon, à un bal folklorique traditionnel. Les trois Lewis connaissaient tous les pas de danse. Thomas, lui, tangua comme il put et sans guère de coordination, incapable qu'il était de mémoriser les pas d'une danse sur l'autre. Et la nuit, ils retrouvèrent leur lit au matelas de crin et la vue sur le Loch Eck ; Azalea ouvrit grand les fenêtres, comme elle le faisait toujours, et ils écoutèrent le silence palpable du vallon.

Fallait-il déplorer que chaque jour n'ait pas ressemblé à ceux-là – Azalea en robe de coton et sandales, la peau rayonnante du soleil d'été ; sans échéance à respecter, ni réveil, ni emails, ni coups de téléphone ?

Et déplorer aussi que Thomas Post ait un peu trop ressemblé à Hamlet ? Thomas procrastinait. Il aurait dû agir, tenter le grand saut comme Laërte, mais quelque chose le lui interdisait. Ou bien tout simplement se montrait-il idiot. De retour à Londres, leurs horaires de travail décalés furent bientôt sur le point de gagner la bataille contre leurs arrangements domestiques. Azalea travaillait le soir et rentrait en métro à Highgate. Thomas travaillait dans la journée, et traînait le soir comme une âme en peine dans son appartement de Hackney, s'aventurant de temps à autre dehors pour un tournoi de squash ou un verre tardif au Hawley Arms. Azalea travaillait souvent pendant le week-end, et Thomas, livré à lui-même, regardait le sport à la télévision, rattrapait son retard de lessives et de repassage devant le Grand Prix ou le golf.

Ah ! Thomas. Il passait des heures à son bureau à établir des statistiques sur les tendances du site legeniedescoincidences.com. Il reportait projections et prévisions sur des graphiques, pour au final les supprimer, parce que rien n'était concluant, pour l'instant.

Thomas passait certaines nuits chez Azalea, à Highgate, serré contre elle dans son lit d'une place et demie d'où ses longues jambes dépassaient. Une fois, elle fit le voyage jusqu'à Hackney, grimpa les quatre volées de marches jusqu'à l'appartement de Thomas, mais elle se sentit mal à l'aise dans cette chambre où elle n'avait pas ses repères, sans sa garde-robe et son armure de cosmétiques à portée de main. Ce qui était censé être un arrangement simple et facile à vivre s'avérait en réalité bizarre et déstabilisant. Thomas terminait ses journées bien plus tôt qu'Azalea : aurait-il dû faire le trajet tout seul jusqu'à Highgate et attendre son retour pendant des heures dans son appartement, dans cet environnement féminin ? Il le fit parfois, mais l'expérience ne fut pas satisfaisante. Comment fallait-il procéder ? S'installer chez lui ou chez elle ? Ou bien leur fallait-il investir un nouvel appartement ensemble ? Cela aurait-il valeur d'engagement ? Thomas était-il déjà prêt à sauter le pas ? Hackney et Highgate – une si grande proximité alphabétique dans le guide des quartiers de Londres, quand il existait de fait entre les deux un gouffre qui menaçait de séparer deux amants. Thomas possédait une voiture, garée à demeure dans un box, à Clapton. Il pouvait – c'était une option – se rendre à pied jusqu'au garage, faire une demi-heure de trajet, trouver une place de parking quelque part à Highgate, et le problème serait résolu. Mais tout ça impliquait trop de calcul, d'organisation. Sans parler des tracas au retour le lendemain matin. Les merveilleux avantages de la vie londonienne et les innombrables modes de transport – réseaux ferrés souterrains ou à l'air libre, bus, deux-roues, voitures et taxis – se transformaient en fardeau face à la réalité de leurs horaires de travail disparates, et des dix kilomètres qui séparaient leurs appartements respectifs.

Et puis il y avait encore autre chose. Une chose qui était un mystère pour l'un comme pour l'autre, et qui relevait davantage du domaine de Clementine Bielszowska – la psychologie humaine – que de la curieuse philosophie de Thomas ou de la poésie ésotérique d'Azalea. Un mur toujours plus haut s'élevait entre eux, en dépit de leurs affinités chimiques, ou même du désir évident qu'ils éprouvaient l'un pour l'autre. Il se pourrait qu'il n'existe aucune terminologie pour décortiquer ce mouvement de dérive qui éloignait inéluctablement toujours un peu plus Thomas et Azalea – deux individus qui semblaient à bien des égards avoir été créés de main divine l'un pour l'autre. Thomas aurait peut-être pu en conclure qu'il fallait blâmer ici les collisions malchanceuses du démon de Laplace. Peut-être le libre arbitre ne suffisait-il pas à mettre en échec une providence qui avait pour sens de les séparer ? Ils étaient deux voyageurs sur des trajectoires distinctes. Tels des satellites sur des orbites différentes, ils s'étaient miraculeusement rapprochés, et maintenant leurs révolutions respectives les éloignaient à nouveau. C'était en partie une question de tempérament. « Rien n'arrive jamais sans raison », répétait volontiers Azalea. Thomas, avec ses pieds surdimensionnés fermement enfoncés dans un rationalisme inébranlable, se moquait gentiment de sa vision du monde et, lorsque le sujet arrivait sur la table – ce qui se produisait souvent –, la discussion se soldait par un silence aussi épais qu'une muraille de verre.

« Tu es trop arrogant, l'accusait Azalea. Tu ne peux pas balayer ma façon de voir d'un revers de main au motif que tu n'y adhères pas. »

Arrogant, il l'était évidemment. Même lorsqu'il feignait de comprendre son point de vue, Azalea n'était pas dupe, et l'artifice la contrariait encore plus. « Je n'ai pas besoin que tu fasses semblant, lui reprochait-elle.

— De quoi as-tu besoin, alors ? »

Oui – de quoi ?

Elle était venue le solliciter pour trouver une explication à ses coïncidences mais se révélait incapable d'accepter celle qu'il lui proposait.

« Rien n'arrive jamais sans raison.

— En ce cas, pourquoi les malheurs arrivent-ils ? la contrait-il. Pourquoi des gens meurent-ils jeunes ? Pourquoi Marion est-elle morte ? Pourquoi Luke et Rebecca sont-ils morts ? Pourquoi ma mère est-elle morte ?

— Je n'ai jamais dit… que la raison devait être une bonne raison.

— Certaines choses arrivent donc pour une mauvaise raison ? »

Et elle le contemplait avec des yeux pleins de chagrin. « Parfois, oui. »

Et voilà qui réveillait son arrogance. « *Post hoc ergo propter hoc*. Tu connais ce sophisme ? Cela signifie “à la suite de cela, donc à cause de cela”. On l'utilise pour décrire une logique paresseuse : parce que A est antérieur à B, alors A est la cause de B. Parce que j'ai posé le pied sur les joints entre les pavés du trottoir, j'ai raté mon examen de math. Parce que le coq chante, le soleil se lève. C'est un raisonnement vicié. Un événement se produit, puis un autre, et toi tu en conclus que le premier n'a eu lieu que pour que le second puisse avoir lieu à son tour.

— Donc, tu me prends pour une idiote ? » lui rétorquait Azalea.

Mais Thomas n'avait pas encore appris que les questions commençant par « Donc » étaient des pièges.

C'était là une des explications de la dérive orbitale qui éloignait les deux amants. Il y en avait cependant une autre, bien plus prosaïque, mais finalement encore plus difficile à accepter pour Thomas.

Azalea ne l'aurait jamais admis. Pas à voix haute. Pas dans un moment d'intimité. Quand Thomas lui demandait à voix basse : « Pourquoi n'êtes-vous pas versée dans les relations amoureuses, Miss Lewis ? », elle murmurait : « Je ne sais pas. Pourquoi n'es-tu pas versé dans la poésie ? » Ce n'était que lorsque la conversation roulait sur des sujets généraux qu'elle pouvait essayer de dissimuler la vérité. Lorsqu'elle savait que Thomas n'écoutait que d'une oreille distraite, Azalea pouvait exprimer ses raisons au grand jour. Comme le soir où ils prirent un verre dans un pub de Tottenham Court Road alors qu'Azalea ne disposait que de quelques minutes avant un cours, et que la journée de Thomas était quasiment terminée. Ils se tenaient dans un coin du pub avec leurs verres, et le tintamarre du jukebox rendait la conversation difficile.

« Tu comprends pourquoi j'ai du mal avec les relations amoureuses, n'est-ce pas, Thomas ? (Et la question s'accompagnait d'un sourire si affectueux que Thomas ne put que sourire à son tour.)

— Vas-y, explique-moi.

— Je ne suis pas vraiment une Lewis. Je suis une Folley.

— Devrais-je t'appeler Miss Folley ?

— Si tu veux. Je ne parle pas ici d'un point de vue légal. Plutôt métaphorique.

— Donc Folley est une métaphore ?

— Non, pas vraiment. » Son sourire se fit un peu plus chagrin et Thomas l'attira contre elle pour l'embrasser.

« Tu comprends, n'est-ce pas, Thomas ? Tu comprends le fardeau ? Le fardeau des Folley ? »

Thomas ne le comprenait probablement pas, mais, bien entendu, il hocha la tête. Elle voulait tellement qu'il comprenne.

« Bien. Parce que viendra un moment où je devrai partir. Et ce moment ne va plus tarder. »

Thomas consulta sa montre. « Tu as au moins encore cinq minutes. »

Elle lui planta un baiser sur le nez. « Que Dieu te bénisse, dit-elle. Je savais que tu comprendrais. » Ce qui n'était pas le cas.

Une autre fois, ils se trouvaient chez Azalea, à Highgate. Elle était en train de corriger un paquet de copies ; Thomas regardait distraitement un match de foot à la télé et ils échangeaient comme à coups de batte des commentaires d'un bout à l'autre du salon.

« Quelle destination choisirais-tu, si tu pouvais aller n'importe où ? lui demanda-t-elle.

— En Floride, répondit-il, trop précipitamment.

— Pourquoi ?

— Je ne sais pas trop. Il y a plein de trucs à faire. On peut à aller à la plage. Ou à Hawaii. C'est génial, pour des vacances. »

Azalea resta un moment sans répondre. « Mais si tu devais vivre ailleurs ? Où t'installerais-tu ?

— Oh, je ne sais pas. Probablement en Italie. La Toscane, c'est charmant. Ou peut-être dans le nord, près du lac de Garde. Il y a un restaurant, sur le port de Malcesine, d'où tu vois jusqu'à Limone. On pourrait manger là tous les soirs. »

Un autre long silence. À la télévision, un joueur loupa un but.

« Oui, on pourrait…

— Et toi ?

— Moi ?

— Où vivrais-tu ?

— Tu le sais très bien.

— Non. »

Thomas tourna la tête pour la regarder et, une fois de plus, elle le désarma d'un sourire.

« Je m'installerais en Ouganda. Dans le Nil occidental.

— Mais tu as déjà vécu là-bas. Et de mauvaises choses t'y sont arrivées.

— Je sais. » Azalea haussa négligemment les épaules. « Mais je suis une Folley, tu te souviens ?

— Une Lewis, maintenant.

— C'est le nom qui figure sur mon passeport. » Mais dans mon cœur, aurait-elle pu ajouter, je reste une Folley. Et le nom se devait d'être transmis à la génération suivante. Tôt ou tard.

Cette conversation eut lieu au début de l'automne, et ils profiteraient encore de longues soirées et de week-ends. Ils prirent un train pour Paris, descendirent dans un hôtel de poche aux abords de la gare du Nord, et se mirent en tête de marcher jusqu'à Notre-Dame. Ils finirent, transis de froid et les pieds en bouillie, dans un café près de la Bastille. Azalea déclara soudain qu'elle voulait rentrer à la maison.

« Je vais aller chercher un taxi, proposa-t-il.

— Non… je ne voulais pas dire à l'hôtel, mais à la maison. Je veux rentrer chez moi. »

Mais où Azalea Lewis se sentait-elle chez elle ? Assurément pas dans un hôtel aux abords de la gare du Nord, c'était certain. Plutôt dans un appartement d'Highgate ? Dans une chambre avec un matelas en crin et une vue sur le Loch Eck ? Ou bien, peut-être, dans une mission perchée dans les collines d'un lointain pays – un pays de chaleur, de poussière et de conflits ?

En février, elle lui annonça finalement qu'elle retournait à Langadi. Ce fut une journée atroce. Ils avaient projeté de se balader le long de la rive sud de la Tamise, dans South Bank, d'acheter quelques bouquins d'occasion et de visiter une galerie. Au final, ils se retrouvèrent à frissonner derrière la devanture d'un *coffee shop* sans âme, dans une espèce d'immeuble en parpaings, à contempler les rideaux de pluie qui lessivaient la promenade. Thomas était préoccupé. Son assistant-chercheur et programmateur était retourné chez lui en Inde, et il n'y avait personne pour reprendre au pied levé la maintenance du site. Il déversa ses inquiétudes sur Azalea, qui évitait son regard. Puis elle se résolut à lâcher, à voix basse : « Je vais rentrer à Langadi. »

Thomas battit des paupières. L'avait-il seulement entendue ? « C'est bien, dit-il.

— En vingt ans, je n'ai parlé ni écrit à personne de la mission, dit-elle. Je ne sais même pas si elle existe encore. Selon moi, elle a dû fermer quand Luke et Rebecca ont été tués, mais je n'en ai aucune certitude. J'ai trente-trois ans et je fuis cet endroit depuis mes treize ans. Il est temps que j'y retourne. »

Thomas ne comprenait toujours pas. Pas vraiment. Il se contenta de dodeliner de la tête. « En voilà une idée sacrément bonne, dit-il. C'est un excellent moyen de tordre le cou à quelques démons. »

Oh ! Thomas, Thomas. Pourquoi n'as-tu pas dit que tu allais l'accompagner ? Pourquoi ne t'es-tu pas exclamé, au diable cette expérience idiote ! Au diable le déterminisme et le libre arbitre ! Pourquoi ne l'as-tu pas prise dans tes bras, puis foncé dans une agence de voyages pour réserver deux billets ? Pourquoi n'as-tu pas acheté un short à la coupe flatteuse, une chemise de safari, des sandales de randonnée et un sac à dos, pour embarquer à ses côtés dans l'avion ?

Nous pourrions poser ces questions à Thomas, mais cela ne changerait rien à la vérité : il resta assis dans ce *coffee shop*, juste un peu perplexe, et tergiversa.

« Je me demande s'ils me croient tous morte, reprit Azalea. Je me le demande vraiment. John Hall aurait pu retrouver notre trace. Il savait que nous étions à Kakuma, et les gens de Kakuma savaient comment contacter Ritchie. Mais il ne l'a jamais fait. Je me demande, parfois, si John Hall est jamais revenu à Gulu. Le cas échéant, à qui aurait-il dit où nous étions ? Luke et Rebecca étaient morts. Il l'aurait forcément dit au pasteur David. J'aurais dû écrire au pasteur David, tu ne penses pas ? Tu ne penses pas, Thomas ?

— Il est toujours temps de le faire.

— Il avait soixante ans passés quand je suis partie. Ça lui ferait dans les quatre-vingts ans et des poussières maintenant. Je doute qu'il soit encore en vie.

— Alors écris à quelqu'un d'autre, suggéra Thomas.

— J'ai cherché des infos sur la mission, sur Google, mais apparemment elle n'existe plus.

— Bon, en ce cas… », dit Thomas. Et il n'est pas impossible qu'il ait imaginé la crise passée.

« Mais ça ne veut rien dire, n'est-ce pas ? Ce n'est jamais qu'une petite ferme sur la frontière soudanaise. Pourquoi auraient-ils un ordinateur, et plus encore un site web ? Le pays a connu vingt ans d'agitation politique ; le Nord a été ravagé par une guerre civile franchement atroce ; ils ont eu Joseph Kony ; ils ont eu le sida, la tuberculose, la malaria, la malnutrition. À quoi bon un beau site internet ?

— Oui, ils s'en seront probablement dispensés, convint Thomas. Ou alors la mission n'existe tout simplement plus. » Peut-être, songea-t-il, qu'après la mort de Luke et Rebecca, ceux qui restaient avaient renoncé et laissé le domaine redevenir un patchwork de petites parcelles arables, comme autrefois, avant que le progrès et l'homme blanc ne s'aventurent le long du Nil jusqu'au district de Moyo. « À qui vas-tu écrire ? demanda-t-il.

— À personne. Je vais prendre un vol pour Entebbe, puis un bus jusqu'à Gulu, et un autre jusqu'à Moyo, où je trouverai un vélo-taxi pour parcourir les seize derniers kilomètres jusqu'à Langadi. Ensuite, je remonterai le chemin à pied, et si je ne croise personne, j'irai frapper à la porte. Quelqu'un habite forcément dans la maison de la mission. Elle est trop belle pour rester vide.

— Que fais-tu de Kony et ses gens ?

— D'après ce que j'ai lu, ils sont toujours dans les parages, mais moins actifs qu'autrefois en pays acholi. La situation est plus paisible, aujourd'hui. Il y a eu des élections nationales en mars. Museveni est toujours au pouvoir, bien sûr, mais en Afrique les présidents ne sont pas renversés par les urnes. Pas souvent. Grâce à une relative liberté de la presse, l'opposition se fait pas mal entendre. Le pays retombe peu à peu sur ses pieds. Et maintenant que la guerre au Soudan est terminée… tout est possible.

— Bon, je pense que ça te fera du bien. Combien de temps tu comptes y rester ? Une semaine ? Deux ? »

Azalea regarda le rideau gris de pluie et songea à la poussière rouge africaine, au soleil jaune, aux champs vert foncé, aux collines plantées d'oliviers. Elle songea aux enfants en uniforme bleu, aux femmes faisant la queue devant la pompe à eau, à Odokonyero et sa bouillie de manioc. Elle songea à Anyeko et aux chèvres, aux garçons de ferme et à Maria l'infirmière en chef. Elle songea aux fruits de couleurs vives dans les arbres, à l'éclair écarlate d'un gonolek, au tintement paisible de la cloche de la mission et à l'arôme du café torréfié de frais. Elle songea aux histoires que lisait Rebecca avant l'heure du coucher, aux chansons que chantait Luke, aux sermons du pasteur David et aux cantiques qu'entonnait la congrégation. Elle songea à la multitude des voix, aux vêtements colorés, aux panneaux de réclame pour Omo et Fanta, aux bruits et à l'odeur des moteurs à deux temps des motos. Elle songea aux lézards qui déguerpissaient le long des murs, au confort précieux d'une moustiquaire au-dessus d'un lit, et à l'odeur des vaporisateurs de pyrèthre à l'heure du coucher. Et en cette matinée grise, dans ce café tout aussi gris, les images qui hantaient ses rêves depuis si longtemps semblèrent se dissoudre sous la pluie. Le souvenir des fusils, des pouces attachés et des visages froids et impassibles des enfants-soldats. Ces images-là avaient disparu. Comme celles de la roquette percutant le camion de John Hall qui hurlait « Cours, cours, COURS », du rideau de flammes, du vacarme assourdissant, de la puanteur de l'incendie. Azalea pouvait désormais compartimenter ses souvenirs. Pour la première fois peut-être. Elle avait passé toutes ces années à courir ; courir pour échapper à Joseph Kony ; courir pour fuir l'image, gravée dans son esprit, de Luke et Rebecca gisant, sans vie, dans la cour de la mission, sur la terre ocre rouge.

Thomas continuait à hocher la tête, à approuver bêtement, mais il était très loin de comprendre. Azalea savait maintenant qu'il ne comprendrait jamais. Qu'il ne verrait jamais ce qu'elle voyait, n'entendrait jamais ce qu'elle entendait. Il était coincé ici, dans une ville aussi froide, humide et inamicale qu'une pierre tombale. Il s'était fiancé un jour, autrefois, se rappela-t-elle. Mais il avait choisi cette ville, choisi de rester ici. Il était, telle une ancre fichée dans cette ville pluvieuse et blême, enchaîné aux édifices, à sa routine, son travail. Jamais elle ne pourrait espérer remonter cette ancre. Ce serait cruel de l'arracher à tout cela. À ce monde auquel il appartenait, avec ses livres et ses chiffres. Tout cela ne lui était jamais apparu avec autant de clarté qu'en cet instant. Thomas était une souche d'arbre en travers de sa route. Sans le savoir, elle l'avait toujours su. Il n'y avait qu'une seule chose qu'elle pût faire, et elle le devait. Azalea ramassa son téléphone sur la table et resserra étroitement les pans de son manteau. « Je suis désolée, Thomas, mais je dois y aller.

— Tu dois aller où ? » demanda-t-il. Il était soudain pris de panique. Il fit mine d'attraper son manteau.

« Non, non. » Elle interrompit son mouvement. « Je dois y aller, répéta-t-elle.

— Attends. Je t'accompagne. Où vas-tu ?

— S'il te plaît, reste ici. Je t'en prie, reste et bois ton thé. » Elle lui planta un bref baiser sur le front. « Je t'aime, Thomas », chuchota-t-elle. Elle retint un instant sa tête entre ses mains, puis regarda une dernière fois, longuement, son expression comique et son sourire perplexe. « Je t'aime, mais je dois y aller. Il n'y aura pas d'autre fois. » Elle l'embrassa, plus longuement cette fois, puis s'écarta. C'était un adieu à la mode acholi. Comme quand, dans une rue de Ladbroke Grove, Luke avait dit adieu à sa rébellion passagère. Azalea, comme la hyène, était restée interdite à la croisée des chemins et toute sa vie n'avait plus été qu'un interminable faux-fuyant. Le temps était venu pour elle de choisir une route, et de se remettre à courir. Elle avait buté sur une souche, mais l'obstacle ne l'avait pas tuée. Et pourtant, c'était une sacrée souche. Un enlèvement brutal, suivi d'une libération violente. Et de la longue quête de trois pères. Dont aucun, au final, ne l'était vraiment. John Hall avait disparu de sa vie, emporté à l'arrière d'un camion. Peter Loak était piégé dans sa petite maison de la région des Lacs, à gribouiller des rimes simplistes. Et Gideon Robertson avait embrassé son destin dans les eaux glacées et impitoyables de la mer d'Irlande. Ritchie et Lauren étaient quant à eux bien partis pour vivre heureux jusqu'à la fin des temps. Et Thomas… eh bien, Thomas resterait toujours égal à lui-même, avec ses projets de recherches inaccessibles au commun des mortels et ses tableaux de statistiques, ses lessives et son repassage, ses après-midi à regarder des retransmissions sportives à la télé.

Il pleuvait dru lorsqu'elle quitta le café. Sur le Hungerford Bridge, elle sortit son téléphone de la poche de son manteau et le jeta par-dessus la rambarde. Un arc-en-ciel s'était formé au-dessus des eaux grises de la Tamise. Elle le contempla avec satisfaction. La hyène s'était remise en route.

24

Février 2012 – juin 2012

Dans les semaines qui suivirent cette journée pluvieuse de février où Azalea Lewis avait quitté le café le long du quai, Thomas Post fut forcé d'admettre que ce départ avait créé un vide dans sa vie. Et, au cours de ces semaines-là, Clementine Bielszowska aurait pu reconnaître les symptômes et diagnostiquer le mal dont souffrait Thomas. Elle aurait pu invoquer la théorie d'Elisabeth Kübler-Ross : le cycle du deuil et ses cinq stades – le déni, la colère, le marchandage, la dépression et enfin l'acceptation. Un chemin qui n'était pas spécifiquement circonscrit à la mort d'un être cher et pouvait s'appliquer aux bouleversements de la vie intime. Dans le cas de Thomas Post, il s'appliquait à la rupture sentimentale.

Le déni, le premier stade, contamina Thomas alors même qu'il était encore assis dans ce café sinistre, et que l'écho des derniers mots d'Azalea résonnait encore à ses oreilles. Il prit son temps, attendit que la pluie se calme, puis il rebroussa chemin sans presser le pas, le long de la berge de la Tamise, qu'il traversa par la passerelle piétonne du Millénaire. À ce moment-là, Thomas Post était tout entier défini par le déni. Il allait laisser une grosse heure à Azalea pour tirer au clair ce qui la tracassait, puis il l'appellerait. Peut-être pourraient-ils se retrouver plus tard à Highgate, aller au cinéma. Il regagna à pied son appartement – une trotte de presque six kilomètres – en coupant, après Shoreditch, par le parc en direction de London Fields. Il essaya d'appeler Azalea depuis le parc. Son numéro était indisponible. Peut-être était-elle dans le métro, pensa-t-il. Il ne laissa pas de message.

Il n'alla pas la retrouver chez elle ce soir-là. Ni le suivant. Mais il sentait bien que quelque chose ne tournait pas rond. Son téléphone, décida-t-il, avait dû tomber en panne. Le lundi, à l'heure du déjeuner, il glissa la tête à la porte du petit bureau de Birkbeck College. « Sauriez-vous où est Azalea ? demanda-t-il à la collègue au visage lunaire et aux dreadlocks qui, un jour, avait poussé un vase sur un bureau pour accueillir ses fleurs mal en point.

— Apparemment, elle a démissionné, répondit la femme.

— Démissionné ? Qu'entendez-vous par… "démissionné" ? » Déni.

« Je pensais que en vous sauriez davantage. » Le ton était accusateur.

Ce soir-là, un camion de déménagement était garé devant l'immeuble d'Azalea, à Highgate. Deux hommes hissaient à l'arrière les derniers cartons d'une pile. Thomas ignora la camionnette. Il la remarqua à peine. Il poussa la porte de l'immeuble et gravit les marches. Sa clé fonctionnait mais l'appartement était entièrement vide.

Même en proie à un déni aussi puissant, Thomas était forcé d'admettre, au vu de certaines preuves, qu'il faisait fausse route. Il dévala les marches quatre à quatre. La camionnette des déménageurs venait de démarrer.

« Attendez ! » Thomas se retrouva acculé à cogner avec l'énergie du désespoir à la vitre du véhicule. « Où emportez-vous tout ça ? »

Un des déménageurs baissa lentement sa vitre. « C'est à vous ? demanda-t-il.

— Non. Oui… non. Je veux dire, je connais la femme qui habitait là. »

Le déménageur se fendit d'un sourire entendu. « Apparemment, l'ami, elle ne voulait pas vous mettre dans la confidence. » Et la vitre remonta.

Déni.

Tout en rebroussant chemin d'un pas traînant jusqu'au métro, Thomas essaya de se remémorer leur dernière conversation. Qu'est-ce qu'Azalea avait dit ? Quinze jours en Afrique – c'était bien ça ? N'avait-elle pas dit qu'elle s'absentait pour deux semaines ? Deux semaines – il pouvait patienter. Deux semaines, ce n'était pas la mer à boire. Et peut-être, à son retour, emménagerait-elle chez lui. Peut-être chercheraient-ils un appartement ensemble.

Mais quelque chose le tracassait. Il était à ce moment charnière du cycle où le déni va bientôt passer le témoin à la colère.

La lettre lui parvint une semaine plus tard, poussée sous sa porte d'entrée par un voisin. Apparemment, elle avait été écrite à la hâte, avec un stylo à bille en fin de course, sur une feuille de bloc-notes d'un hôtel de Kampala. Elle commençait par « Cher Thomas ».

Il la reposa aussitôt, sans lire plus avant. Il était déjà en train de composer mentalement sa réponse. Se faisant l'écho de ses meurtrissures et de sa colère, sa lettre exigerait quelques réponses : « Pourquoi ne me l'as-tu pas dit ? écrirait-il. Pourquoi ne pouvais-tu me dire que tu déménageais, et où tu allais ? Je pensais que nous partagions quelque chose. Je pensais que nous comptions l'un pour l'autre. À l'évidence, je me trompais. » Il abandonna la lettre d'Azalea sans la lire sur son paillasson, dévala comme une furie ses quatre volées de marche et partit au travail. À mi-parcours de l'arrêt de bus, il se radoucit. Il rebroussa chemin, grimpa chez lui. Il s'assit dans le salon, par terre, et lut la lettre.

Cher Thomas,

Avant tout, tu dois savoir que je t'aime. Si cette lettre t'apporte douleur et souffrance, sache, mon amour, qu'elle me blesse tout autant.

Toi, mon très cher Thomas, tu as toujours été, de nous deux, l'esprit rationnel. Et loin de moi l'idée de vouloir changer cela en toi. Tu comprends la mécanique des engrenages qui entraînent nos vies, le tic et le tac de l'univers ; tu es capable d'assembler correctement les rouages, et de compter les clics. Tu sais comment les chiffres s'additionnent, comment les dés tomberont, et quand je t'entends le dire, je sais que tu dis vrai, et, dans mon immense désarroi, le seul endroit où je voudrais être, c'est dans tes bras, en train d'écouter ta voix, de sentir le battement de ton cœur.

Mais il y a, je le crains, une autre vérité, une vérité que moi je peux connaître, mais que toi, avec tes calculs, ne pourras jamais saisir. Je sais, d'une façon qui t'échappe, que ma vie a un commencement, un milieu et une fin. Je sais que ma destinée n'obéit pas à tes règles et à ta logique. J'ignore, mon amour, si les épisodes de ma vie sont l'œuvre de Dieu, du diable ou d'une force que nous n'avons jamais choisi de nommer. Je sais seulement que les pages du livre étaient écrites avant même ma naissance. Par hasard ou à dessein, j'ai rencontré deux hommes qui affirmaient être mon père ; l'un dans une vallée humide et venteuse, l'autre au cours d'une lutte violente dans les déserts du Soudan. Mon grand-père est mort le jour du solstice d'été, dans la troisième année d'une décennie. Ma mère : morte au solstice d'été dans la troisième année d'une décennie. L'homme qui doit avoir été mon père : mort en mer un jour de solstice d'été dans la troisième année d'une décennie. Mes parents adoptifs : morts, il y a neuf ans et huit mois, un jour de solstice d'été, dans la troisième année d'une décennie alors qu'un grand ciel bleu transparent annonçait une journée parfaite. Et pas un jour ne passe, mon amour, où je ne m'éveille en pensant à ce jour funeste, à cet autre jour, dans quatre mois, quand les pièces du mécanisme se rencontreront à nouveau, et qu'il ne restera plus qu'une seule personne promise à la mort. Moi.

Quand je parle de tout ça, mon amour, tu ne le prends pas au sérieux, ce qui est totalement justifié de ta part.

Mais je ne peux pas fuir mon destin.

Peut-être as-tu raison. Peut-être tout cela n'est-il qu'une pagaille aléatoire. Mais, chaque jour, je surveille le compte à rebours.

Je me suis trompée sur une seule prédiction et cela pourrait nous donner quelque espoir : Gideon Robertson repose en paix sous les flots gris. Je ne l'ai jamais rencontré, et il n'a jamais perdu la vue. Cela me réconforte, parce que c'est ta voix que j'entends là, Thomas, la voix de la raison, la voix qui dit que je me suis laissé envoûter par un enchaînement cruel d'événements qui n'a aucun sens.

Je dois retourner en Afrique, Thomas. Ce n'est pas un endroit pour toi. Je ne sais pas si la mission de Langadi existe toujours, mais des missions, il y en a des centaines en Ouganda. L'une d'elles m'appelle et je la trouverai.

Ce n'est pas la cruauté qui me pousse à te quitter, Thomas. C'est l'appel d'une chose qui nous dépasse tous les deux.

Ce n'est pas la cruauté.

C'est l'amour.

Je souhaite que nous soyons ensemble. Mais l'univers n'exauce pas toujours nos vœux, n'est-ce pas ? Et les rêves, comme tu dirais, ne se réalisent pas forcément.

Alors prends bien soin de toi, mon amour. Cette lettre, c'est mon adieu. Garde-moi dans ton cœur, et je te garderai dans le mien. Mais ne regarde pas par-dessus ton épaule, ne me cherche pas. Je ne t'écrirai plus. Si nous nous revoyons un jour, de quelque façon que l'univers le décrète, ce sera dans un monde meilleur.

Azalea

Selon la théorie d'Elisabeth Kübler-Ross, la colère évoluera pour laisser place à un état d'esprit qu'elle désigne par le terme de « marchandage ». Thomas Post, après tout, n'était pas par nature un homme enclin à la colère. Il était facile à vivre, conciliant ; amertume et apitoiement sur soi auraient difficilement pu cohabiter à leur aise sur ses épaules, si larges soient-elles. Dans la phase du marchandage, compte tenu de sa personnalité, Thomas aurait dû être plus à même de trouver ses marques. Mais comment s'y prend-on pour marchander avec une absente ? Et comment, plus pertinemment, marchande-t-on avec l'univers ?

La négociation de Thomas avec l'univers, c'était son site web. Il s'y consacra avec une vigueur redoublée. L'expérience allait prouver à l'humanité que seul le hasard et nos décisions gouvernent le déroulement de nos vies ; qu'aucun être surnaturel ni aucune fantasmagorie ne peuvent énoncer clairement quel sera notre destin ; que rien ni personne n'est en mesure de dire : « Tel jour, tu rencontreras ton père depuis longtemps perdu de vue », ou : « Tel jour, tu mourras. » Si c'était bien d'un marchandage qu'il s'agissait, alors il brisait, en apparence, toutes les règles naturelles du contrat. Thomas défiait le cosmos. « Je prouverai que tu te trompes, semblait-il hurler. Je vais le prouver, et Azalea vivra. » En d'autres temps, en d'autres circonstances, Thomas aurait pu entrevoir l'inanité de son entreprise. Mais il ne cherchait pas fondamentalement à se frotter aux bien-aimées croyances des fanatiques religieux ou des penseurs New Age. Dans l'esprit de Thomas, il s'agissait plutôt d'un défi mathématique, un moyen d'infliger empiriquement un camouflet à l'univers lui-même. La conséquence suivra la cause, raisonnait le philosophe. La main actionnera le gouvernail et le bateau virera de bord. Il n'existe pas de main invisible. Il ne peut pas y avoir de conséquence invisible.

Car le contraire donnait raison à Azalea.

Et si elle avait raison, alors le calendrier avancerait au rythme de sa roue diabolique.

Azalea mourrait au solstice d'été.

Au marchandage succéda la dépression. Thomas passa le week-end de Pâques chez une tante à Belfast, l'unique sœur de sa mère. Ils s'attablèrent en tête à tête devant un rôti, tandis qu'une neige molle fouettait les fenêtres du petit logement social.

« Qu'est devenue ta petite amie ? demanda la tante.

— Nous ne sommes plus ensemble », répondit Thomas. C'était la première fois qu'il prononçait ces mots, et cela le choqua presque de les entendre. Il fut également surpris de sentir qu'il énonçait une vérité.

« J'en suis désolée.

— Je t'en prie, protesta machinalement Thomas. Nous n'étions pas faits l'un pour l'autre. » Et là, bien entendu, il avait conscience de proférer un mensonge.

Il appellerait Ritchie et Lauren et leur demanderait des nouvelles d'Azalea. Avait-elle trouvé une mission, un point de chute ? Étaient-ils en contact ? Avaient-ils un numéro de téléphone ? Une adresse ?

Mais la dépression retint Thomas. Elle paralysa ses doigts, les empêcha de composer le numéro des Lewis. La dépression est l'ennemie de l'action.

Par une journée où les nuages semblaient lourds de pluie, Thomas partit se balader dans Belfast ; il longea les chantiers navals Harland and Wolff, sur Queen's Island, avec leurs grues gigantesques et leur atmosphère désolée. C'est là qu'on a construit le *Titanic*, songea-t-il. Et il pensa à Violet Jessop, l'hôtesse de bord qui avait embarqué sur le transatlantique ici même, sur les docks de Belfast. Il traversa le pont Queen Elizabeth et pénétra dans le centre-ville. Thomas avait bien connu ces rues, enfant, mais combien elles avaient changé ! Barrages et check-points avaient disparu. De nouveaux immeubles d'acier et de verre avaient poussé. Il y avait de grands panneaux publicitaires, des éclairages vivants, et des foules en train de chasser la bonne affaire en soldes.

Voir ces gens faire leurs emplettes aurait dû alléger son humeur, mais cela ne fit au contraire qu'amplifier son sentiment de solitude. Il n'était plus un gamin de Belfast. Son accent devait plus à Bloomsbury qu'à

Sandy Beach. « D'où venons-nous vraiment, tous autant que nous sommes ? » se demanda-t-il. Azalea était une petite Mannoise qui ne se sentait chez elle que dans la chaleur et la poussière du Nil occidental. Où Thomas Post se sentait-il chez lui ?

Cependant, tout comme la personnalité de Thomas ne l'avait jamais incliné à la colère, la dépression, par chance, n'eut pas davantage prise sur lui. De retour à Londres, tandis que défilait le mois d'avril et que la routine et l'habitude reprenaient la main, des éclaircies achevèrent de dissiper les moments les plus sombres de l'hiver. La dépression cédait peu à peu le pas à l'acceptation. Les premiers usagers du site commencèrent à poster leurs résultats, et Thomas commença, lui, à engranger des statistiques. Il était encore bien trop tôt, évidemment, pour en tirer des conclusions solides, et Thomas, en attendant, peaufina ses feuilles de calcul, élabora ses graphiques. Sans pouvoir se défaire cependant du sentiment que tout ça ne mènerait à rien. Thomas était frappé par la trivialité de la matière première. L'histoire de cette femme, par exemple, qui avait perdu un livre dans un train, puis en avait trouvé un autre, le même titre, abandonné dans une chambre d'hôtel, qu'elle avait à son tour égaré. Elle s'était enregistrée sur legeniedes-coincidences.com pour prédire qu'elle trouverait un troisième exemplaire de ce livre. Elle se manifesta à nouveau, avec un résultat : elle était tombée, dans la bibliothèque de sa sœur, sur un ouvrage du même auteur. Seul le titre différait. Thomas se pencha sur son clavier et se risqua à quelques calculs. Quel était le pourcentage de chances que des sœurs s'intéressent à un même auteur ? se demanda-t-il. Élevé. Et son intérêt fit long feu. Il nota le résultat et passa à un autre cas. Une femme avait consulté deux médiums et les deux lui avaient prédit qu'elle allait entrer en possession d'une fortune. Cette femme s'était inscrite sur le site pour prédire qu'un troisième médium lui annoncerait la même bonne nouvelle. Et voilà que deux semaines plus tard, l'impossible s'était produit : une bohémienne lui avait refait cette prédiction. Thomas soupira. Combien miseriez-vous sur une diseuse de bonne aventure qui ne prédirait pas une fortune ? Il pianota sur son clavier. Sans intérêt, songea-t-il. Absolument sans aucun intérêt.

Il passait de longues minutes à contempler la lucarne de son bureau, jetait des miettes de pain aux pigeons qui lui rendaient visite, préparait tasse après tasse de thé insipide, restait assis à son bureau, la tête enfouie entre les mains. Il assurait ses cours magistraux, ses travaux dirigés, corrigeait les copies de ses étudiants. Quant à son expérience, la magie n'opérait plus, sa motivation de défricheur semblait s'être évaporée, tout comme la nécessité de l'expérience elle-même. Une seule coïncidence importait désormais aux yeux de Thomas. Parfois, il se représentait la course de l'univers, imaginant une horloge cosmique aux gigantesques roues dentées, un pendule se balançant au milieu des galaxies, des aiguilles géantes capables de balayer la Création tout entière – et ce dans le seul but de délivrer, tous les dix ans, un implacable jugement à la lignée d'Azalea Lewis.

Et il abattait son poing sur le bureau.

Non.

L'univers ne tournait pas ainsi. Rien n'était *hitsuzen*. Tout était *guzen*. Aucune planète ne dirigeait notre destin. Ni aucun horloger diabolique. Ni aucun sortilège.

Mais ses yeux n'en continuaient pas moins de se tourner vers le calendrier, pour fixer la même date.

Le 21 juin. Il n'avait jamais besoin de compter le nombre de jours qui l'en séparaient. Il avait, mentalement, entamé le compte à rebours depuis qu'Azalea était partie. « Vingt-sept jours », chuchotait-il. « Dix-neuf jours. » « Onze jours. »

Morose, il parcourait d'un pas raide les couloirs de l'université, descendait s'asseoir seul à la cafétéria avec sa grille de mots croisés et ses sombres pensées. Thomas Post, le maître des coïncidences, se retranchait du monde, ne laissant de lui qu'une ombre, une présence pensive et attentiste. Et chaque tic-tac du temps participait de la grande machinerie de la providence, des collisions inexorables des atomes, des boules de billard et des êtres humains que chaque impact dévie violemment de leurs trajectoires, mais uniquement pour leur en assigner de nouvelles, préordonnées par la science, les mathématiques et les logarithmes éternels, tic, tac, tic, tac.

Huit jours.

Sept.

Six.

25

Juin 2012

En quittant son bureau, Thomas marche jusqu'à Primrose Hill. C'est un bel après-midi. Il emprunte le sentier qui traverse Regent's Park, puis remonte jusqu'à St. Mark's Square, à l'ombre des arbres. Il y a des touristes qui pique-niquent sur les pelouses, et des couples qui profitent du soleil. Thomas a tout son temps. Il s'assied un petit moment sur un banc et observe un écureuil qui inspecte une poubelle. Quatre mois ont passé depuis qu'Azalea a quitté sa vie. Elle lui manque, maintenant, et le désir qu'il a de voir son visage, de caresser ses cheveux, de respirer son odeur est douloureux. S'il ferme les yeux, il peut la voir. Les fines rides autour de ses yeux ; son sourire asymétrique ; ce froncement de sourcils qu'elle affiche lorsqu'il la surprend plongée dans ses pensées. Il entend la mélodie de son rire.

Il n'y a pas endroit plus solitaire qu'un banc public lorsque ce genre de pensées vous envahit. Sentant revenir la dépression, Thomas se lève résolument.

En reprenant l'allée, il longe le zoo puis descend jusqu'au canal, sur le chemin de halage. Il aperçoit des cous de girafe qui se balancent.

Clementine lui ouvre avant même qu'il ait sonné. « Entrez donc, cher petit, entrez donc. » Elle le pousse dans le couloir et jusque dans sa bibliothèque. « Prenez un siège. »

C'est une pièce tapissée de livres, avec d'imposants meubles en chêne et un piano droit sur lequel trône le buste en marbre d'un barbu. Thomas s'assied du bout des fesses sur une méridienne.

« Je vous ai promis du thé, dit Clementine. Donc, du thé nous boirons.

— Franchement, vous n'avez pas besoin… », proteste-t-il.

Mais elle lui intime de se tenir tranquille. « Attendez-moi ici. »

Et elle s'éclipse d'un pas pressé, sans sa canne remarque Thomas. Il envisage de la suivre. Peut-être devrait-il lui proposer de l'aide. Mais elle s'est montrée très claire. Il promène le regard alentour. Il est déjà venu ici, une seule fois, quand Clementine était sa tutrice, désignée pour accompagner ses premiers pas de professeur à l'université. Il l'avait rencontrée chez elle, et ils avaient discuté jusque tard dans la nuit, bu pas mal de bordeaux, et partagé tout autant de secrets. Après ce jour, Clementine était devenue plus une amie qu'une tutrice.

La voilà qui réapparaît avec un plateau. Thomas est soulagé de constater que le rituel du thé, pour Clementine, ne consiste pas en un repas complet. Elle a simplement disposé des brioches polonaises et des petits-fours sur une assiette.

« Clementine, vous êtes extraordinaire. »

Pendant que Thomas pioche un gâteau, elle s'installe dans un fauteuil. « Êtes-vous familier du concept freudien de névrose obsessionnelle ? »

Thomas secoue la tête. « Le devrais-je ?

— Pas nécessairement. Je sais ce que vous pensez de Herr Freud, ajoute-t-elle avec un geste dédaigneux.

Peu importe. Selon lui, la névrose obsessionnelle est un trouble d'ordre psychosexuel. J'en suis bien moins sûre.

— Clementine, de quoi parlons-nous au juste ?

— Ah. » Elle lui adresse un petit sourire. « Je pense que toutes ces coïncidences qui entourent Azalea relèvent pour vous de la névrose obsessionnelle. Êtes-vous d'accord ?

— Je le pourrais si je savais, encore une fois, de quoi nous sommes en train de parler.

— Premièrement, dit Clementine en dressant un doigt fin, cette fille vous obsède. Vous pensez à elle tout le temps. Je me trompe ?

— Vous m'aviez promis de ne pas me psychanalyser.

— Il ne s'agit pas ici de psychanalyse, proteste-t-elle. Mais de venir en aide à un ami.

— Pourquoi Freud ?

— Bien – en ce cas, oublions-le. Parlons de vous. »

Thomas soupire en signe de défaite.

« Deuxièmement : vous êtes obsédé par cette date. Le solstice d'été. » Elle arrondit les sourcils. « Je me trompe ? »

Thomas se surprend à acquiescer.

« Si n'importe qui d'autre se présentait à vous avec une prédiction qui a une chance sur mille milliards de se réaliser, lui accorderiez-vous sérieusement la moindre considération ? » Elle incline doucement la tête de côté.

« Peut-être pas.

— Très certainement pas. » Elle frappe dans ses mains. « Mais on parle ici d'Azalea, et elle est la seule personne – la seule au monde – qui puisse convaincre le maître des coïncidences de croire à l'incroyable. »

Thomas hausse les épaules. Ce n'est jamais simple d'être en désaccord avec Clementine Bielszowska.

« Alors, comment s'y prend-on pour soigner une obsession ?

— Quelle importance ? rétorque-t-il. Le solstice d'été est dans deux jours. Passé cette date, ce que je crois n'aura plus d'importance.

— Peut-être. Peut-être. » Elle soulève sa tasse de thé. « Mais pourquoi ne pas vous délivrer de cette obsession avant l'échéance ? »

Thomas, mal à l'aise, s'agite sur la méridienne.

« Pensez-vous qu'elle va se suicider ? »

La question le surprend. « Azalea ?

— Évidemment, Azalea.

— Qu'est-ce qui vous fait penser ça ?

— Le fait qu'elle soit convaincue qu'elle mourra après-demain ? Qu'elle ait fini par s'en persuader ? »

Thomas se rétracte. « Non, elle ne ferait pas une chose pareille.

— Bien. » La réponse semble satisfaire Clementine. « Votre obsession est en train de vous consumer de l'intérieur. Comment pouvons-nous déminer ce problème ? Hein ?

— Je ne sais pas.

— En démolissant sa logique. En décortiquant ce faisceau de coïncidences. Seriez-vous d'accord avec moi ? »

Thomas est réticent. A-t-il vraiment envie d'explorer tout cela une nouvelle fois ? « Je ne sais pas, hésite-t-il. J'ai déjà tout retourné dans tous les sens une bonne centaine de fois.

— Je n'en doute pas. » Clementine repose sa tasse. « En premier lieu, pouvons-nous décomposer ce chiffre de cent soixante-dix mille milliards ? Certes, je ne suis pas spécialiste, mais il me semble que vos calculs sont erronés.

— Et pourquoi ?

— Parce que, primo, toutes les morts précédant et incluant celle de Rebecca Folley avaient déjà eu lieu lorsque Azalea a fait sa prédiction. Aussi les chances que celles-ci avaient d'advenir étaient de l'ordre de…

— Une, dit Thomas.

— Bien. Donc, la prédiction d'Azalea – pour ce qu'elle vaut – devrait être calculée en fonction de son espérance de vie. À combien se montent les chances qu'une personne de trente-deux ans, en bonne santé, puisse prédire le jour de sa mort ?

— Aucune idée.

— Soyez gentil. Faites le calcul.

— Eh bien, sans les données sous les yeux, disons qu'elle pourrait raisonnablement espérer vivre encore cinquante ans. Cinquante multiplié par trois cent soixante-cinq, ça fait… Je ne sais pas, mais en aucun cas on approche de mille milliards.

— Absolument. Et puis, il y a autre chose. » Elle retourne des papiers posés sur la table et lui tend une page. « Il n'a pas été simple de les trouver.

— Qu'est-ce que c'est ?

— Les bulletins météo. Pour la mer d'Irlande, en 2002. »

Thomas les consulte sans comprendre.

« Alors, quand la houle s'est-elle levée ?

— Quelle houle ?

— Thomas, le gourmande-t-elle gentiment. Avez-vous besoin de vous montrer aussi lent ?

— Excusez-moi, dit-il en se redressant. La tempête qui a tué Gideon ?

— Oui. Regardez.

« Vers midi, reprend Clementine. Vers midi, le 20 juin. Les deux autres marins ont passé la nuit à tenter de retrouver Gideon. Ils ont alerté les gardes-côtes par radio, les recherches se sont poursuivies toute la soirée, puis ont repris le lendemain dès l'aube. Gideon a officiellement été déclaré mort lorsque les Clague sont revenus au port sans lui, soit le 21 au matin. Mais pensez-vous vraiment que Gideon a nagé douze heures dans la mer d'Irlande en pleine tempête ? »

Thomas secoue la tête lentement, incrédule.

« Moi non plus.

— Ce qui signifie, dit Thomas en inspirant bruyamment, qu'il est probablement mort le 20.

— Bien. Nous avançons enfin. » Clementine présente une autre liasse de documents. « Internet est un don du ciel, dit-elle. Comment ferions-nous sans ça ? »

Elle lui tend des documents soigneusement agrafés. « J'ai des amis dans la police, ajoute-t-elle avec un sourire. Il m'est arrivé de travailler pour eux. »

Thomas regarde le document sans en croire ses yeux. « C'est le rapport de police sur Carl Morse ?

— Dans lequel Morse déclare que la femme qu'il a kidnappée à la fête foraine de Totnes l'a suivi de son plein gré. Mais nous avons quelques doutes sur le libre arbitre, n'est-ce pas ? Quoi qu'il en soit, il affirme avoir quitté la fête foraine avec elle aux alentours de 21 heures. Certes, il n'a pas pu préciser la date exacte, car il n'est passé aux aveux que des années plus tard – mais nous, nous la connaissons. Nous savons que Marion a été enlevée le 21 juin 1982. Dans sa déposition, Morse raconte qu'il l'a conduite dans un garage, à Launceston – où, selon ses termes, il l'a divertie. Ensuite – toujours d'après ses déclarations –, au petit matin, ils sont allés sur les falaises, à Millook. Là, ils se sont disputés et, par malheur, Marion s'est jetée dans le vide. Un point clé, n'est-ce pas, mon cher petit ? »

Thomas s'emploie à feuilleter le rapport. « Donc, elle est probablement morte...

— Le 22 juin. Tout cela sonne-t-il toujours comme des coïncidences ? »

Le visage de Thomas a recouvré quelques couleurs. « Est-ce qu'il reste de ce gâteau ? »

Clementine lui tend l'assiette.

« Avons-nous réglé ce problème de l'obsession ? s'enquiert-elle avec un sourire.

— Je n'en suis pas sûr.

— Bon. J'ai encore une chose à vous demander.

— Tout ce que vous voudrez. » Thomas a la sensation qu'un poids se lève lentement de ses épaules.

« Cinq cent soixante-deux livres et quarante-huit pence », annonce-t-elle.

Thomas fait l'expérience d'une dissonance passagère.

« Cinq cent soixante-deux livres ?

— Et quarante-huit pence.

— Je... je ne les ai pas.

— Mon cher, je ne m'attends pas que vous me les donniez sur-le-champ. Vous pourrez me rembourser à votre retour. »

Thomas patauge complètement. « À mon retour ?

— Vous devez être à Heathrow demain matin à 6 h 30, lui annonce Clementine en lui tendant une dernière liasse de papiers. Vous voulez peut-être rentrer chez vous et dormir un peu ?

— Où allons-nous ?

— Thomas, vous êtes un merveilleux ami, et un être fin ; un des plus brillants esprits que j'aie jamais connus. Mais, parfois, vous faites preuve d'une lenteur incroyable. Nous n'allons nulle part. C'est vous qui partez. »

Il est occupé à déchiffrer les papiers dans sa main. « En Ouganda.

— Envisagez ça comme une étape de vos recherches. Vérifiez si Luke Folley est toujours vivant. Retrouvez Azalea et assurez-vous qu'elle va bien. Vous avez deux jours. »

Thomas n'a pas l'air convaincu. « Allons, il est temps de prendre congé, le houspille Clementine en agitant la main. Pensez à réserver votre taxi pour 3 h 45. »

26

Juin 2012

L'Ouganda prend Thomas au dépourvu. C'est beaucoup plus lumineux qu'il ne s'y attendait. Plus vert. Plus luxuriant et plus fertile. Plus bruyant, plus sale. Plus animé. Il est stupéfié par cette intensité. La circulation grouillante sur la route qui mène dans le centre de Kampala ; les hordes de scooters qui slaloment en faisant beugler leur klaxon ; les troupeaux de minibus matatu dans lesquels s'entassent les gens qui sortent du travail ; les camions hors d'âge, grinçants et couverts de poussière, qui transportent des monticules de fruits et légumes d'une hauteur improbable ; les vélos qui, tels des bancs de poissons, se glissent dans le moindre interstice. Thomas est saisi par les visages ronds et lumineux ; les sourires radieux des écolières en uniformes immaculés, charlottes victoriennes et boucles d'oreilles en verroterie aux couleurs éclatantes ; les physionomies chaleureuses et avenantes des piétons – ces milliers de gens qui, sans doute, ne peuvent s'offrir ni une bicyclette ni un matatu pour rentrer chez eux ; l'air détendu et affable des petits vendeurs de rue qui, assis à côté d'un amoncellement de chaussures ou d'une pile de cageots de légumes impossibles à identifier, négocient à grand renfort de gestes et d'éclats de voix. Il est frappé par ces hommes d'affaires aux chemises amidonnées qui marchent le long de routes poussiéreuses, ces femmes en robe de coton multicolore, ce policier, au croisement, qui s'époumone dans son sifflet et gesticule en pure perte.

Thomas, le touriste qui aurait dû s'asseoir aux premières loges, a pris place sur la banquette arrière du taxi, et il observe tout cela à travers la vitre crasseuse, en transpirant dans son polo. Il n'a rien qu'un vague plan en tête. Tout a été trop vite. Comme la journée touche presque à sa fin, il va se dénicher un hôtel, y passer la nuit, se rafraîchir, et trouver comment rallier le Nord et Langadi. Demain, le 21 juin.

Le taxi fait une embardée et pénètre dans la cour arborée d'un hôtel à la modernité rassurante.

Le lendemain matin, armé des indications précises du réceptionniste de l'hôtel, Thomas se met en route pour la gare routière. Il n'est pas encore 7 heures, et cette partie de la ville fourmille déjà d'une foule qui lui rappelle les abords d'un stade de football un soir de match. Le taxi louvoie à travers la masse humaine compacte, et dépose son client au hasard, semble-t-il, quand les encombrements deviennent impraticables.

« Indiquez à cet homme où vous allez », conclut le chauffeur pendant que Thomas compte les billets si peu familiers pour régler la course.

« Cet homme » est le petit jeune qui lui a ouvert la portière et a déjà empoigné son sac de voyage.

« Euh… Gulu », annonce Thomas, et voyant le garçon s'éloigner d'un pas décidé avec le sac, ne sachant trop quoi faire, il s'élance à sa poursuite.

Son bagage et lui se retrouvent à bord d'un énorme bus jaune déjà surpeuplé. Le sac finit comprimé sur le porte-bagages et le petit jeune dirige Thomas vers une place, au milieu d'une banquette de quatre, où il se glisse comme il peut entre un homme maigre coiffé d'un chapeau de dentelle blanche et une imposante femme endimanchée. Au terme de ces manœuvres, il a ridiculement chaud, il ruisselle dans son second polo et se demande ce qu'il fabrique ici, aux confins du Commonwealth. Néanmoins, c'est une aventure. Et il n'est pas plus compressé ici que dans un wagon de la Northern Line à destination de Charing Cross.

Une heure passe avant que le bus ne démarre, sous les vivats de ses passagers, et Thomas a l'impression qu'il lui en faut encore une entière pour s'extraire des embouteillages de Kampala.

« Combien de temps dure le voyage ? » demande-t-il à l'homme au chapeau en dentelle. Il désigne sa montre.

« Jusqu'à Gulu ?

— Oui, jusqu'à Gulu.

— C'est très court, le rassure son voisin. Très court. »

Thomas se détend. C'est le solstice d'été, il est impératif de retrouver Azalea avant la tombée de la nuit.

« Six heures, précise aimablement le voisin. Pas plus de sept. Pas plus.

— Je pense que ça prendra huit heures, intervient la femme endimanchée.

— Huit heures ? grogne Thomas.

— Pas plus de huit, insiste l'homme chapeauté. Pas plus.

— Merci », répond Thomas. Il veut mettre un terme à cette conversation avant que ces prévisions ne continuent à s'allonger. Quelle distance sépare

Gulu de Langadi ? se demande-t-il. Il est inquiet, maintenant. Et s'il arrivait trop tard ?

Il ne doit pas se laisser aller à de telles pensées. Il se ressaisit. Tout ça n'est qu'une obsession, se dit-il à lui-même. Une névrose psychosexuelle.

« Nous serons là-bas à 18 heures, confirme avec assurance l'homme au chapeau.

— Sauf si on tombe en panne », nuance la femme.

La route est goudronnée tout du long jusqu'à Gulu. Thomas regarde défiler par la vitre les longues étendues rectilignes de fermes et de champs. Devant le spectacle de ces paysages immémoriaux, de ces populations dont les modes de vie semblent avoir perduré à travers les siècles, il se sent maintenant comme un enfant, innocent, émerveillé et craintif à la fois. « C'est quoi, ça ? » a-t-il envie de demander, en apercevant d'énormes sacs de charbon en vente le long de la route. « Et ça ? » tandis qu'une vache ankole dotée d'une invraisemblable paire de cornes traverse la route devant eux. Il semblerait que dans les villages on fasse cuire des briques. Il y a des haies d'enfants le long des routes, qui vendent des fruits. De temps à autre, le bus traverse un bourg, des passagers descendent. Et dans chacune de ces petites villes, une demi-douzaine de boutiques affichent en devanture des publicités pour des réseaux de téléphonie mobile ; partout une forêt de pancartes peintes à la main se déploie, signalant des écoles, des missions, des hôpitaux, des églises, des antennes locales d'ONG. Thomas trouve cela encourageant. Il semble qu'il existe d'innombrables missions entre Kampala et Gulu. Peut-être, imagine-t-il, que la Mission du Saint-Tabernacle de Saint-Paul pour les Nécessiteux du Nil occidental sera toujours là. Peut-être Azalea viendra-t-elle l'accueillir sur le chemin.

Ils parviennent à Gulu peu avant le crépuscule. « Comment je fais pour me rendre à Langadi ? demande Thomas au chauffeur du bus.

— Langadi ?

— À côté de Moyo.

— Ah, Moyo. Il vous faut un matatu, indique le chauffeur. Un taxi. » Et il désigne les minibus garés tout autour de la gare routière. « Demain, ajoute-t-il.

— Non, répond Thomas, repris par l'inquiétude. Je dois être là-bas aujourd'hui. »

Le chauffeur du bus lui pose une main sur l'épaule. « Pas aujourd'hui, dit-il en agitant un long doigt très fin. Demain. » Et comme il voit le visage de Thomas se décomposer, l'homme ajoute, en lui saisissant le poignet et en désignant sa montre : « Regardez. Plus de ferry. » Puis il secoue la tête, l'air navré.

« Plus de ferry ? »

Le chauffeur relâche son bras. « Non, plus de ferry, confirme-t-il. Le dernier est parti à 18 heures. »

Thomas trouve une chambre à l'Acholi Inn, une petite oasis de paix dans une ville poussiéreuse qui, pendant presque trois décennies, s'est trouvée au cœur d'une zone de guerre. Le lieu où Luke Folley a remis son enveloppe à John Hall.

Vingt ans ont passé depuis ce jour.

Thomas Post s'installe dans le jardin, au bord de la piscine ; dans la fraîcheur du soir, il écoute les cigales et le grondement de la circulation. Il dévisage les clients de l'hôtel attablés autour du bar et qui, à grandes lampées de bière locale, s'emploient à remettre le continent en bon ordre de marche. En dépit de tout, Thomas se sent étrangement chez lui, ici. Il imagine Azalea dans ce jardin, petite fille, lors d'une visite – en train de nager dans la piscine ou de savourer des tranches d'ananas à l'ombre des jacarandas.

Nous sommes au lendemain du solstice d'été. Le soleil se lève encore. Le cœur de Thomas bat encore. Il prend un matatu pour Moyo et se blottit contre une fenêtre. C'en est fini des routes goudronnées. Le matatu fait des détours par chaque village et, parfois, pour satisfaire aux caprices d'un seul passager, le voilà qui fonce vers une destination à des kilomètres de la route principale. Mais maintenant Thomas est plus détendu. Contaminé par l'amabilité et l'affabilité ambiantes, il s'installe plus confortablement et observe l'Afrique qui défile en cahotant derrière la vitre.

Ils font une halte dans une ville du nom d'Adjumani ; Thomas s'assied devant un comptoir, sur le bord de la route, et descend trois bouteilles d'eau. Le paysage est en train de changer. Les étendues de terre rouge et caillouteuse cèdent peu à peu la place aux sols plus tendres, plus blancs, du désert.

Encore une heure de minibus, et les voilà sur les rives du Nil. L'antique ferry vient à leur rencontre dans un bruit de ferraille et en exhalant d'épaisses fumées noires. Ce doit être le ferry de Laropi, songe Thomas en se remémorant ce qu'Azalea lui a dit de ce fragile lien vital pour les populations de la province du Nil occidental. Il y a presque une heure d'attente, mais Thomas savoure cette occasion d'étirer ses longues jambes et d'observer les eaux limoneuses du Nil poursuivre nonchalamment leur cours vers les déserts du Soudan et de l'Égypte.

Après Laropi, la route grimpe à pic dans les montagnes. Thomas regrette de ne pas avoir emporté un appareil photo. Le petit village qu'il a voulu photographier avec son portable n'est guère plus qu'une tache floue sur son minuscule écran.

Et puis, enfin, ils arrivent à Moyo. Le matatu se vide de ses passagers et Thomas se retrouve planté, légèrement étourdi, sur une place qui bruit d'agitation. Jamais il n'a voyagé aussi loin, aussi longtemps, et sa destination, maintenant qu'il l'a atteinte, lui fait l'effet d'une douche froide.

Il hisse son sac à l'épaule et se lance d'un pas tranquille dans la ville. Personne ne semble prendre garde à lui. Dans cet avant-poste reculé du vieil empire, la présence d'un Anglais grand et dégingandé est visiblement un événement anodin.

« Excusez-moi ? » Il accroche le regard d'un jeune homme qui avance vers lui. « Connaissez-vous la mission Saint-Paul ? »

Le jeune homme semble désireux de l'aider. « La mission Saint-Paul ? répète-t-il en hochant la tête avec emphase. La mission Saint-Paul ?

— Oui. À Langadi.

— Vous cherchez l'hôpital ? s'enquiert-il, secourable. Je peux vous indiquer l'hôpital.

— Non, non. Je cherche la mission de Langadi. La mission Saint-Paul. Pour les nécessiteux. Tenez, regardez. » Il sort de sa poche un bristol sur lequel il a écrit le nom de la mission, et le tend au jeune homme, qui l'inspecte d'un air pénétré de sérieux.

Des gens arrivent de toutes parts pour offrir leur aide.

« Je peux vous emmener à l'hôpital, dit un homme. Venez. Venez avec moi.

— Non, non, mais merci. Je ne veux pas aller à l'hôpital.

— Nous avons un très bon hôpital ici, à Moyo.

— Je n'en doute pas. » Thomas se sent rougir. « Mais je n'ai pas besoin d'aller à l'hôpital. Regardez. » Il désigne le bristol. « Je cherche cet endroit. La mission. À Langadi. »

Le bristol passe de main en main, tandis que le groupe de passants serviables s'étoffe.

« Vous voulez Langadi ? » demande un homme.

Thomas hoche la tête. « Oui. Langadi.

— Ici, ce n'est pas Langadi. C'est Moyo.

— Je sais. » Il est midi et la chaleur devient incommodante. Il aurait vraiment dû emporter un chapeau. Ou tenir cette conversation quelque part à l'ombre.

Les badauds confèrent bruyamment et Thomas se sent étrangement repoussé à l'écart du brouhaha. Il tend la main pour récupérer son bristol.

« Il n'y a pas de mission à Langadi, tranche une femme avec fermeté.

— Il y en avait une, autrefois ? » Thomas regarde les visages qui l'entourent – des visages jeunes. Aucun d'eux n'est susceptible de se souvenir d'une mission peut-être fermée depuis vingt ans.

« Non, lui répond-on, et tout le monde semble s'accorder là-dessus.

— Il y a une mission ici, à Moyo, indique son premier interlocuteur. Je peux vous y mener.

— Non, mais merci quand même. Je veux aller à Langadi. »

Approche un jeune homme sur une bicyclette.

« C'est lui qu'il vous faut, indique un homme à Thomas. Montez sur son vélo. »

Mais cela n'a rien d'aisé pour Thomas, avec ses longs membres, son gros sac, et son sens très particulier de l'équilibre. Il parvient à se percher inconfortablement sur le porte-bagages, et les voilà qui s'éloignent de la foule en vacillant.

« C'est loin d'ici, Langadi ?

— Quinze kilomètres. »

Est-il capable de supporter l'inconfort et la chaleur redoutable pendant quinze kilomètres ? La bicyclette s'enfonce dans un nid-de-poule, et Thomas sent son abdomen s'encastrer dans sa cage thoracique. Un de ses pieds heurte une protubérance sur la route, son sac bascule lourdement contre son flanc, et c'est la dégringolade – Thomas Post, le jeune cycliste et la bicyclette mordent la poussière, sous les yeux d'un public hilare.

Thomas s'époussette et paye le jeune homme. « Je vais marcher », annonce-t-il. Il achète une bouteille d'eau, vaguement conscient que ce sera insuffisant pour une trotte de quinze kilomètres par cette chaleur. Mais il se sent téméraire. Quelques-uns des badauds se proposent de lui indiquer le chemin, et certains l'escortent même pendant un moment ; une centaine de mètres après la sortie de la ville, Thomas s'est toutefois débarrassé d'eux et se trouve enfin seul.

Il s'assied à l'ombre d'un manguier et se livre à quelques calculs. Combien de temps faut-il pour parcourir quinze kilomètres à pied ? Deux heures peut-être, en courant à petites foulées. Mais, par cette chaleur, inutile d'y songer. Disons alors trois heures. Thomas consulte sa montre. Bientôt 15 heures. Il se reproche d'avoir renoncé trop vite au vélo taxi. Si jamais il en passe un autre, il pourrait le héler et faire une autre tentative. Mais les quelques vélos qu'il croise ont déjà un passager. Qui tous le dépassent et s'éloignent sans encombre, pieds flottant au ras de la piste poussiéreuse.

Il se remet en route d'un bon pas, mais la chaleur est écrasante, et les points d'ombre, intermittents. Après une demi-heure de cette randonnée, sa bouteille d'eau est vide. Bon sang. Maudite soit son impétuosité !

Il avise, un peu plus loin, un gros arbre. Peut-être devrait-il patienter sous l'ombrage, histoire de se rafraîchir. Et peut-être croisera-t-il un vendeur d'eau à la sauvette.

C'est donc ce qu'il fait ; il attend sous l'arbre une heure, puis deux. Il achète deux mangues à un garçon qui va pieds nus, et les dévore comme des pommes. 17 heures. À coup sûr, le soleil va commencer à se coucher, songe-t-il. Le long de la route sont disséminées de petites fermes acholi ; des cases rondes de briques cuites, coiffées de chaume noir. Croire que les Acholi vivent dans des cases en adobe est une erreur, s'aperçoit Thomas. C'est une perspective européenne. Le peuple acholi, observe-t-il, vit en plein air. Ils *dorment* dans leur case, un point c'est tout. La case leur sert de chambre à coucher. L'Acholi, constate Thomas, possède une maison bien plus spacieuse que n'importe quel Anglais, car la sienne, c'est tout ce vaste panorama ouvert sur le Nil occidental. Son toit, c'est le ciel bleu de l'Afrique ; et, pour lumière, l'Acholi a le soleil, la lune et la Voie lactée. Il se repose à l'ombre de son manguier et se régale de ses fruits, puis se retire dans la confortable pénombre de sa case, et délègue à la fumée du charbon de bois le soin de repousser les insectes. Est-ce vraiment si mal ?

Évidemment, l'Acholi doit aussi trimer dur. Il lui faut se lever de bonne heure pour s'occuper de ses animaux, il doit travailler ses champs, transporter l'eau, le bois pour le feu et les ballots de fruits et légumes. Et ici, il n'y a ni week-ends ni jours fériés, ni *coffee shops*, ni supermarchés, ni escalators, ni métro. Elles ne peuvent pas se la couler douce, ces populations d'Afrique, songe-t-il. Sinon…

Sinon quoi ?

Sinon, elles meurent.

Thomas s'assied pour se reposer. Après trois jours de voyage, une immense lassitude commence à l'envahir. Il n'est pas habitué à cette chaleur intolérable. Le poids de son sac lui a meurtri l'épaule, il a mal aux pieds et horriblement soif. Que fabrique-t-il ici ? Lui, le philosophe urbain au teint pâle, qui ne pratique guère que les petites artères de Bloomsbury et les circuits des mouvements pendulaires londoniens. Son biotope, c'est une salle de séminaire donnant sur Gower Street, un court de squash de Camden, un café de Soho ou l'arrière-salle poussiéreuse d'une librairie de Tottenham Court Road.

Peut-être – mais rien n'est sûr – la température est-elle en train de fraîchir. Thomas hisse son sac sur son épaule et se remet en route. En traînant les pieds, cette fois. Une avancée laborieuse, lente, méthodique. Un pied devant l'autre, puis un autre, et voilà un mètre de parcouru. On réitère l'opération – deux mètres. Thomas compte ses pas, regarde son ombre qui avance.

Il avise à quelque distance de là, du même côté de la route, une femme assise sur un tabouret, devant sa case ; elle vend quelque chose. Quoi que ce soit, il va l'acheter. Sauf si c'est du charbon, évidemment. Mais si c'est de l'eau, des mangues, ou des figues de barbarie, au diable le prix. Un pied devant l'autre. Mais sa tête se met à tourner subitement. Crise cardiaque, songe-t-il. J'aurais vraiment dû emporter un chapeau.

Encore une petite centaine de mètres à parcourir. La femme acholi est immobile sur son tabouret. Elle ne regarde pas dans sa direction ; il ne distingue pas son visage.

À cinquante mètres, tout se précise. Elle vend des haricots. Le pouls de Thomas accélère. La déception le dévaste. Puis la femme tourne le visage vers lui et là, un instant, le cœur de Thomas cesse de battre. Elle n'a pas de lèvres.

Il parcourt la distance qui les sépare encore et s'oblige à regarder les mâchoires et les dents qui délimitent le bas de son visage. Impulsivement, il prend une pleine poignée de grains. « C'est combien ? » Il sort un billet de son portefeuille, une somme d'argent impossible à définir, et le lui fourre dans la main. Cette femme doit être une survivante de Joseph Kony, se dit-il.

« Auriez-vous de l'eau ? demande-t-il, et il mime sa question. Eau ? »

La femme se lève, disparaît derrière la case puis revient avec une tasse en fer-blanc. Thomas la vide jusqu'à la dernière goutte. Il songe à tous les parasites qu'il pourrait contracter. Des amibes, peut-être. Il s'en fiche. Il lui rend la tasse.

« À quelle distance sommes-nous de Langadi ? » demande-t-il, sans trop savoir si elle le comprendra ; voire si elle sera capable de lui répondre.

Mais la femme sans lèvres dresse cinq doigts osseux. « Langadi, cinq, dit-elle.

— Cinq quoi ? Kilomètres ? »

La femme hoche la tête, mutique.

« Est-ce qu'il y a une mission à Langadi ? » demande encore Thomas.

Elle lui décoche un regard acéré, comme si elle réfléchissait à la question.

« Une mission ? répète-t-il. La mission Saint-Paul ? »

Très lentement, la femme secoue la tête. « Non.

— Pas de mission ? Vous êtes certaine ? »

On dirait que la question l'a paniquée. « Non », répète-t-elle.

Thomas expire bruyamment. Dans quelle entreprise idiote et futile s'est-il lancé ? Il arrive avec un jour de retard, de toute façon.

À cause de la chaleur, Thomas sent comme un flottement dans sa tête. Il regarde la longue piste qui s'étire devant et derrière lui, mais, même dans son état, rebrousser chemin semble moins séduisant que d'aller de l'avant. Il glisse la poignée de haricots dans sa poche et hisse son sac sur son épaule douloureuse. C'est reparti. Un pied devant l'autre.

Et puis, le tintement d'une sonnette. Une sonnette de vélo. Derrière lui, dévalant en roue libre la pente douce, arrive le jeune cycliste de Moyo, le visage fendu d'un grand sourire. « *Boda boda ?* » lance-t-il à Thomas, connaissant déjà la réponse. Cette fois, tandis qu'ils s'élancent en vacillant, Thomas veille à ne pas laisser traîner ses longues jambes. Quel imbécile ! songe-t-il. Il aperçoit, devant eux, un petit bourg.

« C'est Langadi ?

— Oui.

— Et il y a une mission, là-bas ? »

Le garçon hausse les épaules et secoue la tête. Tandis qu'il paie la course, Thomas se sent requinqué. Quelques bâtiments bas abritant des magasins et des ateliers s'étirent le long de la route.

Il n'y a qu'une seule direction à prendre – en avant toute. Thomas traverse la ville ; les bâtiments commencent à se clairsemer. Mais ceux de la vieille mission, songe-t-il, doivent toujours exister. Il devrait au moins essayer de les trouver. Quelqu'un aura forcément vu Azalea, lorsqu'elle est venue ici en février. Et quelqu'un, très certainement, saura ce qu'elle est devenue.

Un jeune homme s'avance à sa rencontre. Il y a quelque chose de disgracieux dans sa démarche et, lorsqu'il se rapproche, Thomas remarque qu'il n'a pas de bras.

« Bonjour, monsieur, puis-je vous aider ? s'enquiert le jeune homme dans un anglais impeccable.

— Bonjour, je… Je ne sais pas. Je cherchais une mission. Mais il semblerait qu'il n'y en ait plus à Langadi.

— Non, monsieur, il n'y en a plus.

— Alors j'ai peut-être fait le voyage pour rien. »

Le jeune homme hoche la tête avec sympathie.

« Savez-vous où je pourrais trouver quelqu'un pour me ramener à Moyo ? Un taxi, peut-être ?

Le jeune homme sourit. « Il y a un Anglais, au Centre, dit-il. Il a une voiture et un chauffeur. Je suis sûr que son chauffeur peut vous emmener. »

Thomas sent la morsure d'une crampe de soulagement. « Merci. Pouvez-vous m'indiquer où trouver cet homme ?

— Bien sûr. Suivez-moi. » Et le jeune homme sans bras pivote et commence à marcher dans la direction dans laquelle Thomas se dirigeait.

« Vous parlez un anglais excellent, observe-t-il.

— Merci. J'ai eu un très bon professeur.

— Où avez-vous étudié ?

— Ici, au Centre. »

Un oiseau rouge vif leur coupe la route à tire-d'aile et distrait un instant l'attention de Thomas. Puis il regarde son guide. « Comment avez-vous perdu vos bras ?

— On me les a coupés, monsieur. Quand j'étais petit.

— Coupés ? » C'est presque trop monstrueux à dire. « Qui a fait ça ? Joseph Kony ?

— Vous savez donc qui est Joseph Kony ? »

Thomas hoche la tête.

« Ce sont ses hommes qui l'ont fait », dit le jeune homme.

Une lueur d'espoir émerge dans l'esprit de Thomas. « Quel est ce Centre que vous avez mentionné ?

— Nous y sommes, monsieur. » Au détour d'un virage, Thomas découvre une pancarte, une parmi les milliers qui ornent les bords des routes ougandaises : « Centre Rebecca Folley pour les Enfants du Conflit. »

Le cœur de Thomas bat plus vite. « C'est ça ! s'écrie-t-il. C'est la mission !

— Non, monsieur. C'est un refuge.

— Un refuge pour les enfants qui ont été kidnappés par la LRA ?

— Oui, monsieur. »

Un chemin de terre battue mène à une enceinte de bâtiments presque entièrement dissimulés au milieu des arbres, protégée par une haute palissade de planches coiffées de rouleaux de fils barbelés.

« On croirait une prison, observe Thomas.

— Non, monsieur, ce n'est pas une prison, corrige l'homme sans bras. Les barbelés servent à empêcher les hommes de la LRA d'entrer. »

L'accès est barré d'un haut portail et d'autres fils barbelés. Un homme de grande taille, vêtu de reliques d'uniformes dépareillés, les laisse passer. Ils remontent le chemin de terre argileuse. Un groupe d'enfants se rassemble pour les observer. La plupart, constate Thomas avec soulagement, sont intacts.

Le « refuge » n'est pas exactement tel que Thomas se l'était représenté, tout est un peu plus délabré que dans son imagination. Les bâtiments sont poussiéreux, assez mal tenus, et les murs, autrefois chaulés, sont maculés de taches brunes, comme la peau des bananes trop mûres. La végétation croît librement et l'herbe est clairsemée. Mais, en face, se trouve un préau accueillant qui ne peut être que le réfectoire. L'endroit où

Kony et ses hommes se confrontèrent aux Folley. Il y a là des tables, des bancs et un espace cuisine où un imposant Acholi aux cheveux grisonnants touille une énorme marmite posée sur un réchaud à charbon. Il aboie des ordres à une poignée de marmitons, tandis qu'un adolescent dispose fourchettes et couteaux sur la table en vue du dîner.

Et dans un fauteuil à oreilles en rotin, un Européen semble occupé à surveiller l'enceinte de la mission ; avec ses lunettes miroir, son visage buriné et ses longs cheveux gris, il a l'air d'une rock star vieillissante.

L'homme sans bras s'adresse à lui. « Patron, j'ai un visiteur pour vous.

— Vous me pardonnerez de ne pas me lever », dit l'homme.

Thomas tend la main, mais son hôte semble l'ignorer.

« Les visiteurs sont rares. Est-ce que je vous connais ?

— Non, monsieur. Je m'appelle Thomas Post.

— Ah, fait l'homme. Alors, je sais qui vous êtes.

— Ah bon ?

— Évidemment. Puis-je vous offrir à boire ? Vous venez sans doute de faire un long voyage. »

Thomas sent la fatigue le submerger. Il s'affaisse sur un tabouret. « Oui, s'il vous plaît. J'adorerais boire quelque chose.

— Un des garçons va vous chercher ça, intervient le jeune homme sans bras. Thé ? Café ? Quelque chose de plus fort ?

— Du thé, lui répond Thomas. Du thé, s'il vous plaît. Pas trop fort. Et de l'eau, si vous en avez.

— Bien sûr.

— Azalea m'a dit que vous étiez un buveur de thé », observe l'homme aux cheveux gris.

Thomas a la tête qui tourne. « Azalea vous a dit ?

— Tout à fait. Elle me dit tout. »

Elle me dit tout. Merveilleux temps présent. « Azalea… alors elle… elle est… toujours vivante ? » bafouille Thomas en s'étranglant à chaque mot.

La remarque semble déconcerter son hôte. « Bien sûr. Pourquoi ne le serait-elle pas ? »

Thomas secoue la tête. Il sent monter un sanglot de ses entrailles, et il bataille pour contenir cette puissante éruption. « Azalea est vivante. Elle est vivante, murmure-t-il.

— Mon cher jeune homme, qu'imaginiez-vous ?

— Je ne sais pas. Je… » Thomas ne peut pas se résoudre à regarder l'homme assis dans le fauteuil en rotin. Pas encore. Pas tant que ses yeux sont noyés de larmes. Alors il embrasse du regard l'assemblage hétéroclite de bâtiments et de végétation autour de lui. Cette bâtisse de plain-pied, là, est sans doute la résidence de l'ancienne mission. Et ce long parallélépipède, là, ce doit être l'école. Ou bien le dispensaire ? Un homme muni d'un seau d'eau est en train de laver un minibus. Un groupe d'enfants attache quelques bêtes à un arbre. Quelque part, on entend des voix chanter. Des voix d'enfants.

« Vous êtes Luke Folley, dit Thomas.

— Lui-même.

— Azalea vous croyait mort.

— Je sais. » L'homme qui est Luke Folley hoche lentement la tête. « Elle me croyait mort, et je la croyais morte. Et, comme ça, nous avons perdu vingt ans. »

Les voix enfantines se rapprochent. Thomas est soudain pris par une urgence ; soudain, il veut tout comprendre ; tout savoir. « Pourquoi n'avez-vous pas cherché à la retrouver ? » Il sait que sa voix risque de se fêler, et que la réponse à sa question n'a plus d'importance. Plus rien ne semble avoir d'importance. Azalea est vivante. Les trente années écoulées depuis la mort de Marion apparaissent comme les pages perdues d'un manuscrit qui raconterait une vieille histoire désormais dénuée de sens.

Mais Luke répond. « Personne du nom de Folley n'a jamais quitté l'Ouganda, le Kenya, le Congo ou le Soudan. Aucun des mercenaires n'est jamais revenu en Ouganda. J'ai cherché et retrouvé les hommes de Kony, et ils m'ont affirmé que tous les enfants avaient péri dans l'explosion du camion. Ils m'ont montré les restes calcinés du véhicule. Que pouvais-je penser ?

— Je suis désolé », dit Thomas. Et il l'est, sincèrement.

« Le plus triste est qu'Azalea n'est jamais rentrée à la maison. »

Thomas hoche la tête.

« Cet endroit a été une zone de guerre pendant vingt ans. La LRA, le SPLA et les forces du gouvernement ougandais se sautaient à la gorge. Longtemps, nous sommes restés pieds et poings liés, avec toutes les routes bloquées, les aérodromes fermés.

— Je vois.

— J'ai moi-même été enlevé par la LRA.

— Ah bon ? » Thomas est surpris. « Combien de temps vous ont-ils gardé ?

— Deux mois. Je suis parti au Soudan en voiture pour les retrouver, et, cela fait, ils ont eu peur que j'aille dire aux autorités où ils se cachaient. Du coup, ils m'ont gardé prisonnier.

— Est-ce qu'ils vous ont…

— Est-ce qu'ils m'ont quoi ?

— … maltraité ? »

Luke renifle bruyamment et un rire silencieux secoue ses épaules. « Oh oui ! Oh bon Dieu, oui ! Ils m'ont maltraité.

— Que vous ont-ils fait ?

— Mieux vaut pour vous ne pas le savoir. »

Tombe un silence gêné. Puis un groupe d'enfants émerge de derrière la grande bâtisse rectangulaire qui était peut-être l'école. Ils chantent et s'interpellent gaiement, et commencent à se ranger en file pour entrer sous le préau.

« Resterez-vous dîner avec nous ? » s'enquiert Luke. L'inconfort s'est dissipé.

« Avec grand plaisir. »

Les ombres sont en train de s'allonger.

« Azalea est-elle ici ?

— Non, dit Luke, et il sourit. Mais elle va arriver.

— Quand ?

— Bientôt. »

Le préau résonne de voix et d'agitation. Quelqu'un sonne la cloche, un lent et persuasif ding... ding... ding. Thomas se surprend à sourire béatement.

« La cloche de la mission, chuchote-t-il.

— Non, le corrige Luke. Ce n'est plus une mission. »

Une fillette se présente avec une théière, du lait, du sucre, une tasse en porcelaine et une bouteille d'eau. Thomas la remercie et se sert du thé. « En voulez-vous ? demande-t-il à Luke.

— Non, merci. Je suis un buveur de café.

— Bien sûr. » Le sourire de Thomas s'élargit encore un peu plus. « Azalea m'a raconté que vous étiez accro au café.

— Vraiment ? » Luke semble heureux de l'apprendre.

« Quand avez-vous dit qu'elle sera de retour ?

— Bientôt.

— Vous a-t-elle jamais parlé de… sa prédiction ? demande Thomas.

— Quelle prédiction ?

— Une… un… un truc que nous avons fait sur Internet.

— Aaah, oui. » Luke semble pensif. « J'ai entendu parler d'Internet. Je ne l'ai jamais utilisé, évidemment.

— Évidemment.

— Nous n'avons rien de tel à Langadi.

— Bien sûr. Je me demandais simplement, voyez-vous, si Azalea avait jamais mentionné…

— Mentionné quoi ? demande Luke, le regard perdu à mi-distance, là où les collines vert foncé dégringolent dans la vallée du Nil.

— Je pensais qu'Azalea pourrait être morte, à l'heure qu'il est. »

C'est proprement insensé. Seule une logique extravagante peut aboutir à une telle pensée. Mais tout honteux qu'il soit, Thomas se sent mieux après l'avoir exprimée à voix haute.

Luke s'arrache à la contemplation du panorama qu'offrent montagnes et vallée. « Quelle drôle d'idée. Pourquoi pensiez-vous une chose pareille ? »

Oui, pourquoi – on se le demande. Thomas essaie de se représenter la grande horloge de l'univers, les engrenages de laiton, le pendule cosmique. Mais l'image reste insaisissable. Ici, sous l'équateur, il n'arrive plus à remonter l'élégant modèle réduit qu'il visualise si aisément dans le confort familier de son bureau londonien. « Elle l'avait prédit. » Ça semble un peu court, comme réponse.

Luke se tourne vers son invité. Le flamboiement du couchant se reflète sur les verres de ses lunettes. « Je ne sais pas trop pourquoi elle a fait ça, dit-il doucement. Mais vous découvrirez, je pense, que vous y êtes pour quelque chose.

— Moi ? »

Luke hausse les épaules. « Ça change quelque chose ? »

Thomas tourne la tête vers le préau. Une trentaine, voire une quarantaine d'enfants y sont maintenant rassemblés. Certains présentent des mutilations semblables à celles qu'il a pu observer le long de la route – l'absence de lèvres, par exemple. Un ou deux se déplacent avec des béquilles ; un autre, en fauteuil roulant. Tous s'agglutinent autour des tables pour le repas. Un petit oiseau jaune, pas plus gros qu'une hirondelle, sautille d'une table à l'autre, faisant montre d'une certaine adresse dans la chasse aux miettes.

« Je ne sais pas…, hésite Thomas, et juste en le disant il sait quelle devrait être la réponse. Si, ça change quelque chose, se corrige-t-il en contemplant la vérité naissante. Ça change tout. » Son expérience, il vient de le comprendre, ne débouchera sur rien de tangible. C'est la seule conclusion honnête. Dieu n'existe pas. Mais rien ne prouve le contraire. Personne ne s'amuse à influer sur le cours de notre vie, personne ne tire les ficelles. Mais qui sait ? Des coïncidences se produisent. Des vœux sont exaucés. Ou pas. Ses calculs ne pourront rien prouver. Et, il le comprend pour la première fois, peut-être est-ce là le juste résultat. La vérité.

« Il se peut, reprend-il, et son sourire pâlit, que je me sois comporté comme un con.

— Aucun mâle anglais n'est à l'abri de ce risque, observe Luke.

— Pas à si grande échelle. » Thomas sucre son thé, le remue et goûte une gorgée. « Azalea avait prédit qu'elle mourrait. Hier. »

Luke semble surpris. « Et vous y avez cru ?

— Je ne sais pas ce que je croyais. Je pense qu'elle voulait juste survivre au solstice d'été.

— Je vois. » Luke hoche la tête. « Vingt ans après la mort de Rebecca.

— Vingt ans après la mort de Rebecca. Trente après celle de Marion. Dix après celle de Gideon. »

Luke se balance lentement dans son fauteuil en rotin et, un bref instant, Thomas se demande s'il n'en a pas trop dit.

« Elle m'a parlé de Marion, reprend Luke après un moment. Et de Gideon. » Comme il détourne la tête, Thomas ne peut pas voir son expression. « Ainsi que de Peter Loak et de John Hall.

— Azalea m'a dit qu'elle craignait de mourir le même jour que Rebecca, Marion et Gideon.

— Elle vous a dit ça ?

— Oui.

— Je vois. Ça ne m'étonne pas vraiment d'elle. Azalea est du genre à dire que rien n'arrive jamais sans raison.

— Je sais.

— Et vous n'y croyez pas ?

— Vous y croyez, vous ? »

Luke prend son temps pour répondre. « J'y ai cru, autrefois, dit-il à voix basse. Puis j'ai arrêté d'y croire. Et maintenant, je ne sais plus trop quoi croire. » Autrefois, aurait-il pu dire, il y a très longtemps de ça, quand je faisais la manche avec ma guitare, des fleurs dans les cheveux, que je lisais Trotski et Marx, alors oui, il se peut que j'y aie cru. Puis est venu un temps où je n'ai plus cru à rien. Et aujourd'hui ?

« Si rien n'arrive sans raison, alors c'est qu'il y a quelqu'un aux manettes, observe Thomas.

— C'est précisément le détail qui me chiffonne », répond Luke.

Les deux hommes demeurent immobiles un moment. La fraîcheur est en train de tomber. Thomas se sert un grand verre d'eau, qu'il vide cul sec.

« Vous êtes sans doute prêt pour une bière, observe Luke. Ça vous dit ?

— Avec grand plaisir. »

Luke lance un prénom à tue-tête et un gamin, un des grands, accourt. « Lakwo, pourrais-tu apporter une bière bien fraîche à ce monsieur, et une autre pour moi ?

— Bien sûr, monsieur Luke.

— Ils semblent avoir beaucoup d'affection pour vous. Je parle des enfants.

— Oui, peut-être... Nous avons tous traversé des épreuves.

— Pourquoi avoir transformé la mission en refuge ?

— La mutation me semblait importante. » Luke se cale contre son dossier. « Certains des enfants arrivés du Soudan étaient musulmans. D'autres n'avaient pas de religion. Un jour, il m'est apparu que nous participions du problème. Que nous soufflions sur les flammes du conflit religieux par le simple fait de perpétuer cette convention sociale ridicule selon laquelle tout enfant naît avec un bagage de croyances auxquelles il doit rester loyal jusqu'à sa mort. Les missions d'Afrique ont toutes une part de responsabilité.

— C'était... un conflit religieux ? demande Thomas.

— En partie. Un homme qui s'est bricolé une foi, un méli-mélo de croyances, a décidé que Dieu lui avait parlé, et que tous ceux qui n'étaient pas d'accord pouvaient être abattus, ou amputés.

— Je vois. »

Un gamin leur apporte deux bières fraîches. Il a de grands yeux expressifs et un sourire jusqu'aux oreilles.

« Merci. » Thomas boit une longue gorgée. Une année entière d'anxiété commence à se dissiper. Il se sent détendu, ici, en compagnie de cet homme qu'il a la sensation de connaître.

« Est-ce que ça poserait un problème que je reste ici une nuit… ou deux ? demande-t-il.

— Bien sûr que non. »

Thomas n'a rien prévu au-delà de cette brève échéance. « À quelle heure Azalea va-t-elle rentrer ?

— Elle ne va plus tarder. Elle est allée à Arua. Pour réunir un enfant et sa mère.

— Ah. » L'énormité de cette responsabilité remplit Thomas d'une subite tendresse. Grâce à elle, un enfant, probablement séparé de sa famille par la guerre et la terreur, est rendu aux bras maternels. Il boit une autre généreuse rasade de bière.

« Alors, que croyez-vous, Thomas ? demande Luke. Pour Azalea, rien n'arrive sans raison. Et pour vous ?

— Je pense que c'est ce qui nous a séparés. Nous étions compatibles à bien des points de vue, mais pas celui-ci. Je pense, poursuit-il après un temps de réflexion, que seul le hasard régit le monde. Si je vois un rocher dévaler une colline, je n'imagine pas que quelqu'un en contrôle la trajectoire. Et si un enfant se trouvait au pied de la colline, sa destinée ne dépendrait pas, selon moi, d'autre chose que des lois de la gravité et de la physique.

— Pas d'anges gardiens, donc ? Ni de grand dessein ? »

Thomas secoue la tête. « S'il en existe un, j'ai du mal à comprendre comment il fonctionne.

— Mais alors, qui a le contrôle sur nos vies ? Qui oriente notre destin ?

— Personne. »

Luke émet un clappement de langue. « Azalea ne pouvait sans doute pas vivre avec une idée à ce point nihiliste.

— Peut-être.

— Il y a un dicton acholi qui dit : chaque rat a une paire de moustaches.

— Ce qui signifie ?

— On a les problèmes qu'on se crée.

— Je vois. » Thomas médite cette idée. « Je pense m'en être effectivement créé quelques-uns.

— Je serais tenté de dire que nous en sommes tous là.

— Je me suis convaincu moi-même que la prédiction d'Azalea se réaliserait. J'ai juste présupposé... » Thomas laisse la pensée en suspens.

« Aimez-vous Azalea ? demande Luke.

— Oui, monsieur.

— Peut-être pas assez, cependant. Si vous l'aimez vraiment, alors pourquoi n'étiez-vous pas là pour elle, hier ?

— J'aurais dû être là. » Thomas contemple avec affliction sa bouteille de bière. Il commence à entrevoir avec plus de netteté l'étendue de sa stupidité. « Était-ce ce qu'elle voulait ? Que je vienne ici ?

— Je n'en sais rien. Il faudra le lui demander.

— Je regrette qu'elle ne soit pas là.

— Elle va arriver. Bientôt. »

Les couchers de soleil sont drôlement expéditifs, ici, songe Thomas. Azalea le lui avait dit. « Pff », avait-elle dit. Pff – et la nuit est là. Thomas sait que, bientôt, telle une immense couverture, l'obscurité africaine va se déployer sur ce paysage, et dans ce vaste trou noir, jusque dans le creux de la vallée, à peine distinguera-t-on le vacillement d'une flamme. Et une jonchée d'étoiles se mettra à clignoter dans le ciel.

« Dans mon travail, je rencontre souvent des gens qui me racontent une anecdote concernant une coïncidence, explique Thomas. Quelque chose qui leur est arrivé. C'est mon domaine de recherche, voyez-vous. Je fais autorité en matière de coïncidences. Les gens frappent à ma porte et, de but en blanc, me racontent que l'homme qu'ils ont rencontré en vacances s'est révélé être un ancien camarade d'école de leur voisin. Ou alors, qu'ils sont allés acheter une voiture et que le vendeur portait le même patronyme qu'eux. J'ai entendu quantité d'histoires comme celles-là. Deux sœurs ont épousé chacune un homme prénommé Ron, elles ont l'une et l'autre baptisé leurs chiens Poppy, et l'anniversaire des deux Ron tombe le même jour. Ces coïncidences sont censées m'étonner, mais ce n'est jamais le cas. C'est ainsi que fonctionne un univers aléatoire. Parfois, quand on jette deux dés, on sort deux six. Ce n'est pas une coïncidence. Juste des mathématiques. C'est ce que j'avais toujours pensé, jusqu'à ce qu'Azalea frappe à ma porte.

— Je vois.

— Ses coïncidences à elle faisaient exploser le compteur. Elles paraissaient définir toute sa vie. Rien d'étonnant à ce qu'elle pense que rien n'arrive sans raison. Dans son univers, tout concorde pour lui donner cette impression.

— Oui, je suppose.

— Mais je ne désespère pas de l'amener à voir qu'il n'en est rien. Personne ne tire les ficelles de sa vie. »

Luke se balance lentement dans son fauteuil. Le brouhaha des voix sous le préau oblige à tendre l'oreille pour suivre la conversation. « Peut-être est-ce ce qu'elle veut croire ? hasarde Luke. Et si tel est le cas, peut-être avez-vous besoin de faire la paix avec ça ? »

Thomas le regarde.

« Si cette différence de points de vue vous a séparés, pourquoi la laisser redevenir un obstacle ? poursuit Luke. Peut-être y a-t-il une autre façon de s'y prendre. N'y avez-vous jamais songé ?

— Je ne suis pas certain de vous suivre…

— La vie d'Azalea est un enchevêtrement de contradictions, de coïncidences et de bizarreries ; d'événements qui n'auraient jamais dû se produire – mais sont bel et bien arrivés. C'est vous l'expert, monsieur Post. Arrêtez de chercher des explications à ce fouillis. Commencez plutôt par l'accepter. Ne remuez pas ciel et terre pour trouver les indices d'une conspiration, mais ne rejetez pas non plus tout en bloc. Amusez-vous-en. Délectez-vous-en. Attendez impatiemment le prochain grand choc. Parce qu'il viendra. S'il y a une leçon à tirer de la vie d'Azalea, c'est que nous devons nous attendre à tout – car tout peut arriver, et arrivera probablement. Azalea s'est adressée à vous parce qu'elle cherchait une explication, et vous avez fait de votre mieux pour lui en donner une. Peut-être ne la comprenez-vous pas vraiment, monsieur Post. Et si ce n'était pas une explication, qu'elle cherchait ? Et si ce qu'elle attend, en réalité, c'est du soutien, ou de la compréhension ? Avez-vous jamais envisagé cela ? Si tout ce qu'elle voulait, c'était simplement quelqu'un à ses côtés pour affronter avec elle les surprises de la vie ? »

Sa longue tirade semble avoir épuisé Luke.

Tout au bout du préau, un vieillard à la barbe blanche se lève et donne un grand coup sur la table.

« Le bénédicité, chuchote Luke. Un vestige de l'époque de la mission. »

Les voix des enfants se taisent et tout le monde se lève poliment.

« Pour ceux d'entre nous qui croient en Dieu, remercions-Le pour ce repas, entonne le vieil homme en anglais teinté d'un fort accent. Et pour ceux qui n'y croient pas, remercions les fermiers qui ont fait pousser cette nourriture, les donateurs qui l'ont payée, les cuisiniers qui l'ont préparée et les amis qui l'ont apportée sur notre table. Amen.

— Amen, répètent cinquante voix.

— Je n'ai jamais entendu un bénédicité comme celui-là, observe Thomas.

— C'est notre compromis, dit Luke. Voudriez-vous m'aider à passer à table ?

— Oui, bien sûr », dit Thomas, surpris. Il se soulève maladroitement de son tabouret et tend une main. « Vous souffrez d'un handicap ? » demande-t-il, douloureusement conscient du manque de tact de sa question.

Mais Luke s'extrait du fauteuil sans effort apparent et glousse. « Ce sont ces lunettes, dit-il. Elles trompent bien leur monde. » Il tend un bras. « Cela m'aiderait que vous me teniez par l'épaule. »

Thomas empoigne l'avant-bras de Luke.

« Bon, le placement autour des tables est démocratique, sauf en ce qui me concerne. » Il pointe l'une d'elles du doigt. « Il doit y avoir une place libre au bout de cette table-là. »

Thomas conduit Luke jusqu'à son siège. « Quand avez-vous... perdu la vue ?

— Oh, il y a longtemps. Assez longtemps pour y être habitué. » Il s'installe prudemment sur sa chaise. « Savez-vous combien de temps vous resterez parmi nous ? »

Thomas observe la tablée. Les plus jeunes enfants semblent avoir entre neuf et dix ans ; les plus âgés approchent du terme de l'adolescence. Tous portent un uniforme bleu tout simple et des sandales en plastique ; Thomas remarque un écusson en coton blanc sur leur poche de poitrine, sur lequel est brodé « Centre Rebecca Folley pour les Enfants du Conflit ». Il y a également une dizaine d'adultes, un femme en tenue d'infirmière, un homme en costume et chemise amidonnée, et plusieurs autres vêtus comme le vigile qui garde le portail. Tous sont animés par la même vocation. L'imposant cuisinier s'applique à servir du ragoût dans des assiettes en fer-blanc, pendant qu'un autre, plus jeune et coiffé d'une toque de chef, égoutte des pommes de terre ; deux filles parmi les aînées disposent des carafes d'eau sur les tables. La scène évoque une routine quotidienne parfaitement rodée, une vie domestique ordinaire et confortable. Mais dans les regards de ces enfants, Thomas croit apercevoir, l'espace d'un très bref instant, autre chose. Quelque chose se consume dans ces yeux, dans ces expressions nerveuses et perpétuellement en alerte, et cette chose-là raconte une tout autre histoire, bien plus sombre. Chacun des enfants assis sous ce préau a une histoire différente, songe Thomas. Une histoire de violences et de malheurs, de douleurs et de deuils.

Luke, en face de lui, attend une réponse à sa question.

À l'extérieur du préau, le ciel a pris la couleur des bougainvillées.

« N'y avez-vous pas réfléchi ? » insiste Luke.

Non, très sincèrement, Thomas n'y a pas réfléchi.
« Cela va dépendre, se surprend-il à dire.

— Dépendre de quoi ? »

Et à cette question-là, Thomas Post ne possède aucune réponse. Là-bas, tout au bout du chemin, une vieille voiture rouillée approche du portail qui, en dépit de l'heure tardive, s'ouvre pour la laisser passer et remonter l'allée dans un bruit de ferraille, avec son sillage de poussière.

27

Novembre 2012

loin loin là-bas dans la houle
et tout va bien
tout va bien

le sifflet applaudit
et tout va bien
tout va bien

le crissement de bottes sur le pont
la tête qui tourne sans bruit
l'écho d'un cri lointain
et tout va bien
tout va bien

claque une écoutille
glisse un lourd fermoir
s'écrase une massue
et rien ne va plus
rien ne va plus
et trente années de ténèbres
peignent en noir mon miroir
et le temps apaise l'obus létal
tout ira bien
tout ira bien

une visiteuse d'un lointain autrefois
m'a détaché du mât d'artimon
et éloigné du glas
puis conduit là où jamais soldat ne tombe
là où se dissipent les souvenirs lointains
et tout va bien
tout va bien

alors laissons la cruelle providence imposer
l'exode du personnel
et quand les mystères annonceront
l'arrivée de la sentinelle
qu'ils m'ont envoyée
là je dirai
que tout va bien
que tout va bien

p.j.loak

Azalea expliquée

Cette histoire est une œuvre d'imagination. Tous les personnages sont fictifs, et aucun ne s'inspire d'une personne vivante ou morte. Exception faite de :

1) Joseph Kony existe vraiment. Même si aucun des événements relatés dans cette histoire ne se sont produits tels que dépeints, Joseph Kony et l'Armée de résistance du Seigneur (LRA) opèrent bel et bien depuis plus de vingt ans en Ouganda, au Soudan et au Congo. D'après la BBC, la LRA a assassiné des dizaines de milliers de gens et provoqué le déplacement d'un demi-million de personnes. Des milliers d'enfants ont été enlevés. Personne ne sait dire combien ont été mutilés. Aux dernières nouvelles, Joseph Kony est toujours en vie et continue à déjouer toute tentative de capture.

2) Les enlèvements d'enfants au pensionnat du Sacré-Cœur et à l'école Sainte-Marie sont des faits réels. En mars 1989, lors d'une rafle à l'école de filles Sainte-Marie, la LRA prit en otage dix écolières ainsi que trente-trois séminaristes et villageois. Neuf des fillettes réussirent à s'évader. La dixième fut assassinée quelques années plus tard.

3) À ceux qui souhaitent en apprendre davantage sur la LRA et les enlèvements de Gulu, je recom-

mande l'ouvrage de Jane Bussmann, *The Worst Date Ever – or How It Take a Comedy Writer to Expose Africa's Secret War*, qui dresse un tableau sans fard ni concession des agissements funestes de la LRA en Ouganda. Matthew Green, dans *The Wizard of the Nile : The Hunt for Africa's Most Wanted*, donne sa propre vision poignante de la traque de Kony.

4) D'après les forces de maintien de la paix des Nations unies, l'Armée de résistance du Seigneur a encore massacré cent quatre-vingt-neuf personnes et kidnappé vingt enfants le 24 décembre 2008, lors d'une célébration organisée par l'Église catholique à Fardaje, en République démocratique du Congo.

5) Joseph Kony est classé septième dans la liste des criminels les plus recherchés au monde. Vous vous demandez peut-être, comme moi, qui sont les six premiers, et en quoi leurs crimes peuvent dépasser ceux de Kony sur l'échelle de l'abomination.

6) D'après la BBC, Kony a créé autour de lui une aura de terreur et de mystère. Les rebelles acquis à sa cause suivent des règles et des rituels stricts. Ils ont ordre de toujours faire le signe de croix avant d'engager le combat. Ils ont également pour instruction de tracer, avec de l'huile, une croix sur leur poitrine, leur front et leurs épaules, et de faire de même sur leur fusil. Ils croient que l'huile recèle le pouvoir du Saint-Esprit.

7) En 2003, la commission parlementaire de défense d'Ouganda a proposé d'engager des mercenaires sud-africains pour « éliminer » les rebelles de la LRA. Le président de l'Ouganda a balayé l'idée, arguant qu'embaucher des mercenaires témoignerait d'un manque de confiance dans l'armée ougandaise.

8) Les missions de Langadi et de Kakuma ont été inventées de toutes pièces pour les besoins de l'histoire.

9) Personne ne peut dire avec certitude si nous disposons, ou pas, d'un libre arbitre. Les neurologues ont mis au point des procédés de mesure de l'activité cérébrale semblant suggérer que, lorsqu'il nous fait prendre une décision, la part inconsciente du cerveau entre en activité une demi-seconde avant le cerveau conscient, et certains ont théorisé que c'était là la preuve du déterminisme. Tous les neurologues n'acceptent pas ces conclusions, et peut-être préférerez-vous penser, avec Søren Kierkegaard, que Dieu n'aurait sans doute pas perdu son temps à nous créer si tout ce que nous avions à faire, c'était suivre un chemin tout tracé par avance. Quoi que vous choisissiez de croire, vous aurez sans doute à cœur d'abonder dans le sens de John Locke, quand il dit que ce débat est nul est non avenu : si nous avons la sensation de jouir d'un libre arbitre, alors faisons comme si tel était le cas, et allons de l'avant. Une leçon que Thomas Post a peut-être fini par comprendre.

… Il y a une providence particulière dans la chute
d'un moineau.
Si c'est maintenant, ce n'est pas à venir ;
si ce n'est pas à venir, ce sera maintenant ;
si ce n'est pas maintenant, pourtant, cela viendra :
le tout est d'être prêt.

William Shakespeare, *Hamlet*,
op. cit.

Cet ouvrage a été composé
par PCA à Rezé (Loire-Atlantique)